Siempre Cuba

Direction éditoriale : Stéphane Chabenat

Éditrice : Pauline Labbé

Conception graphique et mise en pages : Pinkart Ltd

Conception couverture : MaGwen

16 rue Dupetit-Thouars

75003 Paris

www.editionsopportun.com

CÉLINE JEANNE

Siempre Cuba

À J., parce qu'il n'y a que toi.

À mes parents, partis trop tôt.
Vous me manquez…

Prologue

Cent cinquante.

C'est le nombre exact de jours qui se sont écoulés depuis que j'ai grimpé dans cet avion qui m'a ramené à Miami.

Cent cinquante.

D'un geste machinal, je fais tourner la chevalière à mon doigt.

Cent cinquante.

L'équipe rentre dans la salle de soins, bruyante et énervée comme à chaque fin de match. Steve me tire de mes pensées en se laissant tomber sur le banc.

— Putain, il ne m'a pas raté ce con… grimace-t-il en ôtant son maillot.

Il porte la main à son épaule droite. Ses protections n'ont pas été suffisantes pour amortir le choc du plaquage à la limite du règlement que lui a infligé un joueur de l'équipe adverse. Sean, le physiothérapeute[1], lui donne une poche à glace qu'il applique dessus. Pour m'éviter de trop penser, j'inspecte une dernière fois le matériel dont nous allons avoir besoin. Les gels décontractants et autres compresses sont prêts. Rien d'étonnant, j'ai déjà vérifié à deux reprises.

— Ça t'apprendra peut-être à courir plus vite, Peterson. Tu étais aussi lent qu'une tortue, grommelle le coach en lui mettant une petite claque derrière la tête.

Malgré son expression renfrognée, il est satisfait : nous avons gagné. Le championnat est difficile, mais l'équipe progresse. L'année prochaine sera notre année. Leur année plutôt. Je ne serai pas sur le terrain. Mike me lance un regard amusé en tendant le bras devant lui. Avec délicatesse, comme me l'a montré Max, je palpe d'abord un à un ses doigts, puis son poignet, avant de remonter sur son avant-bras. J'essaie de repérer toute source de chaleur, toute contracture qui laisserait présager qu'il peut y avoir un problème.

— Pas de douleur ?

Mon meilleur ami me fait signe que non.

— Même pas à l'épaule ? insisté-je.

1 L'équivalent de kinésithérapeute aux États-Unis.

Je n'y toucherai pas, je n'en suis qu'aux balbutiements de mon apprentissage, mais il a fait de sacrés lancers aujourd'hui, tout en puissance et précision, ses muscles et tendons ont donc été mis à mal. Si Mike continue à jouer comme ça, James, le quarterback titulaire, a du souci à se faire.

Mon téléphone vibre dans ma poche, je l'ignore.

Mais comme à chaque fois, mon cœur s'accélère.

Et comme à chaque fois, je sais que le poids de la déception va s'abattre sur mes épaules.

— Non, tout va bien.

Pour illustrer son propos et me prouver la mobilité de son articulation, il la fait tourner plusieurs fois. Ce serait bête qu'il se blesse cette saison. Avec moi hors circuit, une voie royale s'ouvre devant lui.

Mon téléphone vibre de nouveau.

— Vas-y mollo quand même. Pas de blessure.

Il acquiesce d'un air grave, il comprend ce que je veux dire. Mike a le football américain dans le sang, comme moi. C'est comme ça depuis que nous sommes gamins, et son rêve est à portée de main. Comme le mien l'était avant.

Mon portable me brûle dans ma poche. Je m'oblige à me concentrer sur mes palpations. Repérer tout nœud que Sean devra défaire ensuite, toute raideur qu'il faudra assouplir. Je m'attarde plus que d'habitude, Mike s'en rend compte, car il fronce les sourcils, mais ne me fait aucun commentaire.

Me concentrer sur mes gestes, examiner encore et encore ses muscles et tendons. Tout est bon pour ne pas vérifier l'identité de la personne qui vient de m'envoyer un message, j'espère presque que je vais trouver une tension anormale dans son coude, comme ça, j'aurai un prétexte pour ne pas regarder. Peut-être qu'ainsi, les battements de mon cœur se calmeront. Il n'y a qu'un salaud pour espérer que son pote se blesse.

Ou un mec au cœur brisé.

— Alors ?

Sean se poste à côté de nous, dans l'attente de mon verdict. La cinquantaine bien tassée, il soutient mon projet un peu fou de réorientation. Toute ma vie, je lui serai redevable. Il en va de même pour le coach. Sans eux, je n'en serais pas là. Sans *elle* non plus.

— Pour moi, tout est OK.

— D'accord.

Comme d'habitude, Sean s'assure que mon diagnostic est juste. Ça fait partie de ma formation, alors je patiente. Mais cette fois, l'anxiété que je ressens habituellement lorsqu'il ausculte un joueur, la peur d'être passé à côté de quelque chose ne sont pas là. Une autre émotion les remplace. Plus insidieuse, elle me tient compagnie depuis cent cinquante jours et se réveille parfois, monstre à la gueule béante qui n'attend qu'une chose, me dévorer.

Il hoche la tête pour valider mon examen.

— C'est bon. Mets-lui un peu de glace sur son épaule, au cas où, m'ordonne-t-il.

Je m'écarte pour aller chercher un sac, mais je ne tiens plus. Je sors le téléphone de la poche de mon jogging. Ma main tremble, ma poitrine va exploser. Mon doigt glisse sur l'écran.

Un appel manqué et un message.

Addi.

Mon cœur dégringole jusque dans mes pieds. Je le savais.

Cent cinquante.

Tu dors à la maison ce soir ? Maman a dit que ça ne pose pas de problème

Vendredi soir, repas chez les parents d'Addi. Ma mère et mon grand-père vont être là. Je tape rapidement ma réponse pour ne pas qu'elle insiste.

Je rajoute un smiley triste, pour faire comme si…

Comme si ça m'embêtait.

Comme si j'étais réellement désolé.

Comme si c'était un jour normal.

Mais ça fait cent cinquante jours.

Je me suis promis que si on dépassait ce seuil, j'allais la lâcher, parce que ça signifierait que je ne la reverrais pas.

Jamais.

Cent cinquante putains de jours que Cris est sortie de ma vie.

Cent cinquante jours que j'ai mal.

Chapitre 1

Samedi 25 août

Cristina

— J'ai envie de toi, Cris… grogne Ethan, les yeux étincelants sous la lueur de la lune.

Il glisse sa langue dans ma bouche avant de me soulever pour m'installer à califourchon sur lui. Un frisson parcourt mes cuisses.

— Ne me lâche pas.

Mon bas-ventre vibre lorsque j'entends son ordre et mon cœur se brise sous la supplique de sa voix.

Je noue mes bras derrière sa nuque pour lui prouver que je ne le lâche pas. Sa langue trace un sillon ardent sur mon cou, et avec douceur, il me guide sur son sexe dressé pour me pénétrer lentement, profondément, sans me quitter du regard.

Quand il est enfoui au plus profond de moi, il appuie sa tempe contre la mienne et j'ondule contre lui.

Jamais je ne le lâcherai.

Je m'agrippe davantage à lui, mon corps brûle de le sentir plus près. Je remonte, redescends, remonte encore. À chaque mouvement, le plaisir va crescendo, par vagues. Ses dents taquinent la chair de mon cou et il empoigne mes fesses pour accélérer notre rythme.

— Cris, tu me tues…

Lui aussi me tue… J'ai besoin de lui. Plus vite. Plus fort. Tout entier. Un gémissement m'échappe. J'en veux encore, plus. Je veux tout de lui. Sa main se faufile entre nous pour…

« Mesdames et messieurs, vous pouvez maintenant détacher vos ceintures. Le personnel d'American Airlines vous remercie de votre présence sur cet avion et espère que vous avez fait bon voyage. »

J'ouvre les yeux brusquement.

Mince! Est-ce que j'étais en train d'avoir, en plein milieu d'un avion, un de ses foutus rêves qui font mourir de rire mon frère quand je dois partager sa chambre parce que la mienne est occupée par des touristes?

Mes joues s'embrasent immédiatement. Je suis sûre que si on approchait la mèche d'une bougie de mon visage, elle prendrait feu.

Pitié, non, pas ça…

Cela fait huit mois qu'ils viennent me rendre visite la nuit.

Huit mois qu'ils m'empêchent de lâcher, comme si Inle, mon Orisha, avait décidé que l'oubli ne serait pas ma guérison. Il est censé être le médecin et savoir ce qui est bon pour nous, mais là, il a un humour douteux.

Les joues toujours en feu, je jette un coup d'œil autour de moi. La quadragénaire très apprêtée, qui a fait le voyage sur le siège voisin du mien, rassemble ses affaires tranquillement. Au moins, j'ai été discrète.

Le signal nous indiquant que l'on peut détacher nos ceintures s'allume. Ma voisine se lève pour se ruer sur le compartiment au-dessus de notre rangée afin de récupérer son bagage à main. Tous les autres passagers l'imitent.

Sauf moi.

J'appuie le front contre le hublot, et prends une grande inspiration pour ralentir les battements de mon cœur.

Je laisse défiler les secondes, la ceinture toujours pressée contre mon ventre.

Inspiration. Expiration.

Me calmer. Chasser ces images de ma tête, celles qui me hantent. Mais bientôt, l'angoisse regagne du terrain. Je ne sais pas ce qui est le mieux : ne pas avoir été capable de l'oublier ou être terrifiée par ce qui m'attend.

J'ouvre la bouche pour avaler une goulée d'air, un nuage de buée se forme sur le hublot.

Respirer. Je ferme les yeux pour me concentrer sur le froid de la vitre et oublier l'agitation ambiante. Oublier où je vais.

J'ai passé une partie du voyage dans cette position, à me demander si j'ai fait le bon choix, si j'ai pris la bonne décision. À l'aéroport de La Havane, avant de grimper dans l'avion, quand j'ai vu les larmes de ma mère et de mon père baigner leurs yeux, j'ai failli faire marche arrière. Yotuel était là lui aussi, et c'est lui qui m'a poussée d'un geste décidé vers l'enregistrement.

— Profite de cette chance, *hermanita,* toi aussi tu as le droit de vivre, m'a-t-il murmuré à l'oreille.

— Mais… ai-je protesté en essayant de résister.

J'étais consciente pourtant que c'était inutile. Depuis l'arrivée de la lettre du gouvernement, la position de ma famille a été ferme et non négociable : on m'offrait une chance de sortir légalement du pays, je devais la saisir. Pour eux. Pour moi.

Les mains sur mes épaules, il m'a fait pivoter et s'est baissé légèrement, de façon à se mettre à ma hauteur pour plonger ses yeux d'un vert profond dans les miens.

— Tu vas grimper dans cet avion, passer deux ans aux Yumas, et tu reviendras ensuite.

— Mais… ai-je encore protesté.

Il m'a interrompue d'un ton qui ne tolérait aucune réplique.

— *Herma,* c'est *ma* dette, pas la tienne. Je vais la porter. Et si tu veux filer un coup de main, trouve un boulot là-bas. Les dollars que tu pourras nous envoyer nous feront du bien.

L'épisode El Faro de l'année dernière l'a changé. Yotuel a récupéré sa place d'aîné. Découvrir que j'étais prête à me sacrifier pour lui a été un électrochoc. Il a tellement trébuché qu'il a failli nous faire tous tomber, mais il s'est relevé, plus fort que jamais. Comme moi.

Dans ce hall où régnait un joyeux désordre typiquement cubain, je me suis jetée dans ses bras, comme la petite sœur que je suis enfin, et je l'ai laissé m'étreindre. Ses mots sont porteurs d'une vérité contre laquelle je ne peux pas lutter. Les dollars nous aideront à rembourser sa dette plus vite. Sa dette qui est devenue la nôtre quand il a fallu régler la facture de la clinique pour une cure de désintoxication afin de le libérer de son addiction aux drogues en tout genre, cette même addiction qui aurait pu me conduire à commettre l'irréparable, vendre mon corps pour payer le prix de sa liberté auprès du plus gros dealer de l'île.

Ce n'est pas parce que je pars que je les abandonne, me suis-je répété pendant tout le vol. La bourse que m'a accordée le gouvernement ne va pas me permettre de tenir très longtemps, je vais donc devoir chercher un boulot. La différence du coût de la vie entre les États-Unis et Cuba est telle que tout ce que je vais envoyer sera de toute façon plus que ce que j'aurais gagné en travaillant à l'hôtel Nacional.

Un passager laisse tomber son énorme sac sur un siège de ma rangée et je sursaute. La file de voyageurs, qui se sont regroupés dans le couloir central, n'a pas encore commencé à quitter l'appareil.

Si ce sac a pu tenir dans un compartiment, je devrais pouvoir m'y glisser moi aussi. Peut-être que je pourrais repartir à La Havane comme ça ? « Tu es ridicule ! », marmonné-je en reportant mon attention sur la vitre. Tu as tenu tête à El Faro, le Diable de La Havane, et tu as peur de ce que te réserve Miami.

Mais à l'époque, je n'étais pas seule. *Il* était là.

J'ai cessé d'avoir peur quand le Yuma est entré dans ma vie.

Ethan.

Et il n'y est plus.

Un étau comprime mon cœur déjà agonisant. Je n'ai pas de nouvelles depuis huit mois. Par ma faute. Je ne l'ai pas appelé alors qu'il m'a laissé son téléphone pour le faire. Mais comment aurais-je pu ? Les abonnements sont hors de prix, et je n'avais même pas de quoi m'acheter un chargeur. L'appareil est dans une poche de mon sac, en sommeil depuis tout ce temps, et le Yuma n'a pas quitté mes pensées. À chaque minute, à chaque seconde, il a été avec moi, dans mon cœur, dans ce vide que son départ a creusé et que je n'ai pas réussi à combler. Même la boxe n'a pas été suffisante.

La pluie bat le tarmac de l'aéroport international de Miami et offre un contraste saisissant avec le soleil qui m'a escortée lors de mon départ de La Havane. Elle est un peu comme mon âme aujourd'hui, elle pleure face à l'inconnu. Je sais ce que je laisse derrière moi, les difficultés quotidiennes, la répression, les bas salaires, mais je sais aussi ce que je perds : Cuba.

Inle, aide-moi à affronter tout ça…

Invoquer Inle, l'Orisha qui guide ma vie selon la *santería,* la religion de ma mère, est une vieille habitude qui me rassure. Je ne suis pas une fervente croyante, mais j'aime bien l'idée que quelqu'un accompagne mes pas, et puis Inle, le médecin, est plutôt sympa comme animal domestique.

Le front toujours contre le hublot, je souris alors que mon cœur gémit.

Mon animal domestique, c'est comme ça qu'Ethan l'appelait.

Ne pense pas à lui.

Ne pense pas que tu vas t'installer dans la ville où il vit.

Ne pense pas qu'il a peut-être déménagé ailleurs.

Ne pense pas à cette nuit-là.

— Mademoiselle, vous vous sentez bien ?

L'hôtesse m'observe d'un air bienveillant. Il n'y a plus que moi dans l'avion, les derniers passagers sont en train de descendre. Je lui souris. Mon sourire de façade, mon sourire faux, parce que non, je ne me sens pas bien.

— C'est la première fois que je prends l'avion… prétexté-je.

— Oh ! s'exclame-t-elle. Vous allez adorer Miami.

—… et je me suis endormie.

Je fais la moue pour appuyer mes mots, comme si dormir m'avait fait rater ce qui était censé être le vol de ma vie.

— Ne vous inquiétez pas, vous aurez d'autres voyages ! me répond-elle, enjouée.

Je me lève et attrape mon sac, juste au-dessus de ma tête. J'aurai au moins le voyage de retour, dans deux ans, la durée de mon autorisation gouvernementale pour rester hors du territoire cubain afin de parfaire ma formation académique. Je vais suivre un premier master en génie civil pour compléter mes connaissances avec les techniques américaines, puis un master en architecture.

Cuba va entrer dans l'ère moderne, c'est inévitable. Les changements sont au coin de la rue, et je veux participer à son développement. Nous avons un patrimoine architectural riche, autant le préserver.

Nous sommes dix à avoir eu cette chance, mais j'étais seule à l'aéroport. Les autres sont certainement partis avant pour goûter à leur nouvelle vie, à cette liberté qu'on leur a offerte ; moi, je n'ai pas pu, j'ai travaillé jusqu'au bout. Un peso gagné est un peso de la dette en moins.

Je longe le couloir de l'avion, salue l'équipage d'un signe de tête et repère le flot des voyageurs qui étaient dans le même avion que moi. Je les suis, mais en réalité, je pourrais me passer d'eux. Je parle bien anglais, mais cela m'est inutile, tout est inscrit en espagnol. L'aéroport de Miami est un lieu de passage vers l'Amérique latine, ce qui explique l'omniprésence de cette langue partout autour de moi.

Une fois ma vieille valise récupérée, je cherche la sortie. L'aéroport est comme une fourmilière, les gens courent d'un côté à l'autre, se croisent, s'ignorent, tiennent leurs enfants par la main, changent brusquement de direction… Tant d'effervescence m'étourdit, je n'y suis pas habituée. Le cœur battant, je me laisse aspirer par les portes coulissantes, et quand je les franchis, la chaleur me frappe de plein fouet, me coupant le souffle. Cuba est un pays chaud, le pays de l'été éternel, alors ce ne sont pas réellement les températures qui me perturbent.

J'inspire, mais l'air me brûle la trachée, il est saturé. Trop de personnes, trop de pots d'échappement, trop de fumées. J'inspire de nouveau et la brûlure s'accentue, déclenchant une quinte de toux qui me secoue tout le corps, des points noirs se mettent à danser devant mes yeux. Quelqu'un me bouscule, s'excuse, je n'ai pas le temps de le rassurer qu'on me pousse encore. Je bloque le passage, je ne m'étais pas rendu compte que je m'étais arrêtée. Les gens rient. Un enfant hurle. Son père le gronde. Je fais un pas sur le côté pour éviter un couple. Une voiture passe en klaxonnant, suivie d'une autre, et d'encore une autre. Les pare-chocs se touchent presque. La file de véhicules est pareille à une colonne de fourmis, interminable.

Le sang bat contre mes tempes, je ferme les paupières et m'agrippe à la poignée de ma valise. J'ai chaud. Le manteau nuageux est épais, il pleut, mais je ne me suis pas encore exposée à la pluie. Malgré tout, je suis trempée de sueur. Mon premier contact avec Miami est brutal, violent, comme si cette ville m'avait accueillie avec un uppercut dans le ventre.

— Eh, *niña,* tu es perdue ?

Un homme à la peau tannée par les ans et aux cheveux grisonnants, vêtu de l'uniforme du personnel d'entretien de l'aéroport, me dévisage avec inquiétude. Il m'a parlé en espagnol, mais son accent ne vient pas de Cuba. Du Mexique peut-être. Je déglutis avec peine et hoche la tête en guise de réponse. Ma gorge est tellement serrée qu'aucun mot n'en serait sorti.

— Première fois aux États-Unis ? me sourit-il.

— Oui.

Ma voix a tremblé, les points noirs dansent toujours devant mes yeux. La gentillesse de ses pupilles sombres m'aide à faire abstraction du tourbillon qui m'entoure.

— Ça fait souvent ça. Ma femme s'est évanouie quand on est arrivés. Tu viens d'où ?

— De La Havane.

Il rit.

— C'est encore pire, alors !

Je comprends immédiatement ce qu'il veut dire : avec la présidence des frères Castro, Cuba a été immobilisée dans le temps, prenant un retard économique profond : soixante ans de développement nous séparent des autres pays.

— Tu as besoin de quelque chose ? Je peux t'aider ? poursuit-il.

Il fait quelques pas vers moi en traînant sa pince et son sac poubelle derrière lui.

« Ethan » est le premier mot qui me vient à l'esprit. C'est de lui dont j'ai besoin, et pas pour me servir de guide touristique. Mais je l'efface aussitôt, ce réflexe est idiot. Il n'est pas là, je suis seule.

— Un taxi. J'aimerais trouver un taxi.

Je dois rejoindre la résidence universitaire.

— C'est facile, toutes les voitures jaunes sont des taxis. Tu en as là-bas.

Il me montre un immense parking où sont alignés des véhicules qui se ressemblent tous. Un océan de jaune.

— Merci beaucoup, le remercié-je en lui souriant.

Le soulagement a chassé l'angoisse de mes veines, mes tempes ne battent plus. Cet homme vient de m'apporter une aide précieuse. Je vais grimper dans un taxi et le laisser me déposer à la résidence. Une première étape de franchie.

— Mais ils sont très chers. Tu vas où ? reprend-il.

Je lui récite l'adresse que j'ai mémorisée. Il grimace.

— Tu vas en avoir minimum pour vingt-cinq dollars, et ces salauds peuvent monter jusqu'à quarante.

Le soulagement s'évapore aussi vite qu'il est venu. Un mois de salaire à Cuba. Mon sang se glace dans mes veines, je ne peux pas me le permettre.

— Les taxis en profitent ici, j'ai essayé de m'acheter une licence, mais ça coûtait trop cher. Je te conseille de prendre le Metrorail, ça va t'emmener dans le centre de Miami, et après, c'est facile, tu grimpes dans un bus et tu arrives chez toi.

Chez moi…

Chez moi, c'est Cuba.

— Merci beaucoup, répété-je, reconnaissante.

Metrorail, bus, je devrais y arriver.

— De rien ! Il faut bien s'entraider un peu ! On a parfois l'impression que Miami veut nous avaler, mais en réalité, on est bien ici.

« On est bien ici ». J'espère qu'il a raison.

Je ne prends pas la peine d'affronter la pluie pour rejoindre les taxis et m'engouffre de nouveau dans le hall de l'aéroport. Je repère les panneaux « Metrorail », et achète un billet.

Mon cœur est lourd, je n'ai plus de repères. Dire que je ne suis jamais montée dans un train à Cuba, et qu'ici, je vais emprunter un « Metrorail ». Je ne sais même pas ce que c'est.

Je me sens seule, très seule. Et si j'avais fait la pire bêtise de ma vie en acceptant cette place dans ce programme ? Je passe devant le hall d'enregistrement.

Non. Faire demi-tour et embarquer dans un avion direction La Havane n'est pas envisageable. Je serre les dents et continue à avancer, mon billet de Metrorail dans une main, ma valise dans l'autre, et mon sac à dos à l'épaule.

Mes pieds pèsent plus lourd que du plomb.

Ethan

Deux coups discrets sur ma porte. Dix heures. C'est ce qu'affiche mon radio-réveil en forme de ballon de foot américain, celui que mon grand-père m'a offert après que l'on m'a confié mon premier poste de quarterback. J'avais sept ans. Je n'ai jamais pu me résoudre à m'en débarrasser, même s'il est un peu ridicule maintenant. Ça ne peut qu'être Linjie, notre gouvernante. Ma mère passe son samedi à l'agence, un rendez-vous important avec un gros bonnet à qui elle souhaite présenter un projet prometteur de réhabilitation d'un immeuble dans Downtown Miami, juste en face du port. Ça fait des semaines qu'elle me bassine avec ça.

Je me tourne sur mon lit et tends les bras au-dessus de ma tête pour m'étirer le dos. La position allongée n'est pas la meilleure pour réviser. La rentrée approche et je veux être prêt, j'ai assez merdé comme ça.

Après mes conneries de l'année dernière, ma rupture des ligaments du genou qui m'a écarté des terrains de foot, mon addiction, mon intrusion à l'infirmerie et mon overdose, j'ai réussi à me reprendre en main. Ça n'a pas été facile, j'ai même failli replonger plus d'une fois. Mais mon séjour à Cuba, imposé par ma mère, a changé ma vie. Au sens propre du terme. La réalité du pays, sa pauvreté, ses conditions difficiles, mais aussi sa joie de vivre m'ont percuté comme un camion-remorque lancé à pleine allure. Sans parler de cette petite Cubaine aux yeux d'ange et au cul d'enfer qui a fait irruption dans ma vie et a tout chamboulé. Depuis mon retour, je ne suis plus le même.

Il a fallu que je me rachète une conduite auprès de l'université, j'ai rattrapé mes matières en retard et ai fait des heures de travaux d'intérêt général. En parallèle, j'ai également complété mon cursus avec des statistiques. Je hais les stats, mais rien à foutre, c'était pour la bonne cause. J'ai bossé tout l'été afin de valider mon diplôme d'économie ; je voulais faire plaisir à ma mère, je lui devais bien ça, même si ça ne me servira à rien.

Parce que je sais enfin ce que je vais faire de mon avenir.

Il me fallait une majeure scientifique pour faire un master « Santé-Thérapeute » du sport, d'où les stats. J'ai encore quelques matières à récupérer, mais j'ai pu m'inscrire dans la filière malgré tout. Mes antécédents sportifs ont joué en ma faveur, et mon attitude pendant les travaux d'intérêt général aussi. Tourner le dos au sport m'était impossible. Il fait partie de moi, j'en ai besoin comme on a besoin de l'oxygène pour respirer. Alors, en étudiant pour devenir physiothérapeute, je reste dans ce que j'aime. Voir comment Viktor, le coach de boxe de Cris, me remettait le pied à l'étrier d'une activité sportive m'a donné envie de faire pareil. On m'a aidé, pourquoi ne pourrais-je pas en faire de même pour des sportifs, qui comme moi, connaissent une mauvaise passe ? Ma mère, sceptique au début, m'a laissé suivre la route que je voulais. Elaguá m'a bel et bien montré le chemin, María, la mère de Cris, avait raison.

Cris.

Je réprime l'envie de vérifier mon téléphone. J'ai arrêté de compter les jours depuis que j'ai franchi le cap des cent cinquante sans nouvelles. Cela fait maintenant cinquante-trois jours.

Ouais… En réalité, je les compte toujours.

Deux nouveaux coups sur la porte me décident à me lever et ouvrir. Linjie, qui nous suit depuis bien avant ma naissance, est là. Elle est venue de Chine avec son mari il y a trente ans, et travaille pour ma famille depuis vingt-cinq ans. À l'époque, mon grand-père l'a soutenue dans ses démarches pour obtenir des papiers, son mari travaille toujours pour lui et se charge de l'entretien du jardin.

Cliché. C'est ce que dirait Cris. Mais au moins, Linjie n'est pas latino, lui rétorquerais-je. Elle me sourirait en soupirant, et moi, j'aurais envie de l'embrasser.

Elaguá, mon pote, aide-moi à la virer de ma tête.

Je souris à notre gouvernante, tentant d'ignorer le poids qui leste ma poitrine. Il est là, au quotidien, vieux compagnon de route qui me colle comme une sangsue. Ce n'est pas le même que celui qui vous coupe le souffle, c'est juste un inconfort qui vous rappelle que vous ne pouvez plus respirer à fond. Que vous ne pourrez plus le faire. Jamais. Parce qu'il vous manque la bonne pièce pour que vous puissiez fonctionner correctement.

— Monsieur Ethan, Mademoiselle Addison est là, elle vous attend en bas.

Addison ? 10 heures ? Merde, je suis en retard ! Je dois l'emmener en centre-ville, journée shopping avec ses copines. Mauricio, le chauffeur de la famille n'était pas disponible, Eduardo, son fils qui leur rend souvent des services non plus… Et comme Addi déteste conduire, prendre un taxi ou le Metrorail, je me suis proposé. C'est ce que ferait un gentil petit ami.

— Elle n'a pas l'air contente, ajoute-t-elle d'un ton réprobateur qui lui fait froncer le nez.

Linjie ne s'est jamais débarrassée de son accent, elle avale la moitié des syllabes. Certaines personnes ont du mal à la comprendre, moi j'adore l'écouter parler. Avec sa petite taille, ses cheveux noirs parsemés de mèches argentées toujours retenus dans un chignon haut, son visage sur lequel les rides n'ont pas de prise et sa silhouette généreuse, on dirait un personnage de dessin animé.

Elle marque une pause, puis continue d'un air entendu :

— Je lui ai dit que vous étiez en train de prendre votre douche, et que je préférais qu'elle vous attende dans le salon, que vous alliez venir.

Je hoche la tête, sans me départir de mon sourire. Linjie reste assez traditionnelle en ce qui concerne Addi. Je sors avec elle depuis trois mois, ma petite amie connaît ma mère et mon grand-père, et vient régulièrement manger à la maison, mais notre pit-bull asiatique ne la laisse pas monter dans ma chambre de sa propre initiative. Je la soupçonne de ne pas l'aimer, ce qui est étonnant : tout le monde aime Addi.

Tout le monde, sauf…

Merde, mec ! Déconne pas. C'est elle qui t'a lâché !

Addi est la meilleure chose qui pouvait m'arriver, c'est ce que n'arrête pas de me répéter ma mère. Elle est belle, gentille et tendre, pas collante, issue d'une famille qui apporte un soutien inconditionnel à mon grand-père. Je ne pouvais pas rêver mieux…

Alors pourquoi est-ce que…

Non !

— C'est gentil, Lin. J'arrive.

— Il faut vous mouiller les cheveux, sinon elle saura que j'ai menti, me fait-elle remarquer, les mains croisées devant elle, mais l'œil acéré.

Le mensonge est quelque chose de honteux pour Linjie, même si paradoxalement, elle en use fréquemment.

— Oui, je vais le faire.

Elle ne bouge pas d'un centimètre et reste devant moi, balançant son poids d'un pied à l'autre, comme si elle avait peur d'ajouter quelque chose. Elle renifle discrètement, et je comprends immédiatement ce qu'elle fait. Elle cherche la vanille.

Mais il n'y en a pas. Il n'y en a plus. De toute façon, j'ai eu beau essayer toutes les bougies et toutes ces conneries d'encens et de gel douche que j'ai pu trouver, je n'ai jamais retrouvé l'odeur de Cris, elle aussi a disparu.

Elle aussi m'a lâché.

— Monsieur Ethan, tout va bien ?

Je lui souris du mieux que je peux.

— Oui, bien sûr. La rentrée me stresse un peu.

Et cela fait cinquante-trois jours.

Elle hésite encore. D'un geste nerveux, je me passe la main dans les cheveux pour me donner une contenance.

— Je peux me permettre de vous dire quelque chose ?

Depuis quand Linjie demande-t-elle l'autorisation ? Je m'appuie contre le chambranle de la porte et croise les bras sur ma poitrine.

— Oui, bien sûr.

— Mademoiselle Addi est très gentille, mais…

Elle cherche ses mots, je préfère l'interrompre.

— Maman et Grand-père sont ravis de notre relation.

Elle se mordille la lèvre inférieure et évite de me regarder.

— Je sais Monsieur Ethan, mais… et vous ?

J'ouvre la bouche pour lui répondre, mais aucun mot n'en sort.

Moi, il me manque une partie de mon cœur…

Cristina

J'arrive enfin au troisième étage de ma résidence universitaire et fais un dernier effort pour hisser ma valise sur le palier. L'eau dégouline sur le carrelage, je suis tellement trempée que si un Orisha décidait de m'essorer, il pourrait créer un lac, voire un océan. La pluie n'a pas arrêté de tomber depuis que je suis descendue de l'avion, et je n'ai pas eu le courage d'ouvrir ma valise en plein milieu d'un trottoir pour mettre la main sur un vêtement qui aurait pu me protéger. J'aurais peut-être dû.

Je m'adosse quelques secondes au mur pour reprendre mon souffle. En temps normal, une telle ascension ne m'aurait pas posé de problème, mais là, je n'en peux plus. La faute à ma valise qui pèse une tonne et qui n'a pas de roulettes. Quand on achète au marché noir le bagage le moins cher, on doit abandonner certaines exigences. Et puis, il y a eu mon périple. D'abord, j'ai pris le Metrorail qui m'a emmenée jusqu'à Downtown, le quartier des affaires au cœur de Miami. Des gratte-ciel qui flirtent avec les nuages, une marée humaine qui jaillit du métro, une fourmilière de voitures… J'en ai eu la tête qui tourne, et une migraine s'est nichée sous mon crâne. Ensuite, j'ai grimpé dans un bus, et encore un autre bus, pour arriver à ma résidence universitaire. Ce n'était sûrement pas le trajet le plus court, mais après tout, qu'est-ce que j'en sais ? Cela fait déjà cinq heures que j'ai atterri et je n'ai rien fait d'autre que porter cette fichue valise.

Je sors de la poche de mon jean le papier sur lequel la dame de l'accueil de la résidence a griffonné mon numéro de chambre. Elle n'était pas très aimable, j'ai cru que j'allais devoir le lui arracher. L'eau ne l'a pas complètement détrempé, l'encre est encore lisible. Le couloir vibre au rythme des sonorités agressives d'un groupe de hard-rock. J'espère que les murs des chambres sont épais, sinon, ça va être un calvaire. J'aime le rock, mais je déteste le hard-rock. Les cochons qu'on égorge, très peu pour moi.

Plus j'avance, plus la musique est forte.

Super…

Et enfin, je trouve le numéro. La musique provient de derrière la porte.

Ma coloc est donc fan de hard-rock.

Je soupire. Ce premier jour sur le sol américain ne correspond pas à ce que j'ai imaginé. Je ne suis pas le genre de personne à idéaliser les choses, mon vécu personnel m'a appris à garder les pieds sur terre et à attendre que les tempêtes passent, en sachant que le soleil ne reste jamais bien longtemps, mais Ladydi a presque réussi à me convaincre qu'aux États-Unis tout est parfait.

Pas si parfait que ça: les taxis sont hors de prix, il pleut, les transports en commun de Miami sont merdiques, et au regard noir de la femme à l'accueil, j'ai eu le sentiment d'avoir tué son chien.

Et ma coloc écoute du hard-rock.

Je frappe, après tout, on ne doit pas juger les gens d'après leurs goûts musicaux.

Personne ne me répond.

Je frappe une nouvelle fois. J'ai froid, je suis fatiguée, et je n'ai qu'une envie: prendre une douche et changer de vêtements.

Toujours rien. Le cochon beugle trop fort pour qu'elle m'entende, alors je tourne la poignée.

— Euh, bonjour?

Je me suis exprimée en anglais. Même si l'aéroport bouillonnait en langue espagnole et qu'elle semble aussi avoir envahi les rues de Miami, je dois m'habituer à ne parler que dans la langue de Shakespeare.

Sans être immense, l'espace de la chambre est bien plus grand que celui que je partageais avec Yotuel. Deux lits une place, deux bureaux, deux placards muraux. Pas de salle de bains, il n'y en a qu'une pour tout l'étage.

La fatigue qui m'a assaillie en grimpant ces trois étages se volatilise soudain, emportant au passage toutes mes difficultés de ce premier jour. Je suis aux Yumas, aux États-Unis. Ce pays où tout est possible. Ce pays dont nous avons beaucoup à apprendre. De façon légale. Sans avoir sauté dans une *balsa,* une de ces embarcations que les Cubains utilisent pour quitter le pays et débarquer sur les côtes américaines. Une pointe d'excitation me parcourt l'échine.

Sur l'un des lits, une jeune femme à la longue chevelure brune, qui doit avoir à peu près mon âge, est allongée sur le ventre, plongée dans son dessin. Si les feuilles qui sont accrochées aux murs, et qui gisent sur le sol jusqu'à avoir envahi mon lit sont d'elle, elle a du talent. Mais aussi une conception étrange de l'ordre. Ça m'est égal. La seule chose que je veux, c'est étudier, obtenir mes diplômes et retourner à Cuba.

— Bonjour, répété-je plus fort.

Toujours rien. Sur son bureau, un téléphone dernière génération est branché sur un socle, juste à côté d'enceintes. Voilà l'origine de la musique atroce. Ma coloc atténue une ligne du bout du doigt et grommelle. Ce qu'elle dessine n'a pas l'air de lui convenir.

Je me racle la gorge et hausse un peu le ton.

— Salut, je me suis permis d'entrer, j'ai frappé, mais…

— Ahhhhhh, hurle-t-elle en faisant un bond d'au moins deux mètres sur son lit.

Une pluie de feuilles de papier vient rejoindre celles qui s'ébattaient déjà sur le sol.

— Pardon, m'excusé-je. Je ne voulais pas te faire peur, j'ai frappé, mais comme tu n'as pas entendu, j'ai…

Les mots sortent au rythme d'une mitrailleuse, je suis nerveuse. Je n'avais pas l'impression de l'être pourtant, mais je le suis.

— Pas de problème! C'est ma faute! Mon frère prétend que je suis sourde, moi je pense que c'est la seule façon d'apprécier la bonne musique.

Elle m'a répondu dans un anglais qui n'a pas une pointe d'accent. Ses traits fins, sa peau mate et sa chevelure ébène trahissent ses origines latinos. Mais sa maîtrise parfaite de l'anglais indique que contrairement à moi, elle n'est pas de passage, elle est sans doute née ici. Son sourire avenant, ses yeux chaleureux me mettent aussitôt en confiance. Ils me rappellent Ladydi, ma meilleure amie. Cette fille aime les cochons qui hurlent, mais je suis sûre qu'on va bien s'entendre.

— Je m'appelle Cristina, Cris…

Je n'ose pas bouger, mon bagage toujours à la main et mon sac à dos me cisaillant l'épaule. Elle se lève et, en deux secondes, est à mes côtés pour me débarrasser de ma valise. Elle ne fait pas un commentaire sur son état, sur son poids, sur le fait qu'elle est en tissu et date sans doute de la Révolution cubaine. Non, son geste est amical. Juste amical. Mon cœur bat moins vite. Tout va bien se passer.

— Alana, mais tout le monde m'appelle Ali. Et là, c'est ton coin !

Elle me montre le lit en théorie vide, mais occupé par ses dessins, ainsi que le bureau adjacent, lui aussi recouvert de silhouettes griffonnées.

Mon coin. Aux États-Unis.

Ma nouvelle vie.

Avec une colocataire qui s'appelle Ali. Comme Muhammad Ali, un mythe de la boxe. Si ça n'est pas un signe…

Je ne peux m'empêcher de sourire. Mes doutes s'envolent un à un. Je n'ai pas le temps de m'approprier l'espace qu'elle ouvre un placard pour y laisser ma valise et regroupe à la hâte ses feuilles.

— Je suis un peu désordonnée, j'espère que ce ne sera pas un problème, me dit-elle avec une moue gênée.

Je l'avais compris, pas besoin de sous-titres.

— Aucun problème.

Je ne mens pas, je m'en moque. Elle se redresse pour me faire face, une liasse à la main.

— Ah, et ce soir, je ne suis pas là. Je dors chez mon copain. Si j'avais su que tu venais aujourd'hui, je t'aurais réservé ma soirée, mais Joyce, la garce de l'accueil, n'a pas voulu me prévenir. Elle m'a dit que tu ne viendrais sans doute plus. Dès qu'elle peut me faire chier, elle le fait.

Elle baisse d'un ton et ajoute en chuchotant, comme si les murs avaient des oreilles :

— Elle n'aime pas trop les étrangers, si tu vois ce que je veux dire.

Il me faut quelques secondes pour comprendre de quoi elle parle. Les États-Unis, le pays de la liberté, et des préjugés, du racisme contre ceux qui ne sont pas d'ici.

— Oh…

Ali continue de parler, sans s'attarder sur le sujet.

— Juan, mon copain, va faire la gueule si j'annule…

Elle grimace pour illustrer son propos. Je lui souris.

— Ne t'inquiète pas, ça va aller.

Là, je mens un peu. J'aurais bien apprécié un peu de compagnie.

— Mais demain, je vais te présenter toutes les filles de l'étage, tu verras, elles sont super sympas ! Ah, et je t'emmène voir un match de base-ball aussi, Juan joue. Donc, ne prévois rien.

— Je…, tenté-je de protester.

Demain, je comptais éplucher les petites annonces et chercher un boulot, visiter le campus et trouver un endroit où je pourrai appeler Ladydi et ma famille. Le peu que j'ai vu du campus m'a fait froid dans le dos : il est immense et n'a rien à voir avec la faculté de La Havane. D'après ce que j'ai cru comprendre, je vais avoir des cours dans deux sites : Architecture et Ingénierie. L'année scolaire commence lundi, je n'ai qu'une journée pour étudier le plan qu'on m'a envoyé avec le dossier de l'université, et pour partir en repérage. Une journée pour trouver mes marques dans l'équivalent d'une botte de foin. Et évidemment, je suis l'aiguille.

Elle jette un coup d'œil à son téléphone avant de l'arracher à son socle. La musique cesse aussitôt.

Merci, Inle !

— Oh, merde ! Je suis en retard ! Juan va me tuer ! C'est toujours pareil, quand je dessine, je perds la notion du temps.

Elle attrape une veste dans son armoire et un sac besace assez grand. Quand elle se le passe autour du cou, il pend comme s'il cachait des objets assez lourds. Des livres peut-être…

— On se voit demain !

Après un petit signe de main, elle claque la porte derrière elle.

Voilà, j'ai rencontré ma colocataire.

Je balaie la chambre du regard, hésitante.

Seule. Je suis seule. En vingt et un ans d'existence, cela ne m'est jamais arrivé, je n'ai jamais eu une soirée totalement seule. À la maison, il y a toujours la présence rassurante de quelqu'un : mes parents, Yotuel ou les touristes que nous hébergeons régulièrement. La chape du silence m'ensevelit, et je reste plantée là, au milieu de cette chambre, entourée de dessins représentant des personnes que je ne connais pas.

Apprendre la solitude est sans doute la première leçon des Yumas, je ne suis pas sûre de l'apprécier.

Chapitre 2

Dimanche 26 août

Cristina

— Tu vas voir, les Tocororos sont vraiment bons ! Ils vont les massacrer, cette fois !

Nous avons quitté la résidence universitaire il y a quinze minutes, et j'aperçois enfin la silhouette du stade où doit se jouer un match amical de base-ball entre une équipe cubaine, les Tocororos, et une équipe américaine.

— Ils se sont entraînés ! ajoute ma colocataire en battant des mains. Les deux premiers matchs, c'était pour le fun, mais là, c'est du sérieux ! Et en plus, il ne pleut pas !

Elle a raison, aujourd'hui, les Orishas ont été cléments, le ciel est presque dégagé. Le soleil n'a pas encore gagné complètement son combat contre les nuages, mais au moins, il pointe le bout de son nez. Cela aidera mes tennis à sécher. Je n'ai pas de paire de rechange, et la nuit n'a pas suffi pour leur faire oublier mon arrivée humide sur le sol américain.

Ali enlève même sa veste de pluie d'un rouge vif qu'elle noue autour de sa taille, et sourit de plus belle en inspirant profondément, le visage tourné vers le ciel. Elle est vraiment jolie. Le naturel prime chez elle : pas de maquillage ou très peu, des cheveux d'un noir profond qui virent sur l'auburn par endroits, sans doute à cause du soleil de cet été, un corps aux formes sensuelles, des fossettes sur ses joues rebondies. C'est le type de personne qui attire immédiatement la sympathie des autres.

Son enthousiasme est communicatif, et je presse le pas. J'ai eu un peu de mal à suivre ce qu'elle m'a expliqué, mais d'après ce que j'ai compris, il s'agit d'une rencontre informelle. Deux matchs ont été joués avant l'été, et cela a resserré les liens entre la diaspora cubaine et les Américains, donc ils ont décidé de réitérer l'initiative cette année, avec l'accord et le soutien de l'université.

Ma coloc a dû insister pour me convaincre de venir, j'avais l'intention de mettre à profit mon dimanche pour étudier le plan du campus et pour me chercher un boulot, mais elle est tenace. Et obstinée. Pas un seul de mes prétextes n'a eu raison de son entêtement. Au moins, ça me permet de repérer les lieux, ai-je pensé pendant le trajet, et peut-être vais-je tomber sur un taxiphone, là où je pourrai passer un coup de fil à l'épicerie de Ladydi pour rassurer ma famille. « Tout va bien » voudrais-je leur dire. Même si je ne suis pas convaincue que tout aille si bien que ça.

Une arrivée difficile.

Des vêtements trempés.

Les cours qui commencent demain.

Un boulot à trouver.

L'inconnu.

J'ai l'impression de sauter dans le vide. Sans parachute. Peut-être vaut-il mieux que j'attende avant de les appeler. De toute façon, je leur ai juste promis que je le ferais dans la semaine.

— Les Yumas ne sont pas des pro du base-ball non plus, alors on a toutes nos chances ! continue de pépier ma colocataire.

En entendant le nom de l'équipe adverse, mon cœur manque un battement. Les « Yumas » ? C'est comme cela que j'appelais Ethan. Je me raisonne aussitôt, cela n'a rien d'étonnant. Beaucoup d'Américains à Miami savent sans doute comment on les surnomme à Cuba, il y a tellement de Cubains ici que ça ne doit plus être un secret.

Nous franchissons les grilles d'un complexe sportif qui n'a rien à voir avec là où je m'entraînais. Certains terrains sont mis à disposition des étudiants, mais tout est propre, neuf. On est bien loin des pistes que je foulais quand je faisais encore partie du programme pour jeunes sportifs. Mon cœur se met à battre un peu plus vite.

Je suis à Miami, la ville où il vit. Peut-être qu'il participe à cette rencontre ?

Débile, me fustigé-je. Miami est une ville immense, il y a autant de chances qu'il soit là que tous les Cubains de La Havane aient le téléphone chez eux dans l'année.

Un panneau nous rappelle de maintenir les lieux en état sous peine de voir son accès limité.

Note mentale : je vais pouvoir venir courir ici. La piste qui cercle le terrain de foot est grande, et son revêtement en bon état en comparaison avec l'asphalte de La Havane. Quelques sportifs s'entraînent en franchissant des haies. Je regrette aussitôt d'avoir enfilé un jean et pas mon jogging. Mais j'ai mes baskets, je pourrai peut-être faire un ou deux tours après le match, juste pour aider mon corps à décompresser. Mes jambes se mettent à fourmiller.

Non, je reviendrai ce soir. Là, tout de suite, je dois essayer de m'intégrer. Je n'ai pas vraiment apprécié la compagnie de la solitude hier soir.

— Hey, *babe,* je suis là ! hurle Alana en s'appuyant sur la barrière pour bondir afin que son copain la remarque.

Elle agite le bras en direction des deux équipes. Elles sont déjà sur le terrain en train de s'échauffer. Un coup d'œil aux Yumas m'indique que ma coloc est d'un optimisme débordant : ce sont de vrais sportifs, des machines de guerre qui ne vont faire qu'une bouchée de l'équipe plutôt fluette des Tocororos. Et même si ces Cubains ont un don pour le base-ball, ils mourront d'épuisement au terme des neuf manches que compte un match. Ils sont beaucoup moins nombreux que les Yumas et ont donc moins de roulement pour les remplacements.

Mais cela n'altère pas la bonne humeur ambiante, les joueurs s'échauffent tous ensemble, et les éclats de rire vont bon train.

Je salue d'un sourire la dizaine de filles qui se trouvent dans les gradins derrière nous, difficile de dire qui soutient qui. Des brunes, des blondes, une grande rousse élancée, leur origine est métissée, ce match est réellement amical. Leur expression est curieuse, mais chaleureuse lorsqu'elles me rendent mon bonjour, pas de jalousie, de rivalité comme celle que pouvait me renvoyer Nati. Je laisse échapper un soupir de soulagement, finalement, j'ai bien fait de venir.

Deux garçons trottinent dans notre direction, je suppose que le copain d'Ali est l'un d'entre eux. Elle est rentrée tôt ce matin et m'a emmenée petit-déjeuner dans une des cafétérias du campus pour se faire pardonner de m'avoir abandonnée hier soir. Il n'y avait pourtant rien à pardonner, mais je l'ai suivie, trop heureuse d'avoir de la compagnie. Nous avons discuté et elle m'a parlé de Juan. Ils sont ensemble depuis trois ans. Il vient de Santiago de Cuba, qui est à l'opposé de La Havane sur une carte et est arrivé ici il y a cinq ans, quand la loi d'Ajustement[2] était encore vigueur. Il n'a eu donc aucun mal à régulariser sa situation. Cela m'a soulagée pour eux, vivre avec l'épée de Damoclès de la Migra – la police migratoire américaine qui risque de vous expulser – au-dessus de la tête n'a rien d'amusant.

Au cas où, j'étudie les membres de l'équipe adverse, et pendant que je fais cela, les battements de mon cœur s'accélèrent. Il n'est pas là. Logique, pourquoi le serait-il ? Son truc, c'est le football américain, pas le base-ball.

Le mince espoir qui est né dans ma poitrine quand on a franchi les portes du stade cède la place à la déception.

— Juan, il déchire tout ! glousse-t-elle en dévorant du regard le plus grand des deux.

La peau brune, un sourire franc sur le visage, il est plutôt séduisant. Ses cheveux sont rasés sur les côtés et plus longs sur le dessus, il arbore fièrement le T-shirt

2 Loi qui jusqu'en janvier 2016 permettait à tout exilé cubain de régulariser sa situation sur le sol américain.

bleu, rouge et blanc des Tocororos. Lui et moi avons quelque chose en commun : notre amour pour Cuba. C'est le cas de tous les joueurs qui sont sur le terrain, j'en suis sûre. Pour eux, le match va plus loin qu'une rencontre sportive, c'est l'affirmation de qui ils sont, comme s'ils ne voulaient pas oublier d'où ils viennent.

Ali rassemble ses longs cheveux en un chignon négligé, la légère brise qui souffle aujourd'hui s'amuse à les faire virevolter autour d'elle. J'ai le même problème, cela fait des mois que je n'ai pas coupé les miens, mais je m'y suis habituée.

Il saute par-dessus la barrière et la prend dans ses bras. Elle lui arrive à peine à l'épaule, et doit relever le menton pour le regarder dans les yeux.

— Salut, *mi amor* ! Tu étais où hier soir ? Je t'ai appelée plusieurs fois, mais tu n'as pas répondu, j'étais inquiet.

Elle me lance un coup d'œil nerveux par-dessus son épaule, mais se reprend aussitôt et lui adresse un sourire charmant.

— Je suis restée avec Cris, ma coloc. Elle vient d'arriver. On n'a pas arrêté de discuter, et je n'ai pas vu le temps passer.

J'ouvre la bouche avant de la refermer. Elle a menti à son petit ami, elle n'était pas avec moi.

— Oui, elle n'a pas voulu me laisser seule pour mon premier soir, balbutié-je maladroitement.

Ses épaules se détendent légèrement. Sans en avoir conscience, je viens de respecter ce qui doit être l'une des règles de la colocation : toujours soutenir son partenaire de chambre.

— Tu aurais pu me prévenir, tu sais que je n'aime pas ça quand tu ne me réponds pas, je me fais des films… la réprimande-t-il.

— Désolée… lui répond-elle, une expression penaude sur le visage.

Je profite du moment où il l'embrasse dans le cou pour froncer les sourcils et lui signifier qu'elle ne va pas s'en sortir comme ça avec moi. Elle soutient mon regard, puis ferme les yeux.

Le type qui accompagne Juan me jauge pendant quelques secondes, puis, sans prendre la peine de se présenter, il me demande d'un air sérieux :

— Question pour savoir si tu peux rentrer dans le club : pourquoi notre tenue est de cette couleur ?

Euh, pas de bonjour, pas de sourire, juste ce regard grave ? OK… Derrière moi, quelques filles gloussent, ça doit être l'accueil traditionnel pour les nouveaux venus. Je promène ma main sur la rambarde métallique qui nous sépare du reste de l'équipe qui s'est approchée à son tour, avant de répondre.

— Parce que vous vous appelez les Tocororos et que c'est un charmant oiseau blanc, bleu et rouge qui a d'ailleurs prêté ses couleurs au drapeau cubain.

J'ai bien appris la leçon à l'école. Un bravo retentit autour moi et un grand sourire étire ses lèvres.

— C'est bon, tu es des nôtres, tu es une vraie Cubaine !

Je fronce les sourcils.

— Il y a des faux Cubains ?

— Il y a surtout des cons ! ricane-t-il en repoussant ses lunettes à la monture en plastique marron qui ont glissé sur son nez.

Je l'aurais plutôt imaginé devant un plateau d'échecs que sur un terrain de base-ball. Petit, des lunettes, les joues parfaitement rasées, mais des cheveux un peu trop longs, il a tout du geek.

— Je suis Ambrosio. Tu ne joues pas au base-ball, par hasard ? On a besoin de renforts !

Je secoue la tête.

— Euh, non… Mon truc, c'est la course à pied, ou la boxe.

— Tu cours ? Génial ! Il nous faut des gens qui ont de bonnes jambes. Le prochain match, on t'embauche !

— Mais… protesté-je.

Ils ne jouent pas garçons contre garçons ? Il comprend aussitôt ce que je veux dire, car il se hâte de préciser :

— On joue pour s'amuser, et contrairement aux Yumas, on est peu nombreux.

— En plus, en face, ce sont des rouleaux compresseurs, ils sont super sympas, mais ce sont tous des fous du sport, pas comme nous ! ajoute Juan en riant.

Il illustre ses paroles en se tapotant le ventre qui n'a rien des abdos en béton d'un athlète.

— On a du mal à convaincre les autres de venir, ils ont peur de se prendre une raclée. Et les filles, on n'en parle pas ! Elles préfèrent se faire les ongles ! renchérit Ambrosio en lançant un regard taquin aux filles derrière qui se mettent à protester vivement.

Ali réagit aussitôt en flanquant une claque derrière le crâne de son petit ami.

— Ouille, se plaint-il, mais je n'ai rien dit ! C'est Ambrosio !

Elle croise les bras sur sa poitrine, et affiche une moue renfrognée.

— Tu allais le faire, je te connais.

Il se frotte exagérément l'arrière de sa tête, et lui envoie un clin d'œil.

— Mais non, *mi amor !*

Elle est sur le point d'ajouter quelque chose. À son expression, je suis prête à parier qu'elle est toute disposée à continuer cette joute verbale avec lui, mais Ambrosio l'en empêche.

— C'est pour ça d'ailleurs qu'on a proposé le base-ball et non le foot, on se serait fait fracasser, ils sont presque tous dans l'équipe de la fac, m'explique-t-il.

Mes oreilles se mettent soudain à bourdonner, et machinalement, je reporte le regard sur le terrain. Les joueurs terminent leur échauffement. Je prends quelques secondes pour les scruter, il n'est pas parmi eux.

Je ne sais pas si je suis déçue ou soulagée.

Comme tirés par un fil invisible, mes yeux dévient vers la porte qui doit mener aux vestiaires. Mon cœur bat tellement fort que j'entends à peine ce que leur répond Alana. Il n'y a aucun mouvement. La course de mon sang dans les veines semble vouloir défier la vitesse de la lumière.

Une ombre jaillit de l'obscurité. Je cligne des paupières pour être sûre. Pour chasser les points noirs qui ont fait leur apparition et se trémoussent devant moi.

Mon cœur s'arrête. Crise cardiaque.

C'est lui.

J'attrape la rambarde et la serre à m'en faire blanchir les jointures de mes mains. Sans elle, je serais tombée.

Derrière lui, une silhouette plus petite.

Une blonde est dans son sillage.

Ethan

La troisième manche vient de se terminer, et les gars rejoignent les bancs de l'équipe. Je leur tends des serviettes et Addi des bouteilles d'eau. Elle a fait l'effort de m'accompagner aujourd'hui, mais je sais qu'elle aurait préféré que nous allions à la plage. Je crois qu'elle ne comprend pas pourquoi je fais ça… Qui pourrait comprendre ? *Elle.* Juste *elle.*

Depuis mon retour de La Havane, c'est la troisième rencontre que j'organise, j'ai profité d'un dimanche de pause sur le calendrier des matchs de foot. Pour que le coach soit d'accord, j'ai dû réduire le temps de jeu afin d'écarter le plus possible les risques de fatigue ou de blessures des joueurs : quatre manches au lieu des neuf traditionnelles. C'est mieux aussi pour les Tocororos qui n'ont pas tous l'habitude d'un tel effort physique. Le but n'est pas de les écraser, mais de passer un bon moment. Ça a rassuré l'entraîneur de l'équipe de foot : beaucoup de ses joueurs veulent participer, et il craignait une blessure. J'ai organisé la première en avril. L'idée m'est venue en mars, quand j'ai commencé à fréquenter un bar cubain de Little Havana.

C'était une façon de garder un contact avec elle. Ça l'est encore. Je vais au « Las Felicidades de la vida » au moins une fois par semaine. M'immerger dans l'ambiance cubaine me fait du bien, j'ai l'impression qu'elle est avec moi. Addi n'aime pas trop cette cafétéria, souvent, elle ne m'y retrouve pas, mais les gars m'accompagnent. Je suis encore l'un des leurs.

L'une des premières choses que j'ai faites quand je suis rentré a été de présenter mes excuses à toute l'équipe. Pour avoir déraillé. Pour m'être comporté comme un con. Pour m'être blessé et les avoir abandonnés.

Acceptation.

Selon Pablo, le psy du centre de désintox où ma mère m'a fait interner l'année dernière, c'était l'ultime étape. Celle qui prouverait que toute cette merde était derrière moi. Il avait raison. Les gars, au lieu de me tourner le dos, de me faire des reproches, m'ont ouvert grand les bras. Je ne suis plus avec eux sur le terrain, mais je suis encore l'un d'entre eux. Ils ont refusé que je rende ma chevalière et mon blouson. On est une famille. C'est différent, mais bien aussi.

Alors quand j'ai commencé à fréquenter ce bar, ils m'ont suivi par curiosité. On a aimé l'ambiance chaleureuse, accueillante, ces personnes qui semblent toujours heureuses de vivre, comme le sont les Cubains. Juan et Ambrosio y sont souvent fourrés, ce sont des chics types. Autour d'un mojito est né le projet un peu fou de ce match de base-ball. Contrairement à ce qu'on pourrait croire, les Américains et les Cubains nous nous mélangeons peu. La communauté cubaine de Miami n'a pas besoin de nous pour s'épanouir, mais moi, j'ai besoin d'elle.

Alors on a joué deux matchs. Pour convaincre le coach, je me suis engagé à faire sortir les joueurs du terrain au moindre doute. Ils sont sous ma responsabilité. Je ne peux plus jouer au foot, mais j'ai trouvé le moyen de garder un contact avec ce sport qui coule dans mes veines. J'assiste l'entraîneur et le physiothérapeute dans la préparation des joueurs et pendant les matchs. Je me forge un avenir. Après mes conneries, ça a été une façon de me racheter, de démontrer à la fac que j'étais de retour sur le bon chemin, que je m'étais égaré, mais que je m'étais retrouvé.

Grâce à *elle.*

Pour moi, ça a été une véritable bouffée d'oxygène. J'aurais pu me perdre de nouveau en rentrant.

À cause d'*elle.*

Mais je ne l'ai pas fait, elle ne m'aurait pas respecté, je le sais. Cris m'a donné envie d'être quelqu'un d'autre. Parce qu'elle est quelqu'un d'autre. Je ne crois pas être capable de lui arriver à la cheville un jour, mais j'essaie.

— Putain, ils ont bouffé du lion, les Cubains aujourd'hui ! s'exclame Mike en se laissant tomber sur le banc. Va falloir qu'on durcisse le ton, là !

Il prend une grande gorgée d'eau, son front dégouline de sueur. Mike a toujours détesté perdre. Même quand on était gamin et qu'on faisait nos premiers pas sur un terrain, il avait déjà en lui cette rage de victoire. C'est d'ailleurs ce trait de caractère qui a fait de lui un excellent pilier sur un terrain de foot et qui en fera un quarterback redoutable. James, celui qui me remplace n'est pas à la hauteur, il n'a pas le niveau pour mener une équipe à la tête du championnat. Il faut que Mike patiente, son heure viendra.

Je serre le poing discrètement. Il va prendre ma place. Celle que je n'occuperai plus jamais.

J'ai. Mal.

Je me force à repousser cette douleur qui revient sporadiquement. La garce ne m'a pas encore complètement foutu la paix, mais j'y travaille.

Je récupère sa bouteille vide et lui en passe une autre. Le temps est lourd, comme d'habitude à cette période de l'année, les joueurs doivent s'hydrater pour éviter les crampes. Je suis sûr que Mike aurait adoré Cris, ils portent en eux une volonté farouche, la flamme qui les pousse à ne jamais baisser les bras, quels que soient les écueils qu'ils rencontrent.

Arrête de penser à elle.

Addi m'cfflcurc lc bras pendant qu'elle lui tend une serviette. Je m'oblige à lui sourire.

— Je crois qu'il n'y a pas de lions chez eux, ricane Steve.

Le troisième larron de notre trio. Steve n'a pas grandi avec nous, il a emménagé dans le quartier il y a trois ans. C'est un bon défenseur, et il a logiquement intégré l'équipe de la fac. Nos débuts ont été houleux. Grande gueule, il dit tout ce qui lui passe par la tête, même si ce sont des conneries. Je le soupçonne d'avoir un passif familial assez lourd, mais si Steve parle beaucoup, il révèle peu d'informations sur lui. Le seul truc que je sais, je le tiens de mon grand-père. Ses parents sont ultra-conservateurs, ce qui explique ses positions parfois un peu trop tranchées. Mais c'est un chouette type, fidèle, loyal, qui a un fort sens du devoir envers ses amis et l'équipe, et ce sont des qualités essentielles à mes yeux.

— Alors ils ont bouffé des crocodiles ! s'exclame Mike en essuyant vigoureusement sa tignasse châtain clair.

Les gars rient, pendant que je récupère toutes les bouteilles d'eau vides. Le stade doit être aussi propre après le match qu'avant si on veut pouvoir continuer à jouer.

— Toi qui y es allé, ils ont des crocodiles, tu crois ? me demande Steve.

Je hausse les épaules.

— Aucune idée.

Mais il ne m'écoute déjà plus, son regard est braqué sur les gradins des Tocororos.

— Merde, les mecs ! Ils ont recruté des bombes, là !

Il siffle doucement avant d'ajouter :

— C'est même de la bombe intergalactique, ça ! Ils veulent nous déconcentrer pour nous foutre la honte. Je ne vais pas pouvoir garder les yeux sur la balle…

Les autres ricanent et l'approuvent. Je suis des yeux le point qu'il est en train de fixer. La terre s'ouvre sous mes pieds. Béante, elle m'avale.

Elle est là.

Et elle ne m'a rien dit.

Cristina

— Allez les filles, on va fêter notre raclée !

Un Juan en sueur embrasse Ali sur les cheveux. Malgré la défaite des Tocororos, l'ambiance est joyeuse. Les garçons sont détendus, les filles rient et plaisantent.

— Tu te douches avant, *babe*… parce que là, tu ne sens pas bon ! se plaint Ali en plissant le nez.

Elle essaie de s'écarter, mais il la ramène plus franchement contre lui, déclenchant un flot de protestations offusquées.

— Ouaip, mais tu viens avec moi !

Le rouge teinte la peau pourtant mate des joues de ma coloc.

— Pas avec les autres joueurs ! le réprimande-t-elle en lui donnant une tape sur la poitrine.

Son air faussement outré ne parvient pas à m'arracher un sourire. Mes yeux ne peuvent s'empêcher de revenir vers l'endroit où se trouve Ethan. Il est en train de parler avec un joueur qui lui montre son poignet. À côté d'eux, la petite blonde. Elle ne l'a pas lâché d'une semelle. Pire qu'une ombre.

— Viens Cris, on va te présenter et leur annoncer que le prochain match, tu seras dans l'équipe, me dit Ambrosio en souriant.

Je serai dans l'équipe ? Il était sérieux ?

Il se frotte les mains et ajoute d'un air diabolique :

— Tu crois que tu pourrais jouer en minijupe ?

Je fronce les sourcils sans comprendre.

— Ça va les déconcentrer… m'explique-t-il.

Son sourire est tellement grand qu'il lui mange le visage. Je ne sais pas pourquoi, mais Ambrosio m'est sympathique, plus que Juan d'ailleurs, comme s'il m'inspirait naturellement confiance.

— Euh, *asere,* ça va nous déconcentrer nous aussi, me dit Juan en riant.

Aussitôt après, il se plaint. Ali vient de lui mettre une bourrade sur l'épaule.

— Tu es en train de reluquer ma coloc ? s'offusque-t-elle.

Il lève les mains devant lui en signe de paix.

— Mais non ! Toi aussi tu nous déconcentrerais si tu jouais en minijupe. Mais ton truc à toi, ce n'est pas le sport…

Elle arque un sourcil peu convaincu.

— Rattrape-toi comme tu peux.

Il l'enlace avant de l'embrasser sur le front.

— Je ne vois que toi, *mi amor*…

— Tu as intérêt !

J'ai l'impression d'assister à une pièce de théâtre parfaitement rodée.

Et puis soudain, les filles derrière nous se mettent à glousser. L'une d'entre elles mime un malaise, tandis qu'une autre s'évente avec sa main.

— Ils arrivent ! s'écrie une grande rousse, dont la couleur de cheveux n'a rien de naturel.

Les filles et les sportifs… Une longue histoire !

— Attention… Si j'apprends que tu t'es mis au sport pour ça ! continue Ali à l'intention de Juan.

Elle fait fi de la sueur qui trempe son T-shirt et l'enlace, ce qui atténue sa menace. En guise de réponse, il l'embrasse à pleine bouche, sans doute pour la faire taire. Ce n'est pas un petit baiser, je préfère détourner les yeux dans la direction que la fille a indiquée.

Uppercut.

Je suis au tapis.

Ethan se dirige vers nous, accompagné des autres membres de l'équipe. La plupart a retiré son T-shirt, ce qui arrache d'autres gloussements appréciateurs aux filles de nos rangs, mais moi… Moi, je ne vois que lui…

Qui vient vers nous.

Vers moi.

Mon cœur se remet à hurler, et Inle exécute une petite danse.

Mes jambes chancellent, et je dois m'asseoir pour ne pas tomber. Elles ont décidé de ne plus me porter.

Ethan

À chaque pas que je fais, mon cœur menace de perforer ma poitrine.

À chaque pas, j'ai l'impression que je vais disparaître.

Elle est là, devant moi, au milieu des Tocororos, et elle ne m'a pas prévenu. Elle ne s'est pas mise en contact avec moi.

Et elle est encore plus belle que dans mon souvenir.

Putain!

Je m'oblige à inspirer profondément, mais l'oxygène refuse de trouver le chemin de mes poumons.

Ses cheveux noirs et bouclés, son teint hâlé, sa silhouette parfaite dans ce jean près du corps. Et ses yeux…

Je veux les voir, vérifier qu'ils sont aussi verts que dans mon souvenir.

Mon cœur bat vite, fort.

J'ai. Mal.

Je me retiens de courir vers elle.

J'ai. Mal.

Mes yeux ne parviennent pas à se détacher des siens, et elle ne rompt pas ce fil qui nous relie.

J'ai. Mal.

Ses lèvres…

Son sourire…

En arrivant à deux mètres d'elle, je ralentis l'allure pour finir par m'immobiliser.

Devant elle.

Je fourre les mains dans mes poches pour ne pas faire une connerie comme la prendre dans mes bras. Comme l'embrasser. Comme lui hurler dessus parce qu'elle ne m'a rien dit.

Discrètement, j'inspire à la recherche de la meilleure des cames. Elle est là, légère parce qu'elle est encore trop loin de moi, mais bel et bien présente. Comme Cris. La vanille.

Elle abat toutes les barrières, je peux de nouveau respirer, le poids qui comprime ma poitrine s'envole.

Je. N'ai. Plus. Mal.

— Qu'est-ce que tu fais là ? réussis-je à articuler d'un ton désinvolte, malgré ma gorge nouée.

Ce n'est pas ce que je voudrais lui dire.

Pourquoi tu ne m'as rien dit ?

Pourquoi tu as disparu ?

Pourquoi tu n'as rien fait ?

Pourquoi tu m'as lâché ?

Voilà les mots qui tremblent de jaillir. Mais je les retiens, tant parce que je ne veux pas l'effrayer qu'à cause de notre public.

— Vous vous connaissez ? nous interrompt Ambrosio.

Normalement, j'aime bien ce mec, il est sympa et plutôt drôle, mais là, il me fait chier. Ce n'est pas à lui que je parle.

— On s'est rencontrés à Cuba, pendant les vacances d'Ethan. Je travaillais à l'hôtel où il est descendu, explique Cris.

Elle est encore plus belle que dans mes souvenirs. Je prends une nouvelle inspiration. Steve me flanque un coup de coude dans les côtes.

— Putain, mec ! Tu nous as caché ça. Je comprends pourquoi tu n'as pas donné de nouvelles pendant trois semaines. Moi aussi j'aurais eu envie de m'enfermer dans une chambre avec un petit cul comme ça.

Il est littéralement en train de baver, je brûle de lui foutre mon poing dans la gueule.

Merde, c'est mon pote…

Mais elle est à moi.

Non, elle ne l'est plus, elle ne l'a jamais été. Cris est aussi libre que l'air.

Elle fronce les sourcils, elle nous a entendus. Je devine ce qui lui passe par la tête :

« Tu n'as pas parlé de moi ? »

« Tu n'as pas raconté ce que nous avons partagé ? »

« Tu ne t'es pas vanté de notre étreinte torride ? »

Alors je plante mon regard dans le sien pour qu'elle y lise ma réponse.

« Non. Je t'ai gardée pour moi. Rien que pour moi. Je n'ai pas voulu te partager. »

Et je ne le veux pas plus aujourd'hui.

Je brûle de toucher ses cheveux qui ont poussé et lui arrivent désormais en dessous des épaules, de coller mon corps contre le sien pour éprouver sa chaleur, de prendre ses lèvres et de la punir de m'avoir laissé seul. De m'avoir lâché.

Mais je n'en fais rien, j'attends.

— Je suis là pour les études, j'ai obtenu une sorte de bourse.

— Cris fait partie du programme de rapprochement avec Cuba. Dix étudiants cubains ont été envoyés ici. Vous vous en souvenez ? La presse en a parlé, tout le monde était étonné que Trump accepte, explique Alana, la petite brune qui sort avec Juan, un des gars de l'équipe cubaine.

Ma poitrine se gonfle de fierté. Cris s'est toujours donné les moyens d'atteindre son but, mais pourquoi elle ne m'a rien dit ? Je l'aurais aidée pour son voyage, je serais allé la chercher à l'aéroport et lui aurais fait visiter la ville.

Une main se glisse sous mon bras.

— *Honey,* tu nous présentes ?

Addi.

Je *l'*aurais attendue. Je n'aurais pas noué mon futur à celui d'une autre.

Le visage d'Yeux d'Ange se fige une fraction de seconde, puis elle sourit. Le sourire que je déteste. Celui qui masque ses émotions.

Elle tend la main vers Addi, toujours ce foutu sourire sur les lèvres.

— Bonjour, je suis Cris. Ethan et moi, on s'est rencontrés à La Havane.

Addi la dévisage pendant quelques secondes.

— Enchantée, lui répond-elle de sa voix douce. Je suis Addison, la petite amie d'Ethan.

Le monde s'effondre autour de moi. Cris ne me regarde pas, Addi hésite, puis, au lieu de lui serrer la main, l'embrasse sur les joues. Yeux d'Ange lui sourit d'un air rassurant. Je sais ce qu'elle lui dit :

« Ne t'inquiète pas, je ne suis rien pour lui. Nous ne sommes que des connaissances, éventuellement des amis. »

Mais elle se trompe, ou elle ment. Elle était tout pour moi.

La réalité s'abat sur moi, implacable : elle est tout pour moi.

Addi s'accroche de nouveau à mon bras, elle marque son territoire et je dois faire un énorme effort pour enlacer ses épaules. Je ne peux plus la regarder, mon cœur est à mes pieds, il s'est fracassé sur le sol. Et *elle* sourit encore.

Je déteste ce sourire. Je la déteste de dissimuler si bien ses émotions.

Est-ce que je lui ai manqué autant qu'elle m'a manqué ?

Est-ce qu'en cet instant, elle ressent la même chose que moi ? Ce besoin d'exploser le monde autour de nous, de tout faire disparaître pour n'être qu'elle et moi.

Nous.

Je raffermis mon étreinte autour d'Addi pour m'ancrer dans ce monde, si je ne le fais pas, je vais faire une grosse connerie.

Elaguá, mon pote, tu es un enfoiré de petit marrant…

Je lui avais demandé de faire en sorte que Cris ne quitte pas ma route, mais il a séparé nos chemins, pour les faire se recroiser plusieurs mois plus tard.

Juste quand je me suis convaincu que je devais apprendre à vivre sans elle.

Connard d'animal domestique.

Chapitre 3

Lundi 27 août

Ethan

Je descends machinalement l'escalier qui mène de l'étage où se trouve ma chambre à la cuisine. Mes paupières sont encore lourdes de sommeil. Nuit blanche ou presque. Je me frotte les yeux dans l'espoir de réveiller un peu mes neurones, une bonne dose de caféine m'y aidera.

Un salaud. Voilà comment je me sens ce matin. Ce n'est pas une sensation très agréable. Après le match, pas de verre avec les potes. Pas de moment tendre avec ma petite amie qui avait pourtant fait l'effort de venir au stade alors que ce n'est pas son truc. Je l'ai raccompagnée chez elle, et j'ai filé direct à la maison.

Préparation de la rentrée, mauvaise humeur à cause du stress, je ne voulais pas la lui faire payer. C'est le prétexte que je lui ai servi en l'embrassant sur le front. Même pas sur les lèvres. Je n'avais pas envie que son parfum entêtant chasse la vanille de mes narines, je n'avais pas envie d'elle dans mes bras…

Tout ça parce que je l'ai revue.

Parce que j'ai senti son odeur.

Parce que mon cœur a hurlé.

Putain.

Revoir Cris, la respirer, a chamboulé mon univers.

Et dire que c'est mon premier jour de cours… Je vais me noyer dans mon café pour être opérationnel.

Quand j'entre dans la cuisine, Linjie m'accueille en souriant. Mais son regard me scrute, m'étudie, comme tous les matins depuis mon retour de La Havane. Elle aussi s'en veut de ne pas avoir vu les signes, d'être passée à côté de mon addiction.

— Nuit difficile, monsieur Ethan ? s'inquiète-t-elle en me servant une tasse de café.

Je m'efforce de lui sourire pour la rassurer.

— Un peu…

— Votre genou vous fait mal ? continue-t-elle, le front plissé par l'inquiétude.

Je lui passe un bras autour des épaules et dépose un baiser sur sa joue.

— Non, non, tout va bien. La rentrée me stresse.

Elle m'observe encore pendant quelques secondes, ce n'est pas à une vieille Chinoise qu'on apprend à faire du thé, elle n'est pas dupe. Mais elle ne se permet aucun commentaire. J'attrape la tasse qu'elle a laissée sur le plan de travail et m'assois à la table.

Le petit-déjeuner a toujours été un de mes moments favoris de la journée. Même lorsque je me levais à 5 heures pour aller à la salle de muscu avant les cours, Linjie ou ma mère étaient là pour me tenir compagnie. Notre maison a beau être grande, notre salon accueillant, la cuisine en est le centre névralgique, la pièce où l'on se retrouve tous. Spacieuse, lumineuse, ses murs sont constellés de photos de nous, ce qui a toujours fait rire mon grand-père qui trouve qu'elles seraient mieux dans le salon ou dans le couloir, là où tout le monde pourrait les voir. Mais la clé réside sans doute ici : ma mère a voulu les garder pour nous, le cercle intime, et non pour ces personnes qui défilent à la maison à cause de mon grand-père et de ses aspirations politiques. Papa et maman, maman et moi, maman enfant, papa me tenant dans ses bras à la maternité, Grand-père qui m'apprend à faire du vélo, Linjie qui me pousse sur une balançoire au parc, Mike et moi après notre victoire lors du premier championnat que nous avons remporté au lycée, Addi et moi cet été, tout ce qui fait notre vie. Petit, je faisais mes devoirs là, sur cette table et il m'arrive encore de venir y étudier. Ma mère aime s'y installer après sa journée de travail pendant que Linjie prépare le repas, elle lui file souvent un coup de main, ça la détend. Et moi, j'aime les petits-déjeuners, même s'ils sont brefs, ils sont un des piliers de notre existence.

Ma mère franchit le seuil à son tour. Élégante avec sa robe d'un bleu profond qui met sa silhouette en valeur et sa veste noire, elle est prête à partir à l'agence. C'est une journée importante pour elle aussi, la signature d'une grosse vente, mais elle n'a pas dérogé à notre rituel. Elle a repris l'activité immobilière de mon grand-père quand la politique est devenue une activité à plein temps pour lui. Ma famille est aisée, elle pourrait éviter de travailler, mais elle n'a jamais été une femme qui aime se contenter de tenir une maison et recevoir ses amis autour d'un thé ou de petits gâteaux. De l'adrénaline, du mouvement, elle en a besoin.

Elle remercie Linjie d'un signe de tête pour la tasse qu'elle lui tend, puis s'adosse au plan de travail, en face de moi.

— J'ai invité les parents d'Addi à dîner vendredi, ça serait bien que vous soyez là tous les deux. Vous pourrez sortir après pour retrouver vos amis, ton grand-père serait content…

Mon grand-père, sa campagne… Addi et sa famille. Ma vie. Ma gorge se serre. Je prends un peu de café. Il est noir, amer, j'ai oublié de mettre du sucre. Je n'en ajoute pas, peut-être qu'ainsi, il me tirera du brouillard dans lequel je suis plongé depuis la veille et défera le nœud qui comprime ma trachée.

Ma mère lance un coup d'œil inquiet à Linjie, elle aussi se doute que quelque chose m'agite. Prudemment, elle s'assoit à la table. Il s'agit pourtant d'un de ces matins où elle prendrait cinq minutes pour son café, pour échanger quelques mots avec notre gouvernante et moi, avant de partir presque en courant pour l'agence. Mais elle m'observe en silence.

La culpabilité m'assaille, comme toujours.

J'ai merdé. Je vais devoir vivre avec ce poids toute ma vie. J'évite son regard pendant quelques secondes, puis je me ressaisis : je ne veux pas qu'elle pense que j'ai rechuté, qu'elle ait peur, alors j'opte pour la vérité.

— J'ai revu Cris.

J'ai parlé d'un ton désinvolte, mais pas suffisamment. La tasse qu'elle tenait dans la main rebondit sur la table avant de se briser sur le carrelage clair.

— Que je suis maladroite ! s'exclame-t-elle pendant que Linjie se précipite, un balai à la main, pour ramasser les morceaux.

Elle reprend d'une voix prudente :

— Elle est ici ?

— Oui, elle est dans un programme d'échange entre Cuba et les États-Unis.

Elle hoche la tête, le visage impénétrable ; elle essaie de masquer son inquiétude. Linjie en est consciente également, son expression est aussi claire que de l'eau de roche.

— Ah oui, j'en ai entendu parlé. Une très bonne initiative pour Cuba, ça va ouvrir le pays sur le monde.

Elle ajoute en s'éclaircissant la gorge :

— Je ne suis pas surprise, Cris est une jeune femme très courageuse.

Je ne lui réponds pas, mes mots pourraient me trahir. Cris est plus que courageuse, c'est une battante, quelqu'un qui avance pas à pas, et si elle trébuche, si un de ses genoux touche terre, elle se relève, toujours, pour se remettre en mouvement. Un roc. Mon roc. Et elle est là, à Miami.

— Mais ça ne sera que temporaire. Elle va rentrer à Cuba, poursuit ma mère.

Nouvelle gorgée de mon café. Amère. Comme la saveur de cette conversation. Comme ma réalité.

— Elle est là pour deux ans.

— Mais elle va rentrer, insiste-t-elle.

Elle tend la main par-dessus la table pour prendre la mienne, je la laisse faire.

— Mon chéri, tu es heureux avec Addi, elle te fait du bien et sa famille…

Je sais déjà ce qu'elle va me dire. Sa famille est importante pour mon grand-père. Son père est l'un de ses avocats depuis des années, il gère toutes ses affaires courantes. Ils habitent dans le même quartier que nous. Une relation idéale. Pour moi. Pour elle. Pour tout le monde. Quand nos familles ont appris qu'on se fréquentait, elles ont été ravies. Et moi… J'aime bien Addi, mais… Mais je n'aime pas Addi. Pas comme…

Putain…

Elle me passe la main avec tendresse sur la joue. Linjie n'a pas cessé de nous observer, cela doit faire au moins cinq minutes qu'elle récure son évier pourtant parfaitement propre.

— Je dois m'inquiéter ?

Est-ce qu'elle doit s'inquiéter ? Non. Oui. Non. Culpabilité. Je ne peux pas lui faire ça, pas encore. Elle a assez morflé à cause de mes conneries. Je secoue la tête et lui souris du mieux que je peux.

— Non, pas du tout. Cris et moi, on est amis.

Elle hésite quelques secondes.

— Simplement amis ?

Je plante mes yeux dans les siens.

— Oui, maman, simplement amis.

Et puis j'ajoute :

— J'ai Addi.

J'ignore qui j'ai cherché à convaincre, elle ou moi, mais mon ton semble la satisfaire, car elle se tourne vers Linjie pour évoquer le menu du repas de vendredi. Il n'y aura pas que les parents d'Addi, mais aussi des donateurs. Un repas de plus où l'on doit montrer la famille parfaite que nous sommes.

Je les écoute distraitement. J'ai Addi. C'est vrai. Et à elle non plus, je ne peux pas faire ça. Je prends une nouvelle gorgée de café, je ne perçois plus son amertume. Est-ce que Cris et moi sommes réellement amis ? Après tout, elle m'a lâché. Mon cœur bat un peu plus fort et le nœud se détend. Je souris contre ma tasse. Un sourire que j'étouffe, car il n'a rien à voir avec celui que j'ai servi à ma mère. Il est vrai.

J'ignore si pour le moment nous sommes amis, mais nous allons le devenir. Je vais me débrouiller pour que ce soit le cas.

Cristina

Je me retourne dans mon lit et glisse les mains sous l'oreiller. Je ne sais pas comment j'ai fait, mais cette nuit, j'ai dormi. Mais vraiment dormi. D'un sommeil réparateur. Et j'ai rêvé. De lui. De nous. De cette nuit d'ouragan. Rien qui pourrait me faire rougir, ouf, mais je sens encore la chaleur de sa tendresse autour de moi.

Il était là.

Ses yeux sont toujours aussi bleus. Sa fossette creuse toujours sa joue quand il sourit. Il a dû reprendre le sport, ses muscles m'ont semblé plus dessinés. Mais je n'ai pas osé trop le détailler, il n'était pas seul.

Une pointe s'enfonce dans ma cage thoracique, juste au niveau du cœur. Je lutte contre elle, pour empêcher sa progression. Je dois me réjouir pour lui, il a l'air d'aller bien.

Je m'étire avant de repousser ma couette.

C'est ça, tout est normal, et tout va bien. Mais pourquoi cette lame est toujours fichée dans mon cœur ?

Mon vieux réveil n'a pas encore sonné, heureusement pour Ali, il est presque 5 h 30. Elle n'aurait pas apprécié cette heure si matinale. Je n'ai cours qu'à 9 heures, mais mon corps fourmille de l'effort qu'il n'a pas eu ces derniers jours, et ma tête réclame une pause. Nouvelle vie, nouveau pays, Ethan… Un cumul d'éléments un peu trop durs à gérer. Seule la course pourra m'apporter le répit dont j'ai besoin avant de descendre dans l'arène. Je veux arriver en avance pour repérer où est ma salle de cours. De ce que j'en ai vu, le campus est énorme. Heureusement, hier soir, ma colocataire, qui a deviné que tout cela m'angoissait, m'a proposé de m'accompagner pour m'aider à me repérer. Son premier cours n'a lieu que dans l'après-midi.

Je me lève en faisant attention de ne pas faire de bruit et rassemble quelques affaires pour aller dans la salle de bains que nous partageons avec tout l'étage. Mes précautions sont inutiles, le lit d'Ali est vide. Étrange, elle ne m'a pas prévenue qu'elle sortait hier, et elle s'est couchée en même temps que moi. Entre le mensonge à son petit ami et son absence dans son lit, il y a quelque chose qui cloche. Je secoue la tête en ouvrant la porte, ça ne me regarde pas. Je suis là pour étudier, et rien d'autre.

L'eau glacée de la douche me réveille et active mes terminaisons nerveuses. Un legging et un sweat, je suis prête à aller courir. Je repasse dans ma chambre pour aller récupérer le téléphone d'Ethan que j'ai laissé sur ma table de nuit. Je n'ai toujours pas de chargeur, l'écran est noir depuis des mois, mais ce n'est pas grave.

« Tu es accro à un téléphone éteint » a ri Ladydi, ma meilleure amie, en me voyant le trimbaler partout avec moi. Elle n'avait pas tort. Ce jour-là, alors que nous étions assises sur le mur du Malecón, la promenade qui borde La Havane, à observer un groupe de gamins s'échiner à sortir un poulpe d'une taille respectable de la mer, j'ai prétendu que c'était une sorte de talisman, un porte-bonheur. Ce que je n'ai pas réussi à lui dire, c'est que l'emmener avec moi me donne l'impression qu'*il* est avec moi. Ridicule. Pathétique aussi.

J'envisage pendant un instant de le laisser dans ma chambre, puis le glisse dans la ceinture de mon legging. Quand je vais raconter à Ladydi que je suis tombée sur lui, elle va en faire une attaque cardiaque… Et me sortir encore des théories fumeuses comme quoi l'Orisha d'Ethan est un génie et que, comme il contrôle les chemins, il nous a remis sur la route de l'autre. Bla, bla, bla. Elle croit à la *santería* quand ça l'arrange… Mes clés à la main, je m'apprête à quitter la pièce lorsque la porte s'ouvre silencieusement.

Ali.

Qui rentre comme si elle voulait cambrioler la chambre. Ou ne pas se faire remarquer.

Qu'est-ce que je dois faire? Elle n'a pas de comptes à me rendre après tout. Qu'elle fréquente quelqu'un d'autre que son copain n'est pas mes affaires. Je balance mon poids d'un pied à l'autre, hésitante. J'ai été trop lente ce matin, si je n'avais pas pris de douche, je ne me serais pas retrouvée dans cette situation gênante.

En me voyant, plantée là, au milieu de la chambre, elle sursaute.

— Tu es déjà debout? s'étonne-t-elle.

Il y a comme une once de reproche dans sa voix.

— Oui, j'aime faire un footing de bonne heure, bredouillé-je.

Elle marmonne un « j'aurais aimé le savoir » que je ne suis pas censée entendre. La tresse qui rassemble ses longs cheveux est un peu lâche et quelques mèches s'en échappent, comme si elle avait couru. Elle porte un jean noir et un pull à capuche tout aussi sombre recouvert par une veste qui provient sans doute du surplus de l'armée. Sur son visage, quelques traces de peinture maculent ses joues rosies par la fraîcheur du matin.

— On part toujours ensemble à la fac ? me demande-t-elle en passant devant moi.

Ses bottes militaires résonnent sur le sol de notre chambre, elles sont pleines de terre. Vraiment étrange.

— Oui, bien sûr. Je vais juste courir un peu.

— J'aurais dû me douter que tu étais une accro au sport avec le corps que tu as. Tu ne mentais pas quand tu disais que tu pratiquais la course et la boxe, alors ?

Elle s'assoit sur son lit et commence à dénouer ses lacets. Je fronce les sourcils.

— Pourquoi j'aurais menti ?

— Il y a des filles comme ça…

— Ce n'est pas mon genre.

— Ouais, je vois ça…

Une première botte tombe sur le sol.

— Tu le connais d'où le coach ? me demande-t-elle en relevant la tête.

Changement brutal de sujet de conversation. Il me faut quelques secondes pour comprendre qu'elle parle d'Ethan. La lame qui est plantée dans mon cœur s'enfonce plus profondément.

— Je vous l'ai expliqué hier, je travaillais à l'hôtel où il logeait.

Je m'efforce de sourire en disant cela, mais elle ne me regarde plus, elle est concentrée sur ses lacets qu'elle a du mal à défaire à cause de la boue. Tant mieux, car je ne suis pas sûre que mon sourire de façade ait été réellement efficace.

Deuxième botte. Du bout du pied, elle les pousse sous son lit.

— Mouais… Vu la façon dont vous vous regardiez, il n'y a pas que ça.

Je hausse les épaules, peu désireuse de lui expliquer quelque chose que j'ai moi-même du mal à comprendre, et maintiens les lèvres scellées. Voyant que je ne vais pas sortir de mon mutisme, elle n'insiste pas. Elle se laisse tomber en arrière et se couvre les yeux de son bras pour les protéger de la lumière.

— Tu reviens dans combien de temps ? Que je sache à combien de minutes de sommeil j'ai droit…

Qu'est-ce qu'elle a pu faire cette nuit ? Aussitôt, je me rabroue, et me répète que ça ne me regarde pas. Tant qu'elle n'amène pas la police ici, pas de problème. Ce n'est pas que j'ai à craindre de ma situation, j'ai tous les papiers qui prouvent que le gouvernement approuve ma présence ici, mais je préfère l'éviter. Une vieille habitude. Le fait qu'El Faro soit en prison devrait pourtant avoir modifié ma perception des forces de l'ordre, mais ce n'est pas le cas. C'est comme si elle était gravée dans mon ADN.

— Je vais courir une bonne heure environ.

Elle se redresse brusquement.

— Une heure ? Mais tu es malade ?

Je ne peux m'empêcher de rire devant son expression effarée.

— Toi, tu aimes sortir la nuit ; moi, j'aime courir.

Elle me dévisage pendant quelques secondes et acquiesce légèrement. Le message est passé, nous venons de signer un pacte tacite : « Je ne te demande rien, tu ne me demandes rien. » Elle attrape son oreiller et plonge la tête dedans.

— Tu me réveilles quand tu rentres ?

Mes jambes fourmillent, et je ramène ma capuche sur ma tête pour me protéger de la fraîcheur du matin.

— OK ! lui dis-je en sortant.

Courir va me faire du bien, j'ai un trop-plein d'émotions à évacuer.

Ethan

Je gare ma jeep sur le parking déjà rempli de la fac, et Steve en jaillit le premier, comme un diable de sa boîte.

À cet instant précis, il a d'ailleurs tout d'un diable avec ses cheveux ébouriffés et ses tatouages qu'il a laissés apparents. Il est le seul d'entre nous à ne pas avoir enfilé son blouson, il aime attirer l'attention, comme si afficher ses muscles et ses tatouages était un doigt d'honneur qu'il faisait au traditionalisme de sa famille, un acte de rébellion.

— Allez, on se magne ! Je veux voir s'il y a de nouvelles gazelles sur le campus, j'adore la rentrée !

Addi lève les yeux au ciel, exaspérée. Steve est un emmerdeur professionnel, mais c'est un chic type. Dommage qu'elle ne voie que son côté grande-gueule. Elle ne fera jamais partie de son fan-club, et c'est réciproque. Il ne l'aime pas. Mike n'apprécie pas non plus ma petite amie. Mes potes ne se plaignent pas ouvertement, mais leur tronche ce matin en la découvrant dans la voiture était claire. « Qu'est-ce qu'elle fout là, celle-là ? C'est notre rituel ! » Mais ils se sont abstenus de tout commentaire… Parce que ce sont mes potes.

Addi est issue du quartier où Mike et moi avons grandi, mais n'a pas fréquenté les mêmes écoles que nous. Elle a été envoyée dans un internat à New York et ne rentrait que pour les vacances. Nous, on la voyait comme une petite bourge friquée, ce qui est ironique étant donné que nous sommes tous des petits bourges friqués. Il m'aura fallu rencontrer une fille aux yeux d'ange pour m'en rendre compte.

Je lui presse gentiment la main, même si, moi aussi, je me demande ce qu'elle fout là. Mauricio ou Eduardo ne pouvaient-ils pas l'emmener ? En plus, elle a cours à l'autre bout du campus, et marcher avec les talons qu'elle ne quitte jamais va lui bousiller les pieds. Addi poursuit la tradition familiale, elle étudie le droit pour devenir avocate. Elle espère se spécialiser dans le pénal, le droit des affaires ne l'intéresse pas, mais si son paternel décide qu'elle doit suivre ses pas, elle le fera. Elle est un peu comme moi et ploie sous la peur de décevoir.

Sauf qu'elle est trop parfaite pour décevoir qui que ce soit. Belle, intelligente, gentille, douce, jamais un mot plus haut que l'autre… Elle a tout pour elle. C'est d'ailleurs pour ça que je sors avec elle. Elle ne m'a pas jugé malgré mes conneries, et m'a même soutenu dans mes décisions, sans jamais me remettre en question.

Alors ce matin, quand elle m'a envoyé ce message pour me demander de jouer les taxis, je n'ai pas pu lui dire non, même si j'aurais préféré partager ce moment avec mes potes. Comme avant. Je n'ai même pas cherché à savoir pourquoi ce n'était pas Mauricio ou Eduardo qui l'emmenaient, j'ai préféré me taire.

Foutue culpabilité.

À cause d'hier.

— Allez, s'impatiente Steve. Je veux passer à la cafét' en repérage ! Le premier jour est toujours révélateur, un peu comme les augures des Grecs.

Mike arque un sourcil interrogateur.

— Les augures ? Tu déconnes mec, là ?

— J'ai vu un reportage sur le câble cet été, ils en parlaient. Les augures sont des sortes de divinités qui peuvent prédire le futur, donc s'il y a des gazelles à la cafét', l'année sera bonne.

Le pire, c'est que cet abruti est sérieux.

— T'es grave ! le chambre Mike.

Moi, je retiens un rire, parce qu'Addi n'apprécierait pas. Mon passé de queutard de la fac, qui n'a rien à envier au tableau de chasse de Steve, ne lui plaît pas beaucoup. Je crois qu'elle aurait préféré qu'il ressemble davantage à celui de Mike. C'est un type discret, le bon copain de tout le monde, plutôt sérieux avec les filles. Au moins, il accepte de les revoir pour deux ou trois rendez-vous, même s'il ne reste pas longtemps avec elles après.

— On dirait un animal en rut, grommelle Addi en fouillant dans son sac de créateur pour vérifier son téléphone portable.

Elle fronce les sourcils, et je passe mon bras autour de ses épaules avant de l'embrasser sur le front pour la calmer. Mes lèvres me brûlent et un nœud acide se forme dans ma gorge.

Ne sois pas idiot, mec.

C'est la nana que tous les mecs rêvent d'avoir à leur bras, je vois bien comment les gars de l'équipe la reluquent. Des cheveux longs d'un blond éclatant, une silhouette mince, toujours élégante quelles que soient les circonstances, un sourire qui inspire confiance, une peau de lait, des yeux gris, elle attire tous les regards. Enfin presque. Mes potes ont d'ailleurs fait la gueule quand je leur ai dit que j'allais la revoir après cette fête de juin pour célébrer la fin des cours. J'avais un peu trop bu, l'une des seules fois où ça m'est arrivé après mon retour de Cuba, et je l'ai embrassée. Je voulais vérifier si je parvenais encore à ressentir quelque chose… Je n'ai toujours pas la réponse. Addi a été honnête en me disant qu'elle ne cherchait pas un coup d'un soir, que ça ne l'intéressait pas. Je n'ai pas couché avec elle ce jour-là, mon corps en avait pourtant envie, je n'avais rien fait depuis décembre. Depuis Cris… Et je l'ai emmenée prendre un café le lendemain matin.

Steve entre le premier dans la cafétéria, les battants de la porte créent un courant d'air, et d'instinct, mon corps se tend.

Je sonde la cafét', elle n'est pas très grande et est pleine à craquer. Elle est là, je le sens. Steve la repère avant moi. Elle est à une dizaine de mètres de nous, le long de la baie vitrée.

— Eh, les mecs ! La bombe d'hier est là, avec la copine de Juan ! Putain, ça va être une super année ! Les augures, les gars, les augures ! s'exclame-t-il en se frottant les mains.

Elles occupent une petite table et elle est en train d'écouter ce que lui raconte Ali. Sa joue est appuyée contre sa paume. Elle acquiesce de temps en temps, un sourire sur les lèvres. Je connais ce sourire, c'est celui qui cache quelque chose. Elle n'est pas à l'aise.

Putain, elle est sublime… Je n'arrive pas à détacher mon regard d'elle. À la place de ses sempiternels débardeurs ou T-shirts, elle a enfilé une chemise blanche dont elle a roulé les manches et qui contraste avec son teint mat et le noir de ses cheveux. Sa peau est toujours aussi parfaite, et j'ai l'impression qu'elle s'est très légèrement maquillée, ses lèvres brillent plus que d'habitude. Steve la dévore du regard. Et ça doit être mon cas également parce que Addi se raidit à côté de moi et se racle la gorge. Je m'oblige à raffermir mon étreinte, alors que je n'ai envie que d'une chose, me glisser sur la chaise vide à côté d'Yeux d'Ange, et laisser son parfum m'envahir.

Nous n'avons pas le temps de dire quoi que ce soit que Steve se dirige droit sur elle et s'installe sur *ma* chaise.

L'enfoiré.

— Salut ! On fait de chouettes rencontres le jour de la rentrée ! Tu vas bien Ali ?

Il s'est adressé à la copine de Juan, mais n'a pas quitté Cris des yeux. Mon poing me démange et je retiens une réplique acerbe.

Je prends une grande inspiration pour m'empêcher de faire une connerie, et tire deux chaises de la table voisine pour que nous puissions nous asseoir avec elles. J'appuie mon bras sur le dossier de celle de ma copine comme si tout était normal, mais un tremblement de terre m'agite à l'intérieur.

— Je suis Steve, se présente mon pote. Et le ringard en face de moi, c'est Mike.

— Connard! le rabroue ce dernier en prenant place à côté d'Ali.

Cris fronce les sourcils et son regard passe de l'un à l'autre, sans s'arrêter sur moi.

Regarde-moi, regarde-moi… Ne les regarde pas eux…

Non, il ne faut pas qu'elle me regarde. Pour faire quelque chose, j'embrasse de nouveau Addi sur la tempe, et cette fois, Cris me voit. Aussitôt, une brise de culpabilité souffle sur moi, mais je la réprime. J'embrasse ma copine, c'est normal.

Pourquoi tu ne m'as rien dit?

Pourquoi tu m'as lâché?

Une colère sourde vibre en moi, et je m'agrippe discrètement au dossier de la chaise d'Addi.

— Je connais vos noms, Juan nous a présentés hier, leur rappelle-t-elle.

— C'était pour être sûr que tu te souvenais des personnes les plus intéressantes du campus! s'exclame Steve en posant la main sur son cœur.

Putain, mais quel lourd ! Il est en train de la baiser avec les yeux.

Elle jette un rapide coup d'œil à Alana qui hausse les épaules d'un air désolé.

— Addi, c'est pour Addison ? demande-t-elle en reportant son attention sur ma copine.

Sa voix est douce, son sourire semble sincère. Il me transperce le cœur. J'aurais voulu qu'il soit crispé, forcé, ça aurait signifié que ça lui fait quelque chose, que…

Putain, ne joue pas au con, mec…

Je ferme les yeux pendant une poignée de secondes pour reprendre le contrôle de mes émotions, je suis incapable de distinguer ce que je ressens dans ce maelström qui tourbillonne en moi. Ma petite amie semble aussi surprise que moi que Cris s'adresse ainsi à elle.

— Oui. Mais je préfère Addi, lui répond-elle en lui souriant à son tour.

— C'est joli pourtant Addison.

Je devine clairement ce que Cris est en train de faire : elle est en train de signifier à ma copine qu'elle ne représente pas un danger.

Et c'est vrai, elle ne représente pas un danger à ma relation parfaite.

Bordel, ses lèvres… J'inspire discrètement, et ma queue réagit.

Non !

Elaguá, arrête de te marrer !

— Tu te plais ici ? continue Addi.

Cris hésite avant de répondre.

— Je ne suis arrivée que samedi, alors c'est difficile à dire.

La conversation me ramène sur terre et j'écoute avec attention ce qu'elle est en train d'expliquer. Elle est arrivée il y a deux jours, j'ai eu un bol monstre de tomber sur elle hier. Ou alors, j'ai un animal domestique super efficace.

Elle reprend en se mordillant la lèvre inférieure :

— Ça a l'air immense… Je vais me perdre.

Elle parle du campus qui, effectivement, est énorme.

— J'ai essayé de la rassurer ce matin, mais elle stresse quand même. Elle a voulu qu'on arrive en avance alors qu'elle ne commence les cours qu'à 9 heures, grommelle Alana. Et moi, je n'ai cours que cet aprèm…

Au ton de sa voix, il est évident qu'en réalité, elle ne lui en veut pas. Je connais peu Ali, mais ce n'est pas le genre de fille à s'embarrasser de chichis. Elle ne fait que ce qu'elle veut bien faire, ce qui l'amène à avoir de sacrées disputes avec Juan qui a tendance à être un maniaque du contrôle.

— Le campus est énorme, constate Mike. Ça fait un peu peur au début, c'est vrai, mais on s'y habitue.

Elle hoche la tête vers lui, reconnaissante.

— J'espère, parce que là, j'ai l'impression d'être un poulpe dans un désert…

L'expression de son visage m'empêche de rire à l'image qu'elle vient de donner, elle se sent vraiment perdue. Ma poitrine se serre. Bien sûr qu'il ne peut en être autrement, elle vient d'une ville où elle avait l'habitude de tout parcourir à pied ou en vélo, où tout était à taille humaine, pour arriver dans un monde vaste et étendu.

— Tu vas étudier quoi ? lui demande Steve.

Le ton de sa voix semble la convaincre qu'elle peut lui répondre sans crainte.

— Génie civil.

Je comprends tout de suite pourquoi, son engagement envers Cuba est toujours présent, et l'a sans doute poussée à accepter cette opportunité. L'oxygène déserte mes poumons. Elle retournera à Cuba, c'est là-bas qu'est sa place.

Non, elle est avec moi.

Merde, déconne pas, mec…

— Toi, je vais t'épouser, assène Steve d'un ton tellement sérieux qu'elle s'éloigne de quelques centimètres.

Sa chaise racle sur le sol.

— Canon, intelligente, énumère-t-il, tu vas plaire à ma mère.

Ça m'étonnerait… Je n'ai rencontré sa mère qu'une fois, j'étais avec Addi, et elle a adoré cette dernière. De nos quelques minutes de conversation, j'en ai déduit que c'est un dragon qui ne jure que par la pureté de la race, la sienne. Et elle veut pour son fils quelqu'un qui réponde à ses critères : peau blanche, milieu social irréprochable.

— Euh… bafouille-t-elle.

Elle lance un regard inquiet à la ronde, et instinctivement, je voudrais la prendre dans mes bras pour la protéger.

— Ne t'inquiète pas, un vrai flot de conneries sort de la bouche de ce mec, mais il est sympa quand même. Et pas dangereux, ajoute Ali.

Steve la foudroie du regard, et elle lui renvoie un sourire plein de défi. Cris n'a pas l'air convaincue. Mike finit par se lever pour contourner la table et se poster à côté de Steve.

— Prends ma place !

Il bougonne.

— Je suis très bien là !

— Sois pas chiant, comme tu es incapable de voir quand une fille n'est pas réceptive, prends ma place.

Sinon, tu vas te ridiculiser devant tout le monde et passer pour le naze de service pour le reste de l'année.

— Je ne peux pas passer pour le naze de service pour le reste de l'année, je joue au foot ! Je suis une star.

Les regards des tablées voisines vont dans son sens, mais je me garde bien de le lui dire. Par contre, je viens en aide à Mike.

— Mec, elle fait de la boxe.

— Et moi, du foot américain, ronchonne-t-il.

Steve a laissé son cerveau chez lui aujourd'hui.

— Elle fait du kick-boxing… Je l'ai vue mettre K.-O. un mec, et elle s'entraînait avec des types qui étaient encore plus larges que toi et moi.

À la simple pensée de ces malades que sont Karel et El Faro, j'ai envie de tout péter.

— C'est vrai ? s'enquiert-il en tournant la tête dans sa direction.

Pour une fois, il hésite.

— Oui…

Elle a l'air presque honteuse d'avouer cela. Des tas de filles en seraient fières, mais elle, elle ne veut pas se faire remarquer. Cris est une fille de l'ombre, qui brille pourtant d'un éclat tel qu'on ne peut que la voir.

— Alors, tu prends ma place ? insiste Mike, toujours debout à côté de lui.

Steve se lève en maugréant, mais ajoute :

— Je te la libère, mais pas pour les raisons que tu crois… Cris et moi, on va se marier, c'est écrit dans les étoiles.

— Je ne crois pas, toussote-t-elle, mal à l'aise.

La tablée éclate de rire, et je me force à les accompagner. Mais son visage est crispé, tendu, comme un lapin pris dans les phares d'une voiture. Elle n'a qu'une envie, détaler.

Et moi…

Moi je ne rêve que de me mettre debout, et de l'attirer contre moi pour lui chuchoter qu'elle n'a pas à s'inquiéter, que je suis là. Mais je ne peux pas.

Addi me met la main sur la cuisse pour calmer mon genou qui n'arrête pas de tressauter. Merde ! Mon agacement est palpable. J'aimerais lui sourire, mais mes lèvres refusent de m'obéir.

— Tout va bien ? me glisse-t-elle, inquiète.

Je ferme les yeux pour ne plus regarder Cris et ses boucles folles, Cris et ses yeux d'ange, Cris et sa bouche que je meurs d'embrasser.

— Tout va bien se passer, me répète-t-elle.

Addi parle de mes cours. Putain, mes cours. Elle pense que je stresse à cause de ça.

— Oui, lui réponds-je simplement.

Mike fusille du regard Steve qui vient de sortir une énième connerie. Il ne peut pas la boucler celui-ci ? Et Cris lui adresse un sourire reconnaissant.

Non !

Tout tourne autour de moi. Elle. Lui. Eux. Addi. Nous.

Cris jette un coup d'œil à l'horloge du mur de la cafét'.

— Je vais y aller, j'ai peur d'être en retard, dit-elle en se mettant debout.

Ali l'imite.

— Elle ne sera pas tranquille tant que je ne l'aurais pas déposée devant la salle, se moque-t-elle légèrement.

— Je peux t'y accompagner si tu veux, propose Steve en commençant à se lever à son tour.

— Mec, je crois que Cris n'a pas envie de t'avoir dans les pattes, lui dit Mike en secouant la tête.

Steve hésite encore, son regard va de Cris à Mike, mais ce qu'il lit sur le visage de mon pote est suffisamment éloquent pour qu'il daigne se rasseoir.

Nouveau sourire reconnaissant d'Yeux d'Ange envers Mike.

— Mais entre ses jambes, sûrement…

Nouvelle connerie de Steve.

Je ferme le poing pour essayer de canaliser la vague d'énergie qui court dans mes veines. Je ne sais pas quoi faire. Me lever moi aussi et lui proposer de l'accompagner ? Péter la gueule de Steve ? Celle de Mike ? Embrasser Cris à pleine bouche ? Le choix des possibles est vaste, mais aucune des options n'est une bonne idée…

Je me passe la main dans les cheveux, puis j'attrape celle d'Addi. Pour m'accrocher. Pour ne pas faire une bêtise. Pour qu'elle enlève la sienne de mon genou, pour qu'elle ne me touche pas comme ça, pas devant Cris, avec ce geste qui dit que je suis à elle. Putain, ça va trop vite dans ma tête.

J'ai. Mal.

Et soudain, je réalise. Cris est partie. J'aperçois sa silhouette qui quitte la cafét', et Mike qui m'observe bizarrement. Je resserre ma prise sur la main d'Addi.

Pour ne pas suivre mes Yeux d'Ange.

Pour ne pas tout foutre en l'air.

Chapitre 4

Cristina

Marcher. Vite. M'éloigner. Ne plus voir cette main sur son genou. Leurs doigts enlacés. Ne plus sentir le regard affamé de Steve sur moi, le même que celui de Karel. Ne plus ressentir cette détresse. Me rappeler pourquoi je suis là. Me calmcr.

Je presse encore le pas.

— Hey, proteste Ali qui m'a suivie et a du mal à tenir le rythme.

Je ne ralentis pas. Bâtiment du génie civil, ça ne doit pas être difficile à trouver. Je dépasse une sorte de parc où chahutent plusieurs étudiants, et continue à avancer.

Venir ici, à Miami, était une erreur. Qu'est-ce que je croyais? Que je n'allais pas le croiser? Que je pourrais être dans la même pièce que lui sans avoir le cœur prêt à exploser dans ma poitrine ? Que le voir avec une autre ne me ferait rien ?

Si j'avais la possibilité de grimper dans un avion, là, maintenant, tout de suite, je le ferais. Retour à La Havane, à ma vie. Dans ce monde qui est le mien, où je connais les règles.

— C'est là ! Tu as cours ici.

Ali me retient par la manche et me montre un bâtiment. Je ne parviens pas à identifier ce qui brille dans ses iris tandis qu'elle m'observe : curiosité ou réelle inquiétude.

— C'est dur, hein… me dit-elle en m'observant, la tête sur le côté, dans une imitation parfaite de la position de la chanteuse punk qu'elle arbore sur son T-shirt.

De quoi parle-t-elle ? De cette nouvelle vie ? Ou d'Ethan ? Tout. Tout est dur. Plus que je ne le pensais. J'acquiesce et déglutis avec peine. J'ai l'impression d'avoir un rocher logé dans ma gorge. Elle me tapote gentiment la joue, comme un frère ou une sœur le ferait.

— Ça va aller, c'est juste une question d'habitude…

Une question d'habitude… Est-ce que mon cœur va s'habituer à le voir ? Comme ça, avec une autre ?

Je prends une grande inspiration.

— Oui.

Je sais qu'elle ne parle pas de ça. Qu'elle parle de ma nouvelle vie, de ces repères que je dois trouver.

Je sais que je n'ai pas le choix.

Je vais m'habituer. À tout. Je ne dois pas perdre de vue mon objectif. Au fil des secondes, le rocher de ma gorge diminue, jusqu'à devenir un grain de poussière.

Je vais y arriver.

— Allez, je t'emmène jusqu'à ton amphi ! s'exclame-t-elle d'un ton joyeux en glissant son bras sous le mien.

Elle ne cesse de babiller pendant qu'elle me guide dans un premier escalier, puis dans un deuxième. J'essaie de mémoriser le chemin. Elle nous entraîne dans un long couloir déjà envahi par une foule d'étudiants, pour s'immobiliser enfin devant une porte à double battants.

— C'est ici que tu as cours. Ça va aller ? s'inquiète-t-elle encore en me faisant face.

— Oui, oui… réussis-je à articuler.

Je lui souris autant que je le peux, mais en retour, elle me renvoie une moue boudeuse qui creuse ses fossettes.

— Parce que tu donnes l'impression d'être tellement constipée que tu vas exploser… Tu l'es ? L'avion, ça constipe. Je peux appeler mon père si tu veux, il aura sans doute un remède pour ça…

Mes joues s'embrasent.

— Non, euh… je…

Je jette un coup d'œil à cette grande porte, puis aux étudiants autour de moi et m'agrippe aux bretelles de mon sac à dos. Je suis morte de trouille, mais je n'ai pas besoin de le lui dire, elle a compris. Elle me presse doucement le bras, sans me quitter des yeux.

— Ça va aller… tente-t-elle de me rassurer.

— Je sais.

En réalité, je n'en sais rien, mon assurance est feinte. Elle m'observe encore pendant quelques secondes. Cette fille est la gentillesse incarnée, elle rayonne, et ce n'est pas parce qu'elle porte un T-shirt bigarré et un jean rouge vif. C'est parce que dans ses yeux brûle une lueur à part, une lueur qui hurle qu'elle a décidé de croquer la vie à pleines dents, de savourer chaque moment. Elle a une part d'ombre, son mensonge à son petit ami en est une preuve incontestable, mais elle semble décidée à ne pas laisser l'obscurité, les doutes l'envahir. Pendant quelques secondes, je laisse sa lumière m'éclairer, et, pendant quelques secondes, j'ai l'impression que mes doutes reculent.

— Je t'attends à la cafét', tu as repéré où elle est ? On s'y retrouve à la fin de ton cours.

— Tu n'es pas obligée, tu peux rentrer dormir, lui réponds-je en serrant un peu plus fort les bretelles de mon sac à dos.

En réalité, je meurs d'envie qu'elle soit là, je ne veux pas être seule pendant mon heure de pause entre mon cours de dessin technique, et celui de matériaux, mais je n'ai pas le courage de le lui demander.

— T'inquiète, je vais aller à la bibliothèque et gribouiller un peu. Je sais ce que c'est de débarquer dans un pays qui n'est pas le nôtre.

Je n'ai pas le temps de lui demander ce qu'elle veut dire par là qu'elle me pousse vers les portes battantes.

— Par contre, arriver en retard, ça ne le fait pas. Alors, file maintenant ! Je t'attends avec un litre de café…

— Oui, maman ! plaisanté-je.

Elle se crispe en entendant mes mots, mais cela ne dure qu'une fraction de seconde.

— Je suis trop jeune pour être appelée « maman ». Recommence encore une fois et je vais me servir de ton visage comme toile pour mes œuvres pendant ton sommeil. Avec du feutre indélébile.

Je ris en franchissant les portes de la salle, ma coloc a réussi l'exploit de me détendre et de me faire oublier mon stress pendant quelques minutes. Elle a sans doute raison, ça va aller…

Ça ne va pas du tout… Mais alors pas du tout. Ma phase « détente » aura duré en tout et pour tout deux minutes. En descendant les marches de cet amphi immense et ultra moderne, se pose la première question : où m'asseoir. La réponse est évidente pour tout le monde, sauf moi. Les groupes sont déjà formés, tous les étudiants se connaissent. Ils suivent le même cursus et étudient ensemble depuis des années. Et moi ? Eh bien moi, je suis plus seule et perdue que jamais.

Je continue à descendre les marches sous une quarantaine de regards curieux. Je repère une place et m'y installe avant de fouiller dans mon sac pour me donner une contenance en sortant des feuilles de papier et un stylo.

Le professeur Emmerson, celui qui est en charge de ce cours de « Dessin technique et Plans », entre à son tour. Il salue certains étudiants au passage, en taquine d'autres sur leur bronzage, et, quand il passe à côté de moi, il ne me remarque pas. C'est déjà ça.

Il doit avoir la cinquantaine bien tassée et porte un costume en tweed très vieille Angleterre avec une pochette de soie sur le devant et un foulard noué autour du cou. Pas vraiment l'image que je me faisais d'un prof de génie civil, je l'aurais plutôt imaginé enseignant Shakespeare ou Jane Austen.

— Bonjour à tous, je suis heureux de vous retrouver pour cette nouvelle année. Je ne vais pas vous présenter le cours, vous le connaissez. Tout comme vous connaissez mon mot d'ordre : « Écoute, travail, résultats ». Le reste, je n'en ai rien à faire. Dès aujourd'hui, ce que nous aborderons en cours sera destiné à vous donner les outils qui vous manquent pour que vous puissiez boucler votre projet de fin de semestre.

Tous acquiescent et certains murmures s'élèvent. Il marque une pause et reprend :

— Cette année, il tournera autour de la rénovation d'un bâtiment fictif ou réel, à vous de voir. À la fin du cours, n'oubliez pas de prendre le livret de consignes, même s'il n'y a pas de changements par rapport aux années précédentes.

Ce projet m'enthousiasme aussitôt, il est un écho à ma présence ici : apprendre pour appliquer mon savoir à Cuba. La Havane possède un patrimoine architectural riche, il ne me faut que deux secondes pour choisir le bâtiment sur lequel il portera : un des vieux cinémas du quartier de Cuatro Caminos.

Il allume le tableau interactif, et projette une série de diagrammes tous en rapport avec les matériaux et les structures porteuses. J'en ai étudié certains l'année dernière, d'autres par contre me sont inconnus. Je commence à prendre des notes.

La chaise voisine à la mienne est vide. Pourquoi quelqu'un se serait-il assis là ? On ne voit pas bien le tableau, cette place est pourrie. Je me penche et plisse les yeux pour lire les chiffres sous la courbe de variation d'intensité, mais il change déjà de diapo et affiche la suivante.

— Maintenant que vous avez les données, je veux que vous observiez cette coupe d'une maison, et que vous me disiez où se trouve le problème. Vous la recopiez, vous l'analysez, et quand vous pensez avoir mis le doigt dessus, vous m'appelez. Vous devrez appliquer cette méthode pour votre projet.

Je n'ai jamais fait ça. J'écarquille les yeux et jette un regard paniqué à la ronde. Ils sont tous concentrés sur leur ordinateur, en train de rentrer les données. OK. Je peux le faire. Je me mordille l'intérieur de la joue jusqu'au sang, mais m'attelle à la tâche. Premier calcul résolu. J'attaque le second, quand soudain, une deuxième question percute mon esprit comme un train lancé à grande vitesse et me brouille la vue.

Qu'est-ce que je fais là ?

La mine de mon stylo appuie tellement sur la feuille qu'elle la transperce. Je suis la seule à faire mes calculs à la main. Je ne peux pas rivaliser, ils auront déjà fini que j'aurais à peine commencé. Une main se lève dans la rangée en face de la mienne, j'entends une question à propos de comment configurer le logiciel pour calculer la densité du béton.

Un ordinateur.

Un logiciel.

Je ne possède rien de tout ça. Il va falloir que je m'équipe, mais à quel prix ? Ma bourse ne va jamais suffire, et je n'ai pas encore de travail…

Je cligne des paupières pour m'aider à clarifier les pensées qui tourbillonnent dans ma tête. Échec sur toute la ligne. Des points noirs s'agitent devant mes yeux. Je reprends mon calcul, mais au nombre de mains levées, il est évident que je suis en retard.

Mon stylo gratte la feuille dans une course que je suis sûre de perdre. Le sang bat mes tempes tandis que la panique me gagne et fait s'accélérer mon cœur tout en nouant ma gorge. Je vais faire une crise cardiaque, là, en plein milieu de cet amphi, lors de mon premier cours.

Rien ne va.

Rien du tout.

Un poids s'installe soudain sur le siège à côté de moi, et je compte jusqu'à dix avant de m'obliger à ouvrir les yeux.

— Tu peux suivre sur mon ordi, ça va t'aider à prendre en main le logiciel.

C'est Ambrosio, l'un des joueurs de l'équipe des Tocororos. Je n'avais pas vu qu'il était dans le même amphi que moi. Il a profité que l'enseignant est en train d'écrire un truc au tableau pour me rejoindre.

— Je t'ai appelée quand tu es rentrée, mais tu ne m'as pas entendu, chuchote-t-il en vérifiant que le prof a toujours le dos tourné.

Derrière ses lunettes, il m'adresse un clin d'œil rassurant, et je me concentre sur l'écran. Il a à peu près recopié le dessin au tableau, mais il s'est trompé en traçant une ligne.

— Il faut que tu corriges cette ligne, l'angle n'est pas bon, chuchoté-je à mon tour.

Il fronce les sourcils, les yeux fixés sur ladite ligne.

— J'ai pourtant entré les données du prof.

— Non, je pense qu'il manque 10° à peu près.

Il lève le nez vers la projection au tableau.

— Ça a l'air pareil.

— Je t'assure que non. Si tu laisses ça comme ça, l'équilibre du bâtiment ne sera pas bon. Il risque de perdre en solidité et aura du mal à supporter le poids en cas d'intempéries majeures.

— Fais chier… Mon truc à moi, c'est les ponts, ou les égouts, les trucs qui permettent à une ville de fonctionner. Pas les bâtiments. Je n'aime pas du tout le projet de fin de semestre, je vais me planter, grommelle-t-il en modifiant l'angle sur son dessin.

— Mais pour qu'il y ait des égouts, il faut des bâtiments… le taquiné-je.

Il secoue la tête et ses cheveux, un peu trop longs, viennent flirter avec son nez.

— Oui, mais je n'ai jamais aimé jouer à SimCity, mon truc, c'est ce qu'on ne voit pas forcément. Toi, tu aimes les bâtiments ?

Je réfléchis pendant quelques secondes.

— Oui… En fait, j'aime tout ce qui peut aider au développement d'une ville, d'un pays. Bâtiments, construction, rénovation, égouts, routes, ponts, je veux tout apprendre. Pour Cuba.

Il me regarde, amusé. Même si j'ai parlé à voix basse, j'ai peut-être été un peu trop enthousiaste.

— C'est pour ça que je suis là, pour apprendre, et ensuite rentrer… ajouté-je.

Il hoche la tête, un éclat d'incompréhension dans ses iris sombres.

— Pourquoi ?

Quoi ? Je ne m'attendais pas du tout à cette question. Il me semble évident qu'on veut toujours rentrer dans son pays d'origine, non ? Je me penche vers lui pour lui demander :

— Pas toi ?

— Quoi, moi ?

— Tu ne veux pas rentrer à Cuba ?

Il hausse les épaules.

— Pourquoi je rentrerais ?

Je marque un temps d'arrêt. La réponse me paraît pourtant claire.

— Parce que c'est ton pays, parce que…

— Mon pays ? m'interrompt-il. Mais mon pays, c'est ici. C'est là où je me sens bien. Ici, je peux être qui je suis. Je peux aimer un garçon sans avoir peur de finir en prison.

Ambrosio aime les garçons, comme Yotuel. Mon cœur se serre alors que je pense à mon frère et à ce qui a failli lui arriver. Il me manque. Ma famille me manque. Ladydi me manque. Je suis sûre qu'avec son éternel optimisme, elle réussirait à me faire voir le bon côté des choses si elle était avec moi.

— Les lois changent… Elles sont en train de changer, rétorqué-je.

Le mariage entre deux personnes du même sexe a fait son entrée dans la Constitution. Cuba entre dans la modernité.

Il fait la moue, en remontant ses lunettes sur son nez.

— Mais pas les mentalités. C'est plus long, constate-t-il tristement.

Je ne peux rien lui objecter, il a raison, les mentalités sont longues à changer, mais c'est un premier pas.

— Et puis, mon pays, c'est là où je me sentirai utile, poursuit-il.

J'ai du mal à en croire mes oreilles.

— Mais tu serais utile à Cuba !

J'ai réussi à ne pas hausser le ton, un exploit.

— Ici aussi…

Je fronce les sourcils.

— Tu joues dans l'équipe des Tocororos.

— Et alors ?

— Tu joues pour Cuba.

— Oui, ce sont mes racines. On n'oublie pas d'où on vient. Mais ça ne signifie pas qu'on doit obligatoirement y retourner.

Je n'ai pas le temps de méditer sur ses paroles qu'une voix retentit dans l'amphithéâtre : sèche, coupante.

— Mademoiselle, monsieur, je vous dérange ? L'espace café et discussion se trouve deux étages en dessous. Si mon cours ne vous intéresse pas, je ne vous retiens pas.

M. Emmerson. Nous avons eu beau parler à voix basse, notre conversation ne lui a pas échappé. Et à en juger par le ton avec lequel il vient de s'adresser à nous, il est tout sauf content.

— Et merde… maugrée Ambrosio.

Le professeur remonte quelques marches jusqu'à arriver à notre hauteur, puis il croise les bras sur sa poitrine.

— Où est votre ordinateur, mademoiselle ? Il est obligatoire pour ce cours.

L'amphi est plongé dans un silence qui ne me dit rien qui vaille.

— Je…

Il ne me laisse pas le temps de me justifier.

— Vous n'en avez pas. Peau mate, cheveux crépus, et si vous ouvrez la bouche, je suis sûr que vous aurez, au mieux un accent, au pire, un anglais approximatif. Vous êtes l'une d'entre eux.

Il a littéralement craché ce « eux ». Je ne sais pas quoi lui dire et m'enfonce dans mon siège. Tous les regards sont braqués sur nous, je voudrais disparaître.

— Monsieur, c'est… commence Ambrosio, mais l'enseignant ne le laisse pas terminer sa phrase.

— Je ne vous ai pas parlé M. Gabildo. Ce que vous avez à dire ne m'intéresse pas, lui assène-t-il d'un ton sec. Vous, répondez !

Il fait un signe de la main dans ma direction pour bien montrer qu'il s'adresse à moi. Répondre ? Répondre à quoi ? Il ne m'a pas posé de question.

— Je m'appelle Cristina Pelayo.

C'est tout ce que je suis parvenue à formuler. Mais ma réponse ne lui convient pas, il secoue la tête et sa langue claque contre son palais, trahissant son exaspération.

— Je ne vous ai pas demandé votre nom, mais si vous étiez l'un d'entre « eux ». À votre accent, et au fait que vous n'êtes pas capable de répondre à une question simple, j'en déduis que oui. Au moins, vous n'avez pas fait de fautes... Mais bon, c'est une phrase qui ne présente pas de réelles difficultés que vous venez d'énoncer.

Inle... Aide-moi...

J'aimerais pouvoir relever le menton, me redresser et soutenir son regard, mais j'en suis incapable. La seule chose que je veux, en cet instant précis, c'est n'être jamais montée dans cet avion. Et c'est impossible.

— Oui, monsieur, je suis Cubaine et je fais partie du programme d'échange.

Il frappe dans ses mains pour applaudir.

— Une réponse complète, et sans erreur. Bravo...

L'ironie suinte dans sa voix. Je m'enfonce dans mon siège encore davantage. Le silence devient à chaque seconde qui passe plus lourd, comme si toute l'assemblée retenait son souffle.

Il m'assène le coup de grâce:

— Inutile de vous présenter à mon prochain cours sans ordinateur. Je vais faire preuve de bonté aujourd'hui pour vous montrer que les États-Unis d'Amérique sont généreux et ne pas vous mettre dehors, vous pouvez rester. Mais si vous n'avez pas d'ordinateur, ce n'est pas la peine de franchir le seuil de cet amphithéâtre. Et je m'arrangerai pour vous faire exclure définitivement de ce cours.

Je n'ai pas le temps de dire quoi que ce soit qu'il redescend déjà vers son écran et poursuit ses explications comme s'il n'y avait eu aucune interruption. Derrière moi, une voix s'exclame :

— Hey, cubanita, on peut te faire visiter la ville si tu veux !

Je devine aisément qu'il ne s'agit pas d'une visite touristique. Une flopée de ricanements lui répond.

— Elle est carrément sexy. À ce qu'on dit, les Cubaines sont très douées avec leurs lèvres ! ajoute une autre.

Les ricanements s'amplifient, et l'enseignant ne réagit pas. Je ne mettrai pas un genou à terre, pas pour ça. Je relève le menton, et essaie de faire abstraction de ce qui m'entoure. Si je ne me fais pas remarquer d'ici à la fin de l'heure, ils vont m'oublier. Et après, j'aurai le temps de voir ce que je peux faire pour l'ordinateur. Je serre les dents.

Ne pas riposter, me fondre dans l'obscurité… Mais Ambrosio a entendu la même chose que moi et se retourne.

— Tu peux répéter ?

Il blêmit soudain, mais ça ne l'empêche pas de fusiller du regard un garçon aux cheveux ébouriffés qui n'a pas pris la peine d'enlever son blouson en cuir, deux rangées plus haut. Le bad boy de la promo. Pardon, l'abruti de la promo. Son voisin, un type à la peau très pâle et aux cheveux d'un blond doré nous toise d'un air narquois. Aussitôt, je me raidis. Les quolibets machistes, je peux gérer. Mais ce que je lis dans ses pupilles d'un bleu foncé n'augure rien de bon. De la haine. Et elle ne m'est pas adressée.

— Ce n'est pas la Cubaine le problème, en plus, elle est vraiment mignonne. Rappelle-toi Tod, on est gentil et respectueux avec les filles. Par contre… Pédé, barre-toi ! lui crache-t-il d'une voix nasillarde.

Ses voisins, un type plutôt imposant qui déborde de son siège, et un autre plus élancé aux cheveux longs éclatent de rire, et lui tapotent l'épaule. Je reporte mon attention sur l'écran, comme s'il avait le pouvoir de nous protéger, de former une muraille autour de nous, mais ne peux retenir un hoquet. Ambrosio se retourne très vite pour se plonger lui aussi dans la contemplation de son ordinateur. Son corps est tellement tendu que je crains qu'il ne se brise.

— Je suis chez moi ici, marmonne-t-il.

Mais son ton a perdu son assurance. Le blond enjambe les sièges des deux rangées qui nous séparaient de lui, pour s'installer sur celui juste derrière nous. Je jette un regard désespéré à M. Emmerson, il a été témoin de la scène, il ne peut en être autrement, mais ne dit rien. Pire même, il continue ses explications, comme si de rien n'était. Pourquoi ?

Le type se penche vers nous, je peux sentir son haleine mentholée sur ma nuque.

— Non, tu es chez moi… Alors, casse-toi, retourne à Pédéland ou on va s'en charger !

C'est à Ambrosio qu'est adressée cette menace.

— Connard, murmure ce dernier si bas que je ne suis pas sûre de l'avoir entendu.

Il n'a pas quitté son ordinateur des yeux, et s'agrippe à son stylo comme s'il s'agissait d'une bouée au milieu de l'océan. Mes doigts tremblent autour de l'accoudoir de mon siège. Je vais devoir me ruiner avec un ordinateur, on menace de me virer du cours et maintenant ça… Des propos sexistes, homophobes… Ali avait tort, ça ne se passe pas bien du tout.

Je commence à compter, priant tous les Orishas du ciel et de la terre que cela n'aille pas plus loin, que ce crétin regagne sa place et que la situation n'explose pas.

L'ombre. Je ne veux que l'ombre, disparaître et entraîner Ambrosio avec moi.

Je continue de m'accrocher à mon accoudoir tandis que les secondes défilent, lentes, lourdes, épaisses. Quand j'arrive à quarante, j'entends un bruit derrière nous. Je risque un coup d'œil par-dessus mon épaule, il a regagné sa place.

— Toujours aussi persuadé que c'est chez toi ici ? glissé-je à Ambrosio sans pouvoir contrôler le sarcasme de ma voix.

Il me lance un coup d'œil surpris, avant de secouer la tête.

— Des cons, il y en a partout. Là, ils prennent le prétexte de mes préférences sexuelles ou de ton origine, mais ça pourrait être la couleur de ton rouge à lèvres ou de tes baskets… Ce n'est pas nous le problème, c'est eux. Ils finissent toujours par perdre. Alors oui, je suis chez moi ici.

Malgré l'assurance de ses propos, la vérité qui vibre dans ses mots, la peur qui me ronge à l'intérieur ne reflue pas.

Ethan

— Salut, Ethan ! C'est étonnant de te voir ici aujourd'hui ! me dit César, le gérant de la salle.

Il supervise, dans la zone de muscu, l'entraînement de William, un poids lourd qui a un combat important dans un mois. Les lieux sont déserts. Rien d'anormal, il est 20 heures passées, les gens sont chez eux, en famille. Certains viendront dans une heure, pour terminer leur soirée sur un effort et se coucher avec leur lot d'endorphines, d'autres préfèrent le matin, à la fraîche, histoire d'entamer leur journée avec le corps détendu. Quant à moi…

J'ai. Mal.

— J'avais besoin de me défouler un peu, *maestro.*

Je m'arrête devant lui. William est en plein milieu d'une session de pompes sur l'un des tapis que César a reçus il y a quelques jours. Cette salle est beaucoup plus moderne que celle de Viktor, l'entraîneur de Cris à La Havane, les poids sont liés à des machines et l'équipement est de dernière génération. César a les moyens, c'est un professionnel renommé dans le pays, plusieurs boxeurs affichent de très bons résultats. Il ressemble beaucoup à Viktor, celui qui m'a fait comprendre que ce n'était pas parce que je m'étais blessé au genou que je ne pourrais plus faire de sport. Il a la même aptitude à lire les gens, et je pense que de là lui vient son surnom : *Maestro,* le Maître. C'est d'ailleurs pour ça que je me suis inscrit dans sa salle, même si je dois traverser presque toute la ville. Je n'avais pas besoin de quelqu'un qui prétende faire de moi un champion, mon corps n'en est plus capable, mais de quelqu'un qui comprenne ce qu'il me fallait. Apprendre où étaient mes limites. Les repousser tout en les respectant. Viktor m'a mis sur la voie, il me fallait quelqu'un pour continuer le travail.

William enchaîne pompe sur pompe, mais son front transpire à peine. Je le salue d'un signe de tête, c'est un type sympa.

— Dure journée avec la rentrée? me demande le *Maestro* en plissant les yeux.

Il se doute qu'il se passe quelque chose, normalement, je ne viens pas le lundi, c'est la journée de répit que j'accorde à mon corps. Je finis les cours tard, seconde

Sean dans la séance de kiné de l'équipe, mais ne fais aucun effort physique. Pas de boxe, pas de muscu. Repos complet. Mais pas aujourd'hui. J'ai besoin de l'effort pour me vider la tête et ne pas faire une connerie.

Comme me focaliser sur ma putain de douleur.

Comme être tenté.

Cela m'arrive de moins en moins souvent, mais ce soir, je pourrais l'être.

— Oui, on peut dire ça comme ça.

Je ne sais pas quoi lui répondre d'autre. Je l'ai vue. Yeux d'Ange. Mon Inle.

Ses yeux d'une obscurité sans fin qui se fondent dans sa peau mate et son crâne rasé me sondent. Je le laisse faire. Ça ne sert à rien de chercher à lui cacher quoi que ce soit.

— OK, *hombre*, je n'ai personne pour boxer sur le ring aujourd'hui. Tu t'y colles ?

J'acquiesce sans hésiter.

— Pas de problème, *maestro*.

Exactement ce qu'il me faut. Il reporte son attention sur William, et du bout du pied, il corrige sa position en l'obligeant à décaler sa main de quelques centimètres. Je souffre pour lui, il vient d'augmenter la difficulté de ce qui n'était qu'une promenade de santé pour le boxeur.

— Tu te sens de travailler un peu les jambes ?

Comme d'habitude, il me pose la question, c'est sa façon à lui de vérifier que je n'ai pas mal.

— Oui, pas de problème, répété-je.

Nous avons passé un deal, je dois être honnête avec lui, si je ressens la moindre douleur, même minime, je le lui dis et lui, en retour, il adaptera le programme et me permettra de trouver ce que je recherche.

Il se reconcentre sur moi et m'étudie encore quelques secondes, et je me contente de poser mon sac sur le sol et d'attendre patiemment. Il fronce les sourcils et se frotte le crâne. Un tic chez lui. Il fait toujours ce geste quand il cherche à démêler le vrai du faux chez quelqu'un. Je le laisse continuer son examen, sans ciller. Du haut de son mètre quatre-vingt-dix, César est une machine de guerre. Il est tout en muscles, et sa peau brune lui donne un air encore plus sévère qu'il ne l'est en réalité. Mais je suis serein : je ne mens pas, ce n'est pas au genou que j'ai mal. C'est mon cœur qui est brisé. Il finit par hocher la tête.

— OK, on va les assouplir un peu, après on fera un peu de muscu, et on terminera par un round.

— Tu ne me mets pas contre Musclor, hein ! m'exclamé-je en montrant Will.

Will mesure presque deux mètres et doit avoir du mal à trouver des fringues à sa taille. Il m'adresse un franc sourire sans arrêter de faire ses pompes. Je l'aime bien ce mec, mais hors de question que je lui serve de *sparring* !

— J'ai bien envie de bouffer du ricain, grogne-t-il, un air faussement menaçant sur le visage.

Sa barbe rousse, héritage de ses origines écossaises, s'épaissit au fil des jours, mais son combat à venir va sonner le glas de sa panoplie de *highlander* mal dégrossi : César l'oblige à se raser à chaque rencontre pour que son adversaire n'ait aucune prise sur lui.

— Mec, tu es toi-même un ricain. Faut revoir tes répliques !

Il éclate de rire et se met debout pour venir frapper ses poings contre les miens.

— Merde, j'ai pas pensé à ça !

Sa pause est de courte durée.

— Willi, qui t'a dit d'arrêter ? Cinquante de plus ! aboie César.

Il hausse les épaules – il n'y a que le coach pour l'appeler Willi comme si c'était un môme de cinq ans –, et reprend sa position, poings fermés contre le sol, corps tendu. Il abaisse son corps dans une horizontalité parfaite, puis le relève comme si ce mouvement était aussi facile que de respirer. Une vraie machine. Même au mieux de ma forme, je n'étais pas capable d'aligner autant de pompes.

— Va t'échauffer, poursuit César. Après tu reviens me voir.

Je me contente de hocher la tête et d'obéir. Dans le vestiaire, je vérifie une dernière fois mon téléphone : Addi m'a envoyé un message. Il faudra que je passe chez elle en sortant.

Tout va bien ?

Même si elle ne m'a rien dit, mon attitude à la caféť ce matin ne lui a pas échappé. Je ne la fais pas attendre et lui réponds immédiatement.

Je suis à la salle

Son nom apparaît sur l'écran de mon téléphone. J'hésite, le doigt en suspension au-dessus du bouton « décrocher ». Elle sait que venir à la salle un lundi n'est pas habituel chez moi, elle s'inquiète. J'écarte mon doigt et la laisse tomber sur la messagerie. Je n'ai pas envie de lui parler, alors je lui écris pour la rassurer.

Je veux juste évacuer le stress de la journée

Est-ce qu'elle va me croire ?

Tu te mets trop la pression, *honey*

« *Honey* ». Que ce surnom m'insupporte… Je pousse un léger soupir de soulagement. Mon message a dû la convaincre. Je ne lui ai rien caché de mes conneries après ma rupture de ligaments, et il est normal que leur spectre plane au-dessus de nous. J'hésite sur la réponse à lui donner, mais un autre SMS arrive déjà.

Tu passes après ?

Cette fois, mes doigts n'hésitent pas.

Je ne pourrai pas. Je dois voir ma mère

Mensonge. Elle dîne avec Adam, son collègue. Ils se fréquentent depuis notre retour de Cuba, je suis contente pour elle, c'est un chic type et il la traite bien. La culpabilité me fait lui envoyer un autre message.

On se voit demain ?
Je t'emmène à la fac ?

Je me rattrape comme je peux.

OK. Je t'aime

Un flot acide remonte dans ma gorge.

Dors bien

C'est tout ce que je suis capable de lui écrire. Mais pour me rattraper, j'ajoute un cœur. Comme si les mots étaient inutiles. Comme si cela suffisait.

J'essaie d'ignorer la vague amère qui me submerge et range mon téléphone dans la poche avant de mon sac à dos, que je fourre ensuite dans un casier.

Me défouler va me faire du bien.

Je termine mon enchaînement contre le sac de boxe en me concentrant sur l'alignement de mes jambes. Pas en avant, frappe, pas en arrière, frappe. César tient à ce que je sois toujours léger dans mes mouvements afin d'épargner mon genou et de continuer à renforcer mes muscles. En six mois, j'ai récupéré une partie de celui que j'étais avant. J'ai enfin accepté que ma musculature ne soit plus la même que celle dont a besoin un quarterback, et qu'elle doit être une alliée dans ma lutte contre les blessures. Parfois, je regrette de ne pas l'avoir pris en compte plus tôt. Si cela avait été le cas, peut-être que mon genou n'aurait pas lâché. Et puis je repense à ce que m'a dit le chirurgien : ça n'a rien à voir. La faute à pas de chance.

J'ai. Mal.

Ma garce de douleur vient me saluer. Elle est dans ma tête, elle n'est pas réelle.

Pas en avant, frappe, pas en arrière, frappe.

Je. N'ai. Pas. Mal.

Pas en avant, frappe, pas en arrière, frappe.

Elle ne part pas.

Alors, comme à chaque fois, je me concentre sur autre chose que mes pas. Des yeux verts et un cul à se damner.

Mon Inle.

Et la douleur reflue, remplacée par une autre, mais que je gère mieux : celle de mon cœur.

Je frappe un peu plus fort.

Cris ne m'a rien dit. Elle est là.

Je frappe plus fort.

Elle est encore plus belle.

— Putain mec, à chaque fois que je viens, je suis ébloui par les nanas qu'il y a ici. Avant, je n'aurais jamais cru qu'une fille qui fait de la boxe pouvait être aussi canon. Je pensais qu'elles étaient plutôt du genre camionneur… Mais entre Cris et celle-là…

Je bloque le sac de frappe en l'attrapant entre mes gants. Le sourire de Steve en train de mater Mylie pourrait traverser tous les États-Unis. Elle commence sa session en étirant ses jambes, ses gants roses sont posés sur le banc derrière elle. C'est sans doute à cause d'elle que je vais monter sur le ring, César veut que je sois son *sparring*. Mylie est une sacrée compétitrice, elle fait du kick-boxing à haut niveau, et pour avoir assisté à un de ses combats, je n'ai aucun doute : elle me met au tapis quand elle veut. Mais je ne risque rien, le *Maestro* se sert de moi lorsqu'il souhaite qu'elle travaille le haut de son corps. Personne dans la salle n'ignore mon problème au genou, et ils font gaffe. Avant, boxer contre une fille m'aurait vexé. J'étais un con. Maintenant, je suis reconnaissant à César de ce qu'il fait pour moi.

— Presque aussi bandante que ta bombe cubaine…

— Qu'est-ce que tu fous là, Steve? lui dis-je en soupirant, luttant contre l'agacement qui pointe le bout de son nez.

Il s'adosse contre l'un des miroirs qui longent le mur de la zone où sont suspendus les quatre sacs de frappe. Son regard ne quitte pas Mylie. César, qui encadre William dans ses exercices de muscu de l'autre côté de la pièce, lui jette un coup d'œil, mais ne le salue pas. Steve est dans la zone « indéterminée » de mon coach pour le moment. Indésirable ou acceptable, il n'a pas encore tranché. Mais mon pote n'est pas là sans raison, il n'est jamais là sans raison.

— Je passais dans le quartier, me répond-il simplement.

Il appuie une main contre le mur. Il est plutôt bien habillé pour une visite dans ce quartier : chemise parfaitement repassée qui couvre ses tatouages, cheveux coiffés en arrière, bien rasé… Il a dîné avec ses parents. Et vu sa tête, ça n'a pas dû être une partie de plaisir. Je fronce les sourcils et essuie avec mon poignet la sueur qui perle sur mon front.

— Ne me fais pas le coup de « j'ai vu de la lumière et je suis rentré », ça ne prend pas.

Il fourre les mains dans les poches de son jean à quatre cents dollars et affiche un air innocent.

— Tu avais l'air tendu, alors je suis allé voir au Felicidades, et comme tu n'y étais pas, je me suis dit que j'allais faire un détour par ici. J'ai essayé de t'appeler avant, mais tu n'as pas répondu.

Mon agacement naissant s'envole aussitôt. Je ne sais pas ce qui s'est passé chez lui, mais il aurait pu aller ailleurs, et c'est ici qu'il est venu. Il s'inquiétait pour moi. Steve est un con, mais un con prévenant.

— Je m'entraînais.

— Ouais, c'est ce que je me suis dit. C'était soit ça, soit tu t'envoyais en l'air. Et j'ai préféré t'imaginer t'entraîner, parce que t'envoyer en l'air…

Il mime un frisson gigantesque.

— Ce sont des choses naturelles de la vie, tu sais mec… ricané-je.

Il écarquille les yeux d'horreur.

— Ah, mais bien sûr ! Mais avec Addi, quoi… Beurk…

— Elle est canon… lui rétorqué-je en donnant un nouveau coup dans le sac.

— Oui, et elle a un bâton dans le cul. Genre aussi grand qu'un sequoia. Ça doit faire mal d'ailleurs. On croirait que vous êtes déjà mariés et propriétaires d'un chien.

Je réajuste mes gants, un peu irrité par la tournure que prend notre conversation.

— Il n'y a rien de mal à ça.

C'est vrai qu'Addi et moi avons une relation très formelle, sérieuse dirait ma mère, mais c'est normal, non ?

— Si tu le dis… Bon, parlons de trucs plus intéressants : il y a eu un truc entre la bombe et toi ? Parce que si c'est le cas, il faut me le dire. Tout comme tu dois me dire si tu ne veux pas que je me la tape. C'est le code de l'amitié.

Je me retiens de lui foutre mon poing dans la gueule et me contente de frapper le sac. Un coup.

— Non, c'est une amie.

Deuxième coup.

— OK, cool alors !

Il ne me laisse pas le temps de lui répondre et change brusquement de sujet :

— Je crois que je vais me faire un nouveau tatouage. Peut-être chez ton tatoueur, pour avoir un truc différent. Il a un style que j'aime bien. Celui qu'il t'a fait est vraiment cool.

J'immobilise le sac, et sans perdre le contact avec le cuir, je me tourne légèrement de façon à pouvoir voir dans le miroir en face duquel je m'entraîne le tatouage qui barre mon dos, au niveau des épaules. « Inle » y est inscrit en lettres calligraphiées, et, entre chaque lettre, des attributs marins.

Inle.

Il est le fruit d'une impulsion, deux semaines après mon retour. Encore une chose à laquelle j'avais besoin de m'accrocher.

— Je peux t'y accompagner si tu veux, lui proposé-je.

Il roule la manche de sa chemise et dénude son bras jusqu'au biceps.

— J'aimerais bien un dessin original sur l'avant-bras, pas un symbole tribal ou un truc du genre. Je voudrais…

Il s'interrompt, comme à chaque fois qu'il est sur le point de révéler un détail intime sur lui.

— Un jour, tu me diras ce qu'il représente pour toi ? reprend-il.

— Un jour, peut-être.

J'ignore si j'en serai capable, ce serait reconnaître à voix haute ce que je ressens, et je ne suis pas sûr d'être prêt à ça. Peut-être que je ne le serai jamais.

— Ethan, amène tes fesses ! Tu es mon *sparring* !

Ce n'est pas la voix féminine et chantante de Mylie qui vient de s'adresser à moi, c'est Álvaro. Il est dans la catégorie poids plume et paraît fluet en comparaison avec moi, mais j'ai vite appris que son physique était trompeur. Il est plus rapide qu'un serpent, c'est d'ailleurs de là qu'il tient son nom de scène : Víbora, la vipère.

— J'arrive, lui dis-je.

Il salue Steve d'un signe de tête qui, en retour, le fusille du regard.

— C'est contre nature, grommelle ce dernier.

— De quoi tu parles, mec ? m'étonné-je en fronçant les sourcils.

— Ça, ce type… Samedi soir, il était au Summer's.

Le Summer's est un bar à la mode de Miami où les joueurs de l'équipe aiment bien aller de temps en temps. Avant, je les y accompagnais, c'est un terrain de chasse idéal, et j'y retrouvais Kate qui me fournissait en cachets et autres médocs. Je n'y ai pas remis les pieds depuis que j'ai merdé.

J'ajuste mes gants et vérifie que ma coquille est bien en place. On ne sait jamais, mieux vaut sortir couvert.

— Et alors ?

Son regard est noir quand il lance :

— Dans le couloir, il était avec un mec.

Aucune surprise, Álvaro n'a jamais caché ses préférences sexuelles, son truc, c'est les mecs. Moi, ça ne me pose pas de problème.

— C'est contre nature, répète-t-il avec dégoût.

— Mec, l'avertis-je.

J'espère qu'il ne va pas insister, je serais obligé de lui demander de la boucler, voire de lui en flanquer une.

— Je dis juste que ce n'est pas dans l'ordre de la vie, se défend-il en levant les mains au ciel, comme pour me signifier qu'il ne fait rien de mal.

— Ethan, ramène ton cul sur le ring, on n'a pas toute la soirée, s'impatience César.

Je pose ma main sur l'épaule de mon pote, mon gant m'empêche de la lui serrer, mais j'espère que le message sera clair.

— Mec, déconne pas. Je ne veux pas de ça ici, ni ailleurs.

Il ne me rend pas mon regard, mais au moins, n'insiste pas. Il va falloir que j'en parle à Mike, peut-être qu'il est au courant de quelque chose, même si j'en doute. Steve n'est pas du genre à se confier. Il fait le coq, s'affiche beaucoup, mais on ne connaît rien de concret de sa vie. Et ce n'est pas qu'une grande gueule qui l'ouvre trop…

— Je passe te chercher demain ? lui demandé-je.

Je ne veux pas me prendre la tête avec lui. Il arque un sourcil interrogateur.

— Il y aura ta nana ?

— Oui.

Il secoue la tête, et quelques mèches de ses cheveux échappent au contrôle du gel qu'il a appliqué pour la soirée et lui tombent sur les yeux.

— Alors c'est sans moi. J'ai eu ma dose.

Je resserre une nouvelle fois mes gants et m'étire les jambes. Álvaro est déjà en train de sautiller sur le ring tandis que César lui donne les dernières instructions.

— Il faut que tu arrêtes avec Addi, elle est vraiment chouette.

— Je ne l'aime pas, bougonne-t-il.

— Tu pourrais faire un effort.

— Non, quand je n'aime pas quelqu'un, je le dis. Et quand j'aime bien quelqu'un, je le dis aussi. Et ta copine cubaine, je l'aime bien. Mais vraiment bien.

Il met sa main sur sa queue pour illustrer ce qu'il vient de dire, et je brûle aussitôt de lui faire passer l'envie de raconter des conneries. Mais je me retiens. Changer de sujet parce qu'on est mal à l'aise est une technique aussi vieille que la guerre elle-même.

— Tu n'as aucune chance, mec… Oublie-la.

En grimpant sur le ring, j'adresse un rapide message à Elaguá pour qu'il me donne raison. Et quand je frappe mon premier coup, Álvaro me lance un regard surpris. J'y ai mis plus de force que ce qui était convenu.

Ouais… Imaginer Cris et mon pote ne me fait pas du tout rire. L'imaginer avec un autre, quel qu'il soit, ne me fait pas rire.

Le bordel est de retour dans ma vie.

Putain…

Chapitre 5

Vendredi 31 août

Ethan

Quand je sors du gymnase, l'air frais de la rue me frappe le visage. Il est inhabituel pour cette saison, normalement, les températures sont plus élevées. Je remonte la fermeture éclair de mon blouson qui arbore le nom « Hurricanes » dans le dos, celui de mon équipe de foot. À cause de mes écarts de conduite, je l'avais remisé dans mon placard. J'estimais avoir perdu le droit de le porter. Mais en juin, le coach m'a ordonné de l'en sortir, me disant que si je me pointais à un match sans, ce n'était pas la peine de venir. Sa façon à lui de m'indiquer que je m'étais racheté, et que j'étais encore l'un des leurs.

Je remonte la rue pour rejoindre ma voiture d'un pas vif. Si je me presse un peu, je pourrai passer chez Addi. Il faut que je me fasse pardonner mon attitude distante de cette semaine. Certes, je l'ai déposée à la fac comme prévu mardi, mais c'est tout. J'ai prétexté un truc à faire avec Sean. En réalité, j'espérais la voir, *elle,* sur le campus. Échec total. Déception maximale. Et ça a été comme ça tous les jours, d'excuses bidons en excuses bidons, je l'ai évitée… Vraiment pas le petit ami idéal.

Je m'installe au volant de ma jeep et allume le moteur avant de mettre le chauffage. L'habitacle tarde quelques secondes à se réchauffer, j'enlève ma veste que je laisse sur le siège passager, puis quitte ma place de stationnement pour m'engager dans le trafic.

Les rues de ce quartier sont toujours animées à cette heure du soir. Enfants qui jouent sur les trottoirs, terrasses de café bondées, rires, couples faisant leurs courses à la hâte. Elles débordent de vie. Il en sera ainsi jusqu'à ce que j'atteigne Little Haiti, et alors, je basculerai dans une sorte d'univers parallèle. Là-bas, après 22 heures, seuls les dealers, les camés, les criminels ou les suicidaires mettent le nez dehors.

Je bouge les épaules pour les détendre. César n'y est pas allé de main morte ! Sacré programme de cardio, je suis rincé, mais mon corps est satisfait. Et ma tête…

Ma tête s'est un peu calmée. C'est déjà ça. Je n'ai pas revu Cris depuis lundi, à la cafét'. Quatre jours. Ils semblent ridicules en comparaison avec tous ceux qui se sont écoulés depuis La Havane, mais en réalité, ils sont pires.

Bien pires.

Elle est là, dans la même ville que moi, et n'a pas cherché à me contacter. Rien du tout. Son message est clair : elle m'a bel et bien lâché. Je devrais moi aussi tourner la page, elle n'a pas besoin de moi. Cris n'a jamais besoin de personne. Mais je n'arrive pas à m'y résoudre, parce qu'elle a beau prétendre pouvoir se débrouiller seule, la réalité est souvent bien différente.

Je secoue la tête pour la chasser de mes pensées. Elle ne m'a rien dit, pas contacté, je dois attendre. Patienter. Et peut-être me résigner. Une barre perfore mon estomac en guise de protestation, mais je n'en tiens pas compte. Au lieu de trop réfléchir, je me contorsionne pour sortir mon téléphone de la poche arrière de mon jean et profite de la circulation fluide pour envoyer un message à Addi.

Je passe te voir ?

Voilà ce que je dois faire. Addi m'apporte de la stabilité. Elle me soutient, ma mère l'aime beaucoup. Et je dois me rattraper. Elle me répond aussitôt.

C'est pour m'annoncer une mauvaise nouvelle ?

La culpabilité m'assaille. C'est quelqu'un de bien, et je me comporte comme Steve. Elle craint que je lui dise que je veux rompre.

Oui.

Non.

Non ! Ce n'est pas pour ça que je veux passer la voir, c'est pour me faire pardonner mon attitude.

J'ai. Mal.

Non, je veux juste me faire pardonner, j'ai été mal à cause de la rentrée, et je te l'ai fait payer. Je suis un idiot

Je me sens encore plus mal d'écrire ça, parce que je sais qu'elle va me pardonner. Addi est comme ça, elle est la patience incarnée… J'appuie sur le bouton « appeler » de mon téléphone, et mets le haut-parleur, elle décroche immédiatement.

— Addi, je veux juste passer te voir, rien d'autre. Qu'on ait un moment tous les deux… Je n'ai pas été cool avec toi ces derniers jours…

Le feu passe au rouge, et j'immobilise ma jeep. Elle rit doucement dans mon oreille, son soulagement est palpable.

— Si tu savais… j'ai… me taquine-t-elle.

Mais je ne l'entends pas finir sa phrase. Une silhouette vient de traverser la rue à petites foulées sur le passage piéton.

La sienne.

Et derrière elle, trois ombres plus imposantes.

Tel un rapace sur sa proie, l'angoisse s'abat sur moi et plante son bec aiguisé dans mes tripes.

— Addi, je vais devoir annuler… Je suis désolé.

Les ombres sont désormais derrière elle, mais peut-être qu'elles ne font qu'aller dans la même direction. Peut-être qu'elles vont juste prendre un verre dans un bar. Peut-être que je me fais des films.

Le bec m'arrache un bout d'estomac.

Non, je ne me fais pas des films.

J'ajoute en balbutiant:

— Il y a un problème avec un gars de la salle…

— Je t'aime, me dit-elle, mais j'ai déjà raccroché.

Le feu est toujours au rouge, et la silhouette s'éloigne. Merde! Je vais la perdre de vue. Elle s'engouffre dans une ruelle sur la droite. Je la connais bien, il y a plein d'intersections qui donnent sur d'autres ruelles. Les ombres, qui deviennent des types baraqués sous la lueur d'un lampadaire, prennent le même chemin. Putain!

Mon cœur s'agite dans ma poitrine. Il se recroqueville, puis se gonfle au maximum. Si je risque de la perdre de vue, ce ne sera pas le cas de ces gars. Inutile de lire dans leurs pensées pour comprendre qu'ils ne sont pas en train de faire une innocente promenade nocturne. Sans même vérifier si quelqu'un arrive en face, j'appuie sur l'accélérateur et grille le feu. Un klaxon déchire l'air, celui de la voiture à qui j'ai coupé le passage.

Rien à foutre.

Je m'engage à mon tour dans la ruelle, et roule lentement, scrutant les clairs-obscurs de la nuit émaillée par les lumières de la ville. Je la repère. Elle s'est immobilisée devant un bar haïtien que je connais pour y être allé deux ou trois fois, au tout début, quand je n'avais pas encore de point de chute après le gymnase. Little Haiti est proche de Little Havana, et même si nous ne sommes pas dans la zone la plus houleuse du quartier, ce n'est pas le genre d'endroit où se rend une fille seule. La preuve. Les trois types avancent vers elle d'un pas tranquille, sûr, comme des loups prêts à fondre sur un lapin.

Elle ne rentre pas dans le bar et se contente d'observer l'extérieur. Des fenêtres sales, une enseigne qui s'allume par intermittence, un trottoir où gisent gobelets en plastique et mégots de cigarette, pas un endroit pour une fille comme elle. Mon cœur tambourine dans ma poitrine, elle est là, à quelques mètres dans son legging et sa brassière avec son sweat noué autour de sa taille.

J'ai envie de l'engueuler, là, tout de suite. De lui aboyer qu'elle est complètement inconsciente de se promener comme ça dans ce quartier ! Ses cheveux sont retenus dans une queue de cheval, mais l'effort a été vain : quelques mèches s'en sont échappées. Elle est canon. Et les mecs ne sont pas aveugles.

Elle tourne la tête dans leur direction, et son visage se fige. J'aperçois les signes : la peur, la colère. Ces émotions sont si proches chez elle, sœurs jumelles qui ne se séparent jamais. Je peux prévoir ce qu'elle va faire, sa meilleure arme. Elle va s'enfuir, pour peut-être tomber dans les mailles d'un autre filet. Avant qu'elle ne se remette à courir, j'arrête ma voiture à côté d'elle et baisse la vitre passager.

— Hey, ce n'est pas un quartier où traîner le soir.

Je lance un coup d'œil anxieux aux trois gars. Ils se sont arrêtés eux aussi, indécis. Les rouages de leur cerveau se sont mis en branle : doivent-ils insister, ou laisser tomber ? Je n'ai pas envie d'attendre la réponse.

En entendant ma voix, elle sursaute, mais quand elle m'aperçoit, un sourire de soulagement lui échappe. Et je souris aussi, comme un vrai crétin.

Je. N'ai. Plus. Mal.

Cristina

J'essaie de contrôler mon sourire, mais c'est peine perdue. Le traître a pris son indépendance. Par précaution, je jette un coup d'œil aux types qui avaient l'air de me suivre. Ils se sont immobilisés.

— Salut, lui dis-je en m'approchant d'un pas de la voiture.

Je ne devrais pas. Je devrais rester là, à trois mètres de lui, sur ce trottoir jonché de verres en plastique vides et de cigarettes. Je devrais reprendre mon footing, fuir ces types, ignorer sa présence, lui faire comprendre que je ne veux pas qu'il soit dans ma vie. Non, qu'il ne peut pas y être, parce que dans ma ligne de mire, au terme de mes deux ans, il n'y a que Cuba, pas lui. Depuis notre rencontre à la cafét' lundi dernier, j'ai évité d'y retourner de peur de le revoir. De peur de *la* revoir avec lui. Ça n'a pas été difficile, j'ai eu beaucoup à gérer : mes cours, mes devoirs sous lesquels nous croulons déjà, trouver un endroit d'où appeler ma famille, la recherche et l'achat d'un ordinateur pas trop cher, celle d'un boulot, une visite aux services migratoires pour obtenir le précieux sésame, ce permis de séjour qui va me permettre de rester deux ans ici. J'ai également passé du temps avec Ali, j'apprécie sa compagnie, même si elle a des goûts musicaux douteux. Elle me cache des choses, j'en ai l'intuition, mais je serais mal placée pour le lui reprocher, alors je fais comme si…

Je crois bon d'expliquer :

— Je visite.

Je ne veux pas qu'il sache pourquoi je suis là. J'ai un entretien d'embauche demain soir dans ce bar, et je suis venue en repérage. L'endroit ne me convainc pas, mais je n'ai pas trop le choix. Mon ordinateur a allégé ma bourse, et pour pouvoir envoyer de l'argent très vite à ma famille, il faut que je bosse.

— La nuit ? s'étonne-t-il en arquant un sourcil incrédule.

Lui aussi surveille les types du coin de l'œil, mais ils semblent avoir pris leur décision et repartent en sens inverse.

Bon sang… Je ne parviens pas à détacher le regard de ses yeux océan.

Comme aimantée, je fais un nouveau pas vers la voiture, en haussant les épaules.

— Je n'avais pas assez couru aujourd'hui.

Il sourit et sa fossette fait son apparition. Aussitôt, mon cœur décide de la rejoindre, heureusement que mes côtes le retiennent, sinon il serait collé à sa joue.

Pathétique.

— Je te ramène ?

Je secoue la tête. Hors de question que je monte dans la même voiture que lui.

— Non, ça va…

Il fait la moue. Son visage n'a pas connu de rasoir depuis quelques jours, et le chaume de ses joues lui va vraiment bien. Ses cheveux sont plus courts qu'à La Havane, mais conservent ce côté désordonné que j'aime tant. Sur le siège avant, j'aperçois le blouson de son équipe de foot.

— OK, alors je rentre avec toi en courant ?

Je fronce les sourcils, il est sérieux ? En courant ? Je me doute qu'il a repris le sport, mais quand même…

Non, impossible. Il inspecte rapidement la rue, sans doute à la recherche d'une place pour garer sa jeep dernier cri. Il est sérieux, très sérieux même.

— Tu…

Il comprend tout de suite ce que je veux dire, la dernière fois que nous nous sommes vus, il se remettait de sa lésion.

— J'ai repris le sport, m'interrompt-il d'un ton détendu.

J'avais deviné. L'autre jour, j'ai parfaitement vu que ses biceps étaient mieux dessinés qu'il y a quelques mois. Son corps semble…

— Je peux rivaliser avec toi maintenant, ajoute-t-il avec un sourire taquin.

Bien malgré moi, je grimace. Ce n'est pas de l'orgueil déplacé, mais même les gars de la salle avaient du mal à me suivre en footing. Seuls ceux du programme pour jeunes athlètes, dans lequel j'ai été jusqu'à mes seize ans, pouvaient le faire.

— Enfin, presque… Mais c'est parce que tu n'es pas humaine, tu es un vrai Jedi…

En l'entendant citer *Star Wars*, mon cœur se déchaîne dans ma poitrine. Nous avons regardé l'épisode cinq ensemble, dans sa chambre d'hôtel, après la tempête. J'étais blottie dans ses bras, j'étais bien.

Non !

Ne pas penser à ça.

Il sourit davantage, comme s'il partageait le cours de mes pensées.

Le vent me fait frissonner. Pour former un rempart contre le froid, je croise les bras sur ma poitrine. Je n'arrive pas à me résoudre à repartir, il le faudrait pourtant, mais…

— Tu ne rentreras pas seule, le quartier n'est pas sûr pour…

Il est sur le point d'ajouter quelque chose, mais se tait. Je soupire, puis ouvre la porte passager.

— OK. J'imagine que ce n'est pas la peine d'insister? Évite de te reconvertir dans la diplomatie, tu n'as pas trop d'avenir!

Il attrape sa veste pour la déposer sur le siège arrière, puis me regarde et change de voix.

— C'est une négociation musclée!

Il n'y a que lui pour me sortir une réplique de Padmé à Anakin de *L'Attaque des clones* dans un tel contexte. Et il n'y a que moi pour comprendre… Pour m'empêcher de trop sourire, je lève les yeux au ciel.

— Toujours aussi têtu, petit Yuma.

Il sursaute en entendant le surnom que je lui avais donné, mais se ressaisit aussitôt.

— Certaines choses ne changent pas, me répond-il en démarrant, le regard concentré sur la route.

Mon cœur bat toujours aussi fort dans ma poitrine, effectivement, certaines choses ne changent pas.

Ethan

Nous roulons depuis cinq bonnes minutes et aucun de nous n'a osé prononcer un mot. Le regard de Cris est perdu sur la vitre de la voiture, j'aimerais savoir à quoi elle pense. Je lui lance un énième coup d'œil discret. Putain, que cette fille est belle… Elle a beau être trempée de sueur, échevelée par sa course, sans maquillage, elle est toujours superbe. Et cette odeur de vanille… Elle va me rendre fou.

Je me racle la gorge, il faut que je dise quelque chose, sinon je vais lui prendre la main ou poser la mienne sur sa cuisse, et nous n'avons pas ce genre de relation. Nous ne l'avons plus, même si nous ne l'avons eue que fugacement.

— Pourquoi tu ne m'as pas appelé ?

Merde ! Ce n'est pas ce que je voulais dire. J'ai lâché une bombe, comme ça, sans prévenir.

Le silence flotte encore entre nous pendant quelques secondes.

— Depuis que je suis arrivée, je suis très occupée… M'adapter à un nouveau pays, une nouvelle vie, un nouveau système.

Elle a parlé tellement bas que je l'ai à peine entendue.

— Je ne parlais pas de ça…

Maintenant que la bombe est lâchée, autant aller jusqu'au bout.

— Je sais…

Elle attend quelques secondes, et quand je crois qu'elle ne va pas me répondre, elle avoue :

— Je n'ai pas pu…

Ma gorge se noue. Je dois savoir, j'ai besoin de savoir, de comprendre pourquoi… Après, je pourrai avancer avec Addi, et faire ce que tout le monde veut que je fasse : être heureux avec une fille formidable.

— Pourquoi ?

Elle hésite encore. Son souffle crée un nuage de buée contre la vitre de la voiture.

— Je n'avais pas l'argent.

J'aimerais lui demander de répéter, pour être sûr que ce sont bien ces mots que son murmure a libérés. Mais je sais qu'elle ne le fera pas.

— Mais…

Et d'un seul coup, je comprends. Quel con ! Je n'ai pas pensé à ça ! J'avais tout prévu, le plan parfait. Dans le meilleur des cas, elle m'aurait appelé pour me dire qu'elle avait entamé les démarches pour l'obtention de son passeport. Nous aurions patienté, et quand elle m'aurait rejoint, j'aurais mis ça entre les mains du cabinet d'avocat de mon grand-père pour régulariser sa situation. Ce n'aurait pas été facile, mais l'espoir me portait. On se serait aimés à Miami, on aurait commencé une nouvelle vie, elle et moi. Ensemble. Au pire, elle aurait gardé le contact par SMS, et ça m'aurait laissé l'opportunité de la convaincre de quitter Cuba. Ça aurait pris plus de temps, mais elle l'aurait fait. Jamais il ne m'est venu à l'idée qu'elle n'aurait pas les moyens de se payer un abonnement de téléphone, ou même de s'acheter une carte. Je croyais comprendre Cuba, mais j'étais à côté de mes pompes… Je n'ai jamais vu la réalité de sa situation, je l'ai toujours regardée avec le filtre de la mienne.

Qu'est-ce que ça signifie ? Est-ce que… Un fol espoir germe dans ma poitrine.

— Tu aurais pu…

Elle tourne la tête vers moi et ses iris verts me foudroient. Mon cœur fait un salto, sans parler de ma bite qui tressaute.

— Quoi ? T'envoyer un mail ? Je n'avais pas ton adresse. T'écrire une lettre ? Idem… Je n'allais pas fouiller les fichiers du Nacional pour les obtenir ! Je te l'ai dit depuis le début Ethan, on n'appartient pas au même monde.

Ce qu'elle ne prend pas en compte, c'est que nos mondes viennent de converger, donc elle est bel et bien entrée dans le mien, elle en fait partie. Je ne le lui fais pas remarquer pour ne pas l'énerver davantage, elle serait capable de sauter en marche. Je ne suis qu'un abruti, j'aurais dû faire comme Mike, qui laisse toujours toutes ses infos personnelles dans son téléphone, au cas où il le perdrait. J'ai eu beau lui expliquer qu'il y a un traceur dedans pour le localiser s'il active son GPS, mais il n'en a jamais eu rien à foutre. Cet enfoiré avait raison. Si j'avais laissé ça dedans, peut-être qu'elle ne m'aurait pas lâché. Elle doit comprendre ce à quoi je pense, car elle reprend :

— Ça n'aurait rien changé, je n'avais pas d'argent pour le chargeur, et il s'est éteint très vite après ton départ.

Elle pince les lèvres en disant ça, je sais combien ça lui coûte de le reconnaître. C'est plus fort que moi, j'attrape sa main et la serre dans la mienne. Elle ne la retire pas, du moins pas tout de suite.

— Je suis heureux que tu sois là…

Elle me sourit doucement.

— Moi aussi…

Et pendant quelques secondes, nos regards se noient l'un dans l'autre. Quelques secondes où mon cœur semble battre à l'unisson avec le sien. Quelques secondes où, de nouveau, il y a un « Cris et Ethan ». Quelques secondes où le monde tourne pour nous. Elle est la première à détourner les yeux, et je me racle la gorge en reportant mon attention sur la route.

Le sang bat fort contre mes tempes. Elle ferme les paupières. Je ne suis pas le seul à être troublé. Ça alimente mon espoir. Je ne devrais pas, mais je ne peux rien y faire.

— Au fait, je te dépose où ?

J'ai pris la direction de la fac, car il me semble qu'Alana a dit un jour qu'elle vit sur le campus, mais je me suis peut-être trompé.

— Campus nord-ouest.

J'avais raison.

— Tu veux que je te rende ton téléphone ?

Elle fouille dans la ceinture de son legging et en sort l'appareil. Bordel de merde. Là, maintenant, tout de suite, j'adorerais être ce téléphone ! Mais… Et soudain, je pige un autre truc : elle avait mon téléphone sur elle, alors qu'il est éteint depuis des mois et qu'elle ne peut pas l'utiliser. Un sourire idiot étire mes lèvres. Elle ne m'a pas lâché.

— Non, non, garde-le.

J'ai parlé d'un ton désinvolte, alors que je crève d'envie de me garer sur le côté et de plaquer mes lèvres sur les siennes.

Retiens-toi, mec.

— Tu as l'air heureux, je suis contente pour toi.

Hein ? De quoi elle me parle ?

— Ta copine est vraiment très belle, ajoute-t-elle.

Merde ! Addi ! C'est comme si on m'avait versé un container entier d'eau glacée sur la tronche. Le monde vient brutalement de reprendre son cours normal. Je crispe les doigts sur le volant, je ne peux pas me comporter comme un salaud. Addi est Addi.

— Elle l'est…

Mais pas autant que toi…

— Elle va à la même fac que toi ?

Je m'éclaircis la voix, ce n'est pas cette conversation que je voudrais avoir avec Cris, mais c'est la seule que je peux avoir.

— Non, elle étudie le droit, elle veut être avocate.

— Et toi ?

Son hésitation ne m'a pas échappé. Derrière ce simple « Et toi ? », se cachent beaucoup de questions : « Est-ce que tu as remis ta vie sur les rails ? », « Est-ce que tu vas mieux ? », « Est-ce que tu t'es enfin dessiné un avenir ? »

— Physiothérapeute.

Elle comprend tout de suite ce que cela signifie. Un franc sourire étire ses lèvres, et elle lève la main, comme si elle voulait me caresser la joue, mais très vite, elle se ressaisit et feint de refaire sa queue de cheval.

Elaguá, mon pote, un petit coup de main ne serait pas de refus !

Mais elle se contente de s'exclamer, la voix vibrante d'une fierté qui s'immisce jusqu'à mon âme :

— C'est génial, Ethan !

J'ai réussi à concilier ma passion du sport avec les études, je me trace un avenir. Moi aussi, je suis fier de moi.

— Oui !

Je laisse passer quelques secondes encore.

— Et ton frère, il va bien ?

Son sourire ne la quitte pas.

— C'est Yotuel… Toujours de nouvelles conquêtes, de nouveaux espoirs, mais oui, il va bien.

Son frère était le gigolo de ma mère à La Havane, et si à l'époque j'ai eu du mal à comprendre pourquoi il faisait ça, maintenant, je comprends… L'argent est le nerf de la guerre, et encore plus dans un pays comme Cuba.

— Je les ai eus au téléphone cette semaine, ça m'a fait du bien, poursuit-elle, le regard de nouveau plongé dans le vague.

Mon cœur se comprime. Être seule ici, alors qu'elle est si proche de sa famille ne doit pas être simple. Je ne suis pas sûr d'avoir bien mesuré le sacrifice que ça implique pour elle.

— Et le connard ?

Je ne pose pas la question pour l'enfoiré d'El Faro, ce dealer que j'aurais voulu pouvoir tuer de mes mains. Il est toujours en taule, l'avocat que ma mère avait embauché à Cuba y a veillé. Les honoraires mirobolants qu'elle lui a versés ont largement contribué à booster sa motivation.

— Karel ? Il va bien, je crois. On ne s'est pas trop croisés depuis…

Depuis que tu as failli vendre ton corps pour sortir ton idiot de frère du pétrin dans lequel il s'était fourré.

J'insiste un peu sans oser la regarder.

— Je m'étais dit que peut-être comme il s'était racheté vous…

Elle grimace.

— Qu'on quoi ?

Elle a craché ses mots, je l'ai vexée. Ce n'était pas mon intention. Mais c'est vrai que le spectre de l'absence, de la douleur, de la jalousie même m'a amené à l'imaginer retournant dans ses bras.

— Non, rien… Oublie. Ladydi va bien elle aussi ?

Elle se détend légèrement.

— Oui ! Ali m'a emmenée mercredi dans un taxiphone, c'est génial comme endroit ! Je l'ai appelée à l'épicerie. Normalement, elle va venir le 23 décembre pour passer quelques jours avec moi.

Son enthousiasme m'attendrit. Un taxiphone est une boutique où l'on peut appeler n'importe où dans le monde à des tarifs très bas, beaucoup moins chers qu'avec un abonnement classique.

— Elle veut encore échapper à sa tante ? ricané-je.

Je m'arrête devant le parking de sa résidence. Elle rit en m'entendant.

— Tu t'en souviens ?

Je plante mes yeux dans les siens, mais m'abstiens de répondre à sa question. Elle comprend le message que porte mon silence, car elle rougit légèrement. Je préfère ne pas m'engager sur cette voie. Trop dangereuse. Trop tôt aussi. Pour elle. Et peut-être pour moi également. J'ai l'impression d'évoluer sur un terrain marécageux sans boussole, je suis paumé.

— Comment vont tes parents ? continué-je.

Elle rit encore.

— Mon père a découvert le week-end dernier que Yot a des amoureuses ! Il l'a vu dans la rue en train d'en embrasser une. Elle a soixante ans !

Presque l'âge de ses parents. Le choc pour ce monsieur qui aime la tradition et les convenances !

— Tu déconnes ?

La joie fait pétiller ses yeux.

— J'aimerais bien… Il était au volant et a failli avoir un accident ! Heureusement, il a freiné à temps ! S'il avait abîmé son taxi, il aurait étranglé Yotuel !

Son père est chauffeur de taxi à La Havane et répare également des voitures. Comme beaucoup de Cubains, il cumule plusieurs emplois pour subvenir aux besoins de sa famille.

— Je ne sais pas comment fait ton frère… dis-je en secouant la tête.

Je n'ai rien contre les activités de Yotuel avec les femmes, mais j'ai un peu plus de mal avec des gens qui n'assument pas ce qu'ils ont fait. C'est à cause de lui que Cris s'est retrouvée dans cette merde sans nom… Il va me falloir du temps pour le voir autrement que comme un abruti égoïste.

Elle glousse.

— Moi non plus ! C'est ma mère qui m'a raconté tout ça. Mon père et Yotuel n'étaient pas là. D'après ce qu'elle m'a dit, mon père a beaucoup hurlé… Mais ça ne va pas empêcher Yot de recommencer !

Son regard se perd dans la contemplation d'un point devant nous. Sa joie a laissé la place à un sentiment qui me fait mal. Et m'effraie. La nostalgie. Je ne pourrai jamais lutter contre tout ce qu'elle a laissé à Cuba.

— Ils te manquent.

Elle pince les lèvres et hoche la tête.

— Ils me manquent.

Le silence s'installe encore. Pour l'instant, elle n'a pas bougé, comme si elle ne s'était pas rendu compte que la jeep ne roulait plus. Je n'ose pas prononcer un mot de peur de briser ce moment. Finalement, elle reprend la parole.

— Je suis vraiment heureuse de te revoir, petit Yuma, et de constater que tu vas bien. Tu peux être fier de toi.

Elle hésite quelques secondes avant d'ajouter, la main sur la poignée :

— On se recroisera sans doute sur le campus.

Elle enfile son sweat et je n'insiste pas quand elle descend de la voiture, ce serait inutile. Elle a de nouveau remis un océan entre nous.

On va faire plus que se recroiser, je lui en fais la promesse silencieuse en la regardant s'éloigner vers l'entrée de sa résidence.

Chapitre 6

Samedi 1er septembre

Cristina

Quelques coups discrets retentissent sur la porte de notre chambre. À cause des écouteurs vissés à ses oreilles, Alana n'a rien entendu. Elle est plongée dans un devoir et griffonne nerveusement des traits et encore des traits sur une feuille de papier quadrillé. À ses soupirs, je devine que ce travail l'emballe autant que celui que j'ai à faire moi. J'adore les maths, les appliquer aux matériaux ne me pose pas de problème, mais l'utilisation du logiciel de M. Emmerson, si. J'ai l'impression d'avoir des paluches de dinosaure quand j'essaie de rentrer les données que nous devons traiter, et pour couronner le tout, le résultat que je viens d'obtenir n'est pas celui que j'escomptais. J'efface tout.

Les coups résonnent de nouveau. Ali bouge un peu et ajuste son casque sur ses oreilles. Inutile de caresser l'espoir qu'elle se lève pour aller ouvrir. Notre étage s'est plaint de sa passion pour le hard-rock, et elle a été obligée d'accepter que non, tout le monde n'aime pas ça. À dire vrai, ce qui l'a décidé, ce sont les menaces de sanction qu'a brandies Joyce, la femme de l'accueil. Une exclusion de la résidence universitaire ne serait pas du meilleur effet sur un dossier.

Nouveaux coups. Plus forts. Je n'ai pas le choix. J'écarte mon ordinateur, mes feuilles recouvertes de calculs et mon manuel sur les caractéristiques des matériaux qui, même si je l'ai acheté d'occasion comme tous mes autres manuels, a sacrément entamé mon budget, et me lève en bougonnant. Qui peut bien s'acharner sur une porte un samedi matin à 10 heures ? Tout le monde est en train de cuver après la soirée d'hier, la première de l'année… Tout le monde sauf moi, étant donné que je ne suis pas sortie, ni Ali qui a dormi chez Juan.

Dès que j'ouvre la porte, mon cœur s'arrête dans ma poitrine et mon sang se pétrifie dans mes veines. Plus rien ne fonctionne dans mon corps, comme si quelqu'un avait pressé le bouton « pause » d'une télécommande. Ethan est là, devant moi, un café à la main et un chargeur de téléphone dans l'autre.

— C'est le livreur ! s'exclame-t-il en souriant.

Sa fossette fait son apparition. Mon cœur ne repart pas. J'ouvre la bouche pour prendre une goulée d'air, et la referme aussitôt. Il devrait y avoir une loi qui interdise d'être aussi beau le matin. Ses cheveux aux reflets dorés brillent sous la lueur des lumières du couloir, et ses yeux ont la couleur des eaux dans lesquelles je ne me suis jamais baignée, même si je viens d'un paradis terrestre. Il porte un jean usé aux genoux, mais à la coupe parfaite, et un sweat orné du logo des Hurricanes, l'équipe de foot de l'université. Il est à tomber.

Ethan secoue doucement le gobelet fumant devant mon nez, puis le chargeur.

— Café ou chargeur ? demande-t-il, sa fichue fossette toujours là.

Je réussis au prix d'un effort surhumain à recouvrer mes esprits.

— Tu m'as apporté un chargeur ?

— Et un café de chez Pete's !

C'est effectivement le nom qui est inscrit sur le gobelet.

— C'est là où ils font les meilleurs sandwichs du monde entier ?

Il m'avait dit cela lorsqu'avec Ladydi, on l'avait emmené sur la plage des pauvres et qu'elle nous avait offert l'un de ces fabuleux sandwichs de sa mère.

Un large sourire barre son visage.

— Tu t'en souviens ?

Je me souviens de tout, ai-je envie de lui répondre, mais je retiens ces mots. Ses yeux restent rivés aux miens pendant quelques secondes, et je plonge dans le lagon de ses iris. Lui aussi se souvient. Mon cœur décide de repartir et se met à battre tellement fort qu'il serait capable de réveiller tout l'étage.

Je romps le contact et me racle la gorge. Il a sa vie, j'ai la mienne. Même si je suis à Miami, elles ne sont pas compatibles. Et puis, il a Addi maintenant. J'attrape le café qu'il me tend, mon pouce frôle le sien et sa chaleur submerge celle du liquide dans le gobelet. Pourquoi est-ce que tout ce que je ressens est si fort quand il est là ?

— Tu ne vas pas me laisser entrer ? Je suis un livreur sympa, je te promets, je ne suis pas un Stormtrooper[3] déguisé en mec canon.

Je lève les yeux au ciel.

— Ce n'est pas moi qui vais t'empêcher d'entrer, mais ton ego. Tu ne vas pas pouvoir passer la porte ! On a déjà eu cette conversation, petit Yuma !

Je m'écarte pour lui libérer le passage, et il entre, mais il ne continue pas directement dans la chambre. Il s'arrête pendant quelques secondes et se penche vers moi.

— Je n'ai pas oublié…

3 Soldats de l'Empire galactique dans *Star Wars*.

Je comprends aussitôt ce que ces mots veulent dire. Ce n'est pas de notre conversation dont il parle. Je ferme les yeux, tentant de ne pas faire une bêtise, comme tourner la tête et effleurer ses lèvres des miennes. Leur douceur est gravée dans ma mémoire.

Mais heureusement, il se remet en mouvement et s'éloigne de moi pour aller poser le café sur mon bureau. Je laisse passer encore quelques secondes, puis reprends en lui demandant :

— Comment tu as fait pour entrer dans la résidence ? Je croyais qu'on avait un pit-bull à l'entrée.

— Joyce ? Elle est adorable.

Une grimace m'échappe. « Adorable » n'est pas ce qui me vient à l'esprit quand je pense à elle. « Garce » lui convient mieux. Et « raciste » aussi. Les gens de couleur n'ont pas l'air d'appartenir à son panel de personnes fréquentables.

— Toi et moi, on ne doit pas avoir la même définition de ce mot…

Il fait passer son sweat par-dessus sa tête, me révélant au passage une mince bande de ses abdos.

Il a repris le sport, c'est indéniable.

Mais vraiment repris le sport.

Ses muscles sont beaucoup plus marqués que lorsqu'il était à Cuba. Immédiatement, je me réjouis pour lui.

C'était donc vrai, il a remis sa vie sur ses rails, même si c'est sans moi.

— Elle aime beaucoup mon grand-père.

Sans même me demander l'autorisation, il regroupe mes feuilles de cours et de calculs, mes livres qu'il pose sur mon bureau, puis ferme le clapet de mon ordinateur, non sans le regarder pendant quelques secondes, avant de s'installer confortablement sur mon lit.

— Qu'est-ce que ton grand-père a à voir là-dedans ? m'obligé-je à dire alors que je brûle d'aller me lover contre lui.

Mais ça ne serait pas bien. Pour lui. Pour moi. Pour Addi.

— C'est le futur gouverneur, intervient Alana.

J'avais oublié ma coloc. Ses écouteurs sont posés sur son lit : depuis combien de temps suit-elle notre conversation ?

— Il est candidat, rien n'est gagné, la corrige-t-il.

— Il est favori, insiste-t-elle.

Elle ne lui laisse pas le temps de répondre qu'elle reprend en se redressant :

— Qu'est-ce que tu fais là, coach ? Tu n'es plus trop le genre à traîner dans les résidences pour voir une fille…

Son allusion est claire : désormais, il a une petite amie. Il fronce légèrement les sourcils, mais maintient son sourire sur ses lèvres en attrapant « mon » ou plutôt « son » téléphone sur ma table de nuit. Il branche le câble et le met à charger.

— J'ai juste joué les livreurs… lui répond-il le plus normalement du monde.

Ce « juste » s'enfonce dans mon cœur comme un couteau dans une motte de beurre. C'est idiot je le sais, mais je n'y peux rien. Il presse le flanc de l'appareil, sans doute pour vérifier qu'il fonctionne toujours. J'ai envie de lui rappeler que ça ne servira à rien, que je n'ai pas d'abonnement, quand il attrape une carte SIM rangée dans son portefeuille. Il ouvre le boîtier de l'appareil et la glisse dedans.

— Pas un mot, me prévient-il d'un ton sérieux. Pour qu'un téléphone fonctionne, il faut un chargeur, et une carte SIM…

— Tu lui as acheté une carte SIM ? s'exclame Ali.

Il relève les yeux vers elle.

— C'est ce que font les amis, non ?

— Oui, oui, dit-elle, de l'ironie plein la voix.

En cet instant précis, j'aimerais avoir des super pouvoirs pour la faire disparaître d'un claquement de doigts, ou me volatiliser d'un claquement de doigts.

Il l'ignore et reporte son attention sur moi.

— Je te connais, Cris… Ne va pas te mettre des idées en tête. J'ai payé l'abonnement pour un mois. Après, tu t'en charges.

Je ne peux m'empêcher de sourire, il me connaît effectivement bien.

— Et je t'ai pris un abonnement bon marché : tu as internet, mais tu ne pourras pas appeler chez toi, ou du moins chez Ladydi.

Il tapote le lit à côté de lui.

— Allez Cris, ramène ton petit cul ici, que je t'explique comment ça marche.

Je pourrais me sentir offensée, mais il a raison : je n'ai aucune idée du fonctionnement d'un smartphone. Je ne m'en étais pas rendu compte, mais je n'ai pas bougé de l'entrée de notre chambre.

Ali se racle la gorge, mais son regard pétille d'une drôle de lueur.

— Faites comme si je n'étais pas là, j'ai un devoir super chiant à finir sur les perspectives. Je hais les perspectives, je ne sais pas qui a dit qu'on en avait besoin pour être un artiste.

Euh, Léonard de Vinci peut-être ? Et Monet… Et… Mais je me tais, j'ai la même mauvaise foi avec mes calculs sur les matériaux. Elle recommence à griffonner sur sa feuille en soupirant.

— Bon, Cris, tu te bouges ? On n'a pas que ça à faire !

Il doit sans doute retrouver Addi. Ali a remis son casque sur ses oreilles, et je m'installe à côté de lui en veillant à laisser une distance de sécurité entre nous. Malgré tout, la chaleur de son flanc me parvient et j'ai la sensation que ma peau l'absorbe peu à peu et que je commence à ressembler à une bouillotte géante.

— Alors, ces petites bêtes sont très faciles à utiliser… Là, quand tu cliques sur cette icône, tu as tes identifiants et toutes les données de ton compte.

L'icône en question a l'air d'une sorte de maison, et il appuie dessus pour illustrer son propos. Toutes les informations me concernant y sont, ou presque. Mon nom, mon adresse, ne manque que ma date de naissance.

— Il faudrait que tu passes à l'agence de téléphonie pour compléter ton dossier. Je ne connaissais pas certains trucs, mais je leur ai expliqué la situation, et ils ont fait une exception.

— 25 février, murmuré-je.

Il fronce les sourcils, sans comprendre.

— Je suis née le 25 février.

J'ai prononcé ces mots comme s'ils avaient de l'importance, en réalité, ils n'en ont aucune, mais j'avais envie qu'il sache quand je suis née. Mes joues s'embrasent, je suis une idiote. Un doux sourire étire ses lèvres.

— 25 avril. On a un autre truc en commun.

— Quoi ?

— Le « 25 » ! Je suis sûr que ta mère aurait un truc à dire là-dessus.

Je fais la moue, mais au fond, je sais qu'il a raison. Elle aurait une explication, une interprétation à nous donner, comme par exemple que le fait d'avoir ce chiffre en commun prouve que nous avons un lien. Débile, comme si on avait un lien avec toutes les personnes nées un 25 ! Malgré tout, une douce chaleur envahit ma poitrine. J'aime bien l'idée de partager ça avec lui, c'est moi qui suis débile.

Quand je relève la tête, mes yeux tombent directement dans les siens. Il n'a pas arrêté de m'observer. Je me racle la gorge pour me donner une contenance et rompre ce contact, et lui montre une petite enveloppe sur l'écran.

— C'est pour les mails ?

Il m'observe encore quelques secondes, et son doigt presse l'enveloppe. Je devrais me concentrer sur ce qu'il me dit, je devrais même prendre quelques notes quand il m'explique que c'est ma messagerie, et qu'avec ce forfait, j'ai une nouvelle adresse mail. Des États-Unis. Libre et pas contrôlée par le gouvernement cubain. Mais je n'y arrive pas. Ses doigts qui se déplacent avec agilité sur l'écran me fascinent. Fichus doigts. Qui ont caressé ma joue. Qui ont enlacé les miens. Qui ont couru sur ma peau. Et son odeur. Fichue odeur. Il sent la douche récemment prise, un zeste de parfum musqué, et lui. J'ai l'impression qu'elle s'infiltre dans toutes les terminaisons nerveuses de mon corps. Je ne pensais pas que ce serait possible. J'agrippe discrètement le drap pour m'empêcher de… de quoi ? De me blottir contre lui ? De prendre sa main ? De me hisser sur ses jambes ? De jouer avec ses cheveux ? De l'embrasser ? Heureusement qu'il ne me touche pas, car sinon…

Mais il bouge légèrement et fait disparaître les quelques centimètres qui nous séparaient. Adieu distance de sécurité. Adieu prudence. Adieu cerveau.

— Et là, tu as le lecteur de musique. Je t'avais laissé mes albums…

Je hoche la tête et déglutis avec peine. Son flanc contre le mien, sa main qui effleure ma cuisse… J'ai beaucoup de mal à réfléchir. Il se contorsionne pour tirer son propre téléphone de sa poche et débranche les écouteurs qu'il connecte sur le mien. Sans me demander mon avis, il me glisse un écouteur dans l'oreille et en fait de même pour lui. Mon oreille fourmille là où il m'a frôlée. Son doigt se promène encore sur l'écran, et il lance une musique. Comme si mon corps avait pris le contrôle des opérations, je m'appuie contre lui.

Ce moment est parfait. Lui, moi, nous. Dans une bulle. Il ne manque que son bras autour de mes épaules, mais ça ne serait pas raisonnable, alors j'évite d'y penser trop fort. Tout comme j'évite de penser à ce que j'aurais envie de faire, là, en cet instant, et j'autorise mon corps à se détendre.

La musique se termine trop tôt, mais c'est sans doute mieux comme ça. Je ne sais plus comment on fait pour respirer et j'ai l'impression que quelqu'un d'autre occupe mon corps.

— Comme ça, tu vas pouvoir écouter de la bonne musique ! s'exclame-t-il en récupérant les écouteurs.

Nouveau frôlement de mon oreille. Une oreille n'a pas de terminaisons nerveuses, ou si ? Tout mon corps est agité par un tremblement de terre, juste parce qu'il m'a touchée.

— Tu as toujours ceux que je t'ai laissés ? continue-t-il en me montrant les siens.

— Oui, oui…

C'est tout ce que j'ai pu dire. Il vérifie quelque chose sur le téléphone.

— Super ! Bon, il est assez chargé comme ça. Ça devrait tenir pour le reste de la journée. Il faut qu'on y aille.

— Qu'on y aille ? répété-je bêtement.

Mon cerveau n'a pas encore retrouvé toutes ses facultés.

— Oui, on a un truc de prévu, dit-il en se mettant debout.

Immédiatement, une vague de froid s'abat sur moi.

— Un truc de prévu ?

J'ai du mal à faire des phrases complètes. Sujet, verbe, complément. Ce n'est pourtant pas compliqué. Mais c'est comme si mon corps sortait d'un sommeil profond et voulait récupérer le temps perdu en quelques minutes.

Il prend son sweat qu'il enfile.

— Je te laisse cinq minutes pour te changer. Je t'attends dans le hall.

— Mais…

— Je suis un grand fan de tes shorts, le plus grand j'en suis sûr.

Il balaie mon corps d'un regard explicite, et soudain, j'ai l'impression d'être nue alors que je porte pourtant un des shorts que je mets pour aller courir et un vieux T-shirt de Yotuel qui a remonté sur mes cuisses. Il se mordille la lèvre inférieure et reprend d'une voix légère :

— Si ça ne tenait qu'à moi, tu serais obligée de les porter tout le temps, mais là, pour ce qu'on a à faire, ce n'est pas possible.

— Ce qu'on a à faire ?

Il secoue la tête et laisse passer quelques secondes pendant lesquelles il ne me quitte du regard. Puis, il se décide finalement à franchir la distance qui nous sépare, grimpe sur le lit et place les mains sur le mur, emprisonnant mon visage.

— Tu joues les perroquets, *sweet love.*

En entendant le surnom qu'il m'a donné, mon cœur rate un battement, mais je feins d'être offensée.

— Petit Yuma… Rappelle-toi ce qu'on a dit sur les surnoms, le menacé-je.

Il m'empêche d'aller plus loin en m'embrassant sur la joue.

— Je t'attends dehors. Cinq minutes.

Il se redresse et lève la main, me montrant ses cinq doigts écartés, avant de se diriger vers la porte. Je me mets debout à mon tour et place mes poings sur les hanches.

— Tu n'étais pas aussi autoritaire à La Havane ! grommelé-je.

Il se retourne et sourit. Sa fossette s'active. Mince ! En deux enjambées, il est de nouveau devant moi. Son souffle frôle ma joue.

— Je crois pourtant me souvenir d'un moment où cette facette de ma personnalité était évidente, et tu as adoré ça.

Mes joues s'embrasent, mais je suis incapable de détourner les yeux des siens. Son allusion est limpide, les images et ses mots réels.

« Nue, tout de suite. »

« Viens sur moi. »

« Baise-moi. »

Notre nuit. Notre seule nuit.

Je me noie dans le lagon de ses yeux, et il se penche une nouvelle fois vers moi pour effleurer ma joue de ses lèvres.

— Cinq minutes, répète-t-il.

Et il sort en refermant doucement la porte derrière lui. Je porte ma main à ma joue qui fourmille de ce bref baiser. Il me faut quelques secondes pour comprendre ce qui s'est passé.

— Amis, hein ?

J'avais encore une fois oublié qu'Ali était là. Son casque gît sur son lit. Qu'a-t-elle entendu de notre conversation ?

— C'était encore mieux que *N'oublie jamais!* glousse-t-elle.

Je fronce les sourcils, de quoi elle me parle ?

— Le film ! Tu ne l'as pas vu ?

Je fais de nouveau signe que non.

— Alors, on a le programme de demain après-midi !

Je ne lui dis pas que demain après-midi, je ne serai peut-être pas là. J'espère que l'entretien que j'ai ce soir, dans ce bar du quartier haïtien, aboutira, même si j'aurais préféré travailler ailleurs : les rues ne m'ont pas semblé très sûres, Ethan a raison, encore une fois.

Elle jette un coup d'œil à son téléphone portable.

— Il te reste deux minutes.

Deux minutes ?

Et mon cerveau se reconnecte soudain.

Le Yuma !

J'attrape un jean et un T-shirt propre, une paire de sandales. Cet idiot ne m'a pas dit où il m'emmenait, je croise les doigts pour que ma tenue convienne. Au cas où, je fourre ma paire de tennis dans mon sac à dos.

Chapitre 7

Ethan

Mon téléphone vibre sur le tableau de bord pour la deuxième fois depuis que nous avons quitté la chambre de Cris. J'aurais pu passer ma vie entière avec elle, sur ce lit minuscule. À regret, je me suis obligé à me lever, parce que mon planning ne tolère aucun retard. Ma surprise devrait lui plaire, même si je sais qu'elle va protester.

Troisième fois que la photo d'Addi apparaît sur l'écran. C'est elle qui l'y a mise il y a un mois, je l'ai laissée faire. Après tout, c'est ma petite amie.

Petite amie. MA petite amie. La mienne.

Je me répète ces mots en boucle, histoire que mon crétin de cerveau et mon abrutie de bite intègrent bien le concept.

Parce que le lit de Cris a beau être petit, on peut y faire beaucoup de choses…

Stop, mec, déconne pas.

Cris me lance un coup d'œil en coin que je ne parviens pas à identifier. Par contre, je sais ce que j'aimerais voir dans ses iris : de la jalousie.

Dans un dictionnaire des synonymes, le prénom « Ethan » serait l'équivalent de « salaud ».

— Tu devrais répondre, je pense, me dit-elle, alors qu'Addi insiste.

Je ne parviens pas non plus à identifier ce qui flotte dans sa voix. Mal à l'aise, je m'éclaircis la gorge.

— Désolé, m'excusé-je en tendant finalement la main vers l'appareil.

— C'est normal que tu répondes, c'est ta copine.

Piqûre de rappel façon « Cris ». Mais je n'ai rien à objecter, elle a raison. Et clairement, il faut que je réponde. Je ne peux pas continuer à me comporter comme une ordure avec Addi. Hier, après avoir déposé Yeux d'Ange, je suis passé chez elle pour me faire pardonner. Je lui ai expliqué que j'avais dû raccrocher, car un gars de la salle pétait un câble. Un mensonge.

Rien que pour ça, je me déteste.

Mais la rage que j'éprouve envers moi-même a encore grimpé d'un cran dans cette voiture, là, maintenant.

En me répondant, Cris ne m'a pas regardé. Même pas une nanoseconde. Et j'aurais voulu qu'elle me regarde. Espoir insidieux qui vibre en moi. Je hais ce sentiment parce que ça fait de moi quelqu'un que je n'aime pas. Et que je n'arrive pas à le réfréner.

— Tout va bien ? demandé-je à ma petite amie.

J'ai envie de vomir.

— Tu es où ?

Je ne réponds pas à sa question. Non pas que je veuille lui cacher ce que je suis en train de faire, mais plutôt parce que… Putain, je n'en sais rien.

— Il y a un problème ?

Addi est en virée shopping avec sa mère pour le dîner qu'organise mon grand-père ce soir. On n'était pas censés se voir avant, j'ai raté un épisode ?

— La voiture de maman ne redémarre pas, et Mauricio n'est pas disponible, il a emmené Papa voir un client. Tu peux venir nous chercher ?

Addi n'a pas le permis, ce qui ne cesse de m'étonner, et sa mère déteste conduire. Prendre la voiture ce matin a dû être l'affaire du siècle pour elle ! Je mettrais ma main au feu qu'Addi en a entendu parler toute la matinée, tout ça parce que Mauricio, le chauffeur de la famille, emmenait son père au boulot. La pauvre… Et il y a une chose que sa mère déteste encore plus qu'être au volant d'une voiture : les taxis. Trop de bactéries.

Je vérifie l'heure sur l'ordinateur de bord.

— Tu as appelé Eduardo ?

Silence au bout du fil. Mauvaise question. Quel con ! Plutôt que de lui demander si le fils de leur chauffeur ne peut pas venir les chercher, comme il le fait parfois, j'aurais dû lui dire tout de suite que je venais.

— Je l'ai appelé, mais il ne peut pas. Il bosse.

Eduardo est livreur de restauration à domicile, et vu l'heure qu'il est, logique qu'il bosse.

— Je peux être là dans une heure…

J'hésite avant d'ajouter :

— Pas avant…

Je suis en train de m'enfoncer, les deux pieds en avant, dans les sables mouvants de ma relation.

— Tu peux… m'interrompt Cris.

Je lui fais signe de se taire de la tête, et aussitôt une brise de culpabilité se lève. Elle en aura mis du temps à arriver, la garce.

— Tu es avec Steve et Mike ? continue Addi.

De nouveau, je ne lui réponds pas.

— Je te raconterai tout à l'heure. Tu m'envoies l'adresse ?

J'essaie de me rattraper. Je le ferai. Oui, c'est ça. Je vais tout lui raconter, parce que je ne fais rien de mal, et que je ne peux juste pas le faire maintenant, ça gâcherait la surprise que je réserve à Yeux d'Ange.

— OK, je t'aime.

Je laisse passer quelques secondes, les mots refusent de sortir. J'y arrive, parfois, quand je me prépare comme quand je répétais mes passes sur le terrain.

— On se voit dans une heure.

Parfois, mais pas aujourd'hui. Je raccroche en me sentant comme le pire des salauds. Trois petits mots, ce n'est pourtant pas la mort. Foutus trois petits mots.

Heureusement, je n'ai pas le temps de m'appesantir sur la question que nous arrivons dans la rue qui m'intéresse.

— J'espère que ça ne va pas poser de problème que tu sois avec moi ? me demande Cris.

L'inquiétude fait briller ses beaux yeux verts. J'ai envie de tendre la main et de caresser sa joue pour la rassurer. J'ai envie de l'attraper par la nuque et de poser mes lèvres sur les siennes.

— Non, non, aucun. Je vais le lui dire. La voiture de sa mère est en panne, et il faut que j'aille les chercher, c'est tout.

Je préfère mettre mon téléphone sur silencieux. Elle fronce les sourcils et j'anticipe ce qu'elle va dire.

— Sa mère hait les taxis. Trop de trucs qui traînent dedans. C'est une vraie maniaque de la propreté.

Elle écarquille les yeux. J'ajoute :

— Oui, elle est un peu bizarre…

— En tout cas, Addi a l'air gentille…

Elle se met aussitôt la main devant la bouche, et je lui souris pendant que j'amorce une manœuvre pour me garer.

— Elle l'est. On n'a parfois rien à voir avec notre famille.

Je me rends tout de suite compte qu'en réalité, j'ai davantage dit ça pour moi que pour Addi. Je voudrais qu'Yeux d'Ange comprenne que moi, je ne suis pas ma famille. J'ai beau remplir toutes les cases du cliché américain, je ne suis pas que ça. Et si elle…

Mais à quoi je joue ?

Mon téléphone vibre encore. Addi vient de m'envoyer l'adresse. Il n'y a pas de « et si » avec Cris. Il y a Addi.

J'ouvre la portière et descends de la voiture.

— Allez Cris, on se magne ! Ce n'est que la première étape, il y en a encore une après. Il faut qu'on se grouille un peu, dans une heure, je dois jouer les chauffeurs… Ma belle-mère déteste attendre.

Voilà, c'est mieux. Même si j'ai davantage prononcé ces paroles pour me convaincre moi que pour elle.

Je prends à gauche et attends quelques secondes qu'elle arrive à ma hauteur. Un groupe de mecs qui passent à côté de nous la reluquent sans se cacher et je les foudroie du regard. Même si c'est vrai qu'avec ce jean près du corps et ce T-shirt qui dégage son épaule, elle est bandante. Elle a laissé ses cheveux relâchés, et le vent s'amuse à jouer avec ses boucles folles.

— On est dans Little Havana, qui, comme son nom l'indique, est le quartier cubain. C'est sympa, même s'ils n'ont pas de tuk-tuk.

Son visage s'illumine aussitôt.

— Tu n'as pas résolu ton obsession pour les coco-taxis alors ? Je suis sûre que ça se soigne, tu sais…

Si elle savait… Ce ne sont pas les tuk-tuk qui sont mon obsession.

— Les tuk-tuk resteront le rêve de ma vie ! m'exclamé-je.

Je tourne encore à gauche, dans une ruelle, et je poursuis à la façon d'un guide touristique ou d'un agent immobilier.

— Les lieux sont sûrs, même le soir.

— OK, me répond-elle d'un air perplexe. Mais tu sais, je n'ai pas besoin de visiter une copie de La Havane, je connais par cœur la version originale.

Elle a raison, avec ses maisons aux couleurs vives, sa salsa qui vibre un peu partout, ses joueurs de dames installés devant une table, sur le trottoir, l'odeur de cigare qui flotte dans l'air, Little Havana est la copie conforme de La Havane, en plus petit. Et en moins vétuste.

Nous longeons un mur couvert de graffitis, et elle esquisse un sourire quand elle voit « *Los Castro, fuera* », inscrit en lettres stylisées. « Les Castro, dehors ». Elle n'est pas la seule à mener la lutte, même à l'étranger, les gens résistent, se battent, avec leurs armes, pour faire de Cuba le Cuba dont ils rêvent.

— Petit Yuma, pourquoi on est là ? s'enquiert-elle d'une voix douce.

Impatiente, comme toujours…

— Secret défense… Dans une minute on y est.

Je vois le moment où elle distingue l'enseigne représentant un gant de boxe. Ses yeux s'agrandissent, une étincelle fait briller ses iris et un franc sourire étire ses lèvres. Elle cligne à plusieurs reprises des paupières, comme si elle avait besoin de s'assurer qu'elle ne rêve pas.

— C'est…

Je m'arrête devant un bâtiment parfaitement rénové à deux étages. On aperçoit à travers l'immense baie vitrée qui longe toute la façade jaune deux ou trois sportifs en plein échauffement, tandis qu'un autre est en train de fixer ses gants.

— Oui, c'est une salle de boxe. Après la deuxième étape, tu pourras venir y faire un tour, tu verras, elle est géniale, et en plus, elle ferme très tard le soir. À minuit, il y a souvent du monde encore. J'ai prévenu César, c'est le gérant. Il t'attend.

J'avais prévu d'y aller avec elle, je voulais être témoin de sa réaction quand elle aurait fixé ses bandes, en voyant que moi aussi, je sais frapper sur un sac. Je voulais partager ce moment avec elle, et ça me fout en boule de revoir mes projets. Mais c'est ce que je dois faire.

— Tu l'as prévenu ?

Elle a redressé le menton vers moi, ses yeux sont pleins d'espoir. Son arrivée à Miami doit être plus compliquée que ce que je pensais. Si elle m'avait laissé l'aider, je… Je chasse cette pensée, Cris est comme ça, libre comme l'air, elle prend ses décisions, et même si ça me démolit d'y penser, elle a pris sa décision.

— Oui, je lui ai dit que j'allais débarquer avec une tueuse, il a hâte de te rencontrer.

Elle m'observe pendant quelques secondes encore. Le vent amène une mèche de ses cheveux devant ses yeux, et c'est plus fort que moi, je tends la main pour la repousser. Je laisse mes doigts s'attarder quelques secondes plus que nécessaire sur sa joue.

— Tu boxes maintenant ?

Elle a parlé d'une voix hésitante, comme si elle ne savait pas comment aborder le sujet du sport avec moi. Il faut dire que quand je suis parti, les choses n'étaient pas très claires : grâce à Viktor, j'avais repris une activité sportive, mais rien n'était sûr quant à la suite.

J'acquiesce.

— Boxe anglaise par contre. Le kick est trop risqué pour mon genou. En rentrant, j'avais besoin de quelque chose de familier, alors je suis venu traîner par ici. Et je suis tombé sur cette salle. César est un ancien des forces spéciales du Nicaragua, il est cool.

J'avais surtout besoin de garder un contact avec elle, mais je ne le lui avoue pas.

— Un Nicaraguayen dans un quartier cubain ? s'esclaffe-t-elle.

Malgré la légèreté de son ton, je sens qu'elle a compris ce que je voulais dire : je suis venu traîner par ici, car c'était un lien avec ce qui avait commencé ma reconstruction. Elle doit croire qu'il s'agit de Cuba, alors qu'en réalité, c'est elle. C'était ma façon de ne pas la lâcher.

— Il prétend que les Cubains sont les meilleurs boxeurs du monde, alors il a voulu s'installer dans le centre névralgique de la diaspora cubaine des États-Unis.

Ce n'est pas pour rien si on a donné le nom de Little Havana à un quartier de Miami. À cause de la proximité de Miami avec l'île, beaucoup d'exilés cubains ont choisi ce point de chute pour se construire une nouvelle vie, et parmi eux, se trouve un certain nombre de sportifs de haut niveau, qui, comme elle, n'ont pas voulu servir les intérêts du gouvernement cubain. Sauf que contrairement à elle, ils ont fait passer leur passion du sport avant leur pays.

Elle fait mine de pousser la porte, mais je l'attrape par la main avant qu'elle ait eu le temps de conclure son geste. La douceur de sa peau s'infiltre immédiatement dans tous les pores de la mienne et mon sang entame sa course folle dans mes veines.

— On n'a pas le temps, réussis-je à articuler. Normalement, c'était censé être mon étape deux. Mais j'ai dû changer le programme. On va finir par être en retard.

— Mais…

Je garde sa main dans la mienne, paume contre paume. Il suffirait que j'écarte un peu les doigts pour qu'ils enlacent les siens, que je raffermisse un peu ma prise et que…

Mais je ne le fais pas. Je savoure sa douceur et sa chaleur encore quelques secondes avant de m'exclamer :

— Allez Cris, Carlota déteste les gens qui sont en retard !

Elle ne retire pas sa main, et se contente de me dévisager. Doucement, je l'entraîne vers la cafétéria de

Carlota, sa peau toujours contre la mienne, le cœur qui tambourine dans ma poitrine, avec l'étrange sensation qu'avec ce geste, je suis enfin celui que je dois être.

En trois minutes, nous y sommes. Les chaises et les tables du « Las Felicidades de la vida » sont disposées sur le trottoir, mais avec ce ciel menaçant, je doute qu'elles soient d'une quelconque utilité. Cris comprend immédiatement pourquoi nous sommes là quand elle voit l'écriteau panneau sur la devanture.

« Cherche serveuse motivée et sérieuse. »

— Tu m'as emmenée à un entretien d'embauche !

— Oui, l'endroit est sympa et Carlota est quelqu'un de bien.

Je serai plus tranquille de la savoir ici que dans les rues haïtiennes, parce que je suis sûr que c'est pour ça qu'elle y traînait. Carlota, la propriétaire, a pris la décision il y a deux jours d'embaucher quelqu'un. Sa mère a des problèmes de santé et elle veut passer un peu plus de temps avec elle. Il lui faut donc quelqu'un pour l'aider. Le sourire d'Yeux d'Ange illumine tout son visage, et je réfrène l'envie de la prendre dans mes bras. Et encore plus quand je vois la lueur de son regard. L'hésitation. Elle aussi en a envie, si elle le fait, je ne résisterai pas. Je plongerai le nez dans son cou et prendrai mon shoot de vanille. Il n'y a rien de mal à ça, non ?

Elle fait un pas vers moi, mon cœur bat encore plus fort dans ma poitrine. J'oblige mes bras à rester le long de mon corps, j'attends que ça vienne d'elle. Elle fait un nouveau pas, un petit, mais qui est énorme, et se met sur la pointe des pieds.

Comme ce jour où, pour la première fois, elle m'a embrassé.

Comme ce jour où, pour la première fois, elle a pris l'initiative. Mais je préfère ne pas y penser et ne garder que le moment où elle a choisi de m'embrasser.

Je déglutis avec peine pour essayer de contrôler mon cœur qui menace de remonter par ma trachée et jaillir par ma bouche.

Quand ses lèvres vont enfin se poser sur ma joue, la voix de Steve nous interrompt.

— Putain, mec, tu pourrais répondre au téléphone !

Mike est avec lui. Je cligne des yeux pour essayer de récupérer un minimum de contrôle de moi-même, mais je n'arrive pas à quitter Yeux d'Ange des yeux.

Merde…

Cris me lâche aussitôt la main. Non ! Je suis tenté de la lui reprendre, je veux encore la sentir contre moi, mais il faudrait que je m'explique ensuite auprès de mes potes. Et je ne saurais pas quoi leur dire.

Cristina

— J'ai emmené Cris pour lui présenter Carlota, vous savez, pour la place de serveuse… explique Ethan à ses amis.

Il fourre ses mains dans ses poches, mais je sens qu'il n'est pas content de les voir. Et moi… Moi, je pense qu'ils ont un sens du timing parfait. Être là, avec lui, c'est… Trop… Ethan a toujours été « trop ». Trop beau. Trop décidé. Trop envahissant. Trop généreux. Trop différent. Trop bien. C'est ce cumul de « trop » qui a ébranlé mes barrières et certaines de mes convictions. Mais c'est aussi ce cumul qui doit les renforcer. Rien ne doit vaciller. Elaguá, son Orisha, a choisi pour lui sa route, et elle a rejoint celle d'Addi. Bonne famille, belle, sympa, intelligente et promise à un brillant avenir. Le couple parfait dans ce pays parfait. Aucune opposition, juste de la complémentarité. C'est comme ça que doit tourner le monde, et je ne fais pas partie du sien.

Amis.

La seule chose que nous pouvons être. Je me force à sourire pour saluer les deux copains d'Ethan, le cœur à ras le sol, puis me concentre sur la façade de la cafétéria devant laquelle nous nous trouvons. Je ne peux pas le regarder dans les secondes à venir, il me faut un peu de temps. J'ai failli l'embrasser. Je pourrais me consoler en me disant que c'était juste un baiser sur la joue, mais ce serait un mensonge plus grand que la Chine. Ça n'aurait pas été qu'un baiser sur la joue.

Le bâtiment a un étage surmonté d'une terrasse et est encadré par une épicerie, et un local sans fenêtre dont le mur a été décoré d'un mural aux couleurs chatoyantes sur lequel je reconnais Fidel Castro et son frère Raúl, nos anciens dictateurs-présidents. Ils sont tous les deux juchés sur *une balsa*, une embarcation précaire. L'ironie de la mise en scène ne m'échappe pas : ils auraient été les derniers à quitter ce pays qu'ils ont construit à leur image, alors que beaucoup d'entre nous auraient voulu qu'ils partent pour de bon, pour nous laisser une chance d'avoir un avenir. Le store vert est replié, le ciel est chargé, et le soleil bien caché derrière les nuages menaçants. Des mosaïques bigarrées qui ressortent sur les murs orangés composent le nom de la cafétéria.

— Super idée, ça ! On pourra se voir plus souvent, je viens plusieurs fois par semaine traîner par ici ! s'exclame Steve en promenant un regard suggestif sur ma silhouette.

Ethan se tend à côté de moi, et je réprime un pas de recul. Je hais la façon qu'a ce type de me détailler, comme si j'étais un gâteau dans la vitrine d'une pâtisserie. Pourtant, vu son physique, il ne doit pas avoir de mal à se trouver une copine. De la même taille qu'Ethan, il est aussi affûté que les boxeurs de la salle de Viktor. Ses cheveux sombres, savamment ébouriffés sur le haut de sa tête, sont un reflet de ses yeux noirs et ses traits dégagent une virilité et une assurance qui doivent faire se retourner les filles sur son passage.

Ladydi aurait apprécié. Aussitôt, ma gorge se noue. Ma meilleure amie me manque, elle m'aurait épaulée dans ce genre de situation. L'après El Faro n'a pas été simple pour moi. J'étais libre, mais je ne l'étais pas totalement. On ne vit pas plus d'un an en étant sur ses gardes sans que cela ne laisse de séquelles. J'ai commencé à ressortir un peu, toujours avec elle, pour aller prendre quelques verres avec les gars de la salle au bar d'Alberto. Rien de bien difficile, mais pour moi, c'était déjà l'Everest. Les débuts ont été pénibles, Ladydi, détournait l'attention sur elle à chaque fois que ce type de situation se présentait. Les jours ont défilé, puis les semaines, et j'ai cessé de sursauter chaque fois qu'on m'adressait la parole, de regarder par-dessus mon épaule et de surveiller les alentours comme un animal traqué. J'ai commencé à aller mieux, à gérer ces situations inconfortables : tous les hommes ne sont pas des ordures, Ethan me l'avait prouvé, les gars de la salle aussi. Mais en cet instant précis, j'ai le sentiment d'avoir fait trois pas en arrière : j'ai besoin d'elle.

L'autre copain d'Ethan me tend la main, sans chercher à me faire la bise. Son visage affiche un sourire aimable.

— Au cas où tu aurais oublié, ce qui ne serait pas étonnant avec tout ce que tu as dû vivre cette semaine, je suis Mike. Je suis beaucoup moins chiant que lui.

En parlant, il a pointé du doigt Steve. J'observe cette main qu'il me tend toujours, attendant patiemment que je la lui prenne. Son physique n'a rien à envier à celui d'Ethan ou de Steve. Légèrement plus petit, il a des traits plus doux, sans doute est-ce dû à ses yeux gris. Ses cheveux châtains sont coupés aussi court que ceux d'Ethan, et deux petites fossettes creusent ses joues. Sans que je comprenne pourquoi, mon corps se détend, et Inle me souffle que je peux lui faire confiance. Ethan fronce les sourcils quand je lui prends la main.

— Bon, Cris, on y va? Tu feras connaissance plus tard, Carlota nous attend, s'empresse-t-il de dire.

Il a parlé d'un ton sec qui surprend tout le monde et pousse la porte de la cafétéria. Mike lui lance un regard perplexe avant de revenir vers moi, et je hausse les épaules.

Amis…

La cafétéria est chaleureuse, à l'image de son nom « Las Felicidades de la vida ». Je risque un coup d'œil vers Ethan. « Les bonheurs de la vie ». Ironie du sort, je suis loin de ce chez-moi que j'aime tant, pour lequel je scrais prête à tout sacrifier, et malgré tout, je me sens heureuse, comme si cet instant de vie, être là, avec lui, était suffisant.

Le local n'est pas très grand, une dizaine de tables tout au plus. L'heure du repas approche, une bonne odeur d'agrumes et d'épices flotte dans la pièce. Certains clients sont déjà installés. Les menus sur les murs promettent des plats typiquement cubains, et j'aperçois même, sur l'ardoise au fond, l'annonce du plat du jour: « poulet au congrí ». Mon cœur se serre, ma mère en prépare un excellent lorsque nous hébergeons des touristes.

Derrière le comptoir, recouvert lui aussi de mosaïques, une femme toute en formes, dont les cheveux gris sont retenus dans un chignon serré sur le haut de son crâne, nous sourit. Elle ne doit pas dépasser le mètre cinquante. Hormis son tablier noir, sur lequel est écrit, du même orangé que les murs extérieurs et intérieurs, le nom du restaurant, elle est toute de blanc vêtue. Une *santera,* comme ma mère. Et si j'avais eu un doute, les lourds colliers de perles qu'elle porte autour du cou le balaient.

— Tu as failli être en retard ! s'écrie-t-elle en faisant le tour pour venir claquer deux baisers sonores sur les joues du Yuma qui est obligé de se baisser pour se mettre à sa hauteur.

Son anglais est teinté d'un fort accent aux mélodies cubaines. Il lui sourit avec une familiarité que seuls peuvent avoir ceux qui se connaissent bien et s'apprécient. Il vient souvent ici ?

— C'est à cause d'eux ! Ils nous ont fait perdre du temps ! lui rétorque-t-il en lui montrant ses deux amis.

Elle leur réserve le même accueil, et se permet même de flanquer une petite claque derrière le crâne de Steve lorsqu'il lui dit qu'elle est l'amour de sa vie. La chaleur des yeux de ce type, que je considère pour le moment comme le champion des crétins, m'étonne, tout comme celle que je surprends dans ses prunelles à elle. Quand elle se tourne vers moi, cette lueur bienveillante n'a pas disparu. Cette femme est certes petite, mais se dégage d'elle une énergie qui remplit toute la pièce. Ma mère l'adorerait.

— Je suis Carlota. Ethan m'a dit que le poste pourrait t'intéresser.

Je lance un coup d'œil hésitant à Ethan, il m'adresse un léger signe de tête en guise d'encouragement.

— Oui…

Sans cesser de me regarder, elle ajuste son tablier en refaisant le nœud sur son ventre généreux.

— Il m'a dit aussi que tu avais de l'expérience dans l'hôtellerie.

Machinalement, je croise les mains dans mon dos, comme je le faisais au Nacional quand j'attendais la commande de touristes.

— Oui, madame. J'ai travaillé en tant que serveuse.

— Et que tu étais ici pour tes études.

— Oui, madame.

Elle place les mains sur ses hanches et affiche un air faussement offensé.

— Arrête de m'appeler « madame », c'est ma mère qu'on appelle « madame » ! Moi, je suis Carlota, me réprimande-t-elle.

— Très bien, mada…

Je me corrige en voyant son air réprobateur.

— Carlota.

Ma réponse semble la satisfaire, car elle fait le tour du comptoir, fouille dans un tiroir pour en sortir un tablier identique au sien.

— Tu es prête à faire un essai ? D'ici vingt minutes, la salle va être pleine, un peu de renfort ne serait pas de refus. Si tu ne me mets pas tout sens dessus dessous, il y aura aussi le service de ce soir à assurer. Et demain après-midi.

Elle ajoute à voix basse, sur le ton de la confidence :

— Je dois aller rendre visite à ma mère, si je ne le fais pas, elle va me lancer un sort. Son Orisha, c'est Changó, si tu vois ce que je veux dire.

Je hoche la tête en souriant. Le fort caractère de Changó n'est un mystère pour personne, ce n'est pas pour rien dans la *santería* qu'il est chargé de la Justice et qu'on murmure que c'est un assassin implacable.

— Oui…

Elle scrute mon visage pendant quelques secondes.

— Ne me dis pas que le tien, c'est lui aussi. Je vais hésiter, sinon !

Contrairement à ma mère, elle n'est pas capable de deviner l'Orisha des gens au premier contact. Je secoue vivement la tête.

— Non, c'est Inle.

Steve jette un drôle de regard à Ethan, mais ce dernier fait comme s'il ne s'était aperçu de rien.

— Le guérisseur ! J'aime bien, un bon guide ! Comme Elaguá, lance-t-elle à l'intention d'Ethan.

Au même moment, il sort son téléphone de sa poche, et grimace.

— Je vais devoir y aller, la mère d'Addi s'impatiente…

— Elle te veut quoi encore ?

L'animosité dans la voix de Steve ne m'échappe pas. Il a enlevé son sweat et laissé apparaître ses biceps recouverts de tatouages. Ce type a tout de la panoplie du tombeur, il devrait rapidement se trouver une autre cible que moi.

— Leur voiture est en panne.

Mike lève les yeux au ciel. J'ai du mal à comprendre ce qui se passe, ils n'apprécient pas la petite amie d'Ethan ?

— Et évidemment, avec sa mère, pas de taxi possible… Tu veux qu'on aille les chercher, comme ça tu… lui propose Mike.

Il n'a pas le temps de finir sa phrase, qu'Ethan secoue la tête, résigné.

— Non, je vais y aller, c'est sympa, mec…

Steve bougonne quelque chose que je n'entends pas, mais Ethan le foudroie du regard. Il n'en tient pas compte et s'exclame d'un ton un peu trop enthousiaste à mon goût :

— Comme ça, on va pouvoir être les premiers clients de Cris !

Il se frotte les mains avant d'ajouter :

— J'ai trop la dalle en plus ! L'entraîneur nous a achevés ce matin.

Carlota lui sourit tendrement, elle semble vraiment l'apprécier, puis reporte son attention sur moi.

— Bon, Cris, tu es d'accord pour l'essai ?

— Oui, bien sûr. Dites-moi ce que j'ai à faire, et je le ferai.

— Très bien.

— Carlota, l'interrompt Ethan. Tu pourras donner à Cris l'adresse de la salle de César, qu'elle puisse y passer après ?

— Je vais l'y emmener ! s'empresse de proposer Steve.

Là, tout de suite, l'idée d'aller à la salle me semble moins sympa. Ce type est pire qu'un poulpe : quand il s'accroche à quelque chose, difficile de le lui faire lâcher.

— Je pense que je vais savoir y aller seule.

— On ne va pas t'abandonner dans un quartier que tu ne connais pas ! insiste-t-il en se plantant devant moi.

Il est trop près, beaucoup trop près. Mon cœur cogne dans la poitrine, mais cette fois, ce n'est pas à cause d'Ethan. Mon instinct de survie vient de se réveiller. Comme s'il avait perçu mon trouble, Mike l'attrape par l'épaule et le tire en arrière pour l'obliger à reculer.

— Oui, on va t'accompagner jusqu'à la salle, et je vais veiller à ce que mon pote, qui est visiblement en manque, se tienne correctement et ne rentre pas avec toi. Il est sympa, mais il a du mal à comprendre la définition du « Tu es lourd ».

— Je ne suis pas lourd, proteste Steve.

— Si, tu l'es…

— Non…

Leur joute verbale m'amuse. Steve a croisé les bras sur sa poitrine et boude, comme un gamin de quatre ans, ce qui, étant donné qu'il est l'archétype du *bad boy*, est plutôt ridicule. Carlota doit penser la même chose que moi, car elle m'adresse un clin d'œil qui semble me dire « C'est habituel, ne t'inquiète pas ».

Je prends une grande inspiration.

— Je suis prête! lui dis-je en retour en saisissant le tablier qu'elle a posé sur le comptoir.

Je le suis. Prête à travailler. Prête à affronter cette nouvelle vie. Elle me sourit pour me rassurer, comme si elle avait conscience de ce que tout cela représente pour moi. Ethan, qui n'est pas encore parti, nous observe, une expression attendrie sur le visage. Il jette un nouveau coup d'œil à son téléphone, et ce qu'il y lit ne doit pas lui plaire, car il grimace de plus belle, puis soupire. Je devine que cette fois, il va partir, et mon cœur se serre. Il m'observe encore quelques secondes, puis franchit la distance qui nous sépare avant de se pencher vers mon oreille.

— Si Steve est trop chiant, tu me le dis. Il n'est pas méchant, mais il aime les belles filles…

Je laisse son sous-entendu gonfler mon cœur. Quand ses lèvres frôlent ma joue, mon cœur s'embrase.

— Je ne pourrai sans doute pas passer ce soir, mais j'essaierai de venir demain après-midi, après le match, ajoute-t-il.

Je déglutis avec peine et plonge les yeux dans les siens. Je ne peux pas m'en empêcher.

— Tu n'es pas obligé.

— Cris, je ne me sens pas obligé, j'en ai envie…

Et ses lèvres s'attardent à nouveau sur ma joue.

Je l'entends à peine dire à ses amis de ne pas se coucher tard, que le match de demain est important, ma joue me picote encore.

Chapitre 8

Ethan

Addi referme la portière de ma jeep en faisant attention à ne pas la claquer. Elle a horreur de ça. Elle tient ça de sa mère qui ne supporte pas les bruits secs, une autre de ses manies. Ça explique pourquoi elle n'aime pas m'accompagner au stade: les joueurs crient, le public aussi, et le volume sonore est tel qu'il lui file la migraine. Il est un peu plus de 21 heures, on a réussi à s'éclipser avant la fin du repas. L'équipe joue demain, et bien que je ne sois plus sur le terrain, je m'astreins à la même discipline que les joueurs.

— Ton grand-père était en forme ce soir! s'exclame-t-elle en remontant l'allée qui mène à sa maison.

La bâtisse est encore plus grande que la mienne, et dénote dans le quartier. On dirait une maison coloniale avec ses murs d'un blanc immaculé, ses colonnes à l'entrée, sa fontaine qui ne s'arrête jamais et qui est illuminée la nuit. Je n'en comprends pas l'intérêt : c'est pour que les poissons ne se perdent pas ? Ridicule. Son père l'a rachetée à un architecte il y a quinze ans, sa mère ne voulait qu'elle, signes extérieurs de richesse obligent. En temps normal, Addi préfère que nous restions chez moi, je la soupçonne d'apprécier la simplicité relative de ma maison, nos rituels qui font la part belle à l'intimité, ce qui est impossible chez elle où tout doit répondre aux exigences de sa mère.

— Ton père l'aide beaucoup, constaté-je tandis qu'elle met la clé dans la serrure.

En plus d'être l'avocat de mon grand-père, son père est l'un de ses principaux partisans, et son vaste réseau est précieux. Le repas de ce soir était essentiel, mon grand-père espère convaincre un homme d'affaires influent de passage à Miami de le soutenir. L'avoir à notre table a été un véritable exploit, il passe peu de temps en ville, et, sans le père d'Addi, je ne sais pas s'il y serait parvenu. Comme il l'a répété à plusieurs reprises pendant le dîner, son truc à lui, c'est le business, pas la politique. Mais à en juger par la conversation, mon grand-père a réussi à lui démontrer qu'affaires et politique vont de pair et a gagné un donateur. Je n'ai pas cillé quand le type m'a demandé où en était ma convalescence. Il me suivait, avant. Comme beaucoup, ma blessure l'a déçu. J'étais tellement prometteur, j'aurais dû marcher sur les traces de mon père… Mon grand-père a fait comme d'habitude : mon incident de parcours est devenu une force, et non un secret honteux que l'on cacherait d'un coup de balai sous le tapis. Je lui en suis reconnaissant. C'est grâce à lui que je n'ai pas à baisser la tête. C'est grâce à lui que je peux regarder les gens en face. Alors, quand cet homme a insisté, quand il m'a posé des questions gênantes, j'ai répondu, tout simplement. Comme je l'ai fait à mon retour de Cuba, lorsque nous avons donné quelques interviews dans lesquelles nous avons raconté ma descente aux enfers et ma renaissance. Malgré mes conneries, même quand j'étais enfoncé jusqu'au cou dans la pire des merdes, mon grand-père a été là pour moi, sans me juger. Donc je lui dois mon soutien, même si ce soir, j'aurais préféré être au Felicidades.

Addi, toujours superbe dans cette robe noire près du corps qui lui arrive juste au-dessus du genou, lutte pendant quelques secondes avec la serrure, et, au moment où elle réussit à tourner la clé, la porte s'ouvre. Nous sursautons : ses parents sont encore chez les miens, normalement, la maison est vide. C'est la raison pour laquelle nous sommes là ce soir. Pour être tranquilles. Pour nous retrouver.

Pour oublier.

— Oups, pardon ! Je ne voulais pas vous faire peur, s'excuse Claudia, la gouvernante de la famille d'Addi.

Eduardo, son fils, se tient derrière elle. Élancé, la peau aussi mate que sa mère, il nous adresse, comme à son habitude, un regard froid. Le courant ne passe pas vraiment entre lui et moi, je suppose qu'il me considère comme un gosse de riches qui a toujours tout eu sur un plateau et n'a pas conscience de sa chance. Il n'a pas tort, du moins pour l'« avant », car maintenant, je sais.

— Claudia ? Eduardo ? Mais qu'est-ce que vous faites là ? s'écrie Addi, un immense sourire sur le visage.

Je les salue d'un signe de tête que j'accompagne d'un sourire avenant. Hors de question de lui donner une raison de plus de m'en vouloir. Addi est très proche de Claudia, qui lui apporte la chaleur dont sa mère la prive. De ce qu'elle m'a raconté, elle connaît Eduardo depuis sa plus tendre enfance, ils ont presque grandi ensemble. Le père d'Addi, au grand dam de sa mère, les avait autorisés à amener leur fils quand ils n'avaient personne pour le garder. Claudia et Mauricio travaillent depuis bien avant sa naissance pour la famille d'Addi.

Eduardo fronce les sourcils et hésite avant de lui répondre.

— Il y avait une fuite sous l'évier de la cuisine, et Mamá m'a demandé d'y jeter un coup d'œil, je ne pouvais pas m'en occuper demain, je bosse.

Quand son père est sollicité par la famille d'Addi et ne peut pas effectuer certaines tâches, c'est Eduardo qui le remplace. Il joue les chauffeurs, les plombiers, les jardiniers ou même les dératiseurs. Sa famille est indispensable à celle d'Addi qui serait perdue sans elle.

— C'est gentil, continue Addi. Mais il est tard, non ?

Son sourire n'a pas quitté ses lèvres. Il hausse les épaules, sa caisse à outils à la main.

— Je n'ai pas pu venir avant, je tenais la permanence à Little Havana.

Elle fronce les sourcils et penche légèrement la tête sur le côté.

— Il y a eu de nouvelles demandes ?

Ce mec ne m'apprécie pas beaucoup, mais moi, j'éprouve du respect pour lui. En plus de bosser comme livreur pour un restaurant de plats à emporter, il aide ses parents, donne un coup de main aux migrants de Little Havana et suit des cours du soir pour faire ses études de droit. Il a un an de plus qu'Addi, et n'a pas encore bouclé sa licence, mais honnêtement, il m'impressionne.

— Une ou deux, mais il y avait surtout des anciens dossiers à compléter.

Il pousse un soupir las, puis précise :

— L'administration veut toujours plus de papiers, et ils ont du mal à s'en sortir seuls.

Il fait le lien avec un service d'avocats gratuit qui suit les gens en situation illégale pour les aider à régulariser leur situation. C'est lui qui gère la paperasse, qui s'assure que tout est bien rempli pour ensuite tout envoyer à l'avocat. Une ou deux fois, il a demandé un coup de main à Addi.

— OK, super alors. Si tu as besoin, tu n'hésites pas, hein ?

Il l'observe pendant quelques secondes, et elle en fait de même, le visage sérieux. Puis il rompt leur conversation silencieuse et hoche la tête.

— Ça va aller, lui répond-il en passant finalement entre nous pour s'engager dans l'allée. Bonne soirée !

Il m'a complètement ignoré, c'est comme si je n'avais pas été là. Je les regarde s'éloigner, lui et sa mère, les sourcils froncés.

— J'ai dit un truc qu'il ne fallait pas ?

Au bout de quelques secondes, Addi relève le menton vers moi en entrant dans le hall de la maison, puis enlève sa veste.

— Non, pourquoi ? me répond-elle d'un ton léger.

Je l'imite et suspends la mienne au portemanteau. Si sa mère voyait nos vestes traîner sur le dos d'une chaise, elle en ferait une syncope et Addi en entendrait parler pendant des semaines. D'ailleurs, le salon est à l'image de sa névrose : digne d'un magazine avec son canapé beige sur lequel pourrait s'installer mon équipe entière de foot, son gros tapis de la même couleur, sa table basse en acajou qui tranche avec la clarté des murs, sa télévision qui occupe presque un pan du mur et ses plaids savamment repliés. Impersonnel, froid, sans âme.

— J'ai l'impression qu'il a un truc contre moi.

Elle hausse les épaules et repousse une mèche de ses cheveux blonds.

— Tu te fais des idées. Il est juste timide.

Je scrute son visage pendant quelques instants. Il ne me semble pas timide, il y a autre chose, je le sens. Est-ce à cause de mon problème de médocs ? Eduardo ne paraît pas être le genre de personne à juger les autres, mais peut-être que je me trompe. Elle coupe court au fil de mes pensées en m'attrapant par la main et me tirant vers l'escalier qui monte à l'étage où se trouve sa chambre.

— Réveil à 5 heures demain ? me demande-t-elle d'une voix enjouée en arrivant sur le palier.

Le silence des lieux nous enveloppe : nous avons la maison rien qu'à nous.

— Oui…

— Il faut vraiment que je t'aime pour accepter de me lever avec toi, grommelle-t-elle.

Je l'observe encore : une moue exagérément boudeuse, son petit nez froncé, ses cheveux parfaitement coiffés. Je ne parviens pas à savoir ce que c'est, mais j'ai le sentiment qu'il y a quelque chose qu'elle ne me dit pas, qu'elle fait diversion.

Comme moi.

Il y a des secrets que je garde enfouis au fond de moi. Beaucoup. Et tous concernent Cris. Le pire, c'est que ça ne me fait rien qu'elle me taise cette part d'elle.

N'y pense pas mec.

Ne pense pas à elle, non plus.

Dans le couloir, devant la porte de sa chambre, je l'attrape par la taille et la ramène près de moi. Son parfum envahit mes narines et je me force à plonger le nez dans son cou.

— Je t'ai déjà dit que tu n'as pas à te réveiller avec moi.

À chaque match, quand nous dormons ensemble, elle se lève avec moi pour que nous puissions partager le petit-déjeuner. Ça m'embête, elle n'y est pas obligée. Et puis, ça me donne l'impression qu'on est un couple. Sérieux. C'est ce qu'on est pourtant.

Elle passe ses bras autour de mon cou et approche son visage du mien.

— Mais comme je t'aime, je le fais…

Je prends sa bouche et l'embrasse. Quand sa langue frôle la mienne, ce ne sont plus les rondeurs de son corps que j'imagine contre moi. Ni ses longs cheveux raides qui chatouillent mon cou. Ni ses lèvres.

Ce sont celles de Cris.

C'est elle que j'imagine contre moi.

Son corps de liane. Ses boucles folles. Sa bouche qui me rend fou.

Je la plaque contre la porte et, à tâtons, appuie sur la poignée. Ce goût… Ce n'est pas celui que je veux. J'ai oublié comment il est. Ce simple détail me ramène à la réalité, à ma réalité.

Mon corps toujours contre le sien, je la guide à reculons à l'intérieur de sa chambre.

Je presse les paupières et m'oblige à me concentrer, puis à ouvrir les yeux pour la voir.

Je ralentis notre baiser.

Elle. Addi.

Je m'écarte doucement. Ma queue se dégonfle comme un ballon de baudruche.

— Je vais dans la salle de bains, tu m'attends au lit? me propose-t-elle en me caressant avec tendresse les cheveux.

Elle me sourit d'un air coquin et je l'embrasse une nouvelle fois sur les lèvres.

— Dépêche-toi…

Elle rassemble quelques affaires et entre dans sa salle de bains privative. Elle laisse la porte ouverte, invitation claire à la suivre. Je m'assois sur le bord de son lit, et me passe la main dans les cheveux. Je n'ai pas envie qu'elle se dépêche. Je n'ai pas envie d'être là.

Putain… Mec, déconne pas.

J'attrape mon téléphone et y jette un nouveau coup d'œil. L'eau de la douche résonne, un nuage de vapeur d'eau commence à s'échapper de la porte. J'hésite quelques secondes, résiste. Mais la tentation l'emporte. Je tape un message et le *lui* envoie.

Tout va bien ? Ton essai, ça donne quoi ?

J'espère qu'elle n'a pas encore donné son numéro à d'autres, qu'elle saura que c'est moi. Débile. Crétin. Décérébré. La liste des adjectifs pouvant me définir est longue, mais je m'en fous. Pour une fois, j'ai été prévoyant : avant de lui filer sa nouvelle carte SIM, j'ai pris son numéro de téléphone. Au cas où. Non, pas « au cas où », je le voulais. Malgré tout, j'ajoute :

C'est Ethan

Je n'attends pas de réponse. Ce qui me troublait, c'était simplement mon inquiétude pour Cris. La douche résonne encore dans la salle de bains, mon téléphone vibre.

Merci pour l'entretien ! Carlota est vraiment très gentille. Je suis en pause

Je fronce les sourcils. Elle est en pause ? Un soupçon insidieux plante son aiguille petit à petit dans mon cœur.

Les gars sont toujours là ?

Sa réponse ne tarde pas.

Non, ils sont partis il y a presque une heure. Mike a rappelé à Steve que vous avez un match

Soupir de soulagement. Les gars vont se coucher tôt pour leur match. Mais bien sûr… À qui est-ce que j'essaye de faire croire que c'est ce qui me soulage ? À Elaguá ? Il doit bien se marrer…

Steve n'a pas été trop lourd ?

S'il l'a été, je me charge de l'étrangler, tant pis s'il ne peut pas jouer.

Non, Mike y a veillé. Il est vraiment très sympa !

Le spectre de la jalousie réapparaît. C'est moi qui aurais dû y veiller.

Déconne pas mec, me répété-je.

La douche s'interrompt, je hasarde un nouveau coup d'œil en direction de la salle de bains. Une porte de placard grince, je suis sûr que demain, ou au plus tard après-demain, Eduardo l'aura huilée. Je tape à la hâte un autre message.

Tu bosses demain ?

Les secondes défilent. Dix secondes. Vingt secondes. Pas de réponse. Le sèche-cheveux. Trente secondes.

Je ne sais pas encore, mais je pense que oui, ça se passe bien

OK, je passerai te voir alors

J'attends son SMS avec anxiété. Il arrive vite.

Tu n'es pas obligé, Ethan…

J'en ai envie

Comme j'aimerais être avec elle et la raccompagner à sa résidence universitaire. D'ailleurs, comment elle va rentrer ?

Tu prends un taxi pour rentrer

Ce n'est pas une question, mais une affirmation.

Revoilà Mister Mandón

Je suis obligé de chercher sur Google Trad ce qu'elle a voulu dire. « Monsieur je donne des ordres ». Je souris. Elle me taquine…

Je ne plaisante pas, Cris

Je rentrerai en courant

Je retiens un soupir, elle est têtue comme une mule.

Tu ne connais pas la route

Mike m'a montré comment me servir du GPS de mon téléphone

Encore Mike…

Addi fait son apparition dans l'embrasure de la porte, tout juste vêtue d'un ensemble bleu ciel de lingerie que je ne lui connaissais pas.

— Tu aimes ? me demande-t-elle.

Non…

— Oui, tu es superbe !

Je tape un dernier message, comme si j'essayais de voler quelques secondes au temps, de reculer l'instant. Je n'aime pas du tout l'idée qu'Yeux d'Ange rentre en courant, mais passer la chercher alors que je suis avec Addi ne se fait pas.

Sois prudente. À demain

Ma petite amie s'assoit à côté de moi, et je fourre mon téléphone dans la poche de mon jean.

— Steve et Mike viennent juste de partir de leur soirée. Ils sont chiants, ils ont un match demain, me justifié-je, un peu honteux de faire porter le chapeau à mes potes.

Elle enroule ses bras autour de mon cou.

— Je n'ai pas envie de parler d'eux.

Quand ses lèvres se plaquent sur les miennes, je décide de me laisser aller. Addi est la fille qu'il me faut, elle est superbe, gentille, et elle a acheté un ensemble sexy pour moi.

Quand ses mains se faufilent sous mon T-shirt, je lui mordille le cou.

Quand elle déboutonne mon pantalon, je dégrafe son soutien-gorge.

Quand je pars à l'exploration de sa poitrine, elle gémit.

Ma merveilleuse petite amie.

Mais je ne suis pas dedans, ma queue ne sort pas de son coma. Inanimée. Endormie. Et puis, je bascule ailleurs. Avec quelqu'un d'autre. Avec une fille à la peau dorée, au regard émeraude et aux boucles folles qui me chatouillent le bout du nez.

Ma bite se réveille aussitôt, et ce n'est pas parce qu'une main vient de se glisser dans mon caleçon. Je me sens mal, dégueulasse, mais je ne peux pas m'arrêter. Ce n'est plus Addi que j'ai dans mes bras, ce n'est plus ma petite amie. C'est la seule personne que je ne pourrai jamais avoir. Quand je jouis, c'est le nom de Cris que je hurle dans ma tête, de là où ne j'arrive pas à me la sortir. Et je me sens encore plus mal.

Lorsqu'Addi s'endort dans mes bras, j'ai l'impression de m'être égaré encore plus profondément dans les méandres de ma vie, tout est confus dans mon esprit.

Elaguá, tu n'es vraiment qu'un enfoiré.

Cristina

En arrivant à l'étage de la résidence universitaire où se trouve ma chambre, je jette un énième coup d'œil à mon téléphone.

Sois prudente. À demain

Reçu il y a quatre heures. Depuis, il est resté silencieux. Ethan a un match demain, il a dû se coucher tôt. Même s'il ne joue plus, je ne l'imagine pas paresser au lit pour arriver juste à l'heure. Et puis, il a sans doute été très occupé avec sa petite amie. Je grince des dents en tournant la poignée de ma porte de chambre. Je ne dois pas penser à ça. Qu'est-ce que je croyais ? Qu'il mettrait sa vie sur pause et m'attendrait ? Alors que je ne lui ai donné aucune nouvelle ? Que je fais comme si ce qui s'est passé entre nous à La Havane ne comptait pas pour moi ? Que je sais que de toute façon, une histoire entre nous ne ferait que nous faire souffrir ? Je ne pourrais jamais être à lui comme il le voudrait, et il finirait par me demander de choisir, Cuba ou lui, et, quel que soit le choix, il me déchirerait… En maintenant une certaine distance, je me protège de tout ce qui pourrait m'affaiblir, de tout ce qui pourrait faire vaciller mon projet.

C'est ce que je dois faire.

Mais pourquoi est-ce que cela fait si mal ?

Quand j'ouvre la porte, le rayon de lumière du couloir qui s'infiltre dans la chambre m'indique que le lit d'Ali est vide. Ma coloc est aux abonnés absents. Je soupire, mais j'ignore si c'est de soulagement ou d'inquiétude. Il y a quelque chose qui m'échappe chez elle, qui va au-delà de son mensonge du premier jour à son petit ami. Ce qu'elle tait, ses silences me sont familiers. Je ne suis là que depuis une semaine, mais je mettrais ma main au feu qu'elle n'est pas avec Juan. Je balaie cette idée, ça ne me regarde pas.

Comme je ne risque pas de la déranger, j'allume ma lampe de chevet posée sur ma table de nuit et enlève mon sac à dos dégoulinant de pluie pour le déposer sur le sol. Hormis ce temps pourri, c'est une bonne journée, essayé-je de me convaincre en chassant les images d'Addi dans les bras d'Ethan de mon esprit. J'ai un boulot, et en plus, je vais pouvoir continuer la boxe. César, le gérant, accepte que j'intègre sa salle. Je lui ai expliqué que je ne voulais pas faire de compétition, que je voulais juste pouvoir m'entraîner, et ça a eu l'air de lui convenir. Contrairement au club de Viktor, il y a d'autres filles. Je ne vais plus être l'ovni de la salle, la fille qui s'entraîne au milieu de mecs. L'une d'entre elles, Mylie, tient une sacrée forme physique.

Elle m'a accueillie chaleureusement, et je dois la retrouver demain avant mon service. Elle veut me montrer comment fonctionnent les appareils de cette salle, qui est beaucoup plus moderne que celle de Viktor.

Je me fustige en ôtant ma veste, j'aurais dû le faire dans le couloir, ça m'aurait évité de mettre de l'eau partout. Avec précaution, je la suspends sur le dos de ma chaise.

Miami a beau être proche de Cuba, le climat est beaucoup plus humide et je suis heureuse d'avoir apporté au moins un vêtement imperméable. Si on avait eu une salle de bains privative, je l'y aurais mis à sécher, mais ce n'est pas le cas, alors je dois me contenter du dossier de ma chaise de bureau, sous laquelle je prends la peine d'étendre une serviette éponge pour limiter les dégâts. Inutile d'avoir une piscine dans la chambre…

Dormir dans des draps mouillés n'étant pas le truc le plus tentant du monde, je m'attelle à défaire mes lacets sans m'asseoir sur le lit, quand la porte de la chambre s'entrebâille légèrement.

Ma coloc est de retour.

Lorsqu'elle me voit, elle marque un temps d'arrêt et tourne immédiatement la tête sur le côté. Mais j'ai aperçu sa lèvre fendue.

— Ali ! m'écrié-je en me redressant brusquement.

Elle enfouit le menton dans le col de son sweat avec l'intention manifeste de dissimuler sa bouche.

— Eh, tu ne dors pas ? me salue-t-elle.

Je ne prends pas la peine de lui répondre, et retiens l'impulsion de m'approcher d'elle. Après ma course folle pour échapper à Karel, ma chute sur les rochers, je n'aurais pas voulu qu'on me touche.

— Tu vas bien ? m'inquiété-je en examinant son visage.

Elle referme la porte derrière elle, et, toujours sans allumer, elle parcourt les trois mètres qui la séparent de son lit. Ses cheveux sont retenus dans un chignon qui a dû être serré dans une autre vie, mais est complètement relâché dans celle-ci. Son menton n'a pas bougé de son sweat.

— Oui, me répond-elle d'une voix peu assurée.

Du moins, c'est ce que je devine, le son est étouffé par le molleton de son haut. En apparence, tout semble aller bien. Je pourrais croire qu'elle est tombée dans l'escalier, une maladresse, rien d'autre, après tout, son visage ne montre pas d'autres traces de coups. Mais ce n'est pas ça, il y a un problème. Elle évite mon regard, n'est pas aussi enjouée que d'habitude… Elle paraît éteinte.

— Tu es sûre ? insisté-je, hésitante.

— Oui, oui…

Elle attrape le T-shirt qui lui sert de chemise de nuit sous son oreiller, mais la crispation de ses doigts sur le tissu ne m'échappe pas.

Elle ment. Ça ne va pas.

J'ai deux options : faire comme si de rien n'était, me mettre au lit, éteindre la lumière et lui donner l'obscurité qui la protégera de la vérité, ou insister, quitte à apprendre quelque chose qui me mettra dans la lumière.

Fuir les problèmes. Nouvelle vie. Deux ans…

L'option une serait la plus sûre. Mais je choisis la deuxième.

En quatre enjambées, j'ai franchi l'espace qui nous sépare et lui tire sur le bras pour l'obliger à se retourner. Elle tente encore de cacher sa bouche, mais avec délicatesse, je l'oblige à relever le menton.

Sa lèvre est bel et bien fendue, et sa joue est rougie, comme si elle avait reçu un coup. Le col de son sweat est déchiré, et de la terre souille le flanc droit de sa veste et de son jean noir. Elle est sans doute tombée. Je me rends compte tout à coup qu'elle n'a pas son sempiternel sac à dos, celui dont elle ne se sépare jamais.

Qu'est-ce qui lui est arrivé ?

— Je vais chercher de la glace, lui dis-je simplement.

Chaque chose en son temps, il faut d'abord s'occuper de cette plaie pour éviter que demain, elle ressemble à un hamster. Elle secoue la tête.

— Je vais bien.

— Je vais chercher de la glace, lui répété-je.

Et sans attendre une autre de ses protestations, je la laisse plantée là, à côté de son lit, son T-shirt dans les mains.

Trouver des glaçons est une mission assez facile : à l'étage de la résidence où nous vivons, nous disposons d'une salle commune avec une télévision et un grand frigo. Avec le début des cours, ont commencé les soirées, d'où la présence de glaçons toujours prêts. Aujourd'hui, l'étage est justement à une fête de l'équipe de basket, c'est ce qui explique le calme qui règne. Il ne durera pas.

J'ouvre la porte : bingo ! J'attrape les glaçons et les verse dans un bol. La froideur du récipient se répand dans tout mon être, sombre écho de l'inquiétude qui m'habite. Je devrais être prudente, ne pas me mêler des problèmes de ma coloc, mais Inle me pousse vers cette noirceur. Elle est partout, où que l'on regarde, tapie, dans l'ombre, prête à bondir.

Est-ce que c'est Juan qui lui a fait ça ? Il a pourtant l'air gentil… Mais les apparences sont trompeuses, j'en ai fait la douloureuse expérience.

Quand je reviens dans la chambre, Ali s'est changée. Elle a enfilé un jogging et son T-shirt, sa veste militaire gît au pied de son lit. Sa lampe de chevet est toujours éteinte, seule la mienne distille une lumière timide dans la pièce. J'attrape une de mes serviettes dans le placard et y glisse les glaçons.

— Assieds-toi, lui ordonné-je.

Elle m'obéit sans protester. Je presse le bouton de sa lampe pour mieux voir l'ampleur des dégâts. Je ne me suis pas trompée : sa lèvre est maculée de sang séché et sa pommette saigne.

La colère enfle en moi. Après ce qui m'est arrivé avec El Faro et Karel, la violence contre les femmes me révolte : m'avoir obligée à franchir une ligne m'en a fait franchir une autre, celle de ma propre violence. Comme si elle avait compris le cheminement de mes pensées, elle s'exclame avec véhémence :

— Non !

Elle rive ses yeux au miens. De sombres cernes creusent son visage.

— Il ne ferait jamais ça, ajoute-t-elle, sans détourner le regard.

Elle a bien insisté sur le « jamais ça ». Je l'observe pendant quelques secondes, indécise. Est-ce que je peux la croire ? Elle continue de soutenir mon regard, les iris flamboyants de colère. Contre moi. Contre mon accusation. Peut-être qu'elle ne ment pas, mais qui lui a fait ça alors ?

Je hoche la tête, parfois, dans un combat, il est préférable d'abandonner pour remonter sur le ring en étant mieux préparé. C'est ce que je vais faire. Délicatement, je plaque mon paquet de glaçons sur sa joue.

— Ça va éviter que ça enfle de trop.

Son regard est sans équivoque, alors je précise :

— J'ai l'habitude avec la boxe. Tu as du désinfectant ? Pour la lèvre.

Elle m'observe encore pendant quelques secondes, sans doute pour vérifier que je la crois.

— Jette un coup d'œil dans le tiroir de ma table de nuit, finit-elle par dire.

J'ouvre le tiroir, il est rempli à ras bord, et je suis obligée de fouiller dedans, écartant notamment une boîte de préservatifs qui me fait rougir, pour mettre la main sur le spray de désinfectant.

— Il t'est arrivé quoi ?

Elle hésite, et je ne la presse pas. Pendant que j'applique le produit sur une gaze, je l'entends murmurer.

— Une mauvaise rencontre.

Une mauvaise rencontre ? Mais qu'est-ce qu'elle faisait dehors à cette heure de la nuit ? Que je sache, elle ne bosse pas, et elle aurait dû être soit ici, soit chez Juan… Je n'ai pas l'impression qu'elle ait beaucoup d'amies avec qui sortir, je n'en ai rencontré aucune depuis mon arrivée.

Je réfléchis rapidement à ce qu'elle a pu me dire aujourd'hui. Elle avait prévu de dormir chez Juan ? Je ne m'en souviens pas. Cette semaine, tout est allé tellement vite pour moi que j'ai eu la sensation de flotter dans une bulle et de ne garder que l'essentiel. Or je me suis peut-être trompée dans le tri des informations : ce détail pouvait être essentiel.

— Quand tu revenais de chez Juan ? hasardé-je en sachant pertinemment que ce n'est pas ça.

Elle n'aurait rien eu à faire dehors, à cette heure-là dans ce cas. Sauf s'ils se sont disputés et si…

Le mensonge de ma première nuit ici clignote en lettres lumineuses dans ma tête. Elle se met debout brusquement.

— Arrête avec Juan ! Ça n'a rien à voir avec lui ! Il serait incapable de me frapper ! s'emporte-t-elle.

Ses yeux m'envoient des éclairs, comme si elle voulait me rayer de la surface de la Terre, et elle serre les poings. Sa colère a rougi ses joues. Je lève les mains devant moi pour l'apaiser.

— OK, j'arrête avec Juan.

Je récupère le paquet de glaçons qu'elle a fait tomber en se relevant et le lui tends ainsi que la gaze où j'ai appliqué le produit antiseptique. Elle tamponne sa lèvre pour la nettoyer. Et j'attends. Patiemment. En silence. Les secondes qui défilent me paraissent une éternité. Finalement, elle se décide à parler.

— Je sors la nuit à cause d'un devoir pour la fac. Ce soir, j'ai fait une mauvaise rencontre, c'est tout, finit-elle par dire.

Un travail pour la fac? En pleine nuit? L'incompréhension doit se lire sur mon visage, car elle s'empresse de préciser:

— Un projet pour mon cours de coloration.

Je fronce les sourcils. Le voyant « mensonge » clignote devant mes yeux. Il devient encore plus lumineux quand elle ajoute:

— N'en parle pas devant Juan, il n'approuverait pas.

De mieux en mieux… Elle ment aussi mal que moi quand je prétends que je ne ressens rien pour le Yuma et que nous ne sommes qu'amis. Mais j'acquiesce. C'est tout ce que je peux faire. Le silence est la pire des prisons, j'en ai fait l'expérience. Seule la patience peut en ouvrir les grilles. En espérant qu'il ne sera pas trop tard.

— D'accord, je ne dirai rien.

Le soulagement détend ses épaules.

— T'es plutôt sympa comme coloc, j'avais un peu peur de tomber sur une nana coincée du cul, mais je t'aime bien.

Elle a prononcé ces mots du ton léger de celui qui veut changer de conversation, et je ne cherche pas à insister.

— Moi aussi, je t'aime bien, gloussé-je.

C'est vrai, je l'aime bien. Elle aurait pu me laisser me débrouiller seule pendant cette semaine, me laisser affronter comme je le pouvais ce monde étrange, mais elle s'est tenue à mes côtés, m'aidant à faire face à l'inconnu avec sa présence rassurante.

— Même si à cause de toi, j'ai une piscine devant mon lit.

Ses pieds baignent dans la flaque que mes vêtements trempés ont créée. Avec tout ça, je n'ai pas eu le temps de me changer, mon corps frissonne. J'ai froid. J'étais tellement concentrée sur elle que je ne m'en étais pas rendu compte.

— Je t'ai apporté des glaçons, ça compense, lui rétorqué-je en retournant à mon lit.

— Qui vont contribuer à augmenter la flaque devant mon lit…

Je glousse en me débarrassant de mes vêtements mouillés que j'abandonne sur le sol. Il y aura aussi une flaque de mon côté. Je me change en silence.

— Il n'y a vraiment rien entre le coach et toi ? reprend-elle soudain.

Ma tête n'a pas le temps de toucher mon oreiller que je me redresse.

— Ça sort d'où, ça ?

Elle s'est glissée entre les draps, j'imagine qu'elle nous entraîne dans une conversation pyjama, mais je ne suis pas prête à l'avoir.

— On n'en a pas encore parlé…

Je remonte la couette sur mon menton et soupire.

— Si, si, on en a parlé… Et je t'ai dit que non.

— Mais je ne te crois pas.

Elle se moque de moi, là, ce n'est pas possible ! Elle est la première à faire des cachotteries et elle me balance cette bombe. OK, si elle veut jouer à ça, on va l'avoir notre conversation pyjama.

— Tu me dis la vérité pour ce soir, et je te raconte.

Elle se mordille la lèvre avant de grimacer de douleur. Mauvaise idée !

— Tu n'es pas si sympa que ça, et je ne t'aime plus, grommelle-t-elle en me tournant le dos, comme si elle avait cinq ans.

Nous éteignons nos lampes de chevet et l'obscurité envahit la pièce. Mes paupières s'alourdissent, la journée a été riche en événements et j'ai du mal à faire le tri. Ethan m'a apporté un chargeur, montré une super salle de sport, dégotté un boulot qui n'est pas dans une gargote mal famée, comme s'il n'arrivait pas à abandonner son rôle de chevalier blanc en armure… Mon bas-ventre vibre doucement quand je repense à la chaleur de son corps, lorsque nos flancs étaient en contact, pendant qu'il m'expliquait le fonctionnement de son téléphone. Enfin, de mon téléphone. Grâce auquel j'ai pu échanger quelques SMS avec lui.

Et puis, il y a ma coloc et ses mystères dont je ne sais pas quoi faire.

— Merci… murmure-t-elle à travers l'obscurité de la chambre.

Mon cœur se serre. Ce qu'elle me cache n'est pas anodin, et tel un boomerang, la peur revient. Pas pour moi cette fois. Mais pour elle.

Chapitre 9

Jeudi 6 septembre

Ethan

J'ai l'impression d'être un voyeur, mais je ne parviens pas à empêcher mes yeux de revenir sans cesse sur elle. Ils sont comme aimantés. Je frappe le sac, il oscille sous l'impact, je devrais le frapper de nouveau, mais au lieu de ça, je me décale d'un pas, car à cause de lui, je ne peux pas bien voir le ring. De mon gant, je l'immobilise, inutile de faire semblant, je n'y arrive pas.

Cris esquive un coup de Mylie, et d'un pas en arrière, feinte, puis lui décoche une droite. Les gants roses de son adversaire parent le coup, et un sourire étire ses lèvres. La petite Cubaine a surpris tout le monde dans la salle, et Mylie sait qu'elle ferait bien de ne pas se reposer sur ses lauriers, d'ici peu, Cris sera une rivale redoutable pour elle.

— Allez, Cris, c'est tout ce que tu as dans le ventre ? la provoque-t-elle en traçant des cercles autour d'elle.

Yeux d'Ange ne cille pas, calme, elle l'observe. Maîtrise constante de ses émotions, gestion de son corps : c'est une championne dans ce domaine. Le fruit de son expérience, des obstacles que la vie a semés sur son chemin. Mylie tente de la prendre par surprise, mais elle esquive encore le coup en se penchant en arrière, et rétorque aussitôt d'un direct que Mylie contre.

Les deux s'amusent, elles nous offrent un spectacle captivant, et je ne suis pas le seul à ne pas vouloir en rater une miette. Plusieurs boxeurs se sont regroupés autour du ring et les encouragent, Cris s'est parfaitement intégrée à la salle. C'est la première fois que nous coïncidons tous les deux. Les autres jours, j'ai espéré la croiser, même si je savais que c'était illusoire : elle était en train de bosser au Felicidades.

Il faut que je vérifie la semaine prochaine si le jeudi est bel et bien son jour de repos. Ça serait l'idéal pour moi, je n'oserais pas en rêver : tous les jeudis, Addi passe la soirée avec ses copines, et en général, c'est ma soirée potes… Mais je pourrais tout à fait changer mon programme.

Je ne lui ai pas fait remarquer ma présence, et elle était tellement concentrée sur ses enchaînements qu'elle ne s'est pas rendu compte que j'étais là. Quand elle est montée sur le ring, je me suis dirigé vers les sacs de frappe qui sont un peu à l'écart, dans un coin de la salle. Je voulais pouvoir la reluquer à loisir, sans qu'elle me voie. Sans ressentir de gêne. Ma séance d'aujourd'hui ne va pas être top, mais tant pis…

Putain, dans cette tenue, elle est à tomber, au sens propre du terme. Entre son short court qui met en valeur ses jambes fuselées et sa brassière qui ne réussit pas à cacher ses seins parfaits et son ventre plat… Ma queue approuve.

Contrairement à Mylie qui a un physique tout en muscles, Cris a su garder une certaine finesse qu'elle doit sans aucun doute à la course à pied. Ses muscles sont fermes et longs, et seuls ses abdos bien dessinés témoignent, pour un œil de néophyte, d'une activité physique intensive. Mais quand on l'observe attentivement, on réalise qu'en fait, Cris n'est qu'une masse de muscles, qu'elle n'a pas une once de graisse, et que son corps est comme une lame qu'elle affûte au quotidien. Le sport est sa came, celle qui l'aide à rester debout en toutes circonstances.

Et elle…

Elle est la mienne.

— Elle déchire tout, n'est-ce pas ?

Je n'ai pas entendu César arriver. Les bras croisés sur la poitrine, il étudie le combat sur le ring.

— Elle est naturellement douée, c'est impressionnant. Pour quelqu'un qui n'a que deux ans de salle derrière elle, elle est redoutable. Dommage qu'elle ne veuille pas faire de compétition… poursuit-il.

Je me racle la gorge, mal à l'aise à l'idée de ce que je vais lui répondre.

— Elle va repartir.

Je déteste y penser, je déteste me dire que c'est à cause de ça qu'elle et moi… Je secoue la tête pour chasser ce qui me traverse l'esprit. Je sais bien qu'en réalité, il n'y a pas que ça. Il y a nos vies, tout simplement. Elle vit à Cuba, l'un des seuls endroits au monde où la rivalité entre nos pays est un obstacle à la circulation des personnes. Tout l'argent de ma famille ne suffirait pas pour contourner les limitations de séjour sur le sol cubain. Deux ou trois fois par an, c'est le maximum autorisé, et encore… Et vivre là-bas… Jamais on ne me le permettra.

Sa mère dirait certainement que Elaguá nous a mis sur la route de l'un et l'autre pour nous aider à prendre la bonne direction, mais qu'une fois leur mission accomplie, nos routes n'ont pas à suivre le même cours. C'est ce dont j'essaie de me convaincre, mais je ne peux qu'entrevoir les failles de ce raisonnement. Pourquoi la faire entrer de nouveau dans ma vie ? Pourquoi me la mettre sous le nez, comme ça, comme un gâteau que je ne peux pas manger ? Ou comme une drogue que je ne peux pas prendre ?

Peut-être pour me tester et vérifier que mes conneries sont derrière moi, que je suis digne de la vie qui m'attend…

— Elle n'est pas obligée de repartir. Si elle devient une sportive professionnelle, les États-Unis lui ouvriront grands les bras, et elle ne devrait pas avoir de mal à avoir ses papiers.

Dans les mots de César, transparaît l'espoir du compétiteur qui est conscient d'être tombé sur un diamant brut. Mais c'est plus compliqué que cela, et pour une fois, ça n'a rien à voir avec l'administration américaine. C'est à cause de son amour pour Cuba qui est si profond qu'il passe avant tout. Même avant elle.

— Elle repartira, lui dis-je, la gorge nouée face à cette perspective.

Il lui reste encore deux ans, me seriné-je, comme si cela pouvait changer quelque chose.

— C'est dommage, car elle est vraiment douée, constate-t-il, un air de dépit sur son visage aux traits bruts.

Je hausse les épaules.

— Cris fait partie de ces sportifs qui sont bons quel que soit ce qu'ils entreprennent. Je suis sûr que même sur un terrain de foot, elle ferait des étincelles.

Il ricane et se passe une main sur son crâne rasé.

— Une chose est sûre, si tu la mets sur un terrain de foot, les joueurs vont courir très vite derrière elle pour la rattraper.

Le pire c'est que je serais sans doute le premier à courir. Il doit s'en rendre compte, car il ajoute :

— Par contre, avec ce type de fille, il faut faire attention. Elles te retournent la tête, et te la mettent complètement à l'envers. Une vraie crêpe. Avec une fille comme Cris, ce n'est pas gênant, c'est quelqu'un de droit, de bien… Sauf quand on a déjà une copine.

J'évite de croiser son regard, conscient que c'est précisément ce qu'il recherche. César partage avec Viktor bien plus que son art : il lit les personnes, et il vient de mettre pile dans le mille.

On est amis.

Juste amis.

César reprend :

— Tu sais, elle pourrait rester. Rien n'est figé dans une vie, surtout pas une décision. Deux ans, c'est long, elle a le temps de changer d'avis. J'ai deux ans pour la convaincre de faire de la compétition, et ça laisse deux ans pour faire du ménage…

Deux ans. Faire du ménage. Comme si tout était aussi facile. Il n'attend pas de réponse de ma part et hausse la voix pour hurler au public qui s'est rassemblé autour du ring :

— Je n'ai pas dit que vous pouviez faire une pause, si vous avez envie d'une demi-heure supplémentaire de cardio, pas de problème : je peux faire une distribution gratuite, rien que pour vous !

Il reporte son attention sur moi et ajoute :

— Ça vaut pour toi aussi, Ethan… Ça serait bien que tu transpires un peu aujourd'hui.

Son ton est plus sérieux que ne le laissaient présager ses mots. Il attrape les pattes d'ours posées sur le banc à trois mètres de nous.

— Allez, bouge-toi.

Je jette un dernier regard à Cris qui vient de toucher Mylie au flanc d'un coup de pied retourné. Mylie pare le second coup et contre-attaque aussitôt, l'atteignant à son tour.

— Ethan… Le cardio est valable pour toi aussi, me menace César.

Il ne s'est éloigné que de quelques mètres, et comme pour me rappeler qu'il peut me mettre une raclée quand il veut, il bande les muscles de ses biceps que laisse apparaître son T-shirt aux manches déchirées. Mais il n'a pas besoin de m'intimider par sa force, ni moi, ni personne d'ailleurs. César donne un ordre, et on obéit, c'est tout.

À regret, je rajuste mes gants. C'est sans doute mieux pour moi…

Vingt minutes plus tard, César accepte enfin de me laisser tranquille. Je transpire à grosses gouttes, j'ai mal aux épaules à force de frapper d'abord les pattes d'ours, puis le sac, mais je me sens mieux. Plus apaisé. Cris termine ses étirements, elle a perdu son match, mais ça ne la dérange pas. Elle a eu sa dose d'adrénaline, d'efforts, elle aussi est plus apaisée. Sa journée n'est pas finie, elle se prépare à rentrer en courant à la résidence.

Je n'aurai peut-être pas d'autres occasions.

— Je t'aide ? lui demandé-je tandis qu'elle est assise sur le sol, une jambe repliée, l'autre tendue, et qu'elle étire son dos en touchant le bout de son pied.

Elle lève la tête en entendant ma voix et la surprise se lit sur son beau visage. Une petite lueur s'allume dans ses yeux, fugace, mais je l'ai vue, et le sang se met à circuler plus vite dans mes veines.

— Oh, salut ! s'exclame-t-elle.

Son sourire s'immisce par tous les pores de ma peau pour aller direct dans mon cœur.

— Sacré combat, lui réponds-je en lui montrant son dos, en quête de son autorisation.

Dis oui… Dis oui… la supplié-je mentalement.

Elle se mordille la lèvre inférieure pendant quelques secondes, et ma main brûle de l'empêcher de faire ça pour qu'elle ne se fasse pas mal.

— Si tu veux… finit-elle par accepter.

Je me retiens de lever le poing au ciel en signe de victoire, mais mon cœur menace de jaillir dans ma poitrine. Je m'accroupis à côté d'elle, et avec précaution, commence à m'appuyer sur son dos.

Sa peau est douce sous mes paumes qui ont atterri, sans que je sache comment sur sa chute de reins ; son odeur, un mélange de sueur et de vanille s'infiltre dans mon nez pour aller directement retrouver ma queue qui réagit immédiatement. Je me décale de quelques centimètres pour qu'elle ne s'aperçoive pas de la réaction de mon corps, et compte en silence jusqu'à dix avant de relâcher la pression sur son dos.

— Tu peux aller à vingt, me dit-elle.

Elle ne me voit pas sourire, mais je lui obéis, pressant de nouveau son dos. Mon nez frôle sa nuque et ses cheveux humides viennent chatouiller ma peau. J'inspire un peu plus profondément, mais ce n'est pas assez. Sa peau est là, à quelques centimètres de mon visage, de mes lèvres, de ma langue. Je me rapproche encore, je suis trop près d'elle pour l'exercice qu'elle est en train de faire, mais je m'en fous. Je m'attends à ce qu'elle me dise de m'écarter, mais elle n'en fait rien, alors je prends une nouvelle inspiration, et pendant une fraction de seconde, j'enfouis mon nez à la lisière de ses cheveux. Une décharge électrique me parcourt tout le corps, et arrivé à vingt, je dois faire un effort monumental pour relâcher la pression et m'éloigner d'elle.

Un putain de junkie.

— Encore deux fois, et c'est bon…

Je ne lui réponds rien, il n'y a rien à dire de toute façon. Lui faire la conversation m'empêcherait de prendre mon shoot, et c'est hors de question. Alors je lui obéis, tout simplement, et vole quelques contacts, parce que j'ignore quand l'occasion se représentera.

Quand elle se redresse et se remet debout, bougeant les épaules pour détendre son dos, je n'arrive pas à la quitter des yeux. Pour me donner une contenance, j'attrape ma serviette que j'avais abandonnée sur un banc et me la passe sur le visage, gagnant ainsi quelques secondes pour me remettre les idées en place.

Elle me lance un regard gêné.

— C'est sympa de te voir ici.

Voir cette fille qui affrontait un des rouleaux compresseurs de la salle sans se démonter, se balancer d'un pied sur l'autre, mal à l'aise, m'amuse. Est-ce que je la trouble autant qu'elle me trouble ?

— Je dois te rappeler que c'est ma salle ? la taquiné-je.

— Ce n'est pas vraiment ta salle, proteste-t-elle.

— La salle de Viktor était ta salle, celle-ci, c'est la mienne, tu es sur mon territoire, *sweetheart*.

Et je pourrais bien la dévorer, là, maintenant, tout de suite. J'adresse une prière rapide à Elaguá pour que mon caleçon moulant retienne tout ce qu'il y a à retenir.

Elle fronce exagérément les sourcils, comme si elle voulait me foudroyer du regard, mais la lueur de ses yeux dément ce geste.

— On a dit quoi sur les surnoms ?

— Que c'est joli ?

Un soupir s'échappe de ses jolies lèvres.

— Tu es…

Un grondement bruyant l'interrompt avant qu'elle n'ait fini sa phrase. Celui de son ventre. Elle plaque les mains dessus, et une jolie teinte rosée colore ses joues. Je saute sur l'occasion.

— Je crois que le message est clair, il faut te nourrir !

Elle se renfrogne légèrement, j'ignore si c'est parce qu'elle est gênée ou parce que mon offre ne la tente pas.

— Je mangerai en arrivant à la résidence.

J'agite le doigt devant son nez.

— Non, *sweet love*. On va chez Pete's.

Les mots sont sortis tout seuls, sans que j'y aie vraiment réfléchi, mais plus les secondes défilent, plus cette idée me semble géniale. L'idée du siècle même. Un moment avec Yeux d'Ange, en tête à tête… Juste elle et moi.

— Chez Pete's, mais…

Hors de question qu'elle refuse. Si je dois ramper devant elle, je le ferai.

— Ils font les meilleurs sandwichs de la ville, et tu as la dalle.

Une idée sombre me traverse l'esprit.

— Tu as peut-être d'autres plans ?

Si elle me dit qu'elle doit voir quelqu'un, je ne sais pas comment je vais encaisser la nouvelle. Après tout, elle est là depuis une semaine, et Cris n'est pas vraiment le genre de fille à passer inaperçue. Elle me renvoie un regard étonné.

— Pourquoi j'en aurais ?

Elle hésite quelques secondes, puis bredouille :

— C'est plutôt à toi qu'il faut le demander. Tu ne vois pas Addi ce soir ?

Addi. Douche froide. Je l'avais complètement oubliée. Putain.

— Non, elle est avec des copines.

Encore une fois, une vague de sentiments ambigus me submerge. Est-ce que je peux aller manger un morceau avec Cris sans que ça pose problème ? Une petite voix m'assène que si c'était Mike ou Steve, ça ne poserait pas de problème. Mais Cris n'est pas Mike ou Steve. Pour ne pas réfléchir davantage, et surtout pour ne pas lui laisser le temps de refuser, je m'empresse d'ajouter :

— Tu veux une serviette pour ta douche ? Je peux t'en passer une.

Je la connais, elle serait capable de me servir ce prétexte de l'effort physique, de la transpiration, pour ne pas accepter ma proposition.

Elle me lance un nouveau regard étonné.

— Tu rentres en courant normalement, tu te douches sans doute à la résidence, lui expliqué-je.

Elle sourit doucement, ses joues ont rosi.

— Je me douche ici, et à la résidence. Je n'aime pas courir en étant en sueur.

Sa logique m'échappe un peu.

— Tu finis de toute façon en sueur.

— Mais je commence en étant sèche, et puis ça me détend avant de courir.

Très mauvaise idée que de mettre dans une même phrase « elle » et « douche ». Yeux d'Ange, sous le jet, nue, ruisselante, le visage offert, se savonnant les seins, ces seins que je suis en train de détailler en ce moment…

Vraiment une très mauvaise idée. Un obsédé, c'est ce que je suis. Heureusement, son ventre vient à mon secours en grondant encore.

— Allez, bouge ton petit cul, on va manger, car sinon, tu serais capable d'avaler César en entier !

Elle glousse, mais acquiesce et prend la direction des vestiaires d'un pas vif.

— On se retrouve dans cinq minutes, lui crié-je.

Elle se retourne, et plante les mains sur ses hanches.

— Arrête de me donner des ordres, rétorque-t-elle, l'air furibond.

Je ne prends pas la peine de lui répondre, si elle savait le nombre d'ordres que j'ai envie de lui donner…

Une fois dans le vestiaire, je récupère mon téléphone dans mon sac à dos. Je n'ai aucun message, très bien. Addi doit passer une bonne soirée, ma culpabilité s'atténue un peu.

Mais juste un peu. Pour la faire taire complètement, je l'éteins.

Cristina

Ethan gare sa jeep sur un parking à moitié plein, en plein cœur de Downtown. C'est ici, chez Pete's ? Je m'attendais à un endroit élégant, voire un peu guindé, comme ceux que doit fréquenter sa famille, mais encore une fois, il me prouve que mes préjugés sont bien éloignés de la réalité. Lors de son inauguration, ce *diner* devait se trouver à la périphérie de la ville, à une époque où Downtown n'était pas le quartier des affaires de Miami. Maintenant, le préfabriqué trône sur un parking, au milieu de ces immeubles ultras-modernes, comme un vestige du passé, qui résiste encore et toujours au passage des années. Son enseigne clignotante informe fièrement qu'il est ouvert vingt-quatre heures sur vingt-quatre.

Le Yuma m'encourage d'un sourire, et pousse la porte du restaurant.

— Les meilleurs sandwichs du monde ! me promet-il en s'effaçant pour me laisser entrer la première.

Je ne peux m'empêcher de retenir ma respiration lorsque je passe à côté de lui. Venir ici, avec lui, était une très mauvaise idée. Comment faire pour maintenir des barrières en place s'il s'évertue à les abattre ?

Quand j'entre dans le *diner*, l'odeur qui assaille mes narines provoque un grondement de mon ventre encore plus fort que les précédents. Ethan rit en l'entendant.

— Aller, on va te nourrir ! Tu serais capable de me dévorer tout cru sinon.

Il ne pense pas si bien dire. Lorsque sa paume enveloppe le creux de mes reins, je serais tout à fait capable de le dévorer, mais pas de cette façon-là.

Il me guide vers une table dans le fond, juste à côté d'un juke-box qui doit avoir le même âge que le restaurant, saluant au passage quelques-uns des nombreux clients qui ont envahi le local. En arrivant à Miami, j'ai pris conscience du retard de Cuba sur les États-Unis, mais là, j'ai l'impression d'avoir fait un bond dans le temps. Il ne manque que les robes à carreaux, et les bandeaux dans les cheveux…

Un homme d'une cinquantaine d'années, les cheveux coupés très court, trop foncés pour être sa couleur naturelle, et armé d'un tablier au nom du restaurant lève la main pour nous accueillir, avant de retourner au nettoyage de sa machine à café dernier cri, seul élément qui nous rappelle que nous sommes au vingt et unième siècle. Elle contraste avec les carreaux noirs et blancs qui recouvrent le sol, sans parler des affiches de vieux films qui constellent les murs. Mon regard s'attarde sur celle du premier *Star Wars*. Elle est protégée par une vitre, et j'y distingue dans le fond l'Étoile Noire et Dark Vador, tandis qu'au premier plan, Han Solo et la princesse Leia se détachent.

— C'est une affiche originale de 1977. Gregor a traversé tout le pays pour l'avoir. Il est fan de ciné ! Sans doute parce qu'il a passé son enfance dans le *drive-in* qu'il y avait à côté, m'explique Ethan en s'installant en face de moi.

Voyant que je ne comprends pas de quoi il parle, il poursuit :

— Un ciné en plein air. Mon grand-père y allait quand il était gamin, et il venait ici pour acheter des sandwichs. Il prétend avoir séduit ma grand-mère avec les sandwichs de Pete's ! C'était le grand-père de Gregor.

Il me montre le type derrière le comptoir.

— C'est une affaire familiale, qui se transmet de génération en génération. Un peu comme chez nous. Ma mère a repris la boîte de mon grand-père quand la politique est devenue sérieuse pour lui. Ça fait plus de quinze ans.

C'est la première que je l'entends autant parler de sa famille, sans doute parce qu'à Cuba, la gestion de ses démons, et sa fuite en avant, avaient pris le dessus sur tout le reste, et que mes propres problèmes nous avaient tenus éloignés d'une réalité plus triviale. À cet instant, il me semble que jamais nous n'avons été plus intimes.

La serveuse, une femme qui doit avoir l'âge de Gregor, et qui elle aussi arbore une chevelure éclatante, s'arrête devant notre table, son carnet à la main. Sa blouse bleu ciel clame son prénom, Betty, et quand ses yeux se posent sur le Yuma, elle lui sourit franchement.

— Cela faisait longtemps Ethan, je suis contente de te voir !

Il lui rend son sourire, accompagné d'un haussement d'épaules.

— La reprise des cours m'a bien occupé, j'ai moins le temps de passer à l'agence en ce moment.

— Oui, c'est normal. Ta mère m'a dit que tu voulais être physiothérapeute ? Un beau métier !

Elle connaît suffisamment sa mère pour que celle-ci lui ait raconté ce que veut faire son fils ? La conversation continue du ton léger de ceux qui se connaissent depuis des années.

Ma poitrine se serre, comme si un étau pernicieux s'évertuait à me ramener à la réalité : il a dû venir ici souvent avec Addi. D'un seul coup, je ne me sens pas à ma place, sur cette chaise en face de lui, mais Betty me lance un sourire sincère, dénué de tout sous-entendu, qui m'aide à relativiser la situation. Je ne fais rien de mal, je n'ai pas une liaison avec le Yuma et il ne trompe pas sa copine avec moi. Tout va bien. On n'est que deux amis qui vont manger un sandwich.

— Qu'est-ce que je vous sers ? nous demande-t-elle, le stylo prêt à prendre en note notre commande.

Je n'ai pas pris le temps de regarder la carte, et tends le bras pour y jeter un coup d'œil rapide, mais Ethan m'attrape la main au vol.

— Non, je choisis pour toi !

Les mots qui auraient pu me permettre de rétorquer refusent de sortir de ma bouche, sa peau contre la mienne anesthésie ma capacité de réflexion. Une onde électrique parcourt mes doigts, remonte le long de mes bras, et le sang se met à battre avec une violence sourde contre mes tempes. Je n'entends même pas ce qu'il commande.

Cris ! me fustigé-je pour recouvrer mes esprits, tandis que mon corps n'a qu'une envie, tourner légèrement la main et laisser nos doigts s'enlacer. Peut-être me laisserait-il faire ? Ou peut-être qu'il retirerait sa main, me rappelant ainsi combien sa copine compte pour lui ? Pour qu'il ne le fasse pas avant moi, j'essaie de récupérer ma main, mais il la retient pendant quelques secondes. Quelques petites secondes, qui me paraissent durer une éternité, et me font entrevoir comment le monde pourrait être, mais surtout, comment il ne peut pas être.

— C'est grâce à ton grand-père alors que tu connais cet endroit ? lui demandé-je tandis qu'il la libère.

Sa fossette fait son apparition quand un léger sourire étire ses lèvres.

— Oui ! L'agence de la famille n'est pas loin d'ici.

C'est donc pour cela que Betty connaît sa mère. Je fais un effort pour me souvenir de ce qu'il m'a raconté.

— Ta mère est dans l'immobilier, c'est ça ?

Quelqu'un glisse une pièce dans le juke-box, et une musique que je n'ai jamais entendue retentit. Il acquiesce.

— Oui.

Mais il n'ajoute rien de plus. Je me souviens qu'il m'avait expliqué qu'après sa blessure, elle aurait voulu qu'il travaille avec elle, que c'était pour ça qu'il suivait des cours d'économie et de gestion à la fac, mais lui ne voulait pas de cette vie. Il n'aimait pas ça. La décision de poursuivre ses rêves et non ceux de sa famille a dû être plus difficile que je ne le croyais : il portait sur ses épaules le poids de la tradition familiale.

Je ne sais pas sur quel chemin engager la conversation : creuser davantage serait nous faire entrer dans une intimité que je ne suis pas sûre de pouvoir supporter, mais rester en surface m'est tout aussi insupportable. Comment créer de nouvelles bases pour notre relation ? Comment oublier ce que nous avons partagé ?

J'observe une à une les affiches des murs. *Il était une fois dans l'Ouest, Psychose, Citizen Kane,* que des films que je n'ai jamais vus. Certains titres me sont familiers, d'autres totalement inconnus, me rappelant une fois de plus que ce n'est pas mon monde.

Quand je reporte mon attention sur Ethan, je tombe sur ses yeux qui m'enveloppent. Quelques secondes s'écoulent, je n'arrive pas à détacher mon regard du sien. Et puis le retour de la réalité. Encore. La gêne s'installe, je dois apprendre à me comporter avec lui, comme une amie. Mais comment faire alors que nous ne l'avons jamais été ? La fluidité de nos échanges me manque, tout me manque. J'en connais la raison, elle porte un joli nom : Addi. Sa vie.

Je me racle discrètement la gorge pour m'éclaircir la voix.

— Ça ne gêne pas Addi de savoir que tu es là, avec moi ?

Il fronce les sourcils, étonné par ma question.

— Tu radotes décidément toujours, *sweet love.*

Je le fusille du regard, mais ça ne l'empêche pas de poursuivre d'un ton léger.

— L'autre soir, quand je t'ai ramenée, tu m'as posé cette question. Et je vais te répondre la même chose : pourquoi ça la gênerait ?

Mes joues me brûlent soudain.

— Parce que toi et moi… balbutié-je.

— … on est amis ? finit-il ma phrase, un air innocent sur le visage.

Je secoue la tête, mortifiée. Mais pourquoi est-ce que je nous ai entraînés sur ce terrain ? Nos Orishas doivent bien rigoler.

— Non, parce qu'on a… Tu sais…

Il se penche par-dessus la table jusqu'à ce que son souffle caresse ma joue. J'espère qu'ils respectent les règles de sécurité dans ce *diner,* et qu'ils ont un extincteur, parce que j'ai la sensation que je vais prendre feu. Combustion spontanée.

— Baiser comme des malades et que c'était le pied absolu ?

Je voudrais m'écarter, je voudrais rétablir une distance de sécurité entre lui et moi, qui me permette de ne plus percevoir sa chaleur, de ne plus me laisser enivrer par son odeur, mais la seule chose que je suis capable de faire, c'est de détourner les yeux pour essayer de reprendre une contenance. Pas besoin qu'il me le rappelle, j'ai déjà suffisamment de mal à l'oublier.

Doucement, il attrape ma mâchoire pour m'obliger à le regarder. Seuls quelques centimètres nous séparent, et l'espace d'un instant, je crois qu'il va m'embrasser. Mais il pousse un long soupir et laisse finalement retomber sa main avant de se carrer dans sa chaise. J'ouvre la bouche pour happer l'air, j'ai oublié comment on fait pour respirer.

— Elle sait ? articulé-je avec difficulté.

L'oxygène se fraie un chemin en direction de mes poumons, je parviens à respirer presque normalement.

— Elle sait qu'on est amis, mais je ne lui ai rien raconté de ce que nous avons partagé.

Il ne parle pas que du sexe. Notre nuit, notre seule nuit a été l'aboutissement de quelque chose de plus intense. Si cela n'avait été que cela, ce serait plus simple.

Il reprend :

— Je ne sais pas comment elle réagirait, on ne parle pas de nos ex.

J'écarquille les yeux.

— Pas du tout ? Mais ça fait pourtant longtemps que vous êtes ensemble, non ?

Je regrette aussitôt cette question. S'il m'annonce qu'ils sont ensemble depuis janvier, mon cœur risque de se briser définitivement. Cela signifiera que ce que nous avons partagé avait plus de valeur pour moi que pour lui.

Comme s'il avait compris l'importance de cette information pour moi, il me répond en détachant bien ses mots.

— Trois mois. Et non, on n'en parle pas.

Trois mois. Cela ne fait pas si longtemps que cela, malgré l'impression qui se dégage d'eux quand on les observe. Il ne s'est pas mis tout de suite en couple après son retour. Cette idée me rassure un peu, même si cela ne change pas grand-chose.

J'aimerais lui poser d'autres questions sur Addi et lui, mais Betty revient, son plateau chargé de deux immenses sandwichs, deux portions de frites et de deux bouteilles de soda. Je calcule rapidement combien va me coûter cet écart, j'ai toujours du mal à remonter la pente depuis l'achat de mon ordinateur.

— Je t'invite, me dit Ethan, comme s'il avait lu dans mes pensées.

Son regard me défie de chercher à négocier, et pour une fois, je ne proteste pas. L'odeur du sandwich flirte avec mes narines, et mon ventre manifeste son approbation.

— Allez, mange ! rit-il.

Je fronce exagérément les sourcils, mais lui obéis en croquant dedans. La sauce baigne ma langue tandis que la chair tendre de la dinde fond contre mon palais.

Par Inle !

J'avale cette première bouchée, puis en prends une autre, juste pour être sûre que ce n'est pas un mirage des saveurs envoyé par mon estomac affamé. Les mêmes sensations m'envahissent, ce n'est pas un mirage.

Quand j'ouvre les yeux, Ethan me dévisage avec intensité. L'espace d'une seconde, j'ai l'impression d'être devenue ce sandwich, mais je balaie cette idée tout de suite, et assène le verdict.

— Égalité.

Il cligne des yeux.

— Euh… Une petite traduction ne serait pas de refus.

— Égalité entre ce sandwich – je lui montre le morceau de pain que j'ai dans la main – et celui de la mère de Ladydi.

Je me penche légèrement à mon tour, et sur le ton de la confidence, j'ajoute :

— Mais chuttt, il ne faut pas le lui dire, elle serait capable d'en faire une attaque cardiaque et de prétendre que c'est la faute de la Princesse !

La mère de Ladydi est persuadée que la Princesse Diana hante son épicerie, et elle fait souvent appel aux services de la mienne pour des rituels censés l'apaiser. J'ai à peine prononcé ces mots que je me rends compte de leur ridicule : comment pourrait-il le lui dire ? Quand reverra-t-il la mère de Ladydi ? Sans doute jamais. Pour ça, il faudrait qu'il retourne à La Havane, fasse un détour par l'épicerie. C'est peu probable.

Mais le sens de mes paroles ne semble pas avoir d'importance, car, l'air concentré, il tend la main vers mon visage, et avant que j'aie pu m'écarter, de la pulpe du pouce, il me caresse avec tendresse la commissure des lèvres, avant de le glisser entre les siennes et de le sucer.

Le monde s'est arrêté.

Je ne sais définitivement plus comment respirer.

Terminé.

Là où il m'a touchée, ma peau fourmille. J'enfourne une nouvelle bouchée de sandwich pour masquer mon trouble tandis que lui poursuit, comme s'il n'avait rien fait :

— Il vaut mieux ne rien dire alors…

De quoi me parle-t-il ?

— Parce que sinon, on va aussi avoir un problème avec Gregor et Betty, sa femme… me confie-t-il à voix basse en leur jetant un coup d'œil par-dessus son épaule.

Ah oui, le sandwich. Betty et Gregor sont en pleine conversation avec un client bedonnant, qui s'est installé au comptoir. Un habitué, sans aucun doute.

J'acquiesce. Il ne faut pas que je perde de vue la teneur de notre relation, alors je repars sur un terrain moins dangereux, qui a au moins le mérite de me remettre à ma place, même s'il est douloureux.

— Comment tu l'as connue, Addi ?

Il ne s'attendait pas à cette question, et se renfrogne.

— Je l'ai rencontrée à une fête sur la plage.

C'est plus fort que moi, je pouffe.

— Un peu cliché, non ?

Je le taquine. À La Havane, je n'ai pas arrêté de lui dire qu'il remplissait toutes les cases du cliché américain, et il vient d'en cocher une de plus. Il hausse les épaules, et je crains un instant d'être allée trop loin, mais il me répond avec un sourire qui creuse sa fossette.

— Il faut avouer que c'est un peu cliché.

Je fais la moue.

— Pas « un peu ». Totalement.

Je pose mon sandwich dans mon assiette, et m'essuie les doigts avec une serviette avant d'énumérer :

— La petite amie parfaite, la bande de copains super branchés, la jeep, la belle maison…

Il m'interrompt.

— Comment tu sais que je ne vis pas dans un mobil-home ?

Je renchéris immédiatement en plantant mes yeux dans les siens… Qu'ils sont bleus…

— Tu vis dans un mobil-home ?

Il secoue la tête, amusé.

— Donc la belle maison, le sportif…

— Ex-sportif, me corrige-t-il.

Une ombre passe sur son visage. Il a certes avancé, mais n'est pas arrivé encore au bout de son chemin. Mon cœur se comprime, je n'aime pas voir le fantôme de sa détresse dans ses yeux.

— Non, non… Tu t'es regardé dans une glace dernièrement ? Un vrai sportif au physique de dieu vivant.

Les mots m'ont échappé. Je voulais le rassurer, mais de là à lui avouer ça… Un franc sourire étire aussitôt ses lèvres.

— Tu trouves que j'ai un physique de dieu vivant, mon ego apprécie le compliment.

Je lève les mains pour lui montrer les doigts avec lesquels j'ai listé les différents points ; il en reste peu de libres.

— Tous les critères du cliché, constaté-je d'un ton grave. Et ton ego en fait partie.

Il soupire exagérément.

— Le drame de ma vie : je suis un cliché. Je vais l'adopter comme statut Facebook, tiens ! « Ethan, dieu vivant et dieu du sexe, mais un tout petit peu cliché ».

Je ne relève pas le « dieu du sexe » et pouffe encore.

— Tu ne vas jamais oublier le coup du « dieu vivant » ?

— Jamais… D'ailleurs, si tu pouvais me le répéter encore une fois, que je l'enregistre, tu sais, pour les coups de mou… Je pourrai me le repasser en boucle.

— Régresser est le chemin de ceux qui pensent être des dieux vivants, jeune padawan, dis-je dans une mauvaise imitation de Maître Yoda.

— Cris, je suis un dieu vivant, enchaîne-t-il dans une imitation tout aussi mauvaise de Dark Vador.

Je ris aux éclats, manquant de m'étrangler avec la frite que je viens d'avaler. La gêne qui nous séparait s'est envolée, tout est comme avant. Ou presque. Il est rassurant de constater que tout est aussi simple entre nous. Rassurant, mais également effrayant.

Au bout de quelques secondes, il rive son regard au mien. Il est sérieux, presque solennel, comme si ce qu'il allait dire pouvait changer l'ordre du monde.

— Tu m'as manqué, Cris…

C'est le cas. Il risque de changer l'ordre du mien. Je pourrais faire comme si je n'avais pas entendu, prétexter une envie pressante, ou feindre un intérêt profond pour le match de base-ball que diffuse la télévision suspendue dans un coin du bar, mais je n'en fais rien. Je ne détourne pas les yeux, je ne cille pas, et en chuchotant, je lui avoue :

— Toi aussi.

Deux petits mots d'une absolue vérité. Brute. Belle. Le mensonge n'a pas sa place dans ce moment. Ses yeux s'assombrissent pendant qu'il réfléchit.

— Je vais me lever, faire le tour de la table pour m'asseoir sur cette chaise à côté de la tienne. Et ensuite, je vais te prendre dans mes bras. Est-ce que tu m'y autorises ? Je te promets que je ne veux rien d'autre que ça…

Ses pupilles luisent d'un éclat étrange, et ma respiration se coupe. Ma poitrine est aussi dure que la pierre, mes poumons me font mal. Tout mon corps me hurle d'accepter. Il me demande s'il peut le faire, comme à Cuba, quand il m'avait demandé l'autorisation de m'embrasser. Pas de baiser ici, mais c'est presque pire. Sans m'en rendre compte, j'acquiesce, le cœur sur le point d'exploser.

Il se lève lentement, comme s'il avait peur de m'effrayer, et sans me quitter des yeux, il contourne la table. Quand il s'assoit à côté de moi, l'odeur de son gel douche, fraîche et musquée, m'enveloppe, et je la laisse m'envahir.

Je ne fais rien de mal.

Avec précaution, il passe un bras autour de ma taille et d'un geste sûr, il fait glisser ma chaise pour me ramener vers lui. Son autre bras s'enroule autour de mes épaules, et je ne résiste pas.

Je ne fais rien de mal.

J'appuie la tête contre lui, et ferme les yeux.

Rien de mal.

Sauf que mon cœur bat si fort que toute la salle doit l'entendre, que le sang coule si vite dans mes veines qu'il est capable de dépasser la vitesse du son, que mes sens sont si décuplés que je suis consciente du moindre de ses frémissements…

Mais je laisse ma tête contre son épaule, car je ne voudrais être nulle part ailleurs, et quand il niche son nez dans mon cou, j'ai enfin le sentiment d'être complète.

— Tu m'as réellement manqué, me murmure-t-il.

Cette fois, je préfère retenir mes mots.

Rien de mal.

Le fil sur lequel nous évoluons est fragile, mais une certitude s'ancre en moi : ce que je ressens à cet instant n'a rien à voir avec l'amitié, cela ne servirait à rien que je me leurre. Mais je vais devoir consolider le mur qui nous sépare, pour nous protéger. Pour me protéger.

Chapitre 10

Dimanche 23 septembre

Cristina

Mes doigts planent au-dessus de l'écran de mon téléphone, tandis que je relis pour la dixième fois au moins ce que j'ai écrit à Ethan.

Que la force soit avec toi !

J'aurais pu trouver plus original, mais c'est la seule chose qui m'est venue à l'esprit quand il a mentionné jeudi à la salle de sport ce repas avec des donateurs pour son grand-père. Je ne comprends pas bien comment fonctionne ce système, je sais juste qu'il s'est lancé dans la course aux élections, qu'il doit obtenir des soutiens, et que son petit-fils y assiste, ce qui n'avait pas l'air de l'enchanter.

Est-ce que je dois lui envoyer ce message ? C'est ce que font des amis, non ? Depuis notre sandwich au *diner*, j'ai évité de me retrouver seule avec lui, ce qui a été plutôt facile : il est toujours accompagné quand il vient le lundi à la cafétéria de l'université, et je travaille tellement, aussi bien pour mes cours qu'au Felicidades, que je n'ai pas le temps pour autre chose qui ne soit pas la salle. Et la salle n'est pas dangereuse, nous ne sommes jamais seuls.

Une machine bien rodée.

Mais un message, ce n'est pas grave, non ? Ça n'implique rien ?

J'aimerais bien demander l'avis d'Ali qui sirote son mojito à côté de moi, au comptoir du Felicidades pendant que je prends ma pause, mais cela signifierait évoquer ma relation avec Ethan, et je ne lui en ai pas parlé, même après un mois de colocation. Je ne sais pas quoi lui dire. Compliqué et un brin pathétique.

Je pousse un long soupir. Les choses étaient presque plus faciles quand je vivais recluse dans ma routine, avant lui.

Depuis notre sandwich, lui et moi avons échangé quelques messages, des banalités, rien de dangereux, rien d'intime. Il prend toujours l'initiative. Moi, je n'ai pas encore osé, comme si un simple SMS pouvait effriter les barrières que j'ai consciencieusement dressées. Comme si cela allait tout changer.

Ce n'est qu'un message, tenté-je de me convaincre.

— Arrête de fixer ton téléphone comme s'il allait exploser! me glisse ma colocataire, en me donnant un coup de coude, non sans couler un regard curieux sur l'écran.

Je me hâte de le pencher de l'autre côté pour qu'elle ne voie pas à qui je suis en train d'écrire.

— Ça s'appelle être prise en flag! ricane Juan en tendant la main vers mon téléphone.

Juan, le petit ami d'Ali, est un habitué du Felicidades, elle le rejoint souvent après les cours. Je les ai beaucoup observés, toujours discrètement, je n'ai pas oublié l'image de sa lèvre fendue, et en suis arrivée à une conclusion: je n'apprécie pas Juan autant que j'apprécie Ali, et il ne s'agit pas d'une simple solidarité de coloc. Sous des abords très avenants, il a des idées très arrêtées. Par exemple, grâce à deux ou trois commentaires de sa part, j'ai compris qu'il considérait les études d'Ali comme un passe-temps, et pas comme une perspective d'avenir. Je n'arrive pas à me départir de cette méfiance qui m'agite quand il est là et qui me pousse à épier chacun de ses gestes, peut-être qu'il est responsable de ses blessures d'il y a un mois, même si elle s'en est défendue vivement.

Elle frappe sur sa main avant qu'il n'attrape l'appareil.

— Pas touche! le réprimande-t-elle en fronçant exagérément les sourcils.

Elle se doute de ce que je suis en train de faire, et elle me protège. Malheureusement, ma reconnaissance n'a pas le temps d'apparaître, car l'horreur de ce que je viens de faire submerge toute autre émotion : j'ai appuyé sur le bouton « envoyer ». Pas de retour en arrière, possible. Le sang bat contre mes tempes : j'aimerais remonter le temps, juste dix petites secondes, pour contrôler mon doigt, mais je ne peux pas. C'est trop tard…

— Tu n'as pas envoyé de trucs cochons ? me chuchote Ali derrière le rideau sombre de ses cheveux.

Mon expression doit être éloquente, car elle les ramène derrière ses oreilles et me dévisage, inquiète. Elle tient toujours la main de Juan qui se débat mollement.

Je secoue la tête.

— Donc, respire… continue-t-elle en me faisant un clin d'œil.

OK, je respire. Ça, je devrais pouvoir faire. Inspirer, expirer. Ce n'est qu'un message, pas une déclaration enflammée. Il ne va rien se passer, ça ne va rien changer.

J'ai presque réussi à me convaincre que la Troisième Guerre mondiale n'allait pas éclater quand Mike s'installe à ma droite, sur le tabouret vide à côté de moi.

— Si j'entends encore un des gars dire que le championnat est à nous cette année, je lui fais bouffer le caleçon qu'il va porter au prochain match. Après le match, évidemment, sinon, ça ne serait pas drôle !

Il pose sa pinte de bière devant lui d'un geste lourd. Les Hurricanes ont remporté une victoire écrasante aujourd'hui qui a mis la ville en effervescence.

— *Compay,* c'est normal, vous êtes super forts ! Vous allez tout déchirer ! s'enthousiasme Juan.

Ali lui lance un regard moqueur.

— *Babe,* on dirait une vraie groupie ! Si tu te laisses pousser les cheveux et que tu te rases les jambes, tu pourras peut-être entrer dans l'équipe de pom-pom girls. On peut leur en parler si tu veux…

Elle jette un coup d'œil en coin aux trois filles qui accompagnent les quelques membres de l'équipe de foot ce soir. Elles changent aussi souvent de genoux que de T-shirt. L'une d'entre elles est juchée sur Steve qu'elle embrasse à pleine bouche, alors que la semaine dernière, elle était agrippée au cou de James, le quarterback.

— Ali… la réprimande Juan.

Mais le sourire qui barre son visage dément le ton sérieux de sa voix. Elle fait mine de se lever, puis se rassoit.

— Ah pardon, tu as raison, il faudrait aussi te raser le torse, et on n'a pas assez de rasoirs. On peut passer au supermarché pour en acheter, si tu veux !

— Tu ne me laisses pas le choix ! grommelle-t-il en plaquant ses lèvres sur les siennes.

Je détourne le regard, gênée. C'est un vrai baiser, avec la langue et tout et tout… Ali et Juan sont assez démonstratifs, et je bénis les Orishas que Juan ait son propre appartement en dehors du campus.

— Je te jure que les gars vont nous porter la poisse à force, maugrée Mike en prenant une longue gorgée de bière.

D'après les bribes de conversations que j'ai pu capter à droite et à gauche, l'équipe est bonne. Vraiment bonne. Ils ont toutes leurs chances pour le championnat. Ma poitrine se comprime en pensant à ce que doit ressentir Ethan. Il aurait dû être sur le terrain, les mener à la victoire.

— Je te dérange ? reprend Mike en arquant un sourcil interrogateur. Si tu veux être tranquille, n'hésite pas. Je sais ce que « Non » veut dire, et je ne me vexe pas facilement. Le poulpe, c'est Steve, pas moi.

Le poulpe est justement en train de déployer ses tentacules autour de sa proie. Une jolie fille, brune aux yeux en amandes, qui l'a dévoré du regard toute la soirée. Et à en juger par la langue de Steve qui explore son palais, elle a obtenu ce qu'elle voulait. Ils ne devraient pas trop s'attarder. Match oblige demain.

— Non, non, tu peux rester. Et puis, ça m'évitera de tenir la chandelle !

Je lui montre Ali et Juan, toujours enlacés, toujours actifs, et il lève les yeux au ciel. Je l'aime bien, et ce n'est pas à cause de son physique agréable. Mike est l'archétype même du gendre idéal. Beau garçon, il est poli, prévenant, pas envahissant, respectueux. Contrairement à Steve, je ne l'ai vu avec aucune fille depuis que je le connais, et ce n'est pas faute d'avoir un fan-club pourtant. Les deux autres pom-pom girls présentes lui lancent de temps en temps des œillades, quémandant un feu vert qu'il ne semble pas disposé à leur donner. On est bien loin du cliché du joueur de foot qui saute sur tout ce qui bouge.

Il fait glisser son sous-bock entre ses phalanges. Ali est toujours collée contre Juan, ils ne vont pas s'attarder eux non plus.

— Cool… Parce que sinon, je vais en tuer un, et ce serait dommage, on a un match demain.

Je fronce les sourcils,

— James est blessé, précise-t-il.

— C'est embêtant…

Je lui ai répondu ça pour dire quelque chose, je ne vois pas ce qui peut être si agaçant dans cette situation.

— C'est grave ? hasardé-je.

— Non, pour le prochain match, il devait être OK. Mais demain, le préparateur préfère être prudent…

Il laisse passer quelques secondes, puis poursuit :

— C'est moi qui le remplace.

Quand il murmure ces mots, je comprends ce qui l'agite : James est le quarterback, celui qui a pris la place d'Ethan après sa blessure, et une lourde pression pèse sur les épaules de celui qui occupe ce poste.

— Tu vas faire ça très bien.

À vrai dire, je n'en ai aucune idée, mais il faut bien que je lui dise quelque chose. Ses yeux verts brillent d'amusement.

— Tu n'as aucune idée de comment je joue, hein ? me taquine-t-il.

Je grimace.

— Non, aucune, avoué-je.

Je ne suis pas allée voir un seul match depuis mon arrivée, et si parfois je vais courir autour du stade quand ils sont là, j'évite de les regarder. Pour ne pas le voir. Pour ne pas me faire du mal. Il me tapote gentiment l'épaule.

— Comme on dit, c'est l'intention qui compte, j'apprécie l'effort ! ricane-t-il.

— Eh ! protesté-je. Tout ça, c'est nouveau pour moi.

L'écran de mon téléphone s'allume soudain. Ethan.

Jeune padawan en mission

Je ris en voyant sa réponse. À La Havane, un jour, je l'avais appelé « jeune padawan », pour bien lui faire comprendre qu'il était sur la bonne voie, qu'il avançait sur le chemin de sa guérison et ce soir, le jeune padawan est engagé sur une autre route, celle du rôle qu'il doit tenir : celui du petit-fils qui apporte un soutien sans faille à son grand-père. D'ailleurs, cela m'étonne que sa famille lui demande d'être aussi présent. Son passé ne devrait-il pas être une ombre aux aspirations politiques de son grand-père ? Ne devrait-il pas plutôt essayer de cacher les sales histoires dans un placard ?

Un nouveau message arrive aussitôt après.

Je crois qu'à force de m'obliger à sourire, je vais ressembler au Joker

Le « Joker » ? Je lui envoie trois points d'interrogation. Je ne comprends pas sa référence.

Le Joker, le méchant de Batman…

OK, c'est un film.

Jamais vu

En plus de la censure à Cuba, le manque de temps de ma vie overbookée a toujours été un frein à ma culture cinématographique. Je connais par cœur les *Star Wars,* car Yotuel en est fan, et il m'a initiée très jeune, c'était notre moment à nous, mais c'est tout. Les classiques des autres ne le sont pas du tout pour moi.

Il va falloir y remédier alors !

Quand je lis ses mots, mon cœur s'accélère. J'adorerais, bien sûr que j'adorerais, mais ça veut dire avec Addi, car sinon, ce ne serait pas correct. Et je n'ai pas envie que ce soit avec elle. Je réprime immédiatement cette émotion. N'importe quoi.

Mike me donne un coup de coude pour attirer mon attention.

— Vous vous entendez bien, Ethan et toi…

Il laisse sa phrase en suspens, et m'observe, curieux. Inutile de nier l'identité de celui avec qui je suis en train d'échanger des messages.

— Oui, comme des amis.

Il n'a pas le temps de me répondre, Carlota entre dans la salle, l'air grave le téléphone collé à l'oreille. Elle était en cuisine, en train de préparer les commandes de nos joueurs de foot affamés, et pendant qu'elle s'affairait, elle m'a proposé de prendre ma pause, tout en gardant un œil sur la salle. J'adore travailler ici. Le « Felicidades de la vida » n'a rien à voir avec le Nacional. Il y a beaucoup de travail, le bar a tellement de succès que prendre une pause est parfois difficile, mais Carlota est la chef rêvée : elle est aimable avec tous, et ne laisse pas les clients dépasser certaines limites, quitte à les mettre dehors comme elle l'a fait avec ce type qui m'a mis, « par inadvertance » a-t-il prétendu, la main aux fesses.

Elle secoue la tête, ce qui fait cliqueter les perles colorées de ses colliers, et essuie sa main libre sur son tablier, puis jette un coup d'œil à la rue. La pluie ruisselle sur les fenêtres du bar. Elle se pince les lèvres, puis acquiesce encore. Je pourrais trouver un prétexte pour faire le tour du comptoir histoire de capter quelques bribes de sa conversation, mais je ne le fais pas. Si elle a besoin de moi, elle me le dira.

Elle finit par raccrocher et fourre son téléphone dans la poche avant de sa robe. J'ignore comment elle fait, mais à la fin de la journée, ses vêtements sont toujours d'un blanc immaculé.

— Tout le monde m'écoute ! s'exclame-t-elle en frappant dans ses mains.

Carlota a beau être petite, sa voix porte et le silence s'installe, obéissant.

— Je vais être obligée de fermer plus tôt. Dans une demi-heure, tout le monde devra être parti. Je suis désolée, mais je suis de service ce soir !

De service ? Autour de moi, personne ne paraît surpris par ses propos. Même Steve, qui a toujours tendance à un peu trop s'exprimer, se tait. Et ce n'est pas à cause de la fille qu'il a sur les genoux.

Ali s'est raidie. Une lueur étrange brille dans ses yeux quand elle descend du tabouret.

— De toute façon, on allait y aller.

— Ah bon ? s'étonne Juan. Mais je voulais manger un peu de *ropa vieja* ! Carlota est la championne du monde pour le préparer, et j'ai la dalle !

Les effluves qui s'échappent de la cuisine ont mis l'eau à la bouche de tout le monde, même moi. Carlota réussit particulièrement bien ce plat national cubain à base de bœuf et de légumes.

Ali glisse une main suggestive sous son T-shirt et lui caresse tendrement les côtes.

— Tu es sûr de vouloir attendre ?

Juan semble soupeser ses possibilités, ou chercher un moyen de pouvoir avaler une portion de *ropa vieja* sans vexer sa dulcinée, mais ce combat est perdu d'avance. Il se met debout à son tour, et retient un soupir. Je pourrais en rire si Inle ne me soufflait pas qu'Ali part un peu trop précipitamment pour avoir juste envie de passer un bon moment avec son petit copain… De ce que j'ai pu voir, elle n'est pas le genre de petite amie exigeante, au contraire. Carlota les observe en silence, et adresse un signe de tête à ma colocataire, qui détourne le regard, comme honteuse. Qu'est-ce qui se passe ?

— Tu as besoin d'un coup de main ? demande Mike à ma patronne, interrompant ainsi le fil de mes pensées.

Du plat de la main, elle lisse ses cheveux grisonnants, inlassablement retenus dans un chignon haut sur le sommet de son crâne, et reporte son attention sur lui.

— Tu as un match demain.

Ce n'était pas une question, mais une affirmation. Mike détourne les yeux à son tour et fixe un point devant lui, sur le mur.

— Oui, mais il est là, chuchote-t-il si bas que s'il n'avait pas été sur le siège voisin du mien, je ne l'aurais pas entendu.

Ce n'est plus un homme de vingt-deux, vingt-trois ans, qui est juché sur ce tabouret, mais un petit garçon de sept ou huit ans. Il déglutit avec peine, mais refuse toujours de la regarder, comme si cet aveu était la pire des confessions. Elle acquiesce, l'air encore plus grave. Ces deux-là partagent quelque chose, un secret lourd à porter pour les épaules pourtant solides de Mike. J'évite de bouger, de peur d'interférer dans leur conversation silencieuse.

— *Vale.* Tu viens m'aider en cuisine.

Son dos qui s'était raidi se détend, et ses yeux verts retrouvent ceux noisette de Carlota. Il lève sa pinte, et d'un ton taquin, lui glisse :

— Tu me paies ma bière ?

Elle pousse un soupir exagéré.

— Toujours à profiter de la situation…

Elle plaisante. L'un et l'autre cherchent à dédramatiser leur échange silencieux. Il lui envoie un clin d'œil avant de se lever et de prendre la direction de la cuisine.

— Si je peux en profiter…

La seule déduction que je peux tirer de leur conversation est qu'ils se connaissent bien, et que Mike sait ce que signifie ce « service ».

— *Cariño,* tu peux rentrer plus tôt, partir avec Ali, je te donne ta soirée.

Elle s'est adressée à moi. Ali a enfilé sa veste et attend ce que je vais faire. Juan proteste vaguement, mais je n'en tiens pas compte. Je devrais sauter de joie, en profiter pour passer par un taxiphone pour appeler Ladydi. Je n'ai pas eu le temps de le faire cette semaine, et entendre sa voix, et celle de ma famille me manque. Il est presque 22 heures, il y a peu de chance que je tombe sur Yotuel. Il met à profit ses week-ends pour son entreprise « séduction » d'une étrangère, mais ce serait l'occasion de parler à mes parents, de leur dire que je vais bien, de les rassurer. J'envoie tous les deux jours un mail à Yotuel et Ladydi pour leur donner des nouvelles, mais je sais que ce n'est pas suffisant. Pour moi non plus, ça ne l'est pas. Malgré tout, c'est sans hésiter que je lui demande :

— Je peux t'aider ?

J'ignore de quoi il s'agit, mais je lui fais confiance, et Inle me souffle que c'est important.

— Non, non, on va se débrouiller.

— On va y aller, nous, me glisse Ali en pressant mon épaule.

Elle semble avoir hâte de partir. Je hoche la tête.

— Ne m'attends pas ce soir, précise-t-elle.

Je pourrais sourire, la taquiner sur la nuit, mais je ne le fais pas. Je me contente de hocher de nouveau la tête.

Sa nervosité m'interpelle, et elle n'a rien à voir avec Juan. Elle dépose un bref baiser sur mes joues et quitte le bar d'un pas pressé, son petit ami sur les talons. Il a eu à peine le temps de dire au revoir aux joueurs.

Encore un secret. Il y en a beaucoup ce soir.

Par l'embrasure de la porte de la cuisine, je vois Mike qui s'affaire. Il a mis un gros fait-tout sur le feu, et lancé la cuisson d'une énorme casserole de riz. Carlota avait pourtant déjà préparé du riz pour accompagner le *ropa vieja* ? Il ouvre et ferme les portes des placards, comme s'il connaissait bien les lieux.

— Je… si tu as besoin d'aide, je t'assure que je peux vous donner un coup de main… insisté-je.

Carlota s'appuie sur le comptoir, et plante son regard noisette dans le mien.

— On va rentrer tard, bien après la fermeture, me prévient-elle.

Je me contente de hausser les épaules.

— Ça m'est égal… Si tu veux des mains en plus, je te prête les miennes. Enfin, sauf s'il faut faire disparaître un cadavre, ça n'est pas très légal.

Sa bouche se tord légèrement, juste une fraction de seconde, mais je l'ai vu. Instinctivement, je me tends. Je suis sûre qu'il ne s'agit pas de faire disparaître un cadavre, mais je le suis soudain beaucoup moins en ce qui concerne la légalité de ses projets.

— Cela fait des jours qu'il pleut, reprend-elle.

OK… Je ne vois pas le rapport avec la légalité.

— Eusebio, qui tient l'épicerie à côté, m'a annoncé que Paulina a été transportée à l'hôpital. Elle avait du mal à respirer, et ils ont dû appeler une ambulance.

Ma confusion doit se lire sur mon visage, car elle continue.

— Paulina a soixante ans, elle est en situation illégale. Elle vient du Salvador, et ils vont la renvoyer au pays. Elle cumule deux emplois, mais les fins de mois sont difficiles, et le propriétaire de son appartement l'a mise dehors il y a cinq semaines. Cela fait dix ans qu'elle est aux États-Unis, c'est un des piliers du quartier. Alors on va essayer de remonter le moral des troupes. On ferme tous de bonne heure ce soir, on va leur donner un repas chaud.

Et soudain, je comprends à qui fait référence ce « leur ».

— Vous nourrissez les sans-abri ?

Elle pince les lèvres, sa colère vibre autour d'elle, comme un halo lumineux qui irradie toute la cafétéria.

— Pas que les sans-abri, ceux qui en ont besoin.

Les « sans-abri », « ceux qui en ont besoin ». Est-ce qu'ils sont nombreux ?

— On ne les nourrit pas vraiment, mais au moins deux fois par mois, on essaie de leur faire passer une bonne soirée. On leur prépare à manger, et on va partager un moment avec eux, dans une maison inoccupée du quartier. Eusebio vient de me dire que son fils et son gendre sont partis prévenir nos troupes. On se retrouve dans une demi-heure. Chacun apporte ce qu'il faut. On doit s'occuper de leur moral, ajoute-t-elle.

Elle a appuyé ces derniers mots, comme si là était l'essentiel. Elle a raison, dans un monde tumultueux, seul le moral permet de tenir. Je m'accroche au rebord du comptoir pour essayer de contrôler le flot d'émotions qui tourbillonne en moi. Respect profond pour la bonté de cette femme, joie devant ce qu'elle fait, mais aussi rage contre ce pays qui met des gens dans une telle situation. À La Havane, j'ai entendu parler de la situation des émigrés, de ceux qui sont partis, mais je ne la côtoyais pas. C'était une chimère, comme une légende noire qu'on se raconte le soir pour nous dissuader de franchir le pas et de grimper dans une *balsa*. Mais ce n'est pas une légende, c'est la réalité. Cuba n'est pas parfaite, mais au moins, les gens ont un toit sur la tête, et avec la carte de rationnement, ils peuvent manger.

— Je viens… lui dis-je simplement en me mettant debout. J'imagine qu'il faut ranger la salle ?

Elle acquiesce, un petit sourire aux lèvres.

— Tu es quelqu'un de bien, Cris, Ethan ne s'est pas trompé à ton sujet.

Ethan ! Mon cœur rate un battement. Je vérifie mon téléphone. Je n'ai pas répondu à son message, et il m'en a envoyé un autre, plus sérieux.

Tout va bien ?

Je ne sais pas quoi lui répondre.

Oui, tout va bien. Un peu débordée

Je ne lui ai pas menti, mais ma gorge se noue encore. La réalité de la différence de nos vies me frappe de plus belle : je vais nourrir des sans-abri, et lui, il assiste à un dîner somptueux pour récolter des voix pour une élection. On ne peut pas faire plus opposé. Je chasse la tristesse qui ressurgit à chaque fois que j'ai un rappel de cette réalité. Elle n'a pas sa place, ni ce soir, ni jamais.

Une demi-heure plus tard, Carlota marche d'un bon pas devant nous en tirant une espèce de petite remorque artisanale dans laquelle elle a mis le fait-tout plein de riz et qui fume encore, ainsi que les trois énormes casseroles et poêles des repas d'aujourd'hui. Mike et moi essayons de ne pas nous laisser distancer, mais nos bras chargés de victuailles tels que le pain, ou les desserts du jour nous empêchent de suivre son rythme.

— Elle a des super pouvoirs, ou quoi ? lui glissé-je en calant contre ma poitrine une boîte contenant des crèmes brûlées, pour remonter sur mon épaule l'anse d'un des sacs que je transporte.

Je souffle sur une mèche de cheveux rebelles qui vient me chatouiller le nez. Je regrette de ne pas avoir fermé ma veste. Elle n'est pas très chaude, mais elle m'aurait au moins un peu protégée de l'humidité ambiante. La pluie s'est interrompue il y a quelques minutes et a formé de larges flaques sur le trottoir, mais l'épaisseur du manteau nuageux du ciel ne me dit rien qui vaille.

— Elle aime ces réunions, ça la motive, me répond-il en souriant.

— Tu y vas souvent ? osé-je lui demander.

Il secoue la tête, et une ombre de tristesse passe dans ses yeux.

— Quand je peux, oui. J'aime bien me rendre utile.

Elle presse encore l'allure et Mike grommelle.

— Elle me fait le coup à chaque fois : elle trotte devant moi, et je suis à la traîne. J'ai l'impression que c'est elle qui joue au football américain ! Je me dis qu'on devrait lui faire intégrer l'équipe, ça serait notre arme secrète sur le terrain.

Je ne relève pas.

— Mais pourquoi tu y vas ? Ta famille ne t'attend pas pour fêter ta victoire ?

Aussitôt, j'ai envie de reprendre mes mots. Encore une chose qui ne me regarde pas.

— Désolée, m'excusé-je.

Carlota s'engouffre dans une ruelle à gauche. Heureusement que Mike est avec moi, on est dans une partie de Little Havana que je ne connais pas du tout, et j'aurais eu peur de la perdre de vue. Elle semble avoir oublié notre présence.

— Les clichés ont la vie dure, soupire-t-il quand nous nous engageons à notre tour dans la ruelle.

Elle ressemble davantage à La Havane que la Calle Ocho, si emblématique du quartier cubain de Miami. Ici, dans l'ombre, rien n'est reluisant, propre… Les couleurs bigarrées des façades sont là, mais elles sont écaillées, abîmées. La vétusté des lieux est un réel écho à Cuba.

Mike contourne une poubelle renversée qui a vomi son contenu sur le sol, et je l'imite.

— Qu'est-ce que tu veux dire par là ?

— Ça… Que comme je joue au foot et que je suis américain, on doit obligatoirement fêter mes victoires, tous ensemble autour de la table, et que toi, comme tu es cubaine, tu es une fille facile…

Il a parlé sur un ton monocorde, comme si ses mots n'étaient qu'un simple constat. Ils me heurtent, mais je réprime la vague de colère qui monte en moi. Il a raison. Un point pour lui.

— Désolée, répété-je.

Il repousse une mèche de son visage d'un mouvement de tête et me sourit gentiment.

— Famille pourrie. Mon père est chiant… Alors quand je peux éviter, j'évite.

— OK. Je vais essayer de ne pas tirer de conclusions hâtives. C'est juste que…

Je laisse ma phrase en suspens, l'avouer à voix haute m'effraie presque autant que d'aller en cours avec M. Emmerson.

— Que quoi ?

— Je suis un peu perdue.

En formulant cette vérité, j'ai gardé le regard fixé loin devant moi, sans doute pour ne pas croiser sa compassion.

— Tu as le droit, tout est nouveau pour toi.

Sa voix est douce. Pas de compassion, de pitié. Un constat, froid. Juste. Oui, tout est nouveau, et pas forcément comme je me l'imaginais…

— *Vamos, niños…* On se dépêche ! Ochún me dit que le vent va se lever, nous presse Carlota qui accélère encore l'allure.

Comment peut-elle marcher aussi vite ? Il faudrait presque que je me mette à courir pour tenir sa cadence.

Pas besoin d'un Orisha pour savoir que le ciel va bientôt éclater. Nous hâtons le pas. Elle tourne à gauche et nous fait traverser une grande avenue, puis prendre à droite, et encore à droite, jusqu'à s'immobiliser devant un immeuble grisonnant qui a connu des jours meilleurs. Sa façade terne contraste avec les couleurs vives des bâtiments environnants. Nous sommes arrivés à destination, une vingtaine de personnes patientent, les visages fermés. Plus loin dans la rue, j'aperçois d'autres commerçants qui approchent, chargés eux aussi de leurs sacs.

— Ce sont les commerçants du quartier, ils sont super bien organisés ! m'explique Mike à voix basse, tandis que Carlota salue chacune des personnes présentes.

— Eusebio, dépêche-toi, qu'on se mette à l'abri ! lui lance-t-elle tout en ébouriffant les cheveux un peu trop longs d'un gamin qui ne doit pas avoir plus de six ans.

L'enfant proteste, il lui manque deux dents de la rangée du bas, mais sa mère lui plaque la main sur la bouche pour le faire taire. Carlota lui adresse un regard rassurant. L'impatience du petit l'amuse.

Un homme d'une soixantaine d'années arrive à notre hauteur d'un pas pesant et sort un trousseau de son épaisse veste. Il met quelques secondes avant de trouver la bonne clé, puis l'introduit dans la serrure, qui grince quand il la fait tourner. Aux murmures qui s'élèvent de la foule, je devine que c'est le plus beau bruit du monde.

L'intérieur est à l'image de l'extérieur : poussiéreux, grisonnant, crasseux. Une odeur de moisissures me saisit à la gorge quand je rentre, et un rat, devant tant d'agitation, estime qu'il vaut mieux déguerpir dans une autre pièce. Mais en quelques minutes à peine, les lieux prennent une tout autre allure. À travers le trou de la vitre d'une fenêtre, quelqu'un tend un câble qu'un autre récupère. Deux projecteurs de chantier illuminent soudain la pièce et réchauffent l'atmosphère, révélant des planches, des tréteaux et des chaises pliantes qui ont été rangés contre le mur. Comme dans une chorégraphie parfaitement maîtrisée, chacun s'affaire, monte les tables, déplie les chaises.

Carlota s'empresse d'y passer un coup de chiffon, tandis qu'une autre femme d'une trentaine d'années à peine pose un carton dessus. Les perles qui pendent au bout de ses fines tresses qui partent du haut de son crâne me rappellent Yotuel. Sans être belle, elle a un charme indéniable. Carlota murmure quelques paroles et porte la main à ses cheveux, la jeune femme rit en sortant des assiettes et des couverts en plastique de son carton.

Mike lui aussi connaît son rôle. Il discute avec un couple de personnes âgées, et en même temps, décharge la remorque de Carlota. Eusebio a installé deux gros réchauds dans un coin, et explique d'un air sévère aux quatre enfants présents de ne pas trop s'en approcher. Ils hochent la tête, attentifs, leur regard n'arrête pas de revenir vers les fait-tout que vient de sortir Mike.

Et moi…

Moi, je suis comme un fantôme. Je suis plantée là, dans l'entrée, avec mes sacs et ma boîte dans les bras, sans savoir quoi faire. Je m'oblige à avancer vers la foule, et le petit garçon de tout à l'heure se poste devant moi, les mains sur les hanches.

— T'es qui toi ?

— Je m'appelle Cristina, mais tu peux m'appeler Cris.

Il m'observe pendant quelques secondes, puis ses yeux glissent sur mes sacs.

— T'as quoi là-dedans ?

Je m'accroupis devant lui pour me mettre à sa hauteur. Un tintement résonne dans les sacs qui touchent le sol. J'espère que je n'ai rien cassé.

— Je n'en sais rien, j'accompagne Carlota.

Ses yeux s'illuminent aussitôt et il se passe la langue sur ses lèvres épaisses d'un geste gourmand.

— Tu crois qu'elle a fait son flan ?

Je réfléchis au menu du jour. Pas de flan, mais de la crème brûlée.

— À mon avis, on a plus de chance d'avoir de la crème brûlée.

Un grand sourire barre son visage, dévoilant ses dents manquantes.

— C'est bien la crème brûlée aussi ! s'écrie-t-il avec tellement d'enthousiasme que sa crinière de cheveux crépus danse autour de sa tête.

Mon cœur se serre. Sa mère lui a fait enfiler des vêtements propres, elle lui a même mis un peu de parfum pour venir. Tous attendent ce moment. Ils n'ont rien, et grâce à la générosité de certaines personnes, ils ont tout.

Cuba est là, je le sens… Elle vibre en nous.

Je me relève et lui tends le sac le moins lourd.

— Tu m'aides ? Je suis nouvelle ici, et je suis un peu perdue.

Je ne risque rien à avouer cela.

— C'est normal, me dit-il d'un ton grave. Ça fait ça au début, mais après, on s'habitue.

Je m'abstiens de demander à quoi on s'habitue. La résignation ne fait pas partie de moi. La lutte, le changement, oui.

— Au fait, je m'appelle Jaime, se présente finalement le gamin en se retournant.

Jaime me guide jusqu'à Carlota et la femme aux tresses. La table est presque mise. Elle est longue, il n'y a pas de nappe, juste des couverts en plastique, mais elle me semble belle, comme ce lieu. La chaleur des projecteurs a chassé l'odeur des moisissures, ou peut-être est-ce tout simplement la chaleur humaine qui a envahi la pièce.

— Tu as des cheveux superbes ! me dit la jeune femme. Si tu as besoin d'une coiffeuse, n'hésite pas à venir me voir. Au fait, je suis Clara, ajoute-t-elle en me tendant la main.

Je dépose mon chargement sur une chaise et la table avant de la lui prendre.

— Cristina, Cris…

— Carlota n'est pas une patronne trop dure ?

Je vide le premier sac.

— En fait, grâce à Carlota, je me sens chez moi.

Ce sont les seuls mots que j'ai réussis à prononcer. J'aurais pu dire une banalité, plaisanter sur son exigence, mais le moment m'a fait énoncer la vérité. Grâce à elle, je me sens chez moi. Il n'y a qu'avec Ethan que je ressens cela normalement, mais ça m'est interdit.

Carlota se racle la gorge, gênée, puis ajoute :

— Cris est la meilleure employée que j'aie jamais eue.

Une banalité, mais lourde de sens. Carlota, derrière des abords expansifs, est réservée, comme ces gens qui traînent leur histoire. Elle et moi, on s'est trouvées.

— Bon, il va falloir que j'aille donner un coup de main à Mike, ou il va faire brûler le *ropa vieja,* et on va avoir une révolution ! reprend-elle d'un ton plus léger.

Pour aller l'aider, elle contourne la table et me glisse au passage.

— Chez moi, c'est chez toi…

Un poids s'envole de ma poitrine.

Mike surveille avec le couple de personnes âgées le fait-tout qui chauffe sur le réchaud. La dame lui dit quelque chose en montrant le feu d'un geste de la main. Il acquiesce, et réduit la flamme, ce qui lui vaut une petite tape dans le dos du monsieur. Il y a une certaine élégance dans leur port de tête, le menton relevé, mais leurs vêtements maintes fois rapiécés ne trompent personne. D'autres commerçants arrivent, les bras eux aussi chargés de sacs et de cartons. Quelqu'un pose un transistor à pile sur la fenêtre et allume la radio. Une douce salsa flotte dans la pièce, et accompagne quelques éclats de rire.

L'émotion m'envahit. Ce que font Carlota et les autres commerçants… C'est admirable. Ils sont là pour ceux qui en ont besoin, pour leur donner non seulement un repas chaud, mais aussi un espace convivial, gai, où chacun peut prendre une once de bonheur, se sentir tout simplement un être humain.

— Cris, tu viens m'aider à servir le *ropa vieja,* m'appelle ma patronne.

— Oui, bien sûr.

Un jeune homme se tient à côté d'elle. Il a environ mon âge. Ses cheveux un peu trop longs lui tombent sur les yeux, et il porte un T-shirt où apparaît le nom d'une pizzeria.

— Je te présente Eduardo, il fait des études de droit. C'est lui qui aide les gens à…

Elle hésite pendant quelques secondes avant de reprendre :

— … remplir les documents administratifs.

Je fronce les sourcils.

— Les documents administratifs ?

— Oui…

Eduardo leur lance un drôle de coup d'œil avant de répondre.

— Les inscriptions à l'école pour les enfants, les petites annonces, et les demandes de régularisation.

Des irréguliers. Je balaie l'assemblée du regard. J'ai complètement mis de côté ce qu'elle m'a expliqué sur Paulina. Certaines de ces personnes sont en situation illégale. Elles se sont embarquées sur une *balsa* pour l'eldorado, et pour trouver quoi ? Ça…

Quelques éclats de rire. Un sourire. Un pas de danse. De la joie. Du bonheur.

Ça.

— Même si on est dans Little Havana, il n'y a pas que des Cubains. Federico est Mexicain, il travaille depuis trois ans. Encore deux ans et on espère pouvoir faire une vraie demande de régularisation. Il a un vrai contrat, tout est de son côté pour que ça aboutisse. Quand il aura ses papiers, il pourra faire venir sa famille. Il ne les a pas vus depuis qu'il a franchi la frontière.

Federico doit avoir trente-cinq ans, il semble fatigué, mais se dégage de lui une dignité qui m'impressionne.

— Elle, c'est Sara. Vingt ans qu'elle est là. Elle a raté la vague de régularisation avec Obama, elle ne sait pas lire, ça complique tout. Elle ne savait pas qu'on existait. Mais on a bon espoir d'y arriver.

Il parle d'une vieille femme voûtée, qui exécute quelques pas de danse avec un homme plus jeune. Il porte le T-shirt d'un bar que j'ai aperçu dans la rue hier soir en rentrant. Peut-être qu'il s'agit du gérant ou d'un serveur ?

Je prends une assiette qu'Eduardo me tend et plonge la louche dans le fait-tout. J'ignore quelle portion mettre, et fais un rapide calcul : trente personnes environ, il y a de quoi nourrir tout ce monde, et je servirai des parts plus petites aux commerçants, à Mike, Eduardo et moi. Ils ne m'en voudront pas. Jaime ne quitte pas des yeux les lamelles de bœuf du *ropa vieja* que je viens de verser dans l'assiette. Je lui fais signe de venir la chercher, puis la fais passer à Eduardo qui ajoute une bonne part de riz. Jaime attend patiemment qu'il la lui donne et son grand sourire quand il lui met l'assiette entre les mains vaut tous les sourires du monde.

On attaque la deuxième assiette, et en versant le *ropa vieja*, je lui demande :

— Tu fais ça tout seul ?

Vu l'âge d'Eduardo, il n'a pas fini son droit encore.

— Je fais le lien entre le quartier et les avocats d'une association de défense des droits des migrants. Je veux travailler dans cette branche.

— Mais tu…

Il comprend aussitôt ma question. Il n'a pas d'accent et malgré sa peau foncée, il est d'ici, j'en mettrais ma main à couper.

— Je suis né aux États-Unis. Mais pas mon père. On a eu de la chance, mes parents sont tombés sur les bonnes personnes qui les ont aidés. Ils travaillent tous les deux, on ne roule pas sur l'or, mais je peux prendre des cours du soir et mes frères et ma sœur iront à la fac.

— Ils ont quel âge ?

— Je suis l'aîné. Martín a huit ans, Julio dix et Clara bientôt quinze. Ils sont bons à l'école.

— Tes parents viennent d'où ?

— Honduras… Ils ont fui la guerre civile quand ils étaient jeunes. Ils voulaient un futur. Vu ce qui se passe là-bas maintenant, les gangs, les *maras,* la criminalité, ils ont eu raison.

— Eh, Eduardo !

Mike nous interrompt pour échanger une bonne poignée de main avec lui.

— Il y a du monde ce soir, constate-t-il d'une voix amère.

— Ouais, ce temps pourri, c'est la merde… Normalement, la ville va me laisser les clés. Comme l'année dernière, on pourra leur ouvrir plus souvent s'il continue de pleuvoir. On a peur que ce qui est arrivé à Paulina se reproduise.

Un voile de tristesse tombe sur ses yeux marron.

— Tu as de ses nouvelles ? continue Mike.

Eduardo secoue la tête en signe de dénégation.

— Pas pour le moment. J'ai prévenu Peter qui est allé direct à l'hôpital. Il a dit qu'il m'en donnerait dès qu'il en aurait. C'est l'avocat qui s'occupe des migrants, ajoute-t-il à mon intention.

Le sous-entendu est clair : il n'est pas là-bas que pour prendre de ses nouvelles. Il est là-bas pour empêcher qu'on la renvoie. Et à l'expression de dépit qui flotte sur leur visage, ni Eduardo ni Mike ne croient ça possible.

— Allez, à table ! Ça va refroidir !

Tout le monde s'installe autour de cette grande table improvisée, moi y compris. Je n'ai pas hésité, cela m'a semblé naturel. Et ça l'est, parce que pour la première fois depuis mon arrivée, j'ai la sensation d'avoir retrouvé mon chemin sans Ethan. Même si finalement, si je suis là, c'est grâce à lui. Encore.

Chapitre 11

Lundi 24 septembre

Cristina

— Le cours était soporifique ! se plaint Ambrosio en remontant le col de sa veste tandis que nous sortons du bâtiment où se déroule le cours de M. Emmerson.

Son attitude désinvolte est un leurre, nous savons tous les deux ce qu'il en est en réalité. Insultes, provocations… La bande d'abrutis était en forme aujourd'hui. Le prof, comme d'habitude, n'a pas réagi. Et moi, j'ai enduré le silence, la rage de l'impuissance, le cou rentré dans mes épaules, les poings serrés, parce que mon ami préfère l'indifférence à toute riposte contre ces décérébrés. Il a beau les ignorer, faire comme s'ils n'existaient pas, à chaque heure de cours je perçois la lutte intérieure qu'il doit mener pour rester dans l'ombre, cette même lutte que je mène moi aussi pour ne pas en sortir. S'il n'y avait pas ces crétins, j'apprécierais ce cours. M. Emmerson affiche une personnalité détestable, il est hautain, arrogant, cynique, mais il maîtrise son domaine, c'est d'ailleurs une référence en la matière. Il travaille en plus de l'université en tant que consultant extérieur avec de nombreux cabinets d'architectes. Ses services s'exportent bien loin de nos frontières et ont conquis l'Europe. Et puis, hormis un commentaire sarcastique qui trahissait sa surprise quand j'ai déposé sur son bureau l'ébauche de mon projet de fin d'année, il n'a plus braqué de projecteur sur moi. Ça me convient tout à fait.

— Moi, je l'ai trouvé intéressant, constaté-je en remontant la fermeture éclair de ma veste.

La palette de matériaux utilisés dans la construction est plus vaste ici qu'à Cuba, ce qui offre plus de possibilités, et cet éventail me passionne.

— Je t'ai déjà dit que ce que j'aime, c'est ce qu'on ne voit pas. Les évacuations de la ville, les trucs souterrains. Pas ce qui pousse en surface, maugrée-t-il.

Comme après chaque cours, son humeur vire au noir. Le café que nous avons l'habitude de prendre avec Ali et Juan après ce cours lui fera du bien.

— Je sais… J'ai d'ailleurs du mal à te comprendre, une ville, c'est un tout.

En réalité, je le comprends. Il aime ce qu'on ne valorise pas au premier abord, ce qu'on découvre en creusant, parce qu'il vit le cauchemar du harcèlement depuis suffisamment longtemps pour souhaiter disparaître, mais aussi pour vouloir crier son existence. J'ai l'impression qu'avant les matchs des Tocororos, avant mon arrivée aussi, il était très seul. Isolé. Je connais cette sensation.

Il nous fait tourner à gauche pour prendre une ruelle presque déserte.

— C'est un raccourci, m'explique-t-il en voyant mon air étonné. Il va bientôt pleuvoir, et je préférerais être à l'abri, bien au chaud à la cafét' quand les nuages vont se mettre à pleurer !

La seule chose que sait faire le ciel ici, c'est pleuvoir. Un peu déprimant. Je le suis sans réfléchir dans cette petite rue. Peut-être que le Yuma passera par la cafétéria aussi…

On aurait été à La Havane, j'aurais été plus prudente. La part d'ombre de cette ville est telle qu'il vaut mieux éviter tous les endroits où on peut faire de mauvaises rencontres. Y vivent tapis des monstres qui vont hanter mes nuits pendant des années encore. Mais nous sommes à Miami, sur un campus ultra-moderne, et cette ruelle n'a rien de menaçant, au contraire. Bien qu'elle ne soit pas très large, la luminosité n'hésite pas à se balader dans ce long couloir, la chaussée est propre, même aux abords des immenses containers à poubelles, où ne s'ébat aucun rat. Seule l'odeur un peu forte qui s'élève des ordures nous rappelle dans quel genre de ruelles nous sommes : celle où se trouvent les entrées de service, mais elle est tout à fait supportable.

Je devrais pourtant savoir qu'il ne faut pas se fier aux apparences.

Jamais.

Que le pire des démons affiche un visage d'ange.

Une première goutte s'écrase sur mon bras, Ambrosio presse le pas. Je serre les bretelles de mon sac à dos. Si on pouvait éviter la pluie, ce serait bien.

— Dépêchons-nous, j'ai pris une douche ce matin ! me hâte-t-il.

Je le suis en riant : moi non plus, je n'ai pas envie de me faire tremper… Aller bosser avec des chaussures mouillées n'a rien d'agréable, et je n'ai pas eu les moyens de m'acheter une paire de rechange encore. Il va pourtant falloir que je me décide, car toutes les nuits, je les mets à sécher, mais à cause de l'humidité qui les imprègne, je vais finir par attraper froid. Je vais demander à Ali de m'indiquer une boutique de vêtements d'occasion, peut-être que je pourrais trouver…

Une deuxième goutte chute sur mon nez pour en dévaler l'arête, une ombre surgit de derrière un container. Elle se jette sur Ambrosio. L'élan lui fait percuter le mur, dans un bruit sourd, qui se répercute, une fois, deux fois, trois fois.

Boum.

Boum.

Boum.

Un rideau de pluie s'abat sur nous, triste écho d'un monde qui se voulait parfait, et qui est, en réalité, tellement imparfait.

Un cri jaillit de ma gorge, mais il n'a pas le temps d'exploser. Une main contre ma bouche l'étouffe, un bras enfoui dans du cuir s'enroule autour de ma taille, comme un serpent autour de sa proie.

Et il serre.

Serre.

Non!

Pas ici!

Pas encore!

Mes cheveux me collent au visage, je secoue la tête pour me dégager les yeux.

— Salut la pédale! Ta maman ne t'a jamais expliqué qu'il valait mieux éviter les ruelles sombres?

Je reconnaîtrais cette voix nasillarde entre mille. Elle appartient à l'étudiant blond qui ne rate pas une occasion d'humilier Ambrosio pendant le cours de M. Emmerson. Il le tient par le col de sa veste, et son nez est à quelques centimètres du sien. Menaçant. Effrayant. Un vrai monstre.

Deux des types qui le suivent comme son ombre l'encadrent. Je suppose que le troisième, celui qui ne se sépare jamais de son blouson en cuir s'est posté derrière moi. L'un est taillé comme un lutteur, imposant, trapu, ses pieds paraissent enracinés dans le sol, l'autre au contraire est élancé, plus aérien avec ses cheveux roux qui lui arrivent aux épaules et avec lesquels s'amuse le vent. L'expression de terreur d'Ambrosio les fait rire, et celui qui me retient les imite.

Un rire vicieux. Le rire de ceux qui savent qu'ils ont le dessus sur le faible, même s'ils valent en réalité bien moins que ce faible.

Celui de la noirceur. Celle du sort qu'ils réservent à Ambrosio.

Je me débats, mais le bras resserre son étau autour de ma taille, et sa main mord mes joues.

— Ne bouge pas, Cubanita. On n'en a pas après toi, on ne fait pas de mal aux jolies filles, me murmure-t-il à l'oreille.

Ses cheveux mouillés caressent mon cou, et son haleine empeste la bière bon marché. Il n'est que 10 heures du matin, et il a déjà absorbé son quota d'alcool, mais malheureusement, celui-ci n'est pas suffisant pour faire chanceler sa grande carcasse.

Je crois ses paroles. Ce n'est pas après moi qu'ils en ont, c'est après Ambrosio. Et cette certitude ne me rassure pas du tout.

Ambrosio se passe le revers de la main sur la bouche. Le sang qui macule sa peau est vite effacé par l'ire du ciel. Ils l'ont frappé. La colère crépite en moi, vive, aiguë, prête à éclater. Mon geôlier doit s'en rendre compte, car il raffermit tellement sa prise autour de ma taille qu'il me coupe le souffle. Je laisse échapper une plainte, mais il ne desserre pas son étreinte pour autant.

— Ne bouge pas, me répète-t-il. Ne fais rien d'idiot. On veut juste parler à ton copain.

Je m'immobilise aussitôt, et me concentre sur mon ami.

— Lâche-moi, grogne Ambrosio au type qui l'a frappé.

Son regard hésitant dément le ton assuré de sa voix. Il jette un coup d'œil autour de lui. Personne. Nous sommes seuls, tout le monde s'est mis à l'abri du déluge.

Un poing percute le visage d'Ambrosio, sa tête bascule en arrière. Je me rue en avant et crie, mais les doigts plaqués sur la bouche étouffent ma rage.

— Ne fais pas le malin, PD. On t'a déjà dit l'année dernière que pour nous, tu n'existes pas. Et comme tu n'existes pas, tu ne nous regardes pas. C'est interdit pour les gens de ton espèce, c'est la règle.

« Les gens de ton espèce ». Il ne parle pas de ses origines, de la couleur de sa peau. Non. Il parle de ses préférences sexuelles.

— Or, tu vois, aujourd'hui, tu nous as encore regardés. Le premier jour, on a été gentils. On a laissé passer.

Mais pas deux fois. Tu as trahi la règle, continue-t-il d'un ton léger.

Une horde de frissons dévale ma colonne vertébrale, ils ne sont pas dus à mes vêtements désormais trempés. La panique menace de me submerger. Ambrosio ne les a pas regardés, il a juste suivi des yeux le professeur !

Le plus discrètement possible, je vérifie chaque entrée de la ruelle. Toujours personne.

À côté de lui, la grande perche aux cheveux longs, ricane. À les voir comme cela, on dirait des étudiants normaux. Baskets à la dernière mode, jean, polo parfaitement repassé. Des étudiants normaux, des gens bien. En apparence.

Ne jamais se fier aux apparences. Cette règle s'applique partout.

— Je… commence à dire Ambrosio, mais il n'a pas le temps de finir sa phrase, le blond l'interrompt en levant la main.

— Non, tu nous as regardés. On est tous témoins, on t'a vu.

Derrière le calme de sa voix bat le tumulte de l'ouragan, celui qui le rend insensible à ce qui l'entoure. Je le sens, il est là, prêt à affleurer, à éclater.

Je lance la jambe en arrière, dans l'espoir de déséquilibrer celui qui me retient, mais l'impact de mon pied contre son tibia n'a pas l'effet escompté. Il ne bouge pas. Pas du tout.

— Tiens-toi tranquille, Cubanita. On aime bien les jolies filles, et on déteste les abîmer. Tu n'es pas un problème pour nous.

Son haleine alcoolisée flotte jusqu'à moi, elle m'écœure. Je ferme les yeux pour m'aider à maîtriser ma peur, comme Viktor me l'a appris. Je ne suis pas un problème pour eux, mais je pourrais le devenir, un sérieux même. Cette main sur ma bouche, ce bras autour de ma taille me renvoient neuf mois en arrière.

El Faro.

La soirée.

Plus jamais je ne serai une victime. C'est la promesse que je me suis faite.

En cet instant, dans cette ruelle, je m'en fais une deuxième : plus jamais un de mes amis ne sera une victime.

Un nouveau poing atteint Ambrosio dans l'estomac. Cette fois, c'est le lutteur qui a frappé. Un rictus mauvais déforme son visage.

Jamais.

Le type derrière moi ricane et relâche sa prise. Oh, pas grand-chose, un centimètre peut-être, mais si on y ajoute l'obstacle de mon sac à dos, cela me laisse une marge de manœuvre. Viktor m'a préparée à ça, à guetter la faille, celle qui fait s'ébranler l'édifice.

Une fraction de seconde. Je n'aurai qu'une fraction de seconde. Je mets à profit le peu d'élan dont je dispose et mon coude rencontre ses côtes. Un geste sec, faible, amorti par le blouson de cuir, mais qui le prend par surprise. Il desserre encore sa prise, et cette fois, je pivote de quelques centimètres, et le balance vers le haut, en visant le nez. Un craquement sonore. Je l'ai eu.

— La garce ! se plaint-il en se plaquant les mains sur le visage.

Ses comparses ne se sont pas rendu compte de ce que je venais de faire, trop absorbés qu'ils sont par leur démonstration de force et par la raclée qu'ils sont en train de donner à Ambrosio.

Un autre coup l'atteint au visage, ses lunettes atterrissent sur le sol tandis qu'il vacille vers l'arrière. Seul le mur l'empêche de tomber.

En deux secondes, j'ai analysé la situation. D'abord, me débarrasser du blouson de cuir. Je profite du fait qu'il a les mains sur son nez sanglant pour lui faire face, l'attraper par les épaules, et lui envoyer le genou dans sa fierté masculine. Il expire un cri de douleur et s'effondre, à genoux, les yeux débordants de larmes.

— Estime-toi heureux que je n'aie pas le temps de te régler ton compte, lui craché-je en me précipitant vers Ambrosio.

Je ne bénéficie plus de l'effet de surprise, mais je m'en moque. Je m'interpose entre lui et ses assaillants, les poings fermés, les jambes écartées. Mes cheveux sont plaqués sur mon visage, je ne prends pas la peine de les replacer derrière mon oreille, mes vêtements me collent à la peau, mais je m'en moque. Je ne sens que l'énergie qui parcourt mon corps. L'adrénaline de la rage circule à un rythme effréné dans mes veines. Pas de légitime défense ici, s'il faut que je frappe la première, je le ferai. J'écarte encore les jambes pour bien ancrer mes appuis dans le sol. Le poids de mes livres et de mon ordinateur dans mon sac à dos déséquilibre un peu mon centre de gravité, mais je n'ai pas le temps de m'en débarrasser. Il va me falloir faire avec.

— Qui veut commencer ? les provoqué-je.

Leurs yeux ne sont plus que de minces fentes, la surprise les fait douter, mais le lutteur finit par faire un pas vers moi.

Fais encore un pas… Encore un…

Ambrosio pose la main sur mon épaule, comme s'il voulait m'écarter ou me faire passer derrière lui.

— Laisse-moi faire, lui murmuré-je. Qu'ils viennent…

Est-ce l'éclat de mes yeux ? Ma position de combat ? Ou cette silhouette qui court vers nous dans la ruelle ? Aucune idée, mais d'un seul coup, le blond leur donne l'ordre de détaler.

— On n'en a pas fini, pédale ! le menace-t-il en tournant les talons pour s'éloigner à petites foulées, comme s'il ne courait que pour éviter la pluie, et pas parce qu'ils viennent de casser la figure à quelqu'un.

Le blouson de cuir se relève péniblement et les suit, une main sur son entrejambe, l'autre sur son nez. Un bref instant de satisfaction m'envahit, celui de lui avoir laissé de petits souvenirs. Mais il ne dure pas.

Un poids tombe derrière moi. Ambrosio s'est laissé glisser contre le mur et a fermé les yeux. Du sang s'écoule de sa veine fendue, et sa main ne quitte pas son flanc. Il tâtonne pour ramasser ses lunettes et vérifie qu'elles ne sont pas cassées avant de pousser un soupir. Douleur ? Soulagement ? Sans doute un mélange des deux.

Je m'agenouille aussitôt devant lui, insensible à l'eau qui continue de tremper mon jean.

— Tu vas bien ?

Ce n'est pas moi qui ai parlé, mais la silhouette qui courait dans notre direction. Une rousse aux formes généreuses, armée d'un parapluie trop grand pour elle, nous dévisage avec inquiétude. C'est elle qui a eu le courage de nous rejoindre dans la ruelle.

— J'ai vu ce qui se passait de là-bas – elle montre le bout de la ruelle –, je ne pouvais pas les laisser faire.

Elle s'avance encore pour nous abriter avant de désigner son téléphone qu'elle tient à la main, puis reprend :

— Je me suis dit que s'ils ne se barraient pas en me voyant, j'allais appeler les flics, mais j'aurais peut-être dû le faire tout de suite.

Elle secoue une main agitée, puis continue sur le rythme haché de l'émotion en dansant d'un pied sur l'autre.

— Oh là là, c'est la première fois que j'assiste à une agression. Il faut que je les appelle ? Vous voulez que je les appelle ?

C'est un miracle qu'ils se soient sauvés, car notre sauveuse n'a pas le physique de l'emploi. Petite, un visage poupin, les cheveux courts, on a plutôt envie de presser ses joues du bout des doigts que de fuir en courant. Et à en juger par son état de panique, elle n'a pas dû réaliser ce qu'elle faisait en prenant le risque de venir à notre secours. Je laisse à Ambrosio le soin de répondre, je ferai ce qu'il me dit.

— Non, ça va aller.

L'air perplexe de la fille nous prouve qu'elle ne le croit pas. Il se remet avec difficulté debout et s'appuie contre le mur. Le sang coule toujours de sa lèvre, sa mâchoire pour le moment rouge, aura viré au violet demain. Elle se décale pour l'abriter davantage.

— J'ai un peu la tête qui tourne… Les émotions, tente-t-il de plaisanter.

Échec sur toute la ligne. Ses jambes vacillent, et il plaque l'arrière du crâne contre le mur en fermant les yeux. La fille doit comprendre la même chose que moi, car nous nous précipitons en même temps sur lui pour l'attraper par un bras et l'aider à se rasseoir. Tant pis pour la pluie, pour nos vêtements trempés. Ambrosio est aussi blanc que le sable des plages pour touristes de Cuba, alors que normalement, il a la peau mate.

Je réfléchis à la hâte. Pas de police. J'ignore s'il voudra d'une ambulance. Je choisis donc la seule option possible pour le moment.

— Merci, dis-je à la fille qui s'est elle aussi accroupie. Je vais appeler des amis.

— Vous êtes sûrs ? nous demande-t-elle en coulant un regard inquiet vers Ambrosio.

— Oui, lui répond-il avec un sourire forcé. Pas de flics.

Non, ai-je envie de hurler. Mais je respecte ce qu'il veut faire, même si je ne suis pas convaincue, c'est son monde, pas le mien.

— OK, finit-elle par dire, aussi peu convaincue que moi. Je reste avec vous jusqu'à leur arrivée.

Elle étend le bras qui ne tient pas le parapluie, et ajoute :

— De toute façon, je suis trempée. Et ça me donne un super prétexte pour ne pas aller au cours de littérature allemande. Le prof est un vrai con !

Ambrosio glousse, mais porte aussitôt la main sur ses côtes en grimaçant de douleur. Au mieux, il aura un bel hématome demain, au pire, il a une côte cassée. Les autres m'aideront à le persuader d'aller se faire ausculter.

— Ça aurait été mieux qu'ils nous attaquent avant le cours d'Emmerson, j'aurais évité l'heure la plus ennuyeuse de ma vie.

— Tu n'es pas drôle, le réprimandé-je.

Je fouille dans ma poche pour en sortir un paquet de mouchoirs en papier. Ils sont humides, mais ils feront l'affaire. J'entreprends de tamponner sa lèvre pour nettoyer un peu le sang.

— Tu devrais aller voir un médecin, essayé-je, mais il ne me prête aucune attention.

Il sourit encore à la fille qui tente du mieux qu'elle peut de le protéger avec son parapluie de la pluie.

— Merci… Tu leur as sauvé la peau. Cris leur aurait mis une raclée ! plaisante-t-il.

Je n'en suis pas si sûre. Trois contre une, pas vraiment un combat équilibré. J'attrape mon téléphone dans la poche arrière de mon sac à dos, et balaie l'écran du bout des doigts. J'ai reçu un SMS d'Ali qui me prévient qu'ils sont partis en cours.

Instinctivement, je cherche le numéro d'Ethan. Il apparaît sur l'écran de mon téléphone, j'hésite avant de presser le bouton.

Non. Je ne peux pas faire appel à lui à chaque fois que j'ai un problème. Il a sa vie. Alors j'appelle Mike en espérant qu'il ne sera pas en cours.

Ethan

Je jette discrètement un énième coup d'œil en direction de la porte de la cafétéria. Ali et Juan sont partis il y a dix minutes. Un couple entre. Ils secouent leur veste pour enlever l'excédent d'eau, la fille lisse du plat de la main ses cheveux bouclés dans une vaine tentative pour les dompter. Ce n'est pas elle. La déception me serre la gorge. Elle devrait pourtant être là. Depuis la rentrée, je m'arrange pour venir à la cafét' à cette heure-là. C'est un de mes moments avec Cris, même si Addi, Mike et Steve me collent aux basques comme un vieux chewing-gum dont on n'arrive pas à se débarrasser.

Mais elle fait quoi ? Le bâtiment où a lieu son cours n'est situé qu'à cinq minutes d'ici…

— Il me faudrait un autre café, maugrée Steve. Je ne suis pas réveillé.

Il se frotte les yeux et bâille à s'en décrocher la mâchoire.

— Tu es rentré trop tard hier ? Tu as été débordé avec les jumelles « rien dans le cerveau et tout dans le soutien-gorge » ? lui lance Addi avec ironie.

S'il faut en plus que je me coltine les piques de ces deux-là, je ne suis pas sûr de tenir. Ils se supportent de moins en moins, et quand Addi est de mauvaise humeur, comme ce matin, c'est le risque d'explosion assuré.

Du pouce, je fais tourner ma chevalière autour de mon doigt. Steve a l'intelligence de ne pas relever, et fait tinter sa cuiller sur sa tasse vide, comme si ce geste avait le pouvoir de la remplir comme par magie.

Mike fixe pendant une dizaine de secondes mon pouce qui s'acharne sur ma chevalière, puis me lance un regard inquiet. Il sait que quelque chose me perturbe.

— Tu as encore mal ? me demande Addi en reportant son attention sur moi.

Sa queue de cheval frémit tandis qu'elle pose la main sur mon genou, m'intimant ainsi d'arrêter de bouger la jambe. Ce n'est pas la douleur qui court dans mes veines, c'est l'impatience. Ainsi qu'une intuition qui fait naître une boule d'inquiétude dans ma gorge. Cris n'est pas là, ce n'est pas normal.

Le téléphone de Mike vibre sur la table, devant lui. Il fronce les sourcils en voyant qui l'appelle et me jette un nouveau coup d'œil.

Pas normal du tout. Je retiens mon souffle.

— Allô ?

Il hoche la tête, son visage se fige.

— OK, j'arrive.

En moins de deux secondes, il est debout et a enfilé son blouson de l'équipe. Steve proteste, mais il ne lui prête aucune attention.

— C'était Cris. Ils se sont fait agresser.

Je n'entends rien d'autre que les mots « Cris » et « Agresser ». Mon cœur menace de faire éclater mes côtes pour jaillir de ma cage thoracique.

L'inquiétude fait désormais des nœuds avec mes tripes : il lui est arrivé quelque chose, je n'étais pas là pour la protéger, et c'est Mike qu'elle a appelé.

Mike.

Pas moi.

Mike nous guide à travers les gouttes de pluie vers la ruelle qui nous sert de raccourci pour aller à la cafétéria. En général, les étudiants ne l'empruntent pas, car des ordures y sont entreposées, et les relents des odeurs sont particulièrement nauséabonds pour nos nez sensibles. La seule exception est quand il fait aussi mauvais qu'aujourd'hui, ça permet d'éviter de trop se mouiller.

Mike.

Pas moi.

J'ai. Mal.

Je ne sais pas quoi faire de cette information, alors je ravale le flot de jalousie qui coule en moi et me concentre sur mon inquiétude. D'un geste mécanique, je rabats la capuche de mon sweat sur ma tête. Addi a pourtant essayé de partager son parapluie avec moi, mais je me fous de la pluie qui tombe. Quand j'aperçois trois silhouettes, près d'un container, je presse l'allure. L'une d'entre elles, féminine, se tient debout, un parapluie ouvert à la main et semble surveiller la rue, comme si elle guettait notre arrivée, une autre est accroupie à côté d'une troisième, assise sur le sol.

Mon cœur ne sait plus quel mouvement adopter. Battre à toute vitesse ? S'arrêter ? Si quelqu'un a fait du mal à Cris… Je serre le poing. Mes ongles ne s'enfoncent pas dans ma chair, car je les porte court, mais même comme ça, je perçois leur morsure dans ma paume.

Addi glisse sa main dans la mienne, je la repousse. Je ne veux pas sentir la chaleur de sa peau, non, pas la sienne. Je me mets à courir, les autres sur les talons. En nous voyant arriver à sa hauteur, le visage de la fille s'éclaire.

— Je crois que vos amis sont là…

Son soulagement est évident, mais je m'en tape. Seule Cris compte, c'est elle qui est accroupie devant Ambrosio. Il a ramené ses jambes contre lui, et sa lèvre inférieure tremble.

— Respire profondément, lui murmure Yeux d'Ange.

Elle n'a pas relevé la tête. Ses longs cheveux encadrent son visage comme un rideau trempé. Elle va prendre froid, sa veste, trop fine pour la pluie de Miami ne forme qu'un mince rempart contre ce qui nous tombe dessus, et si on essorait son jean, on obtiendrait la consommation d'eau journalière pour une personne.

— Il a fait un malaise, après l'agression, nous explique la fille, une petite rousse un peu enrobée.

En deux enjambées, je suis à côté d'eux, et je m'accroupis à mon tour. Mike m'imite, tandis que Steve reste en retrait et qu'Addi parle avec l'étudiante.

— Tu vas bien ? demandé-je à Cris en plantant mes yeux dans les siens.

Je la détaille rapidement : hormis ses joues rouges, et ses cils gorgés de pluie, elle ne semble pas blessée. Oubliant les personnes qui nous entourent, je dégage son visage et ramène une mèche de cheveux derrière son oreille. Son menton est lui aussi un peu rouge, je fronce les sourcils. Est-ce qu'ils lui ont fait du mal ? Une bouffée de rage m'envahit. S'ils l'ont touchée… Mais je n'ai pas le temps de l'examiner davantage. Elle appuie sa joue contre ma paume, et pendant une fraction de seconde, le temps se suspend. Ce n'est qu'une fraction de seconde, mais pour moi, c'est l'équivalent d'un véritable séisme.

— Je vais bien, c'est Ambrosio. Des types du cours s'en sont pris à lui.

Elle va bien. Mais ces mots refusent de pénétrer mon esprit, la barrière de mon inquiétude est trop épaisse. Je la scrute en quête du moindre signe de douleur qui me révélerait ce qu'elle me tait.

Mike échange quelques mots avec Ambrosio pour s'assurer qu'il est capable de marcher et l'aide à se mettre debout. Ils ne peuvent pas rester là, nous non plus. Nous allons tous tomber malades. Ambrosio chancelle, ses jambes sont flageolantes. Il a reçu au moins un coup à la mâchoire, et à sa main qui ne quitte pas son flanc, je suppose que ses côtes y ont eu droit aussi. Cris se relève également, et sans pouvoir me contrôler, j'enroule un bras autour de sa taille et la ramène contre moi. Je veux sentir la chaleur de son corps contre le mien, elle seule peut calmer la fureur qui tourbillonne en moi.

J'ai. Mal.

Mais ce n'est pas le manque de ma dose qui fait trembler mes doigts. Je serre le poing et penche la tête pour humer le parfum de vanille, mêlé à l'odeur de la pluie, qui s'élève de sa chevelure.

C'est à cause d'elle. Je n'étais pas là.

Je prends une nouvelle inspiration pour me calmer, elle semble aller bien, ma colère reflue légèrement. Ma main s'attarde sur sa taille, je brûle de passer les doigts sous son T-shirt, pour vérifier qu'effectivement elle va bien.

Oublié Ambrosio.

Oublié Mike et Steve.

Oublié Addi.

Il n'y a qu'elle et moi.

Mais Steve me ramène à l'instant présent en marmonnant :

— Ça devait arriver, c'est ce qui se passe quand on préfère les bites.

Je relève brusquement la tête : je dois avoir mal entendu. Après tout, il a parlé à voix basse, et il n'a pas pu balancer une connerie pareille. Ambrosio s'est fait tabasser, sans doute parce qu'il est gay, et Steve vient de lâcher que cette agression était prévisible ? Parce qu'il assume ses préférences sexuelles ? Mon pote doit déconner… La fureur qui émane de Cris est comme un volcan sur le point d'entrer en éruption. Violente. Brûlante. Explosive. Je n'ai pas le temps de réagir qu'elle s'écarte de moi et se plante devant lui, les poings fermés, prête à frapper.

Putain ! Ça part en live, là !

Je voudrais lui dire que Steve n'a pas réfléchi, qu'il est con parfois, mais que ce n'est pas un sale type, pas comme ceux qui les ont agressés, qu'il est un peu fracassé, et qu'il ne pensait pas ce qu'il a balancé. Parce que je sais que c'est vrai. Steve parle beaucoup, mais peu de choses sont réelles. Je suis sûr que s'il avait assisté à la scène, il serait intervenu pour protéger Ambrosio. Ce qui est réel chez lui, c'est ce qui se cache derrière ses silences.

— Tu… commence-t-elle, le poing toujours fermé.

Merde ! Je fais un pas vers elle, mais Addi me coupe le passage en lui venant en renfort. Elle se poste à côté d'elle. Elle ne la laisse pas terminer sa phrase et pointe un doigt accusateur sur lui.

— Si tu n'étais pas le meilleur ami de mon copain et que je ne te connaissais pas un peu, je te dirais que tu es un vrai connard, et que je peux porter plainte contre toi pour propos homophobes.

Je me tends, elle serait capable de le frapper avec son parapluie. Il ne lui répond rien et se contente de la toiser de son mètre quatre-vingt-dix. Yeux d'Ange ne le quitte pas des yeux, son corps est comme un ressort prêt à bondir. Si Steve prononce un mot de trop, elle va l'aligner. Il l'aura mérité.

Je suis tiraillé, et je me déteste pour ça. Un ravin s'ouvre en moi. Mon pote, ma copine, Cris… La réalité me saute au visage. Tout ce que j'ai laissé faire : cette relation, mon amitié avec Steve, je me suis laissé glisser, sans véritable réaction. Ce n'est pas moi. J'ai joué le rôle qu'on attendait de moi, mais est-ce que j'ai eu raison ? Est-ce que je n'aurais pas dû chercher à savoir ce qui cloche chez Steve ? C'est ce que fait un ami, non ? Et Addi, je…

Je fais deux pas dans leur direction, prêt à intervenir pour éviter que ça dégénère, mais Addi ne l'entend pas de cette oreille. Elle redresse le menton, elle est minuscule en comparaison avec lui, mais ne se laisse pas impressionner. Et ce n'est pas parce qu'elle a une boxeuse à ses côtés, non, elle est comme ça. Addi est quelqu'un qui déteste l'injustice. Elle ne veut pas être avocate uniquement pour reproduire un schéma familial, c'est une vocation profondément enracinée en elle. Je l'ai découvert au fil de notre relation, et c'est pour ça que je ne veux pas merder. C'est quelqu'un de bien.

Et je suis pourtant en train de merder, en me voilant la face. La culpabilité m'assaille et me tétanise. Je me suis précipité sur Cris, l'ai prise dans mes bras, devant elle… Mais quel mec fait ça?

Un connard. Comme Steve.

— Si tu pouvais aller voir ailleurs si on y est, ça m'arrangerait. Parce qu'il faut que je discute avec Ambrosio, et si je dois t'entendre débiter des idioties, tu vas mettre ma patience à dure épreuve. Je ne suis pas sûre de pouvoir rester polie, lui crache-t-elle.

Un sourire méprisant étire le coin des lèvres de mon pote. Il croise les bras sur la poitrine. Lui aussi est trempé désormais, mais ça ne semble pas le déranger. Il n'a pas refermé son blouson, son T-shirt est plaqué sur son torse, révélant par effet de transparence un de ses tatouages. « Free ». Libre. Mais de quoi?

— Alors tu sais ce que je ressens quand tu traînes avec nous, lui rétorque-t-il, acerbe.

Cette fois, ça va vraiment déraper. Je ne peux pas laisser faire ça. Je les rejoins, mais Steve prend tout le monde au dépourvu en nous tournant le dos pour s'éloigner, non sans nous lancer un:

— Les mecs, on se voit plus tard…

Il va falloir que j'aie une petite explication avec lui. Seul à seul.

— Je n'arrive pas à m'habituer à sa connerie, avoue Addi à Cris. Ethan prétend que c'est un chic type, que ce n'est pas qu'un branleur, mais pour moi, c'est juste un connard.

Cris acquiesce, puis me regarde, et ce que je lis dans ses yeux me paralyse encore davantage. Doute. Déception. Envers moi. Mon cœur se brise un peu plus, j'ai peur de comprendre pourquoi. La question me brûle les lèvres, mais je ne peux pas la lui poser, pas devant Addi. Je ne peux pas me justifier.

Les choses sont revenues à leur place.

Addi et moi.

Cris.

Ma petite amie s'adresse à Mike, qui est resté en retrait pour soutenir Ambrosio.

— Il faut l'emmener au centre médical de la fac, pour vérifier qu'il n'a rien de cassé.

Ambrosio secoue vivement la tête et ne peut réprimer une grimace.

— Non, pas la peine. Ce n'est rien.

Cris me lance un nouveau regard, où l'inquiétude a pris le dessus sur le reste. L'eau dégouline de son visage aux traits si fins, ses yeux d'un vert profond étincellent dans le gris de cette matinée.

— Je pense qu'il vaudrait mieux que… insiste Mike.

Il a passé un bras dans son dos.

— Non ! s'écrie ce dernier.

Il a l'air d'avoir récupéré quelques forces.

— Ambrosio, ça vaudrait peut-être mieux… tente de le raisonner Cris.

La pluie redouble encore, comme un avertissement.

— Non ! répète-t-il.

Mike et moi échangeons un regard : inutile de chercher à le convaincre pour le moment.

— On va à la cafét' alors, proposé-je. Il faut qu'on se mette à l'abri.

Mike acquiesce, et entraîne Ambrosio sans lui laisser le choix.

— Super, on parlera là-bas, nous dit-il.

Ambrosio grommelle quelque chose comme « il n'y a rien à dire », mais Addi ne semble pas du même avis. Bien sûr qu'il y a beaucoup à dire, se faire agresser parce qu'on est homo ne doit pas être toléré, surtout si ses bourreaux sont en cours avec lui. Avec Yeux d'Ange. Je me frotte le crâne du plat de la main, s'ils ont touché à un seul de ses cheveux, je les bute.

Addi s'empresse de les suivre, et moi, je reste planté là, devant Cris, qui me dévisage comme si elle ne me connaissait pas. Elle secoue la tête, des gouttes s'envolent de ses cheveux, l'ombre de la déception flotte encore sur son visage.

Elle me transperce. Je n'ai rien dit à Steve. Je suis habitué à ses conneries, et suis capable de voir ses bons côtés, mais elle… elle ne voit que l'abruti, et j'ai laissé cet abruti tenir des propos homophobes.

Je me sens comme la pire des merdes… Elle ne m'a pas appelé, et je viens de lui donner raison.

Cristina

Les muscles de mes bras me font mal, mais la douleur n'est pas suffisante pour détourner mes pensées des événements de la journée, alors j'accentue encore mon effort pour que les cordes que je suis en train de bouger soient secouées de vagues aussi fortes que celles d'un tsunami.

En arrivant à Miami, je croyais trouver quelque chose de différent.

Mais les hommes sont partout les mêmes, leur intolérance aussi.

En arrivant ici, je pensais que tout serait plus facile, que je pourrais me forger un avenir.

Mais mon chemin est semé d'embûches.

En arrivant ici, j'espérais y retrouver Ethan.

Mais il n'est plus seul…

Elaguá l'a remis sur la route qui est la sienne, et qui est loin du chemin que je dois suivre.

Je donne une secousse plus forte et encore une autre. La confusion règne dans mon esprit, je ne parviens pas à déterminer contre quoi je suis le plus en colère. Contre ces types ? Contre Steve ? Contre Ethan qui ne lui a rien dit sur le moment ? Ou contre moi-même parce que dès qu'il est à côté de moi, j'oublie tout, mes projets, mes résolutions, comme si ce n'était pas l'essentiel et que lui était le centre de mon monde ?

Il ne peut pas l'être.

C'est la raison pour laquelle je ne l'ai pas appelé. Je n'en ai pas le droit, je ne veux pas être un poids pour lui, m'immiscer dans sa relation. Sa copine est quelqu'un de bien, elle a été géniale avec Ambrosio. Après l'agression, elle a pris les choses en main, et nous l'avons laissée faire. À l'aide d'un mouchoir, elle a d'abord nettoyé son visage à la cafét' pour vérifier que ses blessures n'étaient pas graves, elle a taché son chemisier hors de prix en soie crème, mais cela ne l'a pas affectée. Puis, devant le café que nous avait apporté Mike pour nous réchauffer et nous réconforter, elle lui a proposé d'aller voir son père, un avocat réputé. Il saurait lui conseiller un de ses collègues, spécialisé dans les droits des minorités. Ça ne peut en rester là, a-t-elle affirmé d'un ton assuré. Jusqu'à aujourd'hui, Addi était pour moi la copine sympa d'Ethan. Une jolie fille, bien née, douce et intelligente. Mais j'ai découvert qu'elle et moi, nous avons plus en commun que ce que je croyais, et je ne parle pas d'Ethan. Elle mène ses propres combats, l'injustice en est un, je l'ai lu dans ses yeux. Comment ne pas aimer quelqu'un comme elle ? Quand Ambrosio a refusé d'aller voir son père, elle s'est contentée de lui donner son numéro de téléphone, en lui disant qu'il pourrait le faire plus tard. Mais il a encore décliné en minimisant. Pour lui, ce n'est rien.

Comment est-ce que ça peut n'être rien ?

Je secoue les cordes plus fort. Je ne comprends pas le monde qui m'entoure, que ce soit ici ou à Cuba. Pourquoi les injustices existent-elles ? Les participants aux repas de Carlota, Ambrosio, elles sont partout, comme des parasites qui n'attendent qu'un moment de faiblesse pour se manifester.

— Cris, arrête tout de suite, ce ne sont pas les travaux d'Hercule. Tu vas te blesser ! m'ordonne César en se plantant à côté de moi.

— Je gère, *maestro,* protesté-je sans ralentir mon effort.

Il croise les bras sur son large torse, et me fixe, réprobateur. Me voir arriver si tôt l'a surpris, Carlota m'a laissé une heure trente de pause au lieu de ma demi-heure habituelle pour que je me calme. Je ne réussissais pas à masquer mon humeur, et elle ne voulait pas que cela se répercute sur mon service. Elle a eu raison, j'aurais été capable de faire manger une assiette à un client qui m'aurait fait un commentaire un peu limite. Mon sourire de façade a été effacé de mon disque dur interne aujourd'hui.

— Tu ne gères rien du tout. Je n'ai besoin ni d'une blessure, ni de yaourt dans tes bras. Tu boxes contre Mylie tout à l'heure, et je ne veux pas d'une carpette ! grogne-t-il.

Il me lance un regard évocateur. Inutile de chercher à le leurrer, il a raison, je ne gère pas grand-chose.

— Termine ton échauffement au sac, et dans dix minutes, je te veux sur le ring. Rappelle-toi ce que je t'ai dit, c'est un entraînement, donc vous contrôlez vos coups. Je ne veux pas de casse.

— Ouais, Cris, je tiens à mon nez ! me lance Mylie en finissant sa séance de cardio.

Ses cheveux châtains, rasés sur les côtés et retenus dans une queue de cheval haute oscillent au gré de ses foulées sur le tapis de course. Je lève le gant, message reçu, même si c'est mon nez qui court le plus grand risque.

Je me poste devant le sac et commence ma série, comme me l'a appris Viktor. Peut-être que je vais enfin réussir à me vider la tête. Droite, droite, gauche. Droite, droite, gauche. César a approuvé tout ce que m'a enseigné mon *maestro* havanais, il n'a pas changé mes gammes, m'expliquant que comme elles me convenaient, on continuait comme ça.

Droite, droite, gauche.

Droite, droite, gauche.

Droite, droite, gauche.

Droite, droite, gauche.

— *Sweetheart,* tu es un vrai métronome…

Cette voix… Mon cœur tressaute et je happe l'air pour le stocker dans mes poumons. Le Yuma est là, à ma gauche, et me sourit. Un sourire beaucoup moins assuré que ce qu'il veut laisser paraître. Il a enfilé un short et un vieux T-shirt à l'encolure élimée qui mettent parfaitement en valeur son corps.

Non.

Je ne peux pas le regarder comme ça.

— À chaque fois, ça me fait drôle de te voir ici, remarqué-je pour me donner une contenance, sans m'arrêter de frapper le sac.

Droite, droite, gauche.

Droite, droite, gauche.

Je happe de nouveau l'air. Encore une série, et ensuite, je change d'enchaînements.

Inle, fais qu'à la fin de cette série, il soit parti…

Droite, droite, gauche.

— C'est toi qui me suis à la salle, me taquine-t-il.

Il n'a pas bougé, mais ses yeux lagon sont hésitants. Je frappe un coup plus fort sur le sac.

Gauche, gauche, droite.

Gauche, gauche, droite.

— N'importe quoi !

Je fais semblant de bougonner, mais en réalité, je ne sais pas quoi lui dire, alors j'évite de le regarder même si mes yeux semblent décidés à revenir vers lui toutes les trois secondes.

Gauche, gauche, droite.

Gauche, gauche, droite.

D'une main, il immobilise le sac.

— Pourquoi tu ne m'as pas appelé ?

Je m'attendais à ce qu'il me parle de l'agression, d'Ambrosio, de Steve, qu'il m'explique pourquoi il n'a pas réagi sur le moment, et me dise qu'il a eu une grande discussion avec lui, mais il me sort ça. Je plonge les yeux dans le lagon de ses pupilles. Je ne suis pas sûre d'être capable d'avoir une discussion sérieuse avec lui, surtout pas sur ça.

— On n'a pas déjà eu cette conversation ?

Il soupire.

— Tu sais que je ne parle pas de ça. Je te parle d'aujourd'hui. Lorsque vous vous êtes fait agresser.

Je fais la moue.

— C'est Ambrosio qui s'est fait agresser, pas moi.

Il fait un pas vers moi, puis un autre, lentement, comme s'il essayait de canaliser la fureur qui vient d'exploser dans ses yeux. Son odeur musquée provoque mes narines. Je retiens ma respiration. J'ai bien fait d'avoir fait des réserves d'oxygène.

— Tu me le dirais s'ils t'avaient fait du mal ?

Je m'oblige à ne pas détourner le regard, au risque de me noyer dans l'océan de ses yeux. Mon cœur tambourine dans ma poitrine, et mon corps brûle de sentir le sien.

Non, je ne te le dirais pas… Inle, donne-moi la force de lui mentir.

— Bien sûr.

En soufflant ses mots, j'ai inspiré profondément. Mauvaise idée. Son parfum vient titiller mes sens. Pourquoi est-ce qu'il faut que mon corps soit si réceptif à tout ce qui est lui ?

Encore un pas. Sa chaleur s'enroule doucement autour de moi, ses iris irradient. Il plisse les yeux.

— Tu mens. Tu ne me l'aurais pas dit. Or je le vois, ils t'ont fait du mal.

Il tend la main vers mon menton un peu rouge, un petit souvenir de l'enflure qui me retenait, et ses doigts effleurent ma peau. Il est près. Trop près. Si près que je peux sentir son souffle caresser mes lèvres. J'entrouvre la bouche, puis la referme.

Non.

Je m'écarte pour faire semblant d'ajuster mes gants. Il me suit. Encore. Comme mon ombre.

— Bien sûr que si, Ethan. Pourquoi je te le cacherais ?

Il fourre les mains dans les poches de son short, et ce faisant, l'abaisse légèrement. Ses abdos en béton armé font leur apparition. Pourquoi faut-il qu'il me fasse un tel effet ? C'était déjà le cas à La Havane, alors que son corps n'était pas parfait… Maintenant, c'est encore pire.

Je me concentre sur mes gants, le tumulte des émotions que je ressens me déstabilise. Colère, déception, attirance… amour.

— Je ne sais pas… À toi de me le dire, continue-t-il.

Sa colère m'enveloppe, et je n'arrive pas à m'en libérer. Mon corps et mon cœur me hurlent que la seule chose que je pourrais faire pour l'apaiser, m'apaiser serait de me blottir contre lui. La seule chose que je ne peux pas faire.

Je recule d'un pas. Ce n'est pas la peur que m'inspire Ethan qui me pousse à le faire. C'est la peur que moi je m'inspire.

Quitte-la.

Laisse-nous une chance.

Embrasse-moi.

Toutes ces pensées que je ne serais pas capable d'assumer si je les formulais à voix haute. Toutes ces pensées qui me submergent et me font tout oublier.

— Tu dramatises Ethan, ils ne m'ont rien fait…

Il se rapproche encore, le mur m'empêche d'aller plus loin.

— Ils t'ont touchée, Cris ?

— Non !

Je pose les gants sur ses avant-bras, et malgré l'épaisseur du cuir, j'ai la sensation de percevoir sa chaleur. Mon cœur bat tellement fort que j'ai l'impression que ma poitrine fait caisse de résonance et que tout le monde peut l'entendre.

Il se décale de quelques centimètres, ses yeux se promènent sur mon corps, à la recherche de traces potentielles. Il n'y en a pas. Ce n'est pas mon short de course ou mon débardeur qui pourraient les cacher. Et pourtant.

Il attrape l'ourlet de mon haut et le remonte de quelques centimètres.

— Et là ? Ils t'ont touchée là ?

Je respire plus fort et suis obligée d'ouvrir la bouche.

— Ethan, à quoi tu joues ?

Ma voix a tremblé. Je voulais la maîtriser, mais je n'y suis pas parvenue. Et le léger sourire sur ses lèvres me murmure qu'il s'en est rendu compte.

— Je vérifie ce que tu me dis, car tu me mens. Je le sais. Alors je dois m'en assurer par moi-même.

— Tu racontes n'importe quoi…

Son souffle danse contre la peau de mon cou et il prend une grande inspiration avant de réprimer un grondement. Il ferme les yeux et inspire encore avant d'appuyer le front contre le mien.

Il comprime la mâchoire, comme s'il essayait de contrôler sa colère, mais je ne comprends pas d'où elle vient, c'est moi qui devrais être furieuse, pas lui. Puis soudain, il ouvre les paupières.

— Pourquoi tu l'as appelé, lui ?

À cause de sa proximité qui anesthésie le moindre de mes neurones, j'ai du mal à comprendre de quoi il me parle.

— Mike. Pourquoi tu l'as appelé ? répète-t-il.

— Je…

Les mots se coincent dans ma gorge. Qu'est-ce que je peux lui répondre ?

— Il y a quelque chose entre vous deux ? Il s'est passé quelque chose hier, pendant le repas avec Carlota ?

Il est jaloux ! Mon cœur s'emballe d'abord d'allégresse, puis se gonfle de rage. Il n'a pas le droit. Il ne peut pas me faire ça. J'ai tracé une ligne, aujourd'hui, j'ai érigé un mur, et il commence déjà à l'abattre.

Je le repousse de mes deux mains sur la poitrine.

— Je ne sais pas à quoi tu joues, petit Yuma, mais je ne vais te le dire qu'une fois. Non, ils ne m'ont pas touchée. Et ce qu'il y a entre Mike et moi ne te regarde pas. Tu as ta vie, tu es heureux. J'ai la mienne.

Mes mots ne sont pas ceux qu'il voulait entendre, car il franchit de nouveau la distance que je venais de conquérir.

— Ça me regarde… Crois-moi, ça me regarde…

Non, je refuse de l'écouter. Dans ses yeux, brille la même volonté farouche que celle qui l'animait le dernier soir à La Havane. Celle-là même qui est capable de me faire quitter ma route. Je plaque mes gants contre son torse pour l'empêcher de trop s'approcher, et m'efforce de parler d'une voix ferme.

— Non, Ethan. Ça ne te regarde pas. Tu n'as pas le droit de réagir comme ça.

Je prends une grande inspiration et contre-attaque, car c'est la seule chose que je peux faire pour rester sur mon chemin.

— Mais par contre, si tu pouvais parler à ton pote Steve et lui dire que c'est un con…

Sa main emprisonne ma nuque et son front retrouve le mien.

— Il t'a touchée ? me dit-il d'une voix douce.

Trop douce.

Et c'est enfin suffisant. La grenade de mes émotions est dégoupillée, elle explose.

— Mais tu n'as pas une autre idée en tête que celle-là ? Tu veux me mettre une laisse autour du cou ou quoi ? Comme Karel ? Mais il se passe quoi avec vos neurones ? Je te parlais de son attitude avec Ambrosio. Il s'est mal comporté, comme un con fini… Il se prend pour qui ?

— Steve a quelques problèmes, m'explique-t-il en libérant mon cou.

Il pose la main sur le mur, à côté de mon visage, comme s'il avait peur de me retenir et que je m'échappe à la fois.

— On a tous des problèmes, mais ça ne nous autorise pas à nous comporter comme ça.

J'ignore si j'ai parlé pour Steve ou pour moi. Je me glisse sous son bras et resserre mes gants.

— Excuse-moi, je monte sur le ring tout à l'heure. Et au cas où ça te passe par la tête, inutile de te pointer au Felicidades ou de m'attendre. Je ne veux pas te voir, je vais rentrer en courant.

Il ouvre la bouche pour protester, je lève la main pour le faire taire.

— Non, Ethan. J'ai vraiment besoin de courir, là. Et seule. Donc tu me fous la paix avec tes conneries et tu appelles ton pote.

Je hâte le pas pour grimper sur le ring. Retenir mes coups, facile à dire… Mais je ne sais pas contre qui je suis la plus furieuse : contre Steve, contre lui ? Ou contre moi ? Parce que quand il est à mes côtés, j'oublie tout, et je ne peux pas me permettre de tout oublier.

Chapitre 12

Mardi 25 septembre

Ethan

Je sors de ma douche express et enfile mon pantalon et mon sweat sans prendre le temps de me sécher correctement. Tout s'est déroulé trop vite hier. L'agression, Steve… Et moi ensuite. J'ai perdu le contrôle. Je suis passé au Felicidades avec l'espoir de la voir, de lui parler, mais la déception m'a envahi lorsque je me suis rendu compte qu'elle n'était pas là. Je ne me suis pas attardé, et ai filé à la salle de sport, le seul endroit où j'étais à peu près sûr de la trouver. Quand je l'ai vue frapper ce sac, j'ai oublié le speech que j'avais préparé, les mots ont pris leur indépendance, et j'ai joué au con. Putain. Je voulais m'excuser, pour moi, pour Steve, lui dire que j'allais lui parler, essayer de lui expliquer pourquoi je me suis comporté comme un lâche… Mais à la place, j'ai merdé. La jalousie a enflé en moi et m'a étouffé.

En repensant à elle et Mike, une nouvelle onde me parcourt, mais je la réfrène, il faut que je me calme, que je calme le jeu.

L'heure de mon téléphone m'indique qu'il est déjà 7 heures, et si je veux la voir avant qu'elle n'aille en cours, il faut que je me dépêche. Une nuit presque blanche et Morphée n'a pas trouvé mieux que de me cueillir au petit matin. J'attrape une serviette et me frictionne le crâne pour m'essuyer les cheveux, récupère ma chevalière sur le lavabo, puis je dévale l'escalier. Un café, et je décolle. Il faut que je mette les choses au clair. Même si je ne sais pas trop ce que je dois mettre au clair.

Ses mots résonnent encore dans mon esprit, je me les suis tellement répétés cette nuit que je les connais par cœur.

« Tu veux me mettre une laisse autour du cou ou quoi ? Comme Karel ? Mais il vous passe quoi par la tête ? »

En arrivant dans la cuisine, je me frotte le visage pour me donner un peu d'énergie. Mais qu'est-ce qui m'a pris ? Pourquoi est-ce que l'imaginer proche de Mike me fout plus en rogne que les conneries de Steve ? La réponse est évidente, mais je la chasse. Je ne veux pas l'affronter, pas maintenant. J'espère qu'elle ne sera pas partie courir… J'aurais dû me lever plus tôt, j'aurais dû…

— Bonjour, fils. Un café?

Bordel de merde. Mon grand-père. Il est arrivé il y a peu de temps, il a encore son manteau.

— Tu as des petits yeux, ta nuit a été agitée? continue-t-il en le tendant à Linjie qui s'empresse d'aller le suspendre dans l'entrée.

Comme d'habitude, mon grand-père est d'une élégance digne d'un magazine. Costume parfaitement repassé, visage parfaitement rasé, cheveux parfaitement coiffés. Parfait. Il est parfait. Logique, il doit l'être pour sa campagne, et son physique qui défie les années, malgré ses soixante-dix ans et ses cheveux poivre et sel, ne suffira pas. Ni ses yeux bleus dont j'ai hérité. Il le sait, je le sais, nous le savons tous.

— Il était avec Addi hier soir, glousse ma mère, déjà attablée devant sa tasse de café.

Devant elle, trône une boîte de donuts de chez Pete's. Génial. Réunion familiale. Le jour où je n'ai pas le temps.

Elaguá, c'est bon… J'ai compris, j'ai merdé hier. Pas besoin d'en rajouter une couche, surtout si je veux me rattraper…

Linjie revient dans la cuisine, me tend une tasse de café, noir comme je l'aime, et me lance un regard navré. Je me laisse tomber sur la chaise en face de ma mère, et prends une gorgée. Quinze minutes. Je leur consacre quinze minutes et je me barre. Très vite. Si Cris est partie courir, j'essayerai de convaincre Ali de m'autoriser à l'attendre dans leur chambre, et si elle est furax elle aussi, je l'attendrai dans le hall de sa résidence, Joyce me laissera squatter sur un banc si je lui offre un joli sourire et que je l'écoute vanter les mérites de la politique de Trump. Comme si elle ignorait que mon grand-père est démocrate…

L'amertume du liquide noir descend le long de ma gorge, mais ne parvient pas à dénouer le nœud qui s'y est formé. Il faut vraiment que je me rattrape.

Mon grand-père s'installe entre nous, au bout de la table. Linjie lui sert à lui aussi une tasse de café qu'il noie dans du lait. La nervosité me gagne. La dernière fois que nous avons eu une réunion familiale de ce genre, c'était après mon overdose, à la cafétéria de la clinique. Lui et ma mère m'annonçaient qu'ils m'internaient, et que Walt, l'homme de confiance de mon grand-père, allait me conduire dans un centre de désintox. Un moment pourri, mais qui a tout changé. Il m'a mené à aujourd'hui. Il m'a mené à Cris.

— Fils, il faudrait qu'on parle… commence-t-il en goûtant son café du bout des lèvres.

Il grimace et rajoute du lait. Pour masquer mon stress, je me passe une main dans les cheveux, histoire de vérifier qu'ils sont à leur place. Une habitude que j'ai gardée de l'époque où je ne fréquentais pas souvent le coiffeur. OK, hier j'ai fait des conneries, mais rien qui vaille une conversation d'homme à homme. Même en sachant ça, je ne peux m'empêcher de baisser le nez et d'attendre ma sentence, le cœur comprimé dans un étau.

Il affiche un sourire satisfait en prenant une gorgée plus franche, puis poursuit :

— Je ne te le dis pas souvent, mais je suis fier de toi. Tes erreurs t'ont rendu plus fort et meilleur, tu es un exemple à suivre pour beaucoup de personnes.

Je relève la tête et le regarde, surpris. Je ne m'attendais pas à ça. Malgré tout, je ne me leurre pas, mon grand-père fait rarement des compliments gratuits. Même s'il pense ces mots, il a un but.

Il ouvre la boîte de donuts, et la tend à ma mère, puis à Linjie afin de leur en proposer, pour finalement la reposer devant moi. À l'aide d'une serviette en papier, il en sort un nappé au chocolat noir, mes préférés, et me l'offre.

— Tu formes un très beau couple avec Addison. Le couple idéal, vous représentez l'avenir.

Pourquoi est-ce qu'un poids leste ma poitrine à la simple évocation d'un avenir avec Addi ? Je croque dans mon donut, j'ai comme l'impression que je ne vais pas apprécier la suite. Le temps défile sur la pendule de la cuisine. Cris…

— La chaîne de tournage de la télévision locale souhaite faire un reportage sur la famille, et sur toi. La renaissance du petit-fils. Ils vont t'interviewer sur ton parcours, ta blessure… Ton présent et ton avenir.

Je voudrais qu'Addison soit présente, après tout, elle fait partie de ton futur.

— Ce sera formidable, s'enthousiasme ma mère.

Sa main fine aux doigts parfaitement manucurés se pose sur la mienne. Elle est prête à aller à l'agence, magnifique dans son tailleur sur mesure et avec ses cheveux lissés qui encadrent son visage à la beauté éclatante malgré les quelques rides, cadeau de la cinquantaine qui approche, qui strient le coin de ses yeux. Une bouffée d'affection me traverse et je me force à sourire, ne pouvant réprimer malgré tout le nœud dans ma gorge qui se resserre.

Mon futur. Addi.

Hier juste après les cours, je suis passé chez les parents de ma petite amie, et ai subi une autre réunion familiale inopinée. Addi souhaitait parler à son père du problème qu'a eu Ambrosio, afin de voir comment elle pouvait l'aider. Il lui a conseillé de se mettre en contact avec les associations des minorités de la fac, mais malheureusement, tant qu'Ambrosio refusera de signaler son agression, il sera difficile de faire quoi que ce soit. Addi était déçue, elle aurait voulu faire plus. C'est ce qu'elle n'a pas arrêté de se reprocher une fois dans sa chambre, mais à moi, aucun reproche. Rien. Pas une question sur Cris non plus, comme si tout était normal. Je l'ai prise dans mes bras, et l'ai enlacée pendant de longues secondes, parce que c'était la seule chose que je pouvais faire.

Mais quand je suis monté dans ma voiture, après l'avoir embrassée chastement sur le front, je ne me suis pas senti mieux. Pas du tout. Ce sentiment d'être prisonnier de ma vie est devenu encore plus lancinant, car j'aurais dû avoir peur d'avoir blessé Addi avec mon geste envers Cris, mais ce qui tournait en boucle dans ma tête, c'était Yeux d'Ange.

Et c'est là que je me suis précipité au gymnase. Et que j'ai merdé, encore.

La peur de l'avoir perdue me ronge les tripes, comme une bactérie vicieuse contre laquelle il n'existerait aucun remède. Je crains d'avoir franchi une ligne.

Ma mère me caresse tendrement la main, me ramenant à l'instant présent. Elle fronce les sourcils, consciente que quelque chose ne va pas.

— Ne t'inquiète surtout pas, mon chéri, tu as juste à être toi-même, à parler de ce que tu as ressenti, de comment tu as réussi à t'en sortir, de la stabilité que t'apporte Addi, et tout ira bien.

Elle me sourit doucement, puis reprend :

— Tout simplement, dire la vérité. Et moi, je dirai combien je suis fière de toi, de l'homme que tu es devenu, et de l'espoir que tu représentes pour tous. Tu vas inspirer d'autres parcours…

Je déglutis avec peine, si elle savait. Elle est convaincue qu'il s'agit de la vérité, mais on parle avant tout de sa vérité, pas de la mienne. Elle est au courant pourtant de l'importance qu'a eu Cris dans mon processus de guérison, mais n'en a jamais saisi l'ampleur réelle. Sans elle, je n'en serais pas là. Sans elle, il n'y aurait pas d'Ethan et Addi, d'homme inspirant.

— Je…

J'hésite, bafouille. La seule réponse possible, la seule qu'ils accepteront refuse de sortir. Cris. Mon avenir. Addi. Ce qui était si clair il y a quelques semaines encore n'est plus qu'une brume nébuleuse.

J'ai. Mal.

Heureusement, mon grand-père ne semble pas se rendre compte de mon agitation. Coup d'œil à l'horloge. 7 h 30. Putain… Mon espoir de passer voir Cris avant les cours s'évapore, je crois qu'elle commence à 8 heures. Il engloutit un second donut, alors que je n'ai pas pu avaler un tiers du mien. Linjie me lance un regard explicite, elle n'est pas dupe.

— Je sais que tu seras parfait. C'est bon pour la campagne, je n'ai pas besoin de te l'expliquer.

Parfait. Le petit-fils imparfait qui devient parfait. Le nœud se resserre, mais ce n'est pas à cause de la culpabilité, celle qui me pousse à leur faire plaisir, celle que je ressens à chaque fois que je suis en présence de mon grand-père. Non. La colère en est à l'origine.

Les apparences. Voilà ce qui guide chacun de mes actes. Comme hier chez Addi. Comme à chaque fois que je suis avec elle. Comme ce que je vais dire pendant ce reportage. Leur poids est chaque fois plus lourd sur mes épaules, comme si j'avais de plus en plus de mal à le porter.

Il n'attend pas de réponse, il sait que je vais accepter, alors je me contente de hocher la tête. Mais j'ai mal. Mal au cœur. Mal à mon âme.

Au milieu de cette cuisine, j'ai le sentiment que ma vie m'échappe. Il est déjà 7 h 45, inutile d'aller voir Cris maintenant.

Je me laisse aller contre le dossier de ma chaise et soupire discrètement. J'irai après les cours, je passerai au Felicidades, et j'attendrai la pause de Cris pour lui parler.

— Vous avez rendez-vous après les cours au siège de la chaîne, ils veulent vous expliquer le déroulement du reportage et voir avec vous les questions qu'ils vont vous poser. On a insisté : aucune question non prévue. Tu dois tout valider, et si besoin, Aaron y jettera un coup d'œil.

Aaron, le père d'Addi, est l'avocat de mon grand-père. Le sang bat contre mes tempes. Aujourd'hui ? Si vite ? Ma mère ajoute :

— Cela va demander quelques semaines de préparation, et ils ne nous ont prévenus qu'hier soir qu'ils pouvaient aujourd'hui. Sinon, leurs créneaux tombaient sur ton entraînement, et on s'est dit que cela t'embêterait.

Elle me caresse toujours la main, et je tourne la paume pour la prendre dans la mienne. Par ce simple geste, je veux la rassurer, même si un tourbillon se déchaîne à l'intérieur de moi.

— D'accord, c'est gentil d'avoir pensé à mes entraînements.

J'ignore par quel miracle j'ai réussi à articuler tous ces mots, ma gorge est tellement serrée je suis même incapable d'avaler ma salive. Je me force à inspirer, tout va bien. Je peux le faire.

Ma réponse doit satisfaire mon grand-père, car il sourit, une expression de fierté sur le visage.

Et c'est comme si je me prenais un uppercut de plus. Je m'oblige à lui sourire en retour, à faire comme si.

Comme si j'avais encore le contrôle.

Comme si tout allait bien.

Comme si je n'étais pas prisonnier de mes erreurs passées.

Linjie verse de nouveau du café dans sa tasse, il y ajoute du lait et se carre dans sa chaise : il n'a pas l'intention de partir tout de suite.

— Parle-moi de la fac, le nouveau programme te plaît ?

Notre gouvernante se glisse à côté de moi et presse discrètement mon épaule. Elle m'interroge du regard, la cafetière à la main. Mais ce n'est pas sur le café que porte sa question silencieuse. Elle sent qu'il y a autre chose, et elle pince les lèvres quand je lui souris.

Le même sourire de façade que celui de Cris.

Ma mère surprend notre échange, et fronce les sourcils. Je prends une inspiration discrète, et je lui souris à elle aussi.

Les apparences, toujours les apparences, même avec eux. Je dois être à la hauteur, pour eux, ma rédemption passe par là.

L'horloge m'indique qu'il est trop tard.

— Le programme est génial. Vous saviez que la nutrition est indispensable pour la récupération d'un sportif? commencé-je.

Je m'excuserai la prochaine fois que je la croiserai.

Cristina

J'accélère ma foulée. Comme tous les jours, je rentre en courant après mon service au Felicidades. Plus que deux pâtés de maisons, et je serai à la résidence. Dans trente minutes, je serai au lit. Non pas que j'aie sommeil, mais j'ai hâte que cette journée se termine. Peut-être que la nuit pourra tout effacer, et que demain sera réellement un autre jour?

Quand il est arrivé à notre premier cours de la matinée, la lèvre d'Ambrosio était tellement enflée qu'il a eu du mal à avaler le café que je lui avais apporté. Les regards et les rires moqueurs des ordures qui lui ont fait ça m'ont donné envie de jouer des poings sur eux, mais il m'a attrapé la main d'un geste autoritaire pour m'intimer de ne pas faire attention à eux. Je l'ai écouté, serrant en retour cette main qui tremblait contre la mienne. Sa peur a été pire qu'une lance qu'on m'aurait enfoncée dans le ventre, je ne sais pas quoi faire pour l'aider. Et le prof, qui a assisté à toute la scène, n'a rien dit. Encore une fois.

En sortant du cours, Ambrosio m'a avoué que ça lui était déjà arrivé, l'année dernière, avec ces mêmes types. Le déclencheur a été une soirée, une simple soirée. Ils l'ont vu embrasser un garçon, et tout est parti de là. Sur le moment, ils n'ont rien fait, mais quelques jours plus tard, ils l'ont acculé dans les toilettes. Selon lui, il suffit qu'il fasse profil bas pour qu'ils le laissent tranquille.

— Mais tu as fait profil bas ! me suis-je exclamée, outrée.

Il n'a fait que les regarder !

Il a secoué la tête en disant :

— Tu sais, il y a des pays où je serais en prison parce que je suis gay, alors ça, ça n'est rien. Je n'ai plus qu'une année à faire avec eux, et après, ils me foutront la paix.

Il a finalement renoncé à aller au cours suivant et est rentré chez lui. Mal à la tête, a-t-il prétexté. C'était la peur surtout qui lui a fait tourner les talons. Combien de temps vais-je réussir à ne rien dire ? À ne pas réagir ?

Est-ce que je ne me rends pas complice en faisant cela ? Et si je le fais, est-ce que cela n'empirera pas la situation ? Je suis seule contre eux, après tout… Et puis, comment lui reprocher cette attitude, alors que j'ai eu la même pendant un an. Un an à raser les murs. À vivre dans l'ombre.

Mes muscles se plaignent, mais j'ai besoin de leur douleur pour faire taire celle de mon cœur. Et puis, plus vite j'arriverai, plus vite je pourrai tourner la page de cette journée. Tandis que j'allonge ma foulée, je lève un peu la tête pour savourer l'air doux de la soirée. Seul point positif : la pluie a décidé de ne pas occuper le devant de la scène, et le ciel est dégagé. Les étoiles constellent l'obscurité de la nuit, le quartier de lune accompagne mes pas.

Je n'ai pas vu le Yuma aujourd'hui, il n'est pas passé au Felicidades. C'est sans doute mieux comme cela, les choses sont remises à leur place. Il a dérapé hier, cela arrive. Si cela avait eu une réelle importance, il serait venu et aurait cherché à me parler. Mais rien, pas même un SMS. La colère se mêle à la déception, et je me déteste pour ce sentiment.

Je ralentis en atteignant une intersection ; le feu est au rouge, mais prudence reste le maître mot ici. La circulation est bien plus dense qu'à La Havane, même à minuit, et j'ai appris à faire attention, les conducteurs ne respectent pas toujours la signalisation. C'est bon, je peux traverser. J'arrive au milieu du boulevard quand un vélo me coupe le passage.

— Hey ! protesté-je en pilant pour ne pas le percuter.

Son propriétaire ne s'arrête pas. Il ne se donne même pas la peine de vérifier que je vais bien, mais, à la lueur du lampadaire, je reconnais ce blouson vert militaire. C'est Ali.

Qu'est-ce qu'elle fait dehors à cette heure de la nuit ? Il est presque 23 heures… Je mettrais ma main à couper qu'elle ne va pas chez Juan. Toujours au milieu du boulevard, je l'observe s'éloigner pendant quelques secondes, puis, avant qu'elle ne disparaisse, je fais la seule chose que je peux faire : je remets mes jambes en mouvement. Inle me souffle que c'est ce que je dois faire.

Cela fait dix minutes que je cours à un rythme bien plus élevé que la normale, et je ne sais pas combien de temps je vais pouvoir tenir encore. Je m'oblige à me concentrer sur mes foulées. J'ai l'intuition que cette sortie nocturne de ma coloc est en rapport avec l'état dans lequel elle est rentrée l'autre jour.

Je maintiens le rythme.

Quand, au bout de quelques minutes, elle ralentit dans une petite rue, puis s'arrête, je soupire de soulagement. Quelques foulées encore, puis je ralentis à mon tour.

La cycliste jette un coup d'œil à la ronde, et abandonne son vélo contre un lampadaire, avant de déposer son sac sur le sol. Je me cache dans le renfoncement entre deux bâtiments, je ne veux pas qu'elle me voie.

Est-ce qu'il s'agit vraiment de ma colocataire ? Même si le ciel est clair, la lune n'a pas suffisamment de force pour que je puisse distinguer son visage, et le lampadaire à côté duquel elle s'est arrêtée ne fonctionne pas. Je cherche autour de moi un repère qui me donnerait un indice sur le quartier où nous nous trouvons. J'étais tellement concentrée sur mes pas et mon souffle que je n'ai pas fait attention où la cycliste m'emmenait. Aucun indice.

De l'autre côté de la rue se dresse un bâtiment qui a dû abriter une épicerie il y a longtemps, mais où ne subsistent que des logements défraîchis. L'immeuble de mon côté semble lui aussi désaffecté, des graffitis obscènes recouvrent la partie basse et courent entre les fenêtres et les portes calfeutrées par des planches de bois. Des ordures jonchent le trottoir, vomies par les poubelles qui débordent. Tout n'est que grisaille, saleté, vétusté. Rien à voir avec les couleurs chaudes de Little Havana. Je frissonne. Je dénoue mon sweat en longeant l'immeuble et l'enfile.

La silhouette laisse son vélo contre le lampadaire et s'approche d'un mur qui doit faire environ un mètre cinquante de haut. Lui aussi a son lot de graffitis. Elle s'accroupit pour fouiller dans son sac à dos, les phares d'une voiture qui passe la font se relever brusquement. Je peux enfin voir son visage : c'est bien Ali. Elle surveille la voiture qui s'éloigne, et quand elle est certaine qu'elle ne va pas s'arrêter, elle fait quelques pas en direction du mur, et l'inspecte. Il a été refait il y a peu. Elle promène sa main sur la surface grumeleuse, comme pour en tester la matière, puis recule, jaugeant, évaluant, et revient enfin vers lui.

Le ballet commence.

Ses gestes sont sûrs et précis tandis qu'elle trace ce qui devient très vite les contours d'un visage de profil.

Une graffeuse.

Elle est en train de faire un graffiti sur le mur qui ceinture un parc abandonné.

Non, pas un graffiti. Une fresque.

Elle secoue la bombe. Des traits féminins, délicats, un menton levé vers le ciel apparaissent. Elle change de bombe, et la peau prend vie, puis c'est l'œil, fermé, qui se dessine devant moi.

Je brûle d'envie de m'approcher davantage, mais je n'ose pas l'interrompre. Elle est dans son monde, comme moi je le suis quand je frappe sur un sac.

Je m'assois sur le trottoir en face, dissimulée par l'ombre de la rue, et l'observe, fascinée. Les secondes deviennent des minutes, une première dizaine, puis une deuxième. Quand je fouille dans mon sac à dos pour en sortir ma veste afin de ne pas attraper froid, elle ne me voit toujours pas. Ni quand j'étends mes jambes fatiguées pour faire quelques étirements. Tout comme elle ne voit pas cette vieille femme qui passe à côté d'elle en promenant son chien.

Elle trace, remplit, alterne, mélange les couleurs. Elle crée, donne vie, et moi, je n'ai jamais rien vu d'aussi beau. C'est cette beauté qui m'attire comme un aimant et me fait me lever pour la rejoindre quand elle recule de quelques pas pour contempler son œuvre.

En sentant ma présence à ses côtés, elle sursaute, mais je ne prononce pas un mot. Pas encore. Sur ce mur gris, une jeune femme, à la peau claire et à la sombre chevelure ondoyante, semble offrir son visage à quelque chose qui n'est pas encore là. Peut-être le soleil. Les yeux clos, elle sourit, heureuse. Libre.

Je l'envie.

— C'est magnifique, finis-je par dire, sans la regarder.

Je n'arrive pas à détacher les yeux de ce qui s'annonce comme une fresque magnifique. Quelques larmes s'accrochent à mes cils, mais pour une fois, elles ne sont dues ni à la colère ni à la peur. De l'émotion brute.

Ali ne me fait pas remarquer ma présence, ne me pose aucune question.

— Il n'est pas encore fini, il me reste tout le décor, et quelques détails, ici, et là.

Elle me montre quelques zones dans les cheveux et sur la joue de la femme.

— Tu sais ce que tu vas y peindre ? lui demandé-je en me tournant enfin vers elle.

Elle hausse les épaules. Elle a de la peinture sur la joue. Elle se l'est certainement mise quand elle a essayé de dégager une mèche de ses cheveux, qui s'échappent de sa capuche.

— Pas encore. Il me manque des éléments.

Voyant que je ne comprends pas de quoi elle me parle, elle ajoute :

— C'est comme un puzzle que je dois assembler.

Je penche la tête sur le côté, étonnée.

— Tu en parles comme si cela racontait une histoire vraie.

Elle sort une autre bombe de son sac, et s'arrête, indécise, devant sa création.

— C'est le propre d'un mural : il raconte une histoire.

Comme ceux de la rue Hamel à La Havane, comme ceux qui se sont approprié certains murs du quartier cubain de Miami. D'un geste précis, elle commence à ombrer les contours du visage.

— Il me manque beaucoup d'éléments encore… me lance-t-elle, sans me regarder.

Je l'écoute à peine et m'approche du mur. Ce visage… Cette sensation… Je tends une main hésitante vers lui. La surface est rugueuse, mais la peinture est presque sèche. Quelques secondes s'écoulent, il n'y a que ma main sur ce mur, et le noir de la nuit qui m'enveloppe.

Elle continue à dessiner sur la gauche, une ligne apparaît, comme si elle séparait le fond en deux. Deux mondes. Deux univers. Elle commence vers le bas, épaisse, irrégulière et d'un noir profond, puis s'affine en montant vers le ciel.

Ma gorge déjà nouée se comprime encore davantage. Ce que j'ai devant les yeux me parle, me souffle la vérité qui ébranle mon monde, l'équilibre fragile dans lequel j'évolue.

Deux univers. Une ligne de démarcation.

Ali attrape ensuite une bombe de gris, et commence à apporter quelques nuances, fragiles, discrètes, mais bien présentes.

— Un ravin, m'explique-t-elle. Ça va prendre plus de temps, mais c'est un ravin que je dois dessiner.

Je tente de déglutir, mais le nœud est trop important. Un ravin, comme celui qui m'empêche de rejoindre Ethan. Je m'aperçois soudain qu'à son extrémité, en haut, il est plus fin, comme si le ravin était devenu ruisseau.

Elle voit ce que je suis en train d'observer, et plisse les yeux.

— Je vais y ajouter une silhouette. Un homme.

Ma colocataire me montre l'endroit où le ravin disparaît. Mon cœur rate un battement.

— Il l'attend.

J'ouvre la bouche, je ne sais pas si c'est pour lui répondre ou aspirer l'oxygène, mais une ombre nous recouvre avant que le moindre mot n'ait le temps de sortir. Large. Imposante. Inquiétante. De concert, nous sursautons.

— T'es encore là toi ? Le message n'a pas été suffisamment clair la dernière fois ?

L'ombre est en fait deux ombres. Deux hommes baraqués, à la peau brune recouverte de tatouages qu'on peine à distinguer et au crâne rasé se tiennent devant nous. El Faro aurait adoré les embaucher, moi, je pense que ce n'est vraiment pas le genre de types qu'on a envie de croiser la nuit. Et on est la nuit. Nous étions tellement absorbées par le graffiti d'Ali que nous ne les avons pas entendus arriver.

Ali fait un pas en arrière. Le sang a déserté son visage, sa peau est aussi blanche que le quartier de lune.

— Putain, on t'a expliqué que tu n'as pas le droit de venir ici avec tes merdes ! tonne l'un d'entre eux.

Une cicatrice descend sur toute la longueur de sa joue : il ne se l'est pas faite en se rasant, cela me semble évident.

Ma colocataire me lance un regard appuyé, puis elle jette un coup d'œil à son vélo, à deux mètres de nous, avant de revenir sur les types.

Je comprends le message, mon corps se tend, mes muscles se préparent à bondir.

Et soudain, elle me hurle :

— Cours !

Elle a déjà enfourché son vélo, et à coups de pédales vigoureux, s'éloigne comme si une bombe allait exploser à côté d'elle.

C'est peut-être ce qui risque de se produire, mais mon cerveau tarde à enregistrer l'information. Toute l'attention des types est désormais braquée sur moi.

Quand les deux types se ruent sur moi, je ne perds pas plus de temps. Je me mets à courir.

Encore.

Chapitre 13

Cristina

Je dérape en prenant un virage serré à gauche pour m'engouffrer dans une ruelle. Mon sac à dos m'a déséquilibrée. Je m'aide d'une main pour ne pas tomber, et d'un coup de reins, je me redresse. Foutu ordinateur ! Foutues semelles ! Mes tennis sont tellement usées qu'elles manquent d'adhérence, ce qui n'est pas le cas de celles des deux types. J'ai perdu deux ou trois précieux mètres avec ce faux pas. J'accélère encore. Les deux lourdauds n'ont pas suivi Ali, tant mieux.

Nouveau virage, je le prends avec précaution cette fois. Mes muscles me brûlent, trop d'efforts aujourd'hui. Il faudrait que je ralentisse l'allure, mais je ne peux pas.

Je refoule la pensée de la douleur et me concentre sur chacune de mes foulées, sur mes pieds qui mordent l'asphalte, sur l'oxygène qui arrive dans mes poumons. J'ai l'habitude de courir, c'est un avantage sur eux. J'en ai un autre : j'ai toujours aimé les longues distances, et je serais prête à parier qu'avec leur carrure de poids lourds gonflés aux stéroïdes, ce n'est pas leur cas. Je dois juste tenir.

Je braque à gauche. Une longue ligne droite. Chaussée parfaite, dégagée. Mes muscles protestent, l'oxygène qui coule dans mon sang n'est pas suffisant. Le point de côté me guette. Je le repousse en inspirant le plus profondément possible.

Et surtout, j'accélère encore. Si je ne le fais pas, je vais passer un sale quart d'heure. Mais étrangement, je n'ai pas peur. Ce n'est pas la panique qui rythme mes foulées, pas comme avec Karel.

Non, c'est cette sensation de liberté qui m'envahit alors que je flirte avec la limite de mon corps.

Cette sensation, de puissance, de contrôle.

Parce que mon corps ne va pas lâcher. Pour la première fois depuis que je suis arrivée, j'ai le contrôle.

J'accélère encore. Tandis que mes foulées martèlent le bitume de cette rue, je laisse derrière moi mes assaillants, cette vie qui n'est pas à la hauteur de ce que j'attendais, et Ethan. Je laisse derrière moi ses mots, ses gestes, ses regards. Je cours.

Les foulées qui battaient le pavé juste derrière moi s'éloignent petit à petit.

— Sale pétasse ! Si ta copine et toi revenez dans le quartier, vous êtes mortes ! me hurle l'un d'entre eux.

Je n'ai pas besoin de me retourner pour vérifier ce qu'ils font. Ils se sont arrêtés. Pliés en deux, mains sur les genoux, ils doivent être en train d'essayer de récupérer leur souffle.

Moi, je continue de courir.

Et je souris.

Je tiens le rythme pendant deux rues, et je m'autorise enfin à ralentir. Un coup d'œil autour de moi me confirme ce que je sais déjà : je n'ai aucune idée d'où je me trouve. Je ralentis encore, jusqu'à cesser de courir. Pour que le choc pour les muscles ne soit pas trop brutal, je marche d'un bon pas même si je n'ai qu'une envie, m'écrouler contre un mur. Je suis trempée, et cette fois, ce n'est pas à cause de la pluie. Il faudrait que je puisse enfiler un vêtement chaud, mais je n'ai pas pris le temps d'enlever ma veste dans cette course imprévue, donc je n'ai rien que je ne porte déjà sous la main. Il faut que je rentre vite à la résidence. Je fouille dans la poche avant de mon sac et en tire mon portable.

Mon premier réflexe est d'appeler Ethan, mais je le réfrène. Même après ce qu'il m'a dit hier, il reste mon roc. Mais c'est impossible. J'active le GPS comme me l'a montré Mike et mets mes écouteurs.

Du rock. La musique que m'a laissée le Yuma en m'offrant ce téléphone. Même si je ne l'appelle pas pour qu'il vienne me chercher, il est un peu avec moi.

Quand je passe ma carte dans le lecteur qui contrôle l'entrée de ma résidence, le soulagement m'envahit. Je vais pouvoir me doucher et dormir, mais avant, Ali et moi allons avoir une petite discussion. Elle a intérêt d'être là.

Heureusement, le pit-bull Joyce ne campe pas dans sa niche. L'accueil de la résidence est vide. Parfois, quand je rentre de mon service au Felicidades, je tombe sur elle et j'ai droit à son regard désapprobateur, comme si je venais de tuer son chaton avec mes mains sales de Cubaine.

Je m'aide de la rampe pour gravir l'escalier, et lorsque j'atteins notre étage, j'aperçois la lumière qui s'échappe sous la porte de notre chambre. Le soulagement porte mes derniers pas.

Ali est là.

Lorsque j'ouvre la porte, elle est installée sur son lit, en train de griffonner. Sa veste militaire gît sur son lit, et elle n'a pas pris la peine de ranger ses bottes. Dès qu'elle me voit, elle se lève d'un bond et me prend dans ses bras sans tenir compte de ma transpiration qui goutte sur le sol.

— Oh, putain ! J'étais en train de me dire que j'allais appeler les flics pour qu'ils lancent des équipes de recherches dans les égouts.

Elle s'est douchée, ses cheveux sont encore humides et elle a enfilé un vieux jogging et un T-shirt de hard-rock trop grand pour elle, mais surtout, elle n'a plus de trace de peinture sur le visage.

— Dans les égouts ?

Elle s'écarte pour me regarder dans les yeux, un sourire mutin sur les lèvres.

— Ben oui… Les Haïtiens font disparaître les corps dans les égouts, c'est bien connu. Les Mexicains préfèrent les découper et les disperser ensuite le long des autoroutes, et les Cubains jettent les gens en prison et les rayent de la surface de la Terre.

On était donc à Little Haiti. Le quartier contre lequel Ethan m'a mise en garde. Son avertissement n'était pas exagéré, ce n'est pas l'endroit le plus sûr pour faire des graffitis. Je m'écarte doucement d'elle, j'ai l'impression d'être passée sous un train. Demain, une bonne séance de cardio me sera indispensable pour effacer ma course.

Je me libère de son étreinte et vais jusqu'à mon lit, Ali sur les talons. Elle s'assoit dessus tandis que je renifle ma veste et grimace lorsque je l'enlève pour l'abandonner sur ma chaise. Bon, demain, ce sera sweat, en croisant les doigts pour qu'il ne pleuve pas, parce que là, elle a besoin d'un bon lavage.

— Et les Colombiens… continue-t-elle.

Son ton m'incite à relever la tête : il est prudent, comme si on venait de pénétrer sur un terrain dangereux, ce qui est sans doute le cas.

Elle fait la moue.

— Les mines antipersonnel. C'est notre truc.

Je scrute son visage pendant quelques secondes, toute trace de légèreté a disparu. Ali est aussi secrète que moi, et malgré un mois de colocation, nous n'avons pas abordé de sujet intime. Par exemple, j'ignorais que c'était une graffeuse et qu'elle était douée, et elle, elle ne sait rien de mon passé. « C'est notre truc », elle est donc Colombienne. Je réfléchis rapidement à ce que je connais de la Colombie, mais mes informations sont plutôt éparses. L'embargo sur Cuba a nui à tout ce qui venait de l'extérieur, même ce type de données. Je crois qu'il y a ou qu'il y a eu une guérilla, mais je n'en suis pas sûre. Est-ce de cela dont elle parle ?

— Mais moi je trouve que l'acide, c'est mieux. Ça fait tout disparaître, poursuit-elle en réunissant ses cheveux détachés dans une queue de cheval.

Son ton léger est de retour. Je range l'information qu'elle m'a donnée dans un coin de ma tête, j'y reviendrai plus tard.

Je récupère dans mon placard une serviette et des vêtements de rechange.

— À vérifier pour les os…

Elle me lance un regard perplexe, tout en lissant le drap de ma couette du plat de la main.

— Quoi ?

— Les os… Il faut vérifier que l'acide va les ronger, je ne suis pas sûre que ce soit le cas. Il y a un épisode de *Breaking Bad* qui prouve que ça peut être problématique.

Mon cœur se serre en prononçant ces mots, j'ai vu la première saison de cette série avec mon frère, il me manque… En cet instant précis, j'aimerais qu'il soit dans notre chambre, avec nous. Je serais même prête à supporter la présence de son affiche grandeur nature de Chewbacca. Elle glousse et je prends ma trousse de toilette. Avant de sortir, je m'immobilise devant la porte et me retourne.

— Je vais me doucher, inutile de faire semblant de dormir quand je reviens. Je sauterai à pieds joints sur ton lit pour te réveiller. Tu as deux ou trois trucs à m'expliquer. Notamment pourquoi deux armoires à glace m'ont poursuivie.

Elle pince les lèvres, mais ne proteste pas.

— Ah, et si tu pouvais me trouver un truc à manger, ça serait cool. J'ai dû beaucoup, beaucoup courir…

Elle hoche la tête, et je file me laver. Cela va me laisser le temps de trouver les bonnes questions à lui poser.

Je ne me presse pas sous la douche. L'eau chaude détend mes muscles endoloris. Ali sera là à mon retour, elle ne peut pas se défiler. Et puis, si elle essaie, elle finira bien par rentrer. Donc on parlera à un moment ou un autre.

La lumière de la chambre s'infiltre toujours sous la porte quand je reviens : elle ne s'est pas sauvée.

— Alors, tu m'as trouvé quoi à manger ?

Elle est assise sur son lit, le dos appuyé contre le mur et feuillette un magasine d'art moderne. Elle lève une boîte de crackers au fromage en m'offrant son plus beau sourire.

— Tu plaisantes ? Ça ne va pas remplir mon estomac ça ! J'en ai brûlé des calories en courant devant ces types ! m'exclamé-je en refermant la porte derrière moi.

Son visage se crispe aussitôt. Je n'en tiens pas compte et lui arrache le paquet des mains.

— Ça fera l'affaire, grommelé-je. Par contre, demain, tu m'offres le petit-déj' !

Je me suis efforcée d'adopter le ton léger qu'aurait eu Ladydi. Elle saurait mieux que moi gérer cette situation.

Je m'installe maladroitement à côté d'elle et m'adosse moi aussi au mur. Mes cheveux gouttent encore de ma douche et je les frotte une dernière fois avec ma serviette que j'ai gardée autour de mon cou.

— Bon, tu m'expliques pourquoi deux armoires à glace qui feraient les méchants parfaits d'un film d'action m'ont couru après ?

Le sel du cracker se répand sur ma langue. Pas sûr que ce soit le mieux après une telle course. Je me penche pour attraper la bouteille d'eau qu'elle a posée sur sa table de nuit et en avale plusieurs gorgées.

— Tu n'avais pas de vélo.

Je manque de recracher l'eau qui est dans ma bouche. Elle plaisante, non ? Ma patience a des limites, j'aurais dû mieux observer Ladydi. Dire que je lui ai fait subir ça…

— Quel est le rapport ?

Elle soupire en tirant un fil de l'ourlet de son T-shirt.

— Bon, OK, disons que je n'ai pas vraiment le droit de peindre là-bas.

Elle tire davantage sur le fil et se retrouve avec une bonne dizaine de centimètres dans la main. Si elle continue comme ça, son T-shirt ne va pas passer l'heure, et on sera obligée de l'enterrer en catastrophe.

— C'est-à-dire ?

Elle continue de tirer sur le fil. Quinze centimètres.

— C'est-à-dire que ce mur, il a des propriétaires…

Je fronce les sourcils. Ses réponses sont sibyllines, et ça m'agace. Elle tourne autour du pot comme un poisson dans son bocal.

— Qu'est-ce que tu veux dire par là ?

— Des propriétaires… se contente-t-elle de répéter.

Au temps pour ma patience.

— Je crois que tu n'as pas bien compris : courir avec deux monstres aux fesses, ce n'est pas vraiment mon passe-temps préféré, lui rétorqué-je, l'agacement suintant de ma voix.

Elle relève le menton et oublie enfin le fil et l'ourlet. Son T-shirt a peut-être une chance de survie.

— Ça t'est déjà arrivé ?

Mince, elle utilise les mêmes trucs que moi pour ne pas répondre aux questions…

Inle, donne-moi un peu du savoir-faire de Ladydi.

— Tu sais, la stratégie de l'évitement, je la connais bien. Je pourrais l'avoir inventée, elle et moi, on est super copines. Donc ça ne sert à rien.

— Tu l'as déjà utilisée ?

L'air angélique qu'affiche son visage m'exaspère. Elle se moque de moi, non ? Ce n'est pas possible autrement. J'arque un sourcil qui lui signifie que je ne suis pas dupe. Elle aura beau me répondre par une question, j'aurai le fin mot de l'histoire. Mais j'accepte de lui laisser un peu de temps. Encore.

— Oui, souvent. Surtout ces deux dernières années. Ma meilleure amie Ladydi mérite d'ailleurs une palme pour m'avoir supportée.

— Elle est comment ?

Je ne peux m'empêcher de sourire en pensant à elle.

— Toujours gaie, un rayon de soleil. Elle est super maladroite, mais c'en est attendrissant.

— Tu ne parles pas beaucoup de ta vie à Cuba, remarque-t-elle en pinçant les lèvres.

Je hausse les épaules en jouant avec le paquet de crackers que j'ai posé sur mes cuisses.

— Tu ne parles pas beaucoup de toi non plus. Je ne sais même pas si tu as de la famille ici. Je viens d'apprendre que tu es colombienne et jusqu'à ce soir, je savais juste que tu as un petit ami qui fait partie des Tocororos, que tu étudies l'art, et que tu es sympa.

Elle ouvre la bouche, mais je l'interromps.

— Stratégie de l'évitement.

Je réfléchis pendant quelques secondes, est-ce que je peux faire ce que je n'ai jamais fait ? La réponse s'impose d'elle-même et je m'assure de capter son regard avant de poursuivre :

— Écoute, on fait un deal. Tu me parles un peu de toi, et j'en ferai de même pour moi. Donnant-donnant.

J'ai toujours vécu dans le silence, le secret. Même « avant », je racontais peu de choses sur moi, mais il est des moments où cela doit changer, où on doit donner de soi, pour l'autre. C'est un de ces moments. Elle hésite quelques secondes, puis capitule.

— OK.

Super… Bon, j'ai dit donnant-donnant, à moi aussi d'être sincère. Ou de ne pas me voiler la face.

— Donc on revient à la question essentielle : pourquoi tu vas peindre là-bas si tu n'as pas le droit ? Parce que tu n'as pas le droit, c'est ça ?

Elle prend son oreiller, le tapote avec soin, et le cale entre le mur et son dos, puis soupire d'aise.

— J'aime bien.

J'ai dû mal entendre.

— Euh, tu aimes bien ? C'est une blague ?

Elle aime bien aller dans un quartier dangereux pour peindre et se faire pourchasser par des types louches ?

Elle secoue la tête.

— Non. C'est difficile de trouver un bon endroit, les murs sont souvent moches.

— Ça existe un mur moche ? la taquiné-je en lui donnant un petit coup de coude.

— Oui, le grain, la surface, l'emplacement. Ça a son importance, me réplique-t-elle d'un ton sérieux qui me donne envie de m'excuser d'avoir plaisanté.

J'étudie son visage un instant, Inle me murmure qu'elle ne me raconte pas toute la vérité, qu'il manque un pan essentiel de cette histoire.

— Et donc tu as choisi un joli mur, dans un quartier où habitent des gens pas très sympas.

Elle appuie l'arrière de son crâne contre le mur et ferme les yeux.

— Il y a des gens pas très sympas partout.

Stratégie d'évitement fois deux ou trois. Mon soupir doit trahir mon impatience, car elle ouvre immédiatement les yeux.

— Sérieusement… On a dit qu'on se donnait des infos.

Mal à l'aise, elle se passe la main dans les cheveux.

— Sérieusement, j'aime bien ce mur.

J'attends sans prononcer un mot, de peur d'être un frein à ce qui commence à sortir.

— Je connais bien le quartier, on habitait l'immeuble en face. J'ai fait mes premiers graffs avec mon frère, sur ce mur.

Enfin des infos personnelles.

— Tu as un frère, relevé-je.

Un sourire attendri flotte sur ses lèvres.

— Deux : un grand qui a vingt-six ans, et un petit qui a treize ans.

Notre deal me revient en mémoire, donnant-donnant.

— J'ai un grand frère. Yotuel.

Puis, en grimaçant, j'ajoute :

— C'est un *jinetero,* un gigolo si tu préfères. Il ne se fait pas payer, mais c'est tout comme.

Elle écarquille les yeux tout en me dévisageant.

— Ton frère se prostitue ?

Je fais la moue.

— Oui, j'ai rencontré Ethan, parce que Yot fréquentait sa mère.

J'ai insisté sur le mot « fréquentait » pour qu'elle comprenne la teneur de leur relation. Ses yeux marron foncé sont tellement grands ouverts qu'ils pourraient servir de parabole à la NASA.

— Tu rigoles ?

Je dois faire un effort pour continuer, pour ne pas tout garder pour moi. Ici, dans cette chambre, le silence n'a pas sa place.

— Non. Il est bisexuel. Aux dernières nouvelles, il sortait avec le petit frère d'un sale type qui m'en a fait baver l'année dernière.

Pour dédramatiser la situation, j'ai prononcé ces mots comme s'ils étaient anodins. Mais ils ne le sont pas. Je me suis relevée de tout cela, je suis forte, plus forte peut-être, mais je n'oublie pas. Je ne peux pas.

Être honnête sera peut-être la seule façon d'obtenir son honnêteté en retour, alors je me lance et lui raconte tout. Enfin presque tout. Je lui raconte Karel, l'overdose de Yotuel, la vie à Cuba, la salle de boxe, El Faro. Et mon amitié avec Ethan, comment il m'a aidée. Je tais ses problèmes, ils ne sont pas ma vérité, et je passe aussi sous silence la vraie nature de notre relation. Non pas parce que je veux la lui cacher, mais parce que mettre des mots dessus, la faire éclater au grand jour en en parlant avec quelqu'un la rendrait réelle. Tout comme la douleur qui vrille mon cœur.

Stratégie de l'évitement.

— Voilà, tu sais tout, conclus-je.

J'en ai oublié de manger mes crackers, mes doigts tremblent. Je repousse le paquet sur le côté, je n'ai pas faim. Mon estomac est trop noué pour ça.

— C'est ton tour, l'encouragé-je.

Elle ouvre la bouche, puis la referme, avant de se décider à parler.

— Il n'y a pas grand-chose à dire. J'ai deux frères, un petit de treize ans, et un grand de vingt-six ans. Ils vivent en Colombie.

Je fronce les sourcils.

— Mais tu n'as pas dit que tu as fait tes premiers graffs avec ton frère dans le quartier de Little Haiti ?

Elle déglutit avec peine, des perles de larmes naissent au coin de ses yeux. L'espace d'une seconde, je regrette de lui avoir posé la question. Elle les efface du revers de la main.

— Mon frère a été renvoyé en Colombie il y a deux ans parce qu'il a braqué une épicerie avec deux ou trois copains de son gang. C'est le seul qui s'est fait prendre.

Elle marmonne un « quel crétin » d'une voix plus basse, puis poursuit :

— Et quatre mois après, ça a été le tour de mon père et de mon petit frère. Cet abruti avait caché de la drogue dans sa chambre, dans les boîtes de DVD, mon père n'était évidemment pas au courant. Les flics ont remonté la piste droit chez eux. Ils ont fouillé l'appartement, et sont tombés dessus. Les explications de mon père n'ont servi à rien, l'aide de l'assistance juridique non plus. On l'a mis dans un avion, direction la Colombie avec mon petit frère. Mais *papá* peut s'estimer heureux, il n'a pas été jugé pour trafic de drogue, sinon, il serait en prison. Le juge a compris qu'il n'avait rien à voir dans tout ça.

Ce flot de révélations m'assomme, j'ai du mal à trouver les mots. Je m'attendais à beaucoup de choses, mais pas à ça.

— Mais, pourquoi ?

— Ils étaient en situation illégale. On est arrivés ici il y a onze ans.

Onze ans qu'ils vivaient dans la clandestinité… Je fais un rapide calcul, son petit frère a treize ans, il avait donc deux ans quand ils ont réussi à franchir la frontière.

— Je ne comprends pas. Même ton petit frère ? Mais vous êtes allés à l'école, non ? Comment c'est possible ?

Elle se lève et fouille dans sa trousse de toilette pour en tirer sa brosse, puis elle défait sa queue de cheval et s'attelle à un démêlage en règle de sa chevelure. Ce n'est pas à cause d'un accès de coquetterie, c'est parce qu'elle a besoin de s'occuper tandis qu'elle me raconte tout cela.

— Le système américain est particulier : tant que tu ne rentres pas dans les services de la Migra, tu peux avoir une vie normale ici : aller à l'école, au centre de soins, à l'hôpital même…

Elle laisse défiler quelques secondes, puis reprend :

— Parce que quand tu rentres dans les fichiers, c'est foutu. Ils attendent le prochain avion, et tu gagnes un billet retour dans ton pays d'origine.

Si ses parents et ses frères étaient en situation illégale, cela signifie qu'elle… La question me brûle les lèvres, et elle doit deviner ce qui vient de me traverser l'esprit, car elle poursuit :

— J'ai été épargnée parce que je ne vivais pas avec eux, j'allais déjà à la fac. Comme j'étais étudiante, j'avais le statut de Dreamer[4] qu'Obama avait concédé aux étudiants et qui empêchait les déportations. J'ai été protégée. Pas mon petit frère, on s'est rendu compte qu'il y avait eu un problème dans l'enregistrement de sa demande et qu'il ne l'avait pas obtenue. Mon père bossait tellement pour subvenir aux besoins de la famille qu'il ne s'en est pas rendu compte. J'ai essayé d'obtenir la garde de mon petit frère, mais je n'ai pas réussi. Les autorités ont refusé.

Ses yeux se gorgent de larmes, et elle se mordille la lèvre inférieure avant de prendre une grande inspiration.

— Et maintenant, j'ai la trouille. Ça ne va pas bien en Colombie, et j'ai peur que mon frère ne s'enrôle dans une guérilla. Il n'a pas tendance à faire les bons choix.

— On dirait que c'est un truc de grand frère ça… constaté-je, un brin amère.

Si Yotuel avait fait les bons choix, je n'en serais pas arrivée à de tels extrêmes, alors je la comprends.

Elle acquiesce.

— Oui, on dirait… J'essaie de trouver une solution pour les faire revenir, mais je n'en trouve pas. Il faut de l'argent pour les passeurs, beaucoup d'argent, pour l'instant, on n'en a pas.

---

4 Pour éviter les déportations d'étudiants ou de militaires en situation d'illégalité, le gouvernement de Barack Obama a mis en place le statut de Dreamer en 2012. Il suspendait les déportations (sans légaliser les « Dreamers »). Ce statut n'a pas été renouvelé par Donald Trump.

Elle ne parle même pas de retour légal, l'horreur de sa situation m'assaille. En comparaison avec la sienne, ce que j'ai vécu, ce que je vis, c'est le Paradis.

J'étire un peu mes jambes, je ne vais pas échapper aux courbatures demain. Je me souviens soudain d'un détail qu'elle m'a confié quelques minutes avant.

— Ton frère était dans un gang ?

Elle donne un nouveau coup de brosse à ses cheveux parfaitement démêlés, et me tourne le dos, comme si elle ne voulait pas me regarder pendant qu'elle me répond.

— Oui, celui des Haïtiens.

Les deux types qui nous ont poursuivies devaient en faire partie, et on était sur leur territoire. Là où elle a grandi, là où traînait son frère.

— C'est la raison pour laquelle tu as choisi ce mur, dans ce quartier ?

Je pressens que le choix de ce mur n'était pas le fruit du hasard, que ce n'est pas simplement parce qu'elle vivait en face. Elle abandonne la brosse sur son bureau et entreprend de natter sa crinière. Je l'observe en silence, attendant qu'elle daigne me répondre. Quand elle fixe un élastique pour la retenir, elle me dit :

— J'aime peindre un mural quand je ne me sens pas bien. Et j'ai besoin d'un mur qui soit parfait pour ça.

Elle n'a pas répondu à ma question, j'ignore si je dois insister ou non.

— Quand j'ai une idée de graff, il faut un mur qui me parle, et celui-ci m'a toujours parlé, même avant qu'ils le refassent et recouvrent les graffs.

Elle s'exprime en agitant les mains, comme si ce geste pouvait la débarrasser de ce qui la tourmente. Il s'est passé quelque chose aujourd'hui.

— Tu as eu un problème aujourd'hui ?

Elle acquiesce lentement. Je serre la couette dans ma main.

— C'est Juan ?

Si c'est lui, je vais aller lui rendre une petite visite et on aura une explication lui et moi.

— Non ! s'exclame-t-elle aussitôt. Il est chiant en ce moment, mais pas assez pour que j'aie envie de peindre un mural.

— Alors, c'est quoi ? insisté-je.

— Aujourd'hui, c'est l'anniversaire de la mort de ma mère. Elle est décédée il y a douze ans.

Sa mère. Je réalise qu'elle a seulement évoqué son père, et non pas sa mère. Mon Dieu ! Ali est une machine bien huilée, sa bonne humeur apparente ne laisse rien filtrer de son histoire tragique.

— L'autre jour, quand tu es rentrée avec le visage blessé, c'était eux, n'est-ce pas ?

Elle ne répond pas immédiatement à ma question.

— Douze ans avant, ma mère est tombée dans le coma ce jour-là. Elle a été battue à mort, dans la rue, par des trafiquants parce qu'elle ne voulait pas que ses enfants passent de la drogue. Elle n'en est jamais sortie.

L'horreur de ce qu'elle a vécu m'étouffe complètement, et machinalement, je laisse échapper un petit cri en plaquant une main sur ma bouche. Elle me lance un regard vide.

— Laurel et Hardy sont de vieilles connaissances. Mais ça faisait longtemps que je n'étais pas revenue dans le quartier. Ils pensent que mon frère a balancé le grand chef pour éviter d'être déporté, les flics l'ont mis en prison une semaine après sa déportation. Mais ce n'était pas lui, poursuit-elle.

Je la dévisage sans comprendre. Elle attrape son téléphone sur sa table de nuit, lance une recherche et me montre une vidéo. Je ne me suis pas encore habituée à cet accès facile et immédiat à internet. Sur la vidéo, on voit deux hommes, un grand bedonnant et un petit fluet. Pas vraiment le physique des types. D'une manière un peu maladroite, Ali essaie de changer de sujet, d'alléger l'atmosphère devenue pesante.

— Moi, j'aurais plutôt dit Jabba le Hutt et Jar Jar Binks.

C'est à son tour de me dévisager sans comprendre.

— *Star Wars,* la saga… Un reptile grande perche et un autre qui ressemble à une boulette.

Elle secoue la tête et je soupire. Ethan aurait immédiatement compris ma référence.

Non, je ne dois pas penser à lui. Interdit.

— Je veux dire qu'ils avaient plutôt l'air de types avec qui on n'irait pas prendre un café, précisé-je.

Elle acquiesce.

— C'est sûr.

Ce sont donc ces types qui lui ont fait ça, et non Juan. Elle ne m'a pas menti l'autre jour.

— C'est dangereux… Pourquoi tu ne cherches pas un autre mur ?

— Quoi ?

Elle semble réellement ne pas saisir le sens de ma question.

— Pourquoi tu cours des risques pour peindre ?

Elle hausse les épaules.

— C'est comme ça que je m'exprime, que je raconte mes histoires. C'est mon frère qui m'a appris à graffer.

Je comprends mieux pourquoi c'est si important pour elle. Comme un engagement. Son engagement.

— Tu as déjà raconté ton histoire ? Tes murals racontent une histoire, et la tienne ?

Elle secoue la tête.

— Non, pour l'instant, je n'en ai pas été capable. Un jour peut-être.

Un jour… Comme un jour, peut-être que le ravin qui sépare mes deux mondes ne sera devenu qu'une mince rivière.

Je m'étire et bâille, puis me lève pour aller me glisser dans mon lit. Il est tard, mon corps a besoin de repos, et moi de digérer tout ce que je viens d'apprendre. À mi-chemin, je m'arrête et me retourne pour planter mon regard dans le sien.

— Promets-moi une chose : n'y retourne pas tout de suite.

Un éclat de tristesse s'allume dans ses yeux sombres.

— Ils vont l'effacer, ils vont le recouvrir de leur propre graffiti, constate-t-elle navrée.

Ma gorge se noue pendant un court instant, mais les graffitis n'ont pas une durée de vie illimitée de toute façon, l'éphémère doit être le sens de leur vie. Grâce à elle, j'ai entrevu ce que je veux obtenir : la paix, la sérénité, le bonheur. Et l'équilibre.

— Ce n'est pas grave. N'y retourne pas alors, tu ne pourras rien y changer.

— OK, me répond-elle simplement avant de changer brutalement de sujet. Et Ethan, ce n'est vraiment qu'un ami ?

Je tressaille.

— Oui.

— Il n'y a rien d'autre entre vous deux ?

Je hausse négligemment les épaules pour masquer ma gêne.

— Tu m'as déjà posé la question. Et je t'ai répondu.

— Et je ne t'ai pas crue. Tu sais, la silhouette sur le mur, c'est lui.

Je déglutis avec peine. Ce mur racontait mon histoire, avec une justesse terrifiante. Je repense à ce ravin qui devient ruisseau, à cette ombre en haut, qui attend. Qui m'attend.

Voyant mon trouble, elle renchérit :

— Mais comme je suis gentille, je ne vais pas insister.

Je lui souris, reconnaissante.

— De toute façon, c'est l'heure de dormir, j'ai cours tôt demain matin.

Je me glisse dans mon lit à la hâte, je ne suis pas sûre de réussir à amadouer le sommeil, mon cerveau est pire qu'une pile électrique qu'on aurait branchée sur le secteur. Ce mural, la clairvoyance d'Ali, son histoire dramatique, sa force… Tant de choses. Trop de choses.

— Stratégie de l'évitement ? hasarde-t-elle alors que je remonte la couette jusqu'à mon menton.

— Stratégie de l'évitement, corroboré-je.

Elle n'ajoute rien d'autre et éteint sa lampe de chevet. Avant d'en faire de même avec la mienne, je prends mon téléphone pour régler le réveil. Demain matin, j'irai courir, mais moins longtemps que d'habitude, juste pour assouplir les muscles et atténuer les courbatures.

Mon cœur s'emballe lui aussi : j'ai un message du Yuma.

Je suis désolé

Et dans l'obscurité, je souris. Même quand on cherche à la fuir, la réalité nous rattrape, toujours.

Chapitre 14

Mercredi 26 septembre

Ethan

Lorsque je franchis les portes du Felicidades, mon rythme cardiaque s'accélère. Comme souvent en milieu d'après-midi, la cafétéria est calme. Deux hommes à la peau sombre, qui ont allègrement dépassé la soixantaine, s'affrontent dans une partie acharnée de dominos, un autre est plongé dans le match de base-ball que diffuse la télévision muette, et trois femmes, au tailleur impeccable, discutent devant un mojito. On est bien loin de l'agitation à laquelle je suis habitué.

Carlota pince les lèvres tandis qu'elle astique avec énergie le comptoir, profitant du calme avant le rush de la fin d'après-midi. À chacun de ses mouvements, ses colliers oscillent devant sa poitrine.

— *Hola*, Ethan ! Tu viens tôt aujourd'hui ! me salue-t-elle gaiement en relevant le nez, mais sans cesser de frotter le bois foncé du bar.

Je me hisse sur un des tabourets, et joue avec le distributeur de serviettes en papier placé devant moi pour m'occuper les mains.

— *Hola* ! Cris n'est pas là ?

La gaieté s'évapore immédiatement de son visage et elle fronce les sourcils, accentuant ainsi les fines rides qui partent de l'extérieur de ses yeux.

— Qu'est-ce que tu as fait comme *tontería* ?

Tontería, bêtise. Carlota parle très bien anglais, mais parfois, elle lâche un ou deux mots en espagnol. Je fais comme si je n'avais pas perçu le reproche de sa voix et feins d'être offensé.

— Pourquoi tu crois que j'ai fait une *tontería* ?

J'ai repris le même mot qu'elle pour la faire sourire avec mon accent, mais ma manœuvre échoue, elle plisse tellement les yeux qu'ils ne sont plus qu'une mince fente sur son visage.

Elle fourre son torchon dans la poche avant de son tablier noir qui contraste avec sa robe blanche, et referme le produit de nettoyage qu'elle utilise pour dégraisser le comptoir. Il brille sous les spots du plafond. Elle a également astiqué les flancs, une douce odeur citronnée s'élève de la mosaïque au nom du restaurant.

— Tu ne serais pas en train de me prendre pour une idiote par hasard ? Tu veux que j'aille voir un *prêtre-santero* pour que Changó te rende une petite visite.

Je me force à sourire, malgré la menace de ses mots. Changó, l'Orisha assassin. Elle ne plaisante pas.

Je lève les mains en signe de reddition.

— D'accord, j'ai fait une bêtise. Une grosse bêtise.

J'ai parlé uniquement en anglais, je ne veux surtout pas qu'elle pense que je me moque d'elle.

— Mais je viens pour m'excuser, ajouté-je à la hâte, en la voyant fouiller sous son comptoir.

Seul Elaguá sait ce qu'elle pourrait en sortir. Elle pose sur le bar un paquet de serviettes en papier, et réunit les distributeurs du comptoir pour les remplir. Il en manque un, celui que je tiens. Je m'empresse de le faire glisser devant elle, inutile de la contrarier davantage.

— Tu veux de l'aide ? lui proposé-je.

Échec et mat pour ma tentative afin de l'amadouer : un pli barre désormais son front.

— Cris est quelqu'un de bien, me dit-elle après avoir sorti toutes les serviettes restantes du premier distributeur.

Avec dextérité, elle prépare un tas qu'elle introduit dedans. Je lui lance un coup d'œil surpris.

— Ça, je le sais.

Dire que Cris est quelqu'un de bien est aussi évident que d'annoncer que la statue de la Liberté est le symbole des États-Unis.

— Elle n'a pas besoin qu'on la mette dans les problèmes, affirme-t-elle, du même ton sérieux.

Je souris, attendri. Carlota s'est attachée à Cris, elle a décidé de la protéger ; j'aime bien l'idée. Yeux d'Ange mérite qu'on la protège, même si ça doit être de moi.

— Je n'en ai pas l'intention.

Elle continue son travail de remplissage, et au bout de quelques secondes, reprend :

— Ce n'est pas le genre de fille à être dans un triangle amoureux.

Touchdown[5]. Droit au but. Je déglutis avec peine, tout en cherchant soigneusement mes mots.

— Ce n'est pas mon intention non plus.

En prononçant ces mots, je me rends compte que, malgré moi, Cris risque de se retrouver dans un triangle amoureux. Parce que je n'arrive pas à m'écarter de la vie

5 Un *touchdown* est inscrit lorsque l'une des équipes parvient à franchir la ligne du but adverse avec le ballon.

qu'on a tracée pour moi. Parce que je n'arrive pas à la lâcher.

— Je t'assure, Carlota que je veux juste m'excuser. J'ai été maladroit avec elle il y a deux jours et…

Je laisse ma phrase en suspens, « maladroit » est trop faible. J'ai été un vrai crétin décérébré, et je n'ai rien géré du tout.

Elle interrompt sa tâche pour m'observer, ses yeux qui paraissent presque noirs me sondent, j'ai la désagréable impression d'être examiné au scanner de la vérité.

— Elle est dans la réserve, finit-elle par m'avouer en bougonnant.

Je me lève, mais d'un geste de main, elle m'indique qu'elle n'en a pas terminé, et je reste sagement debout, à côté de mon tabouret.

— Si je l'entends hurler, je vais devenir le bras armé de Changó, mc prévient-elle.

Le bras armé de Changó ? Qu'est-ce qu'elle veut dire par là ?

— J'ai de très bons couteaux, précise-t-elle.

OK, message reçu. Je savais déjà que Changó n'était pas très sympa, mais là, c'est son couteau que j'ai au-dessus de la tête ; Damoclès n'a qu'à bien se tenir.

— Et si c'est moi qui hurle ? dis-je pour détendre l'atmosphère.

Elle dénoue les liens de son tablier pour le resserrer.

— Alors je te laisserai hurler.

Au moins, les choses sont claires. D'un signe du menton, elle me montre la porte de la cuisine.

— Première porte à gauche.

Je hoche la tête.

— Merci, Carlota.

Elle secoue la tête, son chignon est tellement serré au-dessus de son crâne qu'il ne bouge pas d'un millimètre.

— Et rappelle-toi que…

Je termine sa phrase pour elle.

— Je sais, Changó et son couteau.

Je passe derrière le comptoir, et entre dans la cuisine. C'est la première fois que je pénètre sur le territoire de Carlota, et je me sens un peu intimidé.

Première porte à gauche.

Je ne peux pas me tromper, il n'y en a qu'une entre l'énorme frigo et le mur.

La cuisine est toute petite et en longueur. Une odeur de détergent, à laquelle se mêle celle, plus sucrée, du ragoût qui mijote sur le feu, flotte dans l'air. Elle est d'une propreté éclatante, le plan de travail en aluminium qui longe le mur étincelle sous la lumière centrale du plafonnier. En face, se trouvent la gazinière, ainsi que le frigo, et un placard. Si les choses se déroulent comme je l'espère avec Cris, je resterai manger un morceau pour prolonger ce moment avec elle. Avec un peu de chance, ni Steve ni Mike ne viendront et je l'aurai pour moi tout seul pour toute la soirée. Enfin, sans compter les clients. Je trouverai bien une excuse à donner à Addi.

Une pointe de culpabilité s'enfonce dans ma poitrine, mais je l'écarte. Une chose après l'autre, et la première est de me réconcilier avec Cris. Elle m'en veut. Si ce n'était pas le cas, elle aurait répondu à mon SMS, or là, zéro message de sa part. Le néant. Même pas un « OK ». Eh oui, j'en suis là, à guetter les messages de mon téléphone…

La porte de la réserve est entrouverte, et pour ne pas l'effrayer, je frappe trois petits coups et me glisse à l'intérieur avant de la refermer derrière moi. Sans être immense, cette pièce est plus grande que ce à quoi je m'attendais. Elle forme un carré presque parfait, et les murs sont recouverts d'étagères qui montent jusqu'au plafond. Elles débordent d'aliments en tout genre et d'ustensiles que Carlota n'arrive pas à loger dans le placard de la cuisine qui semble minuscule en comparaison avec la réserve. Au centre, une table sur laquelle sont posés des torchons et des produits d'entretien. Ici aussi, la propreté règne, et Cris en est l'ouvrière consciencieuse. Elle s'active, un chiffon à la main, et essuie des bocaux d'épices.

Elle ne m'a pas entendu entrer. Elle me tourne le dos, et j'en profite pour l'admirer. Ses cheveux sont lâchés et retombent en cascade sur ses épaules, elle porte le T-shirt du restaurant, et un jean usé, qui, dans peu de temps, laissera entrevoir un morceau de chair au niveau de ses fesses qu'il moule comme s'il avait été cousu directement dessus. Un cul d'enfer. Elle se met sur la pointe des pieds pour attraper un bocal situé sur la partie haute d'une étagère, et un bandeau de peau apparaît juste au-dessus de sa ceinture.

Putain…

Quand elle balance les hanches à gauche, puis à droite, dans un mouvement gracieux, je comprends pourquoi elle ne s'est pas rendu compte de ma présence : son casque est vissé sur ses oreilles, elle est en train d'écouter de la musique. Elle balance encore des hanches, et je dois me retenir de ne pas mettre mes mains sur sa taille pour la plaquer contre moi. Je déteste danser, mais je serais prêt à faire une exception.

Mec, tu es là pour t'excuser, pas pour faire une connerie plus grosse encore.

Je me racle la gorge pour attirer son attention.

Peine perdue.

Elle balance de plus belle des hanches, et je déglutis.

Je recommence à me racler la gorge, un peu plus fort cette fois.

Aucun effet.

Pas le choix, je fais quelques pas vers elle, et aussitôt, la vanille vient provoquer mes narines. Ma queue n'avait pas besoin de ça.

Doucement, j'attrape son bras.

— Eh, Cris.

Elle sursaute tellement que je suis étonné que sa tête ne touche pas le plafond, et elle pousse un cri strident. En moins de dix secondes, la porte s'ouvre à la volée, et Carlota surgit, un long couteau de boucher à la main.

Elle ne plaisantait pas.

Pour la deuxième fois depuis que je suis entré au Felicidades, je lève les mains.

— Tout va bien Carlota, je l'ai surprise, elle ne m'entendait pas et…

Mais la patronne ne m'écoute pas et lance un regard interrogateur à Yeux d'Ange qui enlève un de ses écouteurs.

— Oui, tout va bien ! Je ne l'ai pas entendu arriver, et il m'a fait peur, c'est tout.

J'ai du mal à me concentrer sur ses mots, seul le rock que diffuse l'écouteur qu'elle tient dans sa main se faufile jusqu'à mon cerveau. Il provient d'un des albums que contenait mon téléphone, un de mes préférés. Un petit groupe alternatif d'ici, pas très connu, mais qui finira par cartonner, j'en suis sûr. Un sourire étire mes lèvres, nourrit par l'espoir qui s'est remis à couler dans mes veines.

— Tu peux rappeler Changó, dis-je à l'intention de Carlota en la taquinant. Je suis plus inoffensif qu'un poisson rouge.

Cris arque un sourcil perplexe, et je hausse les épaules.

— Enfin, je voulais dire, là, maintenant, tout de suite, me justifié-je.

— Au cas où, je ne suis pas loin, lance Carlota à Yeux d'Ange.

Je ne vais pas l'oublier, surtout son couteau. Je ne savais pas qu'il en existait de si longs.

Est-ce que Cris lui a raconté que je me suis comporté comme un crétin absolu doublé d'un lâche ? Cela expliquerait l'animosité soudaine de la patronne envers moi, car d'ordinaire, nous avons de bons rapports.

Cris croise les bras sur sa poitrine, elle n'a pas enlevé le deuxième écouteur.

— Qu'est-ce que tu fais là ?

Je ne réponds pas immédiatement à sa question et attrape l'écouteur qui pend sur son épaule. La vanille a complètement envahi mes sens, et je n'ai pas envie de faire face à la réalité, pas encore.

Je le mets dans mon oreille, et elle me laisse faire. Quelques centimètres nous séparent, mais je perçois la chaleur de son corps, elle m'attire comme un aimant.

— Crazy Storm, dis-je simplement.

Nouveau sourcil interrogateur.

— Le groupe, c'est Crazy Storm. Leur deuxième album, il déchire. Ils sont d'ici, et jouent souvent dans les bars de la ville. Je t'y emmènerai si tu veux, pour les écouter en vrai.

Une fois formulée à voix haute, cette idée me semble géniale, même si je ne sais pas trop comment je vais me débrouiller pour y aller seul avec elle. La culpabilité fait son retour. Il faudrait que j'inclue Addi dans ces projets, mais…

Je m'oblige à revenir à l'instant présent. Cris et moi. Dans une réserve.

Elle a écouté ce que je lui ai dit, mais ne m'a rien répondu. C'est plus fort que moi, sans doute attiré par ce fichu aimant, je me penche légèrement sur elle :

— Je suis désolé… lui murmuré-je à l'oreille après avoir pris une grande bouffée de vanille.

Elle tressaille, j'ignore si c'est à cause de notre proximité ou de mes mots. Je suis sincère. Je suis désolé pour mon attitude, pour ce que j'ai dit, pour ce que je n'ai pas dit, pour ce que j'ai fait et ce que je n'ai pas fait. Je suis désolé pour Steve : j'aurais dû intervenir quand il a débité ses conneries, c'est une évidence. Lui et moi avons d'ailleurs eu une petite discussion à ce sujet. Calme, posée. Mais il m'inquiète. Derrière ses airs bravaches, il cache quelque chose. J'aimerais l'expliquer à Cris, mais il faudrait du temps, et pour le moment, mon pote ne lui a laissé entrevoir que la pire version de lui-même. Je suis désolé pour Ambrosio et ce qu'il subit, même si j'ignore comment l'aider et que je comprends le sentiment d'impuissance de Cris. Je suis désolé pour Addi, pour ma vie, parce que trouver sa place est dur. Je suis désolé parce que je me suis comporté comme un con jaloux alors que je ne veux pas l'être, mais que je ne parviens pas à m'en empêcher.

Mais je ne suis pas désolé de ressentir ce que je ressens pour elle, parce que je me sens vivant, et que quand elle est comme ça, à côté de moi, avec ses immenses yeux verts qui m'observent, j'ai le sentiment que le monde tourne enfin dans le bon sens.

Je me contente de lui dire ces trois mots, en espérant qu'elle devinera au moins une partie de ce qu'ils contiennent. Son silence s'étire, la chanson se termine et commence une autre. La nervosité me gagne.

— Drapeau blanc ? hasardé-je.

Ma question nous renvoie plusieurs mois en arrière, à La Havane, quand je l'ai embrassée, lors de notre première promenade ensemble. La première fois que j'ai agi comme un crétin. On dirait que c'est inscrit dans mon ADN avec elle.

— Tu plaisantes ? Tu me refais le coup ?

Ses yeux verts étincellent, je ne sais pas si c'est d'amusement ou d'agacement. Je hausse les épaules d'un geste désinvolte que démentent les battements de mon cœur.

— Ça a fonctionné à l'époque.

Dis-moi que ça fonctionne maintenant, dis-le-moi… la supplié-je dans ma tête.

Voyant que ce ne sera pas suffisant, j'insiste :

— Je suis vraiment désolé. J'ai réagi comme un connard, non seulement avec Steve, mais aussi à la salle, après. Je ne sais pas ce qui m'est passé par la tête.

En réalité, je le sais très bien, mais j'évite de mettre des mots dessus. Le déni est plus confortable. Non, je ne suis pas jaloux. Non, ça ne me dérange pas que quelqu'un d'autre soit proche d'elle, occupe ma place. Non, je ne veux pas l'avoir pour moi, et rien que pour moi.

Toujours le silence. Une autre chanson enchaîne.

— Tu n'as pas répondu à mon message.

Elle vacille, déstabilisée, puis hausse les épaules à son tour.

— Je ne savais pas quoi répondre, m'avoue-t-elle.

Je hoche la tête. Je peux comprendre.

— Un « tu es pardonné » m'aurait évité de me torturer.

Un léger sourire relève le coin de ses lèvres. J'adore quand elle sourit, je comprends les poètes qui ont consacré des rimes et des rimes au sourire d'une femme.

— N'exagère pas !

Si elle savait… Mais je préfère ne pas insister.

— J'ai parlé à Steve. Il est un peu…

Je cherche mes mots. Comment lui faire comprendre que Steve n'est pas ce qu'il montre, qu'il faut creuser sous la surface pour découvrir que ce n'est pas un connard fini ?

— Il va faire des efforts, ajouté-je.

— Je ne l'aime pas, se renfrogne-t-elle. Comment tu peux être ami avec quelqu'un comme lui ?

Si on doit avoir cette conversation, je préfère être mieux installé. Je me risque à lui prendre sa main et l'entraîne doucement vers la table. Elle se laisse faire, ne la récupère pas, et le soulagement porte mes pas. Je pousse les produits pour nous faire une place, et m'assois sur la surface brillante. Du regard, je l'invite à m'imiter.

Quand elle est installée à côté de moi, je me décale de quelques centimètres pour me rapprocher d'elle, prétextant la longueur du câble des écouteurs alors qu'en réalité, je veux juste la sentir, puis j'essaie de lui expliquer.

— C'est très compliqué chez Steve. Il ne nous raconte rien, mais ça n'a pas l'air d'être très beau.

Elle acquiesce avant de demander :

— Comme chez Mike ?

La jalousie repointe le bout de son nez : Yeux d'Ange a passé suffisamment de temps avec Mike pour savoir que ce n'est pas la joie chez lui ? Je tente de la contrôler, je ne veux pas refaire une nouvelle bêtise.

— Je crois que c'est différent, mais je n'en sais pas vraiment plus. Steve est secret comme gars, même avec nous. Je sais juste que derrière sa grande gueule, c'est un type loyal et que s'il avait vu ces cons s'en prendre à Ambrosio, il l'aurait défendu.

À mes mots, ses yeux flamboient de colère.

— J'ai un peu de mal à le croire… me rétorque-t-elle d'un ton acerbe. J'ai plutôt l'impression qu'il les aurait rejoints pour le frapper lui aussi.

— Non ! Steve n'est pas comme ça !

Elle pince les lèvres, peu convaincue, et je préfère ne pas trop insister. Nouvelle chanson, plus lente, plus triste. Je me rapproche encore un peu d'elle et ferme les yeux.

— Ça m'a fait mal que tu ne m'aies pas appelé, murmuré-je au bout de quelques secondes.

Elle ne me répond pas immédiatement, et je la sens soupirer contre mon flanc.

— On a quel âge, Ethan ?

Je me renfrogne, et quand elle poursuit, je m'agrippe à la table pour éviter de dire des choses que je pourrais regretter.

— On n'est pas dans une cour de récréation où on fait la tête parce qu'untel ne nous a pas dit bonjour…

— Ce n'est pas ça, c'est moi que tu devrais appeler, pas lui.

Trop tard. Les mots sont sortis sans que je puisse les retenir.

— Pourquoi ?

Son étonnement semble sincère.

— Parce qu'on est amis.

— Avec Mike aussi.

Elle me répond des évidences, mais il y a autre chose derrière ses mots, comme derrière les miens.

— Ce n'est pas la question, Cris. Toi et moi, on est vraiment amis…

Mon sous-entendu est clair, et je réprime un frisson en attendant sa réponse.

— Justement Ethan, c'est parce qu'on est amis que j'ai décidé de ne pas t'appeler.

Elle a prononcé ces mots dans un souffle. Je braque mon regard sur elle. Elle est perdue dans la contemplation d'un point loin devant elle, comme si énoncer cette vérité avait été douloureux. Avec délicatesse, je pose mes doigts sur son menton pour l'obliger à me regarder. Pendant quelques instants, je me noie dans le vert de ses iris.

— Tu dis n'importe quoi, là. Comme on est amis, tu aurais dû m'appeler.

Elle secoue la tête, essayant ainsi de se dégager, mais je l'en empêche. Je veux lire en elle ce qu'elle me dissimule, écho, je l'espère, de ce que moi je lui tais.

— Tu ne peux pas être tout le temps là pour moi. Tu as ta vie, ici, avec Addi, et je ne peux pas t'appeler dès que j'ai un problème.

Addi… Encore et toujours Addi.

— Mais bien sûr que si, tu peux ! protesté-je.

Je comprends ce qu'elle me dit, mais je ne veux pas l'entendre.

— Non, Ethan. Ce ne serait pas bien. Pour toi, pour Addi. C'est ta vie ça, et moi je n'en fais pas partie. Alors j'ai appelé Mike…

Bien sûr que si, elle en fait partie. J'ancre mes yeux dans les siens, et me penche doucement vers ellc.

— Tu fais partie de ma vie, que tu le veuilles ou non. Donc, quand tu as un problème, tu m'appelles.

Elle secoue une nouvelle fois la tête.

— Non, Ethan, il faut que tu comprennes que…

Je l'interromps, l'agacement gronde dans ma poitrine.

— Je crois que c'est toi qui ne comprends pas : tu as un problème, tu m'appelles, ce n'est pas négociable.

Elle ferme les yeux, comme si elle invoquait toute la patience dont elle disposait pour cette conversation.

— Ethan… Je ne veux pas me mettre entre Addi et toi. Vous allez très bien ensemble.

J'ai. Mal.

La douleur me transperce, fulgurante, terrassante. « Addi et toi ». L'entendre de sa bouche me fait mal, autant que lorsque mes ligaments ont lâché.

— Et si je te disais que c'est Addi qui est entre toi et moi.

Je n'ai pas réfléchi en prononçant ces mots. La vérité brute. Douloureuse elle aussi. Je maintiens mes paupières fermées pendant quelques secondes encore, puis les ouvre, craignant ce que je vais découvrir dans ses yeux.

— Non, Ethan.

Mon cœur bat à tout rompre, sa bouche dit non, mais ses prunelles hurlent « oui ».

— Je ne te lâcherai pas, Cris. J'aimerais en être capable, mais je n'y arrive pas.

— Non, Ethan, répète-t-elle d'une petite voix.

Les larmes débordent de ses yeux, et mon cœur se serre. Je déteste la voir pleurer, et encore plus en être la cause. Une première perle commence à rouler sur sa joue. Je la capture du pouce, et laisse mes doigts s'attarder sur sa peau si douce.

Et puis, je n'y tiens plus. Je cède à la pulsion de la toucher, de la toucher vraiment. Ce n'est plus mon pouce qui capture la larme suivante, mais mes lèvres. Elle ne résiste pas, et je descends le long de sa mâchoire, savourant la douceur de sa peau.

— Ethan… soupire-t-elle.

Je devrais m'arrêter, faire comme si ce n'était rien, comme si ce n'était pas important, mais j'en suis incapable. Je suis ivre de vanille, ivre d'elle.

Mes lèvres atteignent le coin de sa bouche, et elle tressaille. Mon corps s'embrase, et je dois faire un effort surhumain pour ne pas la plaquer contre moi et l'embrasser à pleine bouche, pour ne pas l'allonger sur cette table afin de lui faire comprendre, une bonne fois pour toutes, que ce n'est pas elle qui est entre Addi et moi, mais Addi qui est entre nous.

Et que j'ignore comment faire.

Quand elle entrouvre légèrement les lèvres et qu'un gémissement s'en échappe, je sais que je suis K.-O. Au sol. Et que je ne veux pas me relever.

J'embrasse de nouveau le coin de sa bouche, m'intimant à la patience, et lui mordille tendrement le menton.

Contrôle.

Ne pas tout faire foirer.

Et mon cœur qui se déchaîne dans ma poitrine.

Et mes mains qui brûlent de lui arracher ses vêtements.

Et ma queue qui palpite d'être en elle.

Lorsque j'ose m'avancer sur ses lèvres charnues, je crains un instant qu'elle me repousse et nous ramène à la réalité, mais elle n'en fait rien. Au contraire. Elle les entrouvre, et sa langue vient me provoquer.

Une décharge électrique me foudroie quand elle rencontre la mienne, et je crois une seconde que j'ai fait un arrêt cardiaque. Un gémissement sourd vibre dans la gorge, tandis que ma main s'aventure sur sa taille pour la ramener vers moi. Pour conserver son équilibre, ses mains atterrissent sur mes épaules, mais ce n'est pas là que je les veux.

Elle est trop loin de moi.

D'autorité, je les noue derrière ma nuque, et l'attire contre moi d'un geste possessif.

Plus jamais elle ne quittera mes bras, plus jamais.

Elle soupire contre ma bouche et je m'efforce de l'embrasser avec toute la tendresse dont je suis capable, alors que je ne rêve que d'une chose, la posséder. Entièrement. Dans cette réserve.

C'est justement parce qu'on est dans cette réserve que je garde le contrôle, et aussi parce que plus j'irai vite, plus vite se terminera ce moment, alors je prends mon temps et j'explore sa bouche comme si c'était la première fois.

Et vu l'intensité de ce que je ressens, c'est vraiment comme si c'était la première fois.

Il me semble percevoir un frisson parcourir ses bras, mais je suis trop occupé à contenir les miens pour en être sûr. Elle s'agrippe davantage à mon cou, et j'incline sa tête pour l'embrasser plus profondément encore.

Que j'aime l'embrasser…

Déjà, à La Havane, j'avais eu cette sensation d'infini dans nos baisers, je la retrouve en cet instant. Il n'y a qu'avec elle que je veux l'infini. Elle gémit contre ma bouche quand je mordille sa lèvre inférieure, et je ne tiens plus.

Je suis vraiment trop loin.

Sans quitter ses lèvres, je descends de la table pour me glisser entre ses jambes, et d'une pression sur son cul magnifique, je la ramène vers moi. Contre moi. Là où elle devrait passer l'éternité.

Quand elle se frotte contre ma bite en feu, je ne peux réprimer un gémissement, et je me lance dans l'exploration de son cou. Je veux bien être sage, mais j'ai mes limites, et là, je viens d'en franchir une. Je glisse une main sous son T-shirt, et remonte dans son dos. Sa peau est douce contre la mienne. Je m'attarde un peu le long de sa colonne vertébrale, puis passe sur son flanc, pour venir taquiner l'arrondi de son sein. Mon pouce rencontre un soutien-gorge avec armatures, elle n'a donc pas enfilé de brassière. Lentement, je remonte son T-shirt, je veux voir sa lingerie, je veux goûter ses seins pour vérifier que son goût est celui que je garde en mémoire, je veux la savourer toute entière.

— Cris, tu me rends complètement fou, grogné-je.

Mais ses mains qui, il y a quelques secondes, s'agrippaient à ma nuque, se faufilent entre nous et s'appuient contre mon torse, doucement d'abord, puis plus fort, comme pour me repousser.

Il me faut quelques instants pour comprendre ce qui se passe, et cette fois, c'est un gémissement de frustration qui m'échappe. Elle est vraiment en train de me repousser.

J'appuie le front contre le sien pour recouvrer mes esprits, mais la vanille est toujours là, obsédante.

D'un geste fluide, elle redescend son T-shirt sur son ventre et ferme les yeux.

— Pourquoi tu t'arrêtes ? lui demandé-je, le souffle court.

Je crains déjà sa réponse.

— Parce que ce n'est pas bien.

Je savais que je n'allais pas aimer.

— Moi, au contraire, je trouve ça très bien.

Elle lisse mon T-shirt et j'observe sa main qui monte et descend trois ou quatre fois. Elle ne s'en rend pas compte, mais son geste ne fait rien pour apaiser mon envie.

— Non, Ethan… Ce n'est pas bien. Je ne suis pas ce genre de fille.

Mon désir retombe en piqué quand je comprends ce qu'elle veut dire. « Ce genre de fille », « l'autre », celle avec qui le mec trompe sa copine. Parce que c'est ce que je suis en train de faire.

— Je ne suis pas non plus ce genre de mec, commencé-je.

Mais elle m'interrompt en me repoussant plus franchement. Elle saute de la table, réajuste son T-shirt, puis remet de l'ordre dans sa chevelure. C'est plus fort que moi, je tends la main pour caler une mèche de cheveux derrière son oreille, elle me laisse faire. Elle ne me rejette pas complètement.

Elle récupère son torchon, et les produits d'entretien qu'elle range sur une étagère. Je ne supporte pas son silence, et glisse tendrement la main dans la sienne.

— Cris…

Elle se retourne pour me faire face et prend une grande inspiration. Immédiatement, mon cœur se serre, je redoute ce qu'elle va me dire.

— Ça ne se reproduira pas Ethan. Jamais. Tu as Addi, ta vie, et moi la mienne. Elles ne sont pas compatibles.

— Mais… tenté-je de protester.

Je voudrais lui expliquer, mais j'ai du mal à trouver les mots. Tout est si compliqué.

Elle me contourne et une fois arrivée devant la porte, elle me lance un dernier regard.

— Non, pas de « mais ». Jamais, Ethan.

Et elle sort, me laissant le cœur en lambeaux.

Elle a raison, elle mérite mieux. Et moi, je mérite… Je me passe la main dans les cheveux d'un geste rageur, je sais ce que je veux. Je la veux elle. Et je la mérite. Je suis quelqu'un de bien. Je dois juste mettre un peu d'ordre dans ma vie. Le reportage est important pour mon grand-père, je vais patienter. Mais une fois qu'il sera passé, je parlerai à Addi. Pas très honnête de ma part, mais je fais ce que je peux. D'ici là, je vais veiller à ne pas franchir la limite pour ne pas inclure Cris dans un trio, mais c'est elle que je veux.

Parce qu'avec elle, je suis vivant. Je suis moi. Et parce que je veux l'infini.

Chapitre 15

Mercredi 3 octobre

Cristina

En sortant de la bibliothèque, je referme les pans de ma veste contre moi et presse le pas pour rejoindre Ali au bâtiment où a lieu son cours d'histoire européenne de la peinture du XIXe siècle. Si je ne me dépêche pas, je vais être en retard, je dois lui apporter un livre pour son cours d'après, elle l'a oublié dans la chambre ce matin. Plus vite ! Je ne veux pas courir pour trop attirer l'attention, mais je n'ai pas vu le temps passer, immergée que j'étais dans mon projet pour M. Emmerson.

Ambrosio a étudié avec moi pendant deux bonnes heures, son projet lui donne du fil à retordre. Il a choisi un immeuble des années cinquante de Downtown

Miami qu'il veut transformer en centre commercial, et a obtenu les plans du réseau souterrain, des canalisations, mais il ne parvient pas à les exploiter pour réaliser ce qu'il a en tête. De mon côté, je stagne un peu : rien n'est accessible en ligne et le gouvernement cubain est frileux à l'idée de divulguer ce type d'informations. Résultat, j'ai bien avancé sur la rénovation extérieure de mon cinéma, que je voudrais transformer en centre culturel, mais sans ce qui se cache dans le sol et les murs, je ne peux pas réfléchir à l'intérieur. J'ai envoyé plusieurs mails aujourd'hui aux différentes institutions gouvernementales, en espérant qu'appartenir au programme Amitié États-Unis/Cuba va m'ouvrir quelques portes, mais je n'y crois pas vraiment. Il faudrait déjà que quelqu'un me réponde, et il est de notoriété publique que les autorités cubaines sont plutôt lentes dans ce domaine. Ambrosio m'a suggéré de changer de projet, l'idée n'est pas mauvaise, mais je ne trouve rien qui m'inspire. Il est parti plus tôt, il avait rendez-vous. Je l'ai taquiné pour savoir si c'était un rendez-vous galant, sa réponse a été un sourire évasif.

Au moins, cette semaine a été une bonne semaine. Les abrutis l'ont laissé tranquille, non pas parce qu'il a encore plus rasé les murs que d'habitude, mais parce que M. Emmerson les a mis dehors. Ils jouaient à un jeu en réseau sur leur ordinateur pendant son cours, le prof n'a pas apprécié. Et Ali a découché certes, mais pour aller dormir chez Juan, elle a tenu sa promesse. J'ai l'impression qu'elle est plus sereine, comme si tout m'avouer l'avait libérée d'un poids. Peut-être est-ce le cas…

Le bâtiment des Arts est en vue, avec un peu de chance, je vais arriver juste à la fin de son cours. Je patiente à un passage piéton pendant qu'un des innombrables bus qui sillonnent la ville passe devant moi. Ce serait une folie que d'essayer de traverser alors que le feu est au vert, ici, les gens sont fous au volant, et surtout, les voitures sont beaucoup plus nombreuses qu'à La Havane. Sur le même trottoir, à quelques mètres de là, deux policiers font leur ronde. Un homme et une femme, vêtus de leur uniforme de service. Ils discutent, l'air parfaitement détendu.

Mon corps se raidit, réponse à l'instinct que m'a légué Cuba.

Le feu pour piéton est toujours éteint.

Allez, allume-toi…

Je m'accroche aux bretelles de mon sac à dos.

Cette peur est irrationnelle, je ne risque rien. J'ai des papiers, je suis ici en toute légalité, je ne fais rien de mal. Mais je peine à la contenir. Ils passent derrière moi sans même un regard pour l'étudiante parmi tant d'autres que je suis. Et le *walk* destiné aux piétons s'allume. Le cœur battant, je m'oblige à marcher d'un pas tranquille.

Je traverse, maudissant les nuages qui obscurcissent le ciel. Quand est-ce que le soleil va se décider à poser ses valises ? J'ai réussi à me créer des repères dans cette nouvelle vie, la fac, le Felicidades, le gymnase, Ali, mais mon moral n'est pas au beau fixe. Le manteau nuageux n'y est pas étranger, la lettre que j'ai reçue hier de ma mère non plus. Elle m'a raconté ce que je sais déjà par les mails de mon frère et de ma meilleure amie : tout va bien. Ils hébergent beaucoup de touristes, la boîte dans le salon se remplit, Yotuel travaille sur un chantier, *papá* a eu un problème avec son taxi, mais il a pu le réparer… Mon pays me manque, ma famille me manque, Ladydi et sa bonne humeur constante aussi. Et puis, il y a le Yuma…

Ethan et moi avons peu parlé depuis notre dérapage dans la réserve, la semaine dernière. Nous nous sommes croisés, sur le campus ou chez Carlota, mais j'ai veillé à ne pas me retrouver seule avec lui.

Par peur de ne pas savoir quoi lui dire.

Par peur de ce que je pourrais lui dire.

Ce baiser a bouleversé mon univers bien plus que je ne voudrais l'admettre, il m'a fait entrevoir quelque chose qui est impossible, dont je ne devrais pas vouloir, mais que je désire ardemment.

Lui.

Être avec lui.

Et ce n'est pas réalisable.

Alors j'ai appliqué la stratégie de l'évitement. Il m'a envoyé deux ou trois SMS anodins, comme s'il ne s'était rien passé, auxquels j'ai répondu de la même façon. Mais au fond de moi, ils m'ont agacée, j'aurais voulu qu'il me reparle de ce baiser. Et vouloir ça m'a encore plus mis les nerfs à vif.

Bref, gérer mes émotions en ce qui le concerne est compliqué, alors la stratégie de l'évitement est la meilleure solution le temps qu'elles se calment, ce qui arrivera, j'en suis sûre, si le soleil se décide à faire son apparition.

Je presse encore le pas, je ne suis jamais en retard, et n'ai pas envie de commencer aujourd'hui. Mais tandis que je longe un petit parc où se trouvent quelques bancs sur lesquels les étudiants en art aiment réviser leurs cours quand le temps le permet, j'aperçois Mike, il semble agité. Il est en pleine conversation avec quelqu'un que je ne distingue pas à cause d'un des nombreux palmiers qui jalonnent le campus.

— J'en ai marre ! Tu n'es qu'un lâche ! C'est fini ! Dégage ! hurle ce « quelqu'un ».

Je suis à une dizaine de mètres d'eux, mais j'ai pourtant entendu ces mots lourds de colère. Je ralentis immédiatement l'allure. Qu'est-ce que je dois faire ? Passer mon chemin ? Aller voir ? Je continue à avancer sans les quitter du regard, quand des mains le poussent sur la poitrine, une fois, puis une autre fois.

Son visage, habituellement si souriant, est fermé. Complètement fermé. Mike baisse le menton en serrant les poings. On le pousse encore. Une veine gonfle sur son cou.

L'hésitation me secoue comme une vague qui grandit à chaque seconde. Je n'ai pas l'impression que Mike est en danger, ces mains qui le poussent semblent vouloir l'éloigner, pas lui faire du mal, mais je ne suis pas la seule à avoir ralenti. Certains étudiants, sans doute friands d'une bonne bagarre ou pire, de commérages, se sont même arrêtés. Mike a attiré l'attention. Beaucoup de choses m'échappent de la vie aux États-Unis, mais il y en a une dont je suis sûre : que les projecteurs soient braqués ainsi sur Mike pourrait lui nuire.

Alors je romps la distance qui nous sépare en franchissant la petite pelouse, et contourne le banc pour les rejoindre.

— Tout va bien ?

Mike sursaute en m'entendant, mais ce n'est pas son expression furibonde qui me fait trébucher. Ni le regard assassin qu'il me lance. C'est la surprise. Je m'attendais à devoir en découdre avec un membre de l'équipe de foot, Steve par exemple, mais c'est Ambrosio qui se tient devant lui, dissimulé par ce palmier au tronc épais. La colère irradie des deux garçons, comme une bombe nucléaire prête à exploser. Et elle est dirigée contre moi, ils sont furieux que je sois intervenue.

— Je vous ai entendus hurler, alors je me suis dit que… me justifié-je, regrettant soudain de me mêler de ce qui ne me regarde pas.

Mais lorsque je vois l'attroupement qui est en train de se former, je ne peux m'empêcher de me dire que j'ai bien fait. Je le leur montre d'un signe du menton en plantant les yeux dans ceux de Mike : radio campus fonctionne très bien, et encore plus parce qu'il est pressenti pour être le quarterback titulaire de l'équipe. Il est devenu une sorte de star montante sur laquelle reposent les espoirs de victoire. Je suis prête à parier qu'il n'a pas envie d'avoir autant de publicité. Mike balaie du regard ce qui nous entoure, et pince les lèvres. Il a compris.

— Je… On… balbutie-t-il en se passant une main nerveuse dans les cheveux.

Quel sujet de conversation pouvait être assez houleux entre Ambrosio et lui pour en arriver à échanger des mots aussi durs ? Ils se connaissent un peu, ils se croisent de temps en temps au Felicidades, discutent parfois ensemble et Mike traîne avec Ethan à la cafétéria, mais je ne vois rien qui puisse expliquer cette montée d'animosité. S'il s'était agi de Steve, j'aurais compris, mais Mike ?

— On pourrait peut-être aller prendre un café ? proposé-je.

Comme ça, ils pourraient régler leur différend, la tension pourrait retomber. Il faudra juste que j'apporte à Ali son bouquin et que j'appelle Carlota pour la prévenir que j'arriverai en retard. Si je demande à Mike de me déposer ensuite, cela limitera le…

Soudain, le regard de Mike fixe un point derrière moi, il écarquille légèrement les yeux, et deux secondes plus tard, sa bouche fond sur la mienne et sa langue frôle mon palais. Je n'ai pas le temps de le repousser qu'il dit :

— Salut, Ethan.

En entendant son nom, mon cœur menace de faire exploser ma poitrine. Mais qu'est-ce qui se passe ?

Mike enroule un bras possessif autour de ma taille et me ramène contre lui, ignorant totalement Ambrosio ou Addi. Toute son attention est focalisée sur Ethan qui nous salue d'un signe de tête. Ses yeux lancent des éclairs. Addi se tient à ses côtés, toujours aussi belle avec son pantalon en toile bien coupé, son chemisier clair et sa veste de tailleur bleu marine, et toujours aussi avenante. Comme à chaque fois que je la croise depuis le baiser, mes joues s'empourprent. Elle n'a montré aucune animosité envers moi, preuve qu'il ne lui a rien avoué. Je respecte donc ce que je lui ai dit et me tais moi aussi. Après tout, ce n'était qu'un baiser. Mais là est le problème, pour moi, ce n'était pas qu'un baiser.

Addi rompt dans un sourire le climat tendu qui flotte entre nous.

— Super, tu es là ! J'espérais te croiser avant le week-end. On allait à la cafétéria.

Elle s'est adressée à Ambrosio qui la dévisage d'un air perplexe. Elle le cherchait ? Les yeux d'Ethan ne me quittent pas, ils flamboient d'une émotion que je préfère ignorer, et je me concentre sur Addi, tentant de faire abstraction du bras de Mike toujours autour de ma taille.

Beaucoup de données m'échappent dans ce qui est en train de se jouer, j'ai l'impression d'être l'actrice d'un film dont je n'ai pas le scénario. Ce n'est pas le genre de Mike de se comporter comme ça, alors je joue le jeu, en me répétant qu'il me devra une bonne explication après.

— Oui, j'ai contacté l'association LGBT du campus, et ils aimeraient bien vos témoignages. Le tien aussi, Cris, ajoute-t-elle en se tournant légèrement vers moi.

Elle a parlé d'une voix hésitante, et me lance un regard d'espoir. Le visage d'Ambrosio se décompose, sa peau pourtant mate devient aussi blanche qu'une feuille de papier et contraste avec sa veste en jean foncée. Évoquer son agression fait partie des sujets tabous.

— Tu as quoi ? crache-t-il en remontant ses lunettes sur son nez.

Un grand sourire rassurant étire ses lèvres.

— Je n'ai pas donné ton nom, ni le tien, ajoute-t-elle en se tournant vers moi. C'est à vous de décider ça. Mais j'en ai parlé à mon père, il pense que ça serait bien que vous apportiez votre témoignage, ça laisserait une trace écrite, au cas où. On peut le faire anonymement.

Le bras de Mike se crispe sur ma taille, et je lui jette un coup d'œil surpris, mais je n'ai pas le temps de m'interroger davantage qu'Ambrosio fait un pas vers elle, en plissant les yeux.

— Au cas où ? grogne-t-il.

Au cas où ils recommenceraient. Addi a raison, c'est ce qu'on aurait dû faire et qu'on devrait faire, pas uniquement pour lui, mais aussi pour les autres. Car je suis sûre qu'Ambrosio n'est pas le seul à subir ce type de brimade.

Jamais je ne l'ai vu aussi hors de lui, ses yeux ne sont plus qu'une mince fente derrière ses lunettes, et sa bouche, habituellement souriante, se crispe dans une grimace de colère. Mais la petite amie d'Ethan n'a pas l'air de s'en formaliser. Elle affiche l'air paisible de celle qui maîtrise la situation. Elle fera une redoutable avocate.

— Ça ferait avancer la cause, continue-t-elle tout aussi calmement.

Il pointe un doigt rageur sur elle.

— La cause ? Mais de quelle cause tu parles ?

Sa voix a tremblé tandis qu'il prononçait ces derniers mots. La situation est en train de nous échapper, Addi doit en être arrivée au même constat que moi, car elle fronce les sourcils et l'observe à travers ses cils épais.

Quand je vois Ambrosio reculer de quelques pas, mon cœur se fendille. Je ne peux pas le laisser seul face à ça, face à lui-même. Je fais mine de vouloir m'écarter de

Mike, mais il raffermit sa prise autour de ma taille, puis se fige. Ambrosio vient de river ses yeux aux siens. Cela n'a duré que quelques secondes, mais dans l'échange muet de leur regard, il y avait bien plus que des mots. Il secoue la tête, ses yeux sont lourds de larmes qui ne demandent qu'à couler, mais qu'il retient.

Des larmes pour ce qu'il est.

Pour son mal-être.

Mais aussi pour son espoir.

Car Ambrosio est ainsi, plein d'espoir et d'amour pour ce pays dans lequel tout n'est pas blanc ou noir.

Il reprend d'une voix plus ferme :

— Je ne suis pas une cause, je ne suis pas une distraction pour passer le temps. Je suis juste un homme qui aime les hommes…

Quand il prononce ces mots, la fissure de mon cœur s'agrandit. Il y a tellement de vérité dans tout cela, tellement d'injustice aussi quand on appartient à une minorité, que ce soit ici ou ailleurs. J'aimerais me dire que Cuba est mieux, mais ce serait me mentir. Le monde parfait n'existe pas, c'est l'une des premières conclusions que j'ai tirées sur Miami, et Ambrosio le sait, c'est pourquoi il aime tant vivre ici. Il y a des zones d'ombre partout, mais pour lui, la lumière aux États-Unis est plus éclatante.

Je l'admire de penser ça.

Je l'admire d'accepter ce qui lui arrive avec la résignation de celui qui est convaincu que demain sera mieux, parce qu'il ne peut être que mieux.

Pour le moment, j'en suis incapable.

Je fais un pas dans sa direction, mais il m'interrompt d'un signe de tête.

— Non, je veux qu'on me foute la paix.

Sa douleur me transperce, sa rage aussi. Je voudrais l'aider, je voudrais comprendre, mais il ne me laisse pas le temps de réagir et tourne les talons pour s'éloigner d'un pas vif.

— Je ne voulais pas l'insulter, je cherche juste à le protéger, murmure Addi d'une voix triste.

Je ne la regarde pas quand j'ouvre la bouche, j'observe Ambrosio qui met à chaque foulée une distance avec nous avec l'espoir qu'il fasse demi-tour. Cet espoir est vain, il ne se retourne pas.

— Ce n'est pas ta faute, c'est toi qui as raison. Je vais aller témoigner, avec mon nom. On ne sait jamais.

— OK, tu voudras que je t'y accompagne ? s'empresse-t-elle de me proposer.

Je secoue la tête. Pas la peine, je peux y aller seule. Ici aussi, il y a des combats à mener. Mike me ramène doucement contre lui, comme s'il voulait me témoigner sa reconnaissance, mais je ne sens pas la chaleur de son flanc contre le mien. Mes yeux sont revenus sur Ethan : il n'a pas prononcé un mot pendant toute cette conversation. Son visage est froid, coupant, ses iris, glacials, ils sont braqués sur Mike qui ne cille pas.

— Bon, on va vous laisser. Addi, tu verras ça avec Cris un autre jour, ça ne te dérange pas ? Il faut que j'emmène Cris au boulot, dit ce dernier.

Je lui lance un coup d'œil surpris. Je suis sûre qu'il ne connaît pas mes horaires de travail et qu'il cherche surtout un prétexte pour ne pas rester avec eux.

Tandis qu'on remonte l'allée du parc en direction du parking, je lui chuchote :

— Tu as intérêt à m'expliquer.

Il hoche la tête imperceptiblement.

— Plus tard.

Il ne reste que trois rues avant d'arriver au Felicidades, et Mike n'a pas desserré la mâchoire. Quand j'ai grimpé dans son pick-up, je sentais encore le poids du regard d'Ethan dans mon dos alors qu'il était déjà parti avec sa copine.

Absurde.

Je me suis vite ressaisie et ai guetté le moindre signe qui m'aurait indiqué que Mike voulait parler, que ce « plus tard » était arrivé, mais il se fait désirer.

Son téléphone a sonné deux fois, et il a reçu trois SMS à la suite. Leur teneur ne lui a pas plu, il l'a balancé sur le tableau de bord de son pick-up.

Je réprime un soupir, et tapote du bout des doigts la poignée de la portière. Si j'attends trop, il aura le prétexte facile de mon retard au boulot pour esquiver cette conversation. Et il est hors de question que je sois un pion dans un jeu dont j'ignore les règles.

— On est à plus tard.

Il me jette un regard en coin, puis reporte son attention sur la route. Le camion devant nous s'arrête en plein milieu de la voie, l'obligeant à piler. Il lâche un juron retentissant, et enfonce le klaxon qui pousse une plainte sonore : il est à fleur de peau, et ce n'est pas à cause de l'autre véhicule. Le chauffeur lui adresse un geste d'excuse, et ouvre les portes arrière. Une livraison. Heureusement que j'ai prévenu Carlota que j'aurais quelques minutes de retard.

— On est à plus tard, répété-je. Ça serait bien que tu m'expliques ce qui s'est passé.

— Ça ne te regarde pas, me rétorque-t-il, l'attention toujours concentrée sur le chauffeur.

Ses yeux gris lancent des éclairs. S'il le pouvait, il le réduirait à l'état de cendres. Je m'intime à la patience, mais comme l'autre jour avec Ali, je n'ai qu'une envie : lui asséner un bon coup sur la tête pour lui remettre les idées en place. S'il pense m'avoir à l'usure, il fait fausse route : avec Yotuel, j'ai été à bonne école.

— Excuse-moi, mais tu as fourré ta langue dans ma bouche sans autorisation, donc si, ça me regarde.

— Beaucoup de filles aimeraient être à ta place.

OK, OK… Est-ce que mon poing dans la figure permettrait au clone de Steve que j'ai à côté de moi de redevenir le Mike gentil et doux que je connais ?

— Je ne suis pas « beaucoup de filles », alors cette place, je n'en veux pas.

Il presse une nouvelle fois d'un geste nerveux le klaxon, jette un coup d'œil dans le rétroviseur central, puis s'engage d'un coup de volant sec sur la voie de gauche. Avec la circulation à Miami, ce n'est pas la manœuvre la plus sûre, mais c'est le moyen le plus facile pour écourter cette conversation.

— Ouais, j'avais cru comprendre.

Il veut faire sa tête de nœud… Pas de problème. Attaque frontale donc.

— Depuis combien de temps tu es avec lui ?

J'en suis arrivée à cette conclusion pendant le trajet. Le rencard d'Ambrosio, c'était lui. Cette fois, c'est la pédale de frein qu'il enfonce brusquement, et je bénis ma ceinture de sécurité en état de marche, sinon, mon front aurait fait ami-ami avec le pare-brise. Une maman, inconsciente, avec une poussette, a décidé de traverser juste devant le camion, sans prendre l'option « passage piéton ».

— Qu'est-ce que tu sous-entends ? aboie-t-il.

J'ai mis dans le mille. Je ne me laisse pas impressionner par son agressivité soudaine.

— Rien d'autre que ce que tu as entendu. Ça fait combien de temps que vous êtes ensemble ?

— Je ne suis pas PD ! me crache-t-il en frappant le volant du plat de la main.

Steve, sors de ce corps... Je lève les mains pour l'apaiser.

— *Tranquilo...* Ce n'était pas un reproche ! Mon frère aime un garçon lui aussi. Enfin, il aime les hommes et les femmes, il n'a jamais su faire simple.

— Moi, j'aime les femmes, affirme-t-il en plissant les yeux.

Je retiens un gloussement pour ne pas le vexer.

— Bien sûr. Et moi, je suis suédoise et je m'appelle Ingrid.

Il serre plus fort le volant et approche son visage du mien, menaçant.

— Tu veux vérifier ?

Aussitôt, un frisson glacé me dévale l'échine, rappel instinctif de mon passé. C'est la première fois que je ressens cette ombre de méfiance avec lui : j'y suis habituée avec Steve, avec certains étudiants aussi, ou des clients du Felicidades, mais jamais avec Mike.

Je peux lui faire confiance, il ne me fera pas de mal, me répété-je pour me donner de l'assurance, et lentement, mes craintes refluent. Un coup de klaxon impatient retentit derrière nous. La mère a presque atteint le trottoir d'en face.

— Si jamais tu m'embrasses, je t'arrache la langue avec les dents. Maintenant, redémarre et emmène-moi au boulot. Et prouve-moi que les hommes peuvent faire plusieurs choses à la fois : tu conduis et tu me réponds.

Il me regarde encore pendant quelques secondes, les yeux étrécis, puis son visage s'adoucit et une ébauche de sourire naît sur ses lèvres tandis qu'il remet la voiture en marche.

— Je commence à comprendre pourquoi Ethan est dingue de toi…

Stratégie de l'évitement par la contre-attaque. Bien joué… Je ne mords pas à l'hameçon, même si j'en meurs d'envie.

— Alors, tu te décides ? répliqué-je.

Je fais mine de m'impatienter en tambourinant les doigts contre la portière.

— Ce n'est pas mon mec et je ne suis pas PD. J'aime. Les. Filles.

Il a formulé cette dernière phrase en détachant chacun de ses mots. C'est plus fort que moi, je lève les yeux au ciel.

— Oui, oui… Il y a un truc qui s'appelle « apparences ». Si tu veux, je peux te chercher la définition de ce mot sur mon téléphone, je sais me servir d'internet maintenant, ironisé-je.

Son sourire se fige, mais je ne me laisse pas démonter ni attendrir, et ajoute :

— Ce que je ne comprends pas, c'est pourquoi tu as besoin d'une façade : on est aux États-Unis, le pays de la liberté. À Cuba, il n'y a pas si longtemps, c'était un délit, mais ici…

Je laisse ma phrase en suspens, espérant qu'il proteste, rebondisse sur mes mots, mais il n'en fait rien.

Une poignée de secondes défile encore, nous nous engageons dans la rue du Felicidades. Je vais manquer de temps. S'il croit qu'il suffit de me déposer pour avoir la paix, il se trompe. C'est important, pour lui et pour Ambrosio. Mes amis. Nous nous approchons de la cafétéria, et il ralentit en secouant la tête. Ses cheveux châtains, désormais un peu trop longs, et qui ont tendance à boucler, chahutent sur ses oreilles.

— Si tu savais… murmure-t-il d'une voix tellement basse que je l'ai à peine entendu.

Il se gare devant le bar, et attend que je descende, mais je ne bouge pas. Il va enfin me parler, je le sens. Son attitude vient de prendre un virage à quatre-vingt-dix degrés, Steve a été remisé dans les tréfonds de son être.

— Explique-moi… lui demandé-je doucement en posant ma main sur son avant-bras.

Il porte le sweat vert et orange de son équipe de foot et d'un geste machinal, il ramène sa capuche sur sa tête, comme si elle pouvait le protéger de ce qu'il est sur le point de m'avouer.

— Ce n'est pas si simple : je joue au foot américain. Et ma famille a déjà eu les projecteurs sur elle, il y a quatre ans. Donc les apparences comptent. Elles comptent même beaucoup.

Sa famille a été sous le feu des projecteurs ? Il y a quatre ans ? À la façon dont il a prononcé ces mots, je devine que ce n'était pas à cause des exploits de leur fils au foot.

— Qu'est-ce qui s'est passé ? dis-je en pressant doucement son bras pour l'encourager à continuer.

Il hésite, ouvre le cendrier vide, le referme, comme si se trouvait dedans la réponse à ma question.

— Mon père a eu une liaison avec une mineure, finit-il par avouer à voix basse. Elle avait seize ans.

— Oh, merde !

Je ne trouve rien d'autre à dire. Mike a l'air d'évoluer dans les mêmes sphères qu'Ethan, un milieu plutôt aisé où ce type de scandale éclabousse tout ce qui l'entoure.

— Oui, qu'il se tape une autre femme que ma mère ne suffisait pas. Il aurait pu choisir sa secrétaire, mais non, il a fallu qu'il choisisse une gamine de mon âge… continue-t-il.

L'amertume rend sa voix rauque. Que ça ait affecté sa famille est normal, mais quel est le rapport avec la relation qu'il entretient avec Ambrosio ?

— Je ne comprends pas, en quoi ça te concerne ? C'est la responsabilité de ton père, pas la tienne.

Il se racle la gorge, mal à l'aise et ferme les paupières. Je prends sa main dans la mienne pour lui montrer qu'il n'a pas de peur à avoir avec moi, que je ne le jugerai pas.

— Je dois tout faire pour qu'on ait une bonne image de nous.

Il n'a pas rouvert les yeux, et j'ai du mal à en croire mes oreilles. Une bonne image ? D'eux ? Mon sang commence à bouillonner, et je serre plus fort sa main.

— En quoi sortir avec un homme serait un problème et nuirait à l'image ?

Qu'on puisse penser ça de nos jours me dépasse. Et que ses parents aient pu lui laisser penser ça me dépasse encore plus. Il hausse négligemment les épaules, comme pour me dire « ça n'est pas grave ». Mais il se trompe, c'est grave.

— Ça l'est, c'est tout… Je te l'ai dit, mon père est un peu compliqué. Il se met facilement en colère, et là, il commence à aller mieux. Il est content de mes résultats au foot.

Un doute insidieux me traverse l'esprit.

— Il te frappe, affirmé-je.

— Non, me répond-il immédiatement en écarquillant les yeux.

Il marque un temps d'arrêt, puis reprend, à nouveau à voix basse :

— Mais il est lunatique. En ce moment, il est fier… J'ai des chances de devenir le quarterback officiel, d'être peut-être repéré par une équipe pro. Avant, avec Ethan, ce n'était pas possible, on savait tous que plusieurs équipes le surveillaient, qu'elles le recruteraient, ce n'était qu'une question de temps. Mais comme il n'est plus là…

La honte de parler comme ça de son ami fait vibrer sa voix. Je commence à entrevoir la hauteur des barreaux de la prison dans laquelle vit Mike. Ils sont aussi hauts que l'Everest.

— Et rencontrer ton petit copain ne lui plairait pas, continué-je.

Il fait la moue, ironique.

— Pas du tout…

La silhouette blanche de Carlota apparaît à travers la porte vitrée du restaurant. Je lui lance un regard que j'espère explicite, et dessine un « Je suis désolée, j'arrive » du bout des lèvres. Elle acquiesce, et je détache ma ceinture sans toutefois descendre encore du pick-up. Cette conversation n'est pas tout à fait terminée.

— Ça fait longtemps que vous êtes ensemble ? me décidé-je à lui demander.

Il fronce les sourcils, mais évite une nouvelle fois de croiser mon regard.

— On n'est pas ensemble.

— C'est ça, oui…

Le silence s'étire pendant de longues secondes entre nous, je crois même qu'il ne va pas me répondre, quand il avoue :

— On s'est juste vus deux ou trois fois, comme ça. Rien de sérieux.

— Ça me semblait très sérieux, au contraire, lui rétorqué-je.

J'ai choisi mes mots avec soin, je ne veux pas remuer le couteau dans la plaie.

— Non.

D'accord. Peut-être que ça ne l'est pas, ou que les deux ne sont pas sur la même longueur d'onde en ce qui concerne cette relation.

— OK. Alors, pourquoi vous vous êtes disputés ?

Il se perd dans la contemplation d'un cycliste qui est en train de regonfler sa roue crevée sur le trottoir en face.

— À cause de l'autre jour.

— L'autre jour ? De quel jour tu parles ?

— Quand il s'est fait agresser…

Plus il parle, moins je comprends ce qui a pu les opposer.

— Oui, et ?

Il hésite un peu, puis se lance finalement.

— Il m'en veut parce que tu m'as appelé, moi.

C'est une blague ? J'appuie l'arrière de mon crâne contre le siège du passager.

— Mais pourquoi tout le monde a un problème avec ça ?

— Il affirme qu'il y a un truc entre nous. Je crois qu'il est jaloux, poursuit-il.

Je pousse un long soupir devant l'incongruité de la situation : Ambrosio qui soupçonne qu'il y a quelque chose d'autre que de l'amitié entre Mike et moi, et Ethan qui a suivi le même raisonnement. La seule explication plausible est qu'un virus s'est propagé dans Miami, je ne vois que cela.

— Les gens sont fous.

Puis, je tourne brusquement la tête vers lui.

— Attends, toi, tu ne crois pas ça, hein ?

Il ne manquerait plus que ça. Si jamais il pense que je l'ai appelé parce que j'ai des vues sur lui…

— Non, moi je sais pourquoi tu m'as appelé, me dit-il gentiment en pressant à son tour ma main qu'il n'a pas lâchée.

Inle attend la suite avec impatience, moi, je n'ai qu'une envie, aller travailler pour ne pas l'entendre.

— Tu ne voulais pas appeler Ethan, tu avais peur. Et tu as encore peur, précise-t-il.

Je ne suis pas la seule à mettre dans le mille aujourd'hui. Je hoche la tête, ça ne sert à rien de nier.

— Ça compliquerait tout.

C'est tout ce que je trouve à lui dire. Je laisse passer quelques secondes avant de reprendre :

— D'autres personnes sont au courant pour toi et Ambrosio ? Ethan par exemple…

Il secoue la tête.

— Non.

— Pourquoi tu ne lui as rien dit ? Il ne te jugerait pas, tu sais.

Il lâche ma main pour recommencer à jouer avec le cendrier. S'il fait ça à chaque fois qu'il est nerveux, il risque de le casser.

— Je n'ose pas. Je crois que je ne suis pas prêt.

Je peux comprendre.

— OK. Mais tu es un peu dans un marécage de problèmes, là, pour des bêtises en plus : tu as perdu non seulement ta couverture, mais aussi le mec que tu aimes bien. Et tu as menti à Ethan…

Il plante ses yeux gris dans les miens. La tristesse que j'y lis me noue les tripes.

— Mon plus gros problème.

Pourquoi Ethan serait-il son plus gros problème ? Je n'ai pas besoin de lui poser la question, car il précise :

— Il va me détester s'il pense que toi et moi on est ensemble.

Oh. Le sous-entendu que contiennent ses mots m'éclate à la figure.

— Ethan a une copine, répliqué-je, d'un ton plus sec que je ne l'aurais voulu.

Mon sang s'accélère dans mes veines, et je hais l'espoir qu'il transporte.

— Parce que tu ne veux pas de lui, Cris… me fait-il remarquer, ses yeux toujours dans les miens.

Je me mordille la lèvre pour m'empêcher de protester avec une véhémence qui sonnerait faux. Il sourit, il sait qu'il a vu juste et insiste, pire qu'un chien qui ne veut pas lâcher son os.

— Pourquoi tu ne veux pas être avec lui ?

Je maintiens les lèvres close et fixe le pare-brise, tentant de détendre le nœud qui s'est formé dans ma gorge. Gentiment, il me caresse la joue du bout du pouce. Il n'y a aucune séduction dans ce geste, sinon du réconfort, comme s'il avait perçu ma tristesse.

— Il a attendu que tu l'appelles. Quand il est revenu de La Havane, il était vraiment mal. Il allait mieux, ce n'était pas son genou le principal problème. Steve a essayé de le sortir, de lui faire retrouver sa vie d'avant, avec, tu sais… les filles… Mais Ethan ne faisait que me parler de toi, son Inle, de comment tu l'avais aidé. De quelle fille formidable tu étais.

Ses mots arrivent jusqu'à mon cœur, et les larmes naissent au coin de mes yeux. Je peux le lui avouer, il ne me jugera pas.

— Je n'avais pas les moyens de m'acheter un abonnement téléphonique, chuchoté-je.

Il hoche la tête, mais ma réponse ne le satisfait pas.

— Tu es sûre que c'est la vraie raison ?

J'aimerais pouvoir descendre de cette voiture sans lui répondre, j'aimerais pouvoir faire comme si cette partie de la conversation n'avait pas eu lieu, mais ça ne serait pas juste. Les mots se bousculent dans ma tête, dans ma poitrine, dans mon cœur, je voudrais prendre un instant, juste un instant, avant que ce que je tais ne prenne vie.

— Je vais repartir Mike. Mon séjour aux États-Unis a une date d'expiration, j'ai deux ans, pas plus. Je ne veux pas repartir avec le cœur brisé.

En prononçant ces mots, je doute pour la première fois pendant une seconde de leur véracité. Mais mon cœur se serre, comme pour me rappeler ce qu'il en est vraiment, et je me retiens d'ajouter qu'il a déjà été brisé, par Ethan, même s'il l'ignore, même s'il n'y est pour rien.

— Il y a des solutions, vous…

Je l'interromps.

— Il n'y en a pas : nous vivons dans deux mondes différents, qui ont convergé un temps, mais qui vont de nouveau se séparer. C'est mieux comme ça. Personne ne perd de temps, il peut construire sa vie, celle qui lui convient.

Un sourire qui ne me dit rien qui vaille barre soudain son visage. Instinctivement, je fronce les sourcils.

— J'ai une idée : on fait semblant d'être ensemble, ça résoudra tous nos problèmes. Ethan et Ambrosio seront furax et nous laisseront tranquilles, et peut-être même qu'on tombera amoureux l'un de l'autre… Vivre à Cuba ne me dérangerait pas, ajoute-t-il en me faisant un clin d'œil.

Ouh là, mauvais plan.

— Euh, non. Tu lis trop de romans d'amour là, plaisanté-je.

— Mais si, ça serait super ! Si tu es ma copine, je sauve les apparences.

L'enthousiasme fait briller ses iris et je ne peux m'empêcher de ricaner à cette idée.

— Tes parents vont adorer que tu ramènes une Cubaine sans le sou à la maison !

Vu ce qu'il m'a dit d'eux, je n'ai aucune envie de tenter l'expérience, même pour voir leur réaction.

— Ils s'y feront vite, ils ne sont pas aussi conservateurs que ceux de Steve.

Je n'arrive pas à déterminer s'il plaisante ou non et secoue la tête, au cas où.

— Non, Mike. Je ne jouerai pas à ça avec toi. Tu dois assumer ce que tu es. Pour toi.

— Comme ça, Ethan passerait à autre chose, insiste-t-il, même si d'un seul coup, sa voix a perdu de son assurance.

— Il est passé à autre chose, et va continuer à passer à autre chose, mais pas grâce à ça.

Je mets la main sur la poignée et ouvre la porte. Je n'ai pas mis un pied dehors qu'il me retient par le bras.

— Tu ne vas rien lui dire ? me demande-t-il.

Une ride d'inquiétude barre son front. Il parle de lui. Du fait qu'il aime les garçons. D'Ambrosio.

— Ce n'est pas à moi de le faire, c'est à toi.

Je ne dis pas cela pour le rassurer sur mon silence, mais parce que j'en suis convaincue. C'est important pour lui, et pour son amitié avec Ethan. Le Yuma va comprendre et le soutenir, je n'ai aucun doute là-dessus.

— Ça a l'air facile, dit comme ça, marmonne-t-il.

Il se passe la main dans les cheveux d'un geste las, comme si cette conversation l'avait épuisé, ce qui est sans doute le cas, moi aussi je me sens lasse. Puis il reprend :

— Tu es quelqu'un de bien Cris, je comprends vraiment pourquoi il est accro.

J'oblige mon cerveau à expulser ces derniers mots, à les effacer, je serais capable de m'y accrocher, et je ne veux pas. Pas de lueur d'espoir. Rien. Juste ma réalité.

— Bon, je dois aller bosser.

— Tu veux que je vienne te chercher et te ramène à ta résidence pour te remercier ? me propose-t-il.

— Non, j'ai besoin de…

Il sourit franchement.

— Laisse-moi deviner… Courir. Ethan m'a raconté, ajoute-t-il en me faisant un clin d'œil.

Avant de refermer la portière derrière moi, je l'entends chuchoter :

— Merci, Cris.

Je me contente de hocher la tête et attends qu'il soit reparti pour rentrer dans le Felicidades. Carlota m'accueille avec une expression soucieuse sur le visage, et ce qu'elle voit sur le mien ne la rassure pas. J'aimerais que ce soit le cas, mais je ne peux pas. Elle apprécie Mike, mais c'est son secret à lui. Je me contente de l'enlacer brièvement et attrape mon tablier pour le nouer autour de ma taille. Travailler m'occupera l'esprit. « Il est accro ». Non, je ne peux pas laisser la graine de cette idée germer en moi, alors je l'arrache. Pour mon bien. Mais une fois de plus, mon cœur saigne.

Chapitre 16

Ethan

Je gare la voiture juste devant le gymnase, et prends une grande inspiration. Qu'est-ce que je fous là ? Mais qu'est-ce que je fous là ? Tandis que je descends de ma jeep, et presse le bouton de la portière pour la fermer à clé, une rage brûlante se met à bouillonner dans mes veines, remplaçant la colère sourde qui faisait vibrer mon sang jusque-là.

Après les cours, je suis passé chez Addi. On a discuté de ce qu'elle veut faire pour Ambrosio, elle m'a raconté ensuite je-ne-sais-quoi sur Kelly, une de ses amies dont je n'ai rien à branler, et sans que je comprenne comment, elle a fini à califourchon sur moi. Une belle fille dans cette position, ça aurait dû réveiller ma queue. Mais non, elle a fait la gueule. Tout comme mon cerveau. Addi ne sentait pas la vanille. Et puis, ça ne m'a pas paru correct…

Je serre les poings, une vague ardente me parcourt la colonne vertébrale.

Bordel. Pas correct ? C'est ma copine ! Mais mon esprit n'arrêtait pas de se passer en boucle les lèvres de Mike sur celles d'Yeux d'Ange. Ce putain de baiser. Et ça, ça me semble encore moins correct, comme si…

Comme si elle m'avait trompé.

Je m'adosse pendant quelques secondes à ma jeep, m'exhortant au calme. Si je débarque comme ça à la salle, César va me virer. Ou m'entraîner dans son bureau pour que je vide mon sac. Ce que j'aurais à lui dire ne serait pas cohérent. « Je suis raide de jalousie, parce qu'une fille, qui n'est pas ma copine, a embrassé un autre mec. Et le pire c'est que, si ça avait été Addi, je suis convaincu que je n'en aurais rien eu à foutre. » Classe, non ?

Calme-toi, mec.

J'ai prétexté une douleur au genou, facile… Et elle m'a gratifié d'un « Tu veux qu'on en parle ? » Comme si parler allait résoudre mon problème. Surtout que là, ce n'est pas mon genou. C'est elle. Et *elle*. Et Mike. L'enfoiré.

Ils se sont embrassés. Devant moi.

Je me retourne et me retiens de balancer mon poing dans la vitre. Mauvaise idée.

Ça m'a démoli de les voir.

Je suis resté une heure de plus avec ma copine. Ma copine. Cette superbe fille qui, quelques minutes avant voulait que je la baise et qui ne m'a pas fait de reproches ni n'a insisté. Comme d'habitude. Elle devrait pourtant, c'est ce que ferait un couple normal. Poser des questions, douter quand l'autre ne semble pas dans son assiette, surtout quand une fille telle que Cris a débarqué sur l'échiquier. Mais pas Addi. Elle patiente et fait confiance. Aveuglément. Je l'ai aidée à réviser en écoutant le plaidoyer qu'elle doit présenter demain en cours. Prise de conscience. Culpabilité. Je voulais faire un truc bien pour elle. Une autre connerie. En réalité, je n'ai rien fait pour elle. Au contraire, je suis un égoïste hypocrite. Alors, j'ai fini par rentrer chez moi. Un autre prétexte, je devais bosser…

J'ai tenté de calmer l'agitation qui me dévorait. J'ai essayé d'ouvrir un bouquin, lu une page, puis une deuxième. Je n'ai rien compris. Ça concernait pourtant l'alimentation des sportifs, mon domaine d'excellence. Je suis descendu prendre un café avec Linjie, pensant qu'elle réussirait à me changer les idées, mais je n'ai rien suivi à ce qu'elle m'a raconté. Je suis remonté, ai tenté de lire, encore, de jeter un coup d'œil aux réseaux sociaux. Surtout le Facebook de Mike, au cas où il y aurait un indice, une photo de lui et Cris qui m'indiquerait ce que j'ai raté. Rien. Je suis redescendu.

Game over.

Elle m'a mis hors jeu.

À peine arrivé en bas, Linjie m'a interpelé, les mains sur les hanches :

— Vous devriez sortir, monsieur Ethan. Vous avez quelqu'un à voir…

Sans appel. Pas de « Vous allez bien ? », ou de « Un problème ? ». Droit au but, comme toujours.

Comment est-ce qu'elle est au courant ? Aucune idée.

Mais en tout cas, maintenant, je suis là, à plus de 22 heures, devant ce putain de gymnase, comme un con…

Je fourre la clé dans ma poche, la colère me fait avancer d'un pas, puis d'un autre. Vers le gymnase.

Vers *elle*.

Car c'est là qu'elle est, je le sais. L'écriteau sur le Felicidades indiquait qu'il était exceptionnellement fermé, elle ne peut qu'être ici.

C'est là aussi que moi je serais venu…

Il faut que je lui parle, même si j'ignore ce que je vais lui dire.

Cristina

Je règle la température pour que l'eau soit suffisamment froide pour éveiller mes muscles, les aiguiser pour les préparer à la course qui m'attend. Elle jaillit du pommeau de douche et commence à ruisseler sur mon corps, je me détends enfin. La séance a été éprouvante, non pas à cause de l'effort physique, mais à cause de ce qui s'est passé ce matin. Le regard d'Ethan alors que Mike posait ses lèvres sur les miennes m'a hantée pendant tout mon entraînement. J'aurais aimé travailler pour obliger mon esprit à penser à autre chose, mais Carlota a dû fermer le Felicidades, réunion d'urgence des commerçants du quartier, elle va en profiter pour aller voir sa mère après.

L'effort physique a échoué à me faire oublier l'expression du Yuma. J'aimerais lui parler, mais pour lui dire quoi ? « Petit Yuma, ce n'est pas ce que tu crois. Mike m'a embrassée, car il ne veut pas que tu saches qu'il a une relation avec Ambrosio parce que cela nuirait à sa réputation et qu'il a peur de te décevoir. » Rien de mieux que la vérité pour clarifier les choses, mais ce n'est pas ma vérité. C'est celle de Mike, et je n'ai pas le droit de la révéler, tant que lui ne le fait pas.

La porte des vestiaires grince et j'entends quelqu'un poser un sac sur le banc qui longe les casiers. Le bruissement des vêtements qu'on enlève suit. Mylie a sans doute terminé son entraînement. Heureusement que César ne m'a pas fait monter sur le ring aujourd'hui, elle m'aurait mis une raclée monumentale.

Mais ce n'est pas la porte de la douche voisine qui s'ouvre, c'est la mienne.

Mon corps se fige. Sa présence envahit l'espace de la cabine, écrasante. Inutile de me retourner pour vérifier l'identité de la personne qui vient d'entrer.

Lui.

Je ferme les yeux et offre mon visage à la pluie qui sort du pommeau de douche, comme si elle avait le pouvoir de me transporter dans un monde où nous ne serions plus Ethan et Cris, séparés par un univers, où je pourrais me protéger de ce qui va suivre, de moi. Tout effacer.

Mon corps frémit d'anticipation, et je presse davantage les paupières.

Sa large main enveloppe mon ventre, et me ramène, centimètre après centimètre, contre lui. Mon dos entre en contact avec son torse dur et ferme, la chaleur de sa paume traverse ma peau et se répercute dans mon bas-ventre. Son corps est brûlant contre le mien, mais ce n'est pas à cause de l'exercice. La colère irradie de tout son être.

— Qu'est-ce que tu fais là ? glapis-je, dans un vain espoir de le convaincre de sortir, de tout arrêter.

Il ne devait pas être là.

Il devrait rester loin de moi.

Et moi, je devrais lui faire face, planter mes yeux dans les siens, lui ordonner de sortir, de dégager, parce que ce n'est pas bien. Parce qu'on ne peut pas. Mais je n'en fais rien, je m'adosse davantage à lui. Je me hais de ne pas résister, la culpabilité m'assaille, comme un guerrier à l'épée brandie. Il est encore temps de m'écarter, de lui demander de me laisser tranquille. De lui dire que ce n'est pas ce qu'il croit.

Mais son autre main enserre délicatement mon cou pour m'amener à appuyer la tête contre son épaule, et je me laisse faire, encore. Un soupir m'échappe, et pendant une fraction de seconde, j'ai le sentiment d'être à sa merci.

À ma place. Avec lui.

— Je me douche, me répond-il le plus naturellement du monde.

Sa voix résonne dans les vestiaires vides. Quelqu'un pourrait entrer, nous surprendre, mais la conscience de la folie de ce qui est en train de se passer est bien faible face à la force de mon désir pour lui.

— C'est le vestiaire des filles, protesté-je mollement.

Ce que je dis n'a aucun sens.

Ressaisis-toi. Éloigne-toi avant d'atteindre le point de non-retour.

Sa main remonte jusqu'à ma mâchoire et oriente ma tête dans sa direction.

— Celui des garçons est temporairement indisponible, alors je me suis dit que je pouvais me doucher ici.

Je suis sûre que le vestiaire des garçons n'est pas indisponible, mais quand je croise son regard flamboyant de colère, je m'abstiens de le lui faire remarquer.

— Il se passe quoi avec Mike ? reprend-il en rivant ses yeux aux miens.

Seuls quelques millimètres nous séparent, ses iris sont noyés dans l'océan de ses pupilles. J'essaie de secouer la tête, mais il m'en empêche.

— Ça ne te regarde pas… réussis-je à rétorquer.

Il fait claquer sa langue contre son palais en signe de réprobation. Sa main sur mon ventre le caresse avec tendresse, et je retiens mon souffle quand il remonte sur mes côtes, jusqu'à la naissance de ma poitrine, semant sur ma peau un sillon de picotements.

C'est mal. Je ne peux pas faire ça. Il n'est pas à moi. Je tente de gagner quelques précieux centimètres en basculant le corps en avant, afin de laisser mon cerveau reprendre le contrôle de mon être, mais il ne m'en laisse pas l'opportunité. Son pouce caresse la courbe de mon sein, et un gémissement naît dans ma poitrine. Je le réprime, vain effort pour résister.

— Les amis se racontent ce type de truc. Avec qui on sort, avec qui on baise… continue-t-il d'une voix rauque.

Les mots meurent dans ma bouche, son pouce passe sur mon téton une première fois, puis une deuxième, léger comme l'aile d'un oiseau, mais ce frémissement sur ma peau est pire qu'un brasier dans mon corps. Le feu inassouvi au plus profond de ma chair éclate, et tout mon être se met à pulser, vibrant de le sentir encore plus près de moi.

En moi.

Non.

Je cligne plusieurs fois des paupières pour reprendre mes esprits. Je ne peux pas. Pour lui. Pour moi. Il a sa vie, rien ne doit l'ébranler, il a trop touché le fond pour flirter de nouveau avec les abîmes.

— Alors, Mike ? Tu sors avec ? Depuis quand ? Ou tu vas sortir avec ?

Ses dents effleurent le creux de mon cou offert, et ma respiration se coupe. Je suis incapable de lui répondre quoi que ce soit, non pas parce que la réponse m'est étrangère, mais parce que mon corps a pris son indépendance, réagissant non plus à la raison, mais à l'instinct. Et mon instinct me dit que c'est ce que je dois faire ; Inle ne proteste pas. De toute façon, Ethan n'a pas l'intention de me laisser le temps de répondre.

— Et quand il te touche comme ça, il sait que tu gémis ?

En entendant ses mots, une vague de colère monte en moi. Contre lui. Contre moi. À ce moment précis, je le déteste. Je le déteste parce qu'il a raison. Parce qu'il me confronte à la réalité. À ma réalité. Mike ne saura jamais comment réagit mon corps, c'est une évidence, mais ce n'est pas pour cela que je le déteste. Je le déteste parce que même si nous n'avons eu qu'une seule nuit, il a mémorisé mon corps et ses réactions, tout comme moi j'ai tout imprimé dans ma mémoire.

Sa paume redescend le long de mon flanc, s'attarde sur ma hanche, pour ensuite envelopper ma cuisse. En même temps, sa langue taquine le lobe de mon oreille, aguichante, séductrice, conquérante. Et contre mes reins, palpitent son excitation et son désir.

Cette fois, je ne peux réprimer un gémissement, je le sens sourire contre ma peau.

— Il sait que si je fais ça, tu vas frissonner ?

Il me ramène encore davantage la tête vers lui, et ses lèvres déposent un sillon de baisers sur ma mâchoire, sans jamais s'arrêter sur les miennes, déclenchant comme il l'a prédit une cascade de frissons le long de ma colonne vertébrale.

Je veux qu'il m'embrasse vraiment.

Je veux sentir sa langue sur la mienne.

Je veux le sentir en moi.

Toute ma volonté est réduite à l'état de poussière, géant de sable balayé par une tornade.

Son torse contre mon dos, ses lèvres sur ma peau, sa main à l'intérieur de ma cuisse tout m'intime de me laisser aller, alors je ne résiste plus et me plaque contre lui, et cette fois, c'est lui qui gémit.

— Tu es à moi, Cris grogne-t-il, sa main toujours sur ma gorge, ses yeux dans les miens. À moi et à personne d'autre, tu m'entends ?

Ses mots devraient m'effrayer, mais ce n'est pas le cas. Sans doute parce qu'ils sont porteurs d'une vérité profonde : je suis à lui, et je le serai toujours. Inexorablement.

Une nouvelle vague de sensations tandis que son pouce effleure mon intimité me fait ondoyer du bassin contre lui. Contre son érection. Il gémit de plus belle.

Il fléchit les genoux, et d'une poussée, me pénètre. Je hoquette. C'est comme si le monde avait repris un cours normal.

— Oh putain, Cris… Ce que c'est bon d'être en toi.

J'attrape sa nuque et appuie mon autre main contre le carrelage froid de la cabine de douche. Il se retire, et je suis sur le point de protester quand il me pénètre encore plus profondément. Une fois, une autre fois, encore une autre fois.

Mes ongles griffent le carrelage devant moi, sans parvenir à s'y accrocher, et je raffermis ma prise autour de son cou.

Sa bouche capture mon gémissement et sa langue dévore la mienne. Il n'y a aucune douceur dans son geste, juste une affirmation : je lui appartiens. Quand il se rend compte que je ne lui résisterai pas, trop absorbée par la chaleur qui monte de son sexe dans le mien, il lâche ma mâchoire, et redescend la main jusqu'à ma hanche. D'une légère pression, il m'oblige à écarter les cuisses, et fléchit les genoux pour me prendre plus profondément encore.

— Il n'y a rien de meilleur au monde que de te baiser, Cris, me souffle-t-il en dégageant une mèche de cheveux de mon cou pour pouvoir y poser les lèvres.

Mais je ne veux pas ses lèvres là, je les veux sur la bouche, je veux sa langue en moi. Alors, de ma main derrière sa nuque, je guide sa tête là où je le veux et je l'embrasse. Avec toute l'intensité de mon désir pour lui. De mes sentiments.

Son rythme s'accélère encore, sa main s'accroche à mes seins comme à une bouée au milieu de la mer. Je ne m'inquiète plus de savoir si quelqu'un peut nous surprendre, je ne m'inquiète plus de savoir ce que nous faisons.

Je ne vois que lui et moi, dans cette cabine, sous le jet de la douche qui ruisselle sur mon visage, comme si elle pouvait former un rideau pour nous isoler dans un monde où il n'y aurait que nous. Comme si elle nous lavait de ce que nous sommes en train de faire.

— Cris, je vais bientôt venir… me prévient-il en me mordillant la clavicule.

L'orgasme monte en moi, déferlante de plaisir que rien ne semble pouvoir arrêter, et je me cambre contre lui pour qu'il s'enfouisse encore plus profondément en moi. Plus de colère. Plus de réalité, d'Addi ou de tous les autres. Il n'y a que lui et moi.

Il donne une nouvelle poussée que j'accompagne en venant à sa rencontre. Son grognement, rauque, décuple mon plaisir. Ses gémissements sont l'écho des miens. Il m'écarte davantage la cuisse, et quand ses doigts jouent avec mon intimité, l'orgasme me foudroie. Dévastateur… Mais tellement parfait.

Le sien ne tarde pas à lui répondre, mais il l'étouffe dans mon cou tandis que son sexe entre et sort encore et encore, comme si rien ne pouvait l'empêcher de me prendre pour l'éternité.

Il nous faut quelques secondes pour reprendre notre souffle, et le silence des vestiaires est à peine troublé par l'eau de la douche que nous n'avons pas arrêtée. La buée a envahi la cabine. Il m'embrasse légèrement dans le creux du cou, et je ferme les yeux pour rester encore un peu dans cette bulle que nous venons de nous créer.

— Ma deuxième meilleure baise au monde, me souffle-t-il à l'oreille. La première place est prise par *notre* nuit.

Et la réalité de ce que nous venons de faire me foudroie. Implacable. Notre bulle éclate en un million de morceaux qui tombent en cascade tout autour de nous.

Nous venons de faire l'amour.

Il est en couple, avec une fille géniale.

Je vais repartir.

L'équation se redessine brutalement devant mes yeux, et à aucun moment, il y a une addition entre lui et moi.

Il perçoit ce qui m'agite à la tension de mon corps et resserre son étreinte autour de moi.

— Cris… me murmure-t-il.

Je tends la main pour arrêter le flot de l'eau. En plus, on n'a pas mis de préservatif. Quelle inconsciente je suis !

— Je prends la pilule, lui dis-je en essayant de me libérer de ce bras autour de ma taille qui m'entrave.

Je la prends depuis mon entrée dans le programme de jeunes sportifs : réguler les douleurs menstruelles aide à obtenir de meilleurs résultats.

— Cris, il faut qu'on parle, continue-t-il.

La panique teinte ses mots, et je n'ai pas besoin de le regarder dans les yeux pour savoir que dans ses iris brille l'inquiétude.

— Je ne dirai rien, affirmé-je en tentant de me dégager.

Il raffermit encore son bras autour de moi.

— Cris, il faut qu'on parle, répète-t-il.

Je me débats un peu plus fort, mais voyant qu'il ne semble pas disposé à me libérer, je lui assène d'une voix coupante :

— Lâche-moi.

Un ordre. Le seul que je lui donnerai peut-être, qui a une portée bien plus grande que ce que nous venons de faire.

Lâche-moi.

Pour de bon.

Vis.

Laisse-moi vivre.

Tu vas me détruire.

Mais je ne lui dis pas tout ça, l'intuition qu'il chercherait à me convaincre, qu'il serait prêt à tout remettre en question pour moi est là, tapie dans l'ombre de mon subconscient, mais je refuse d'envisager cette possibilité. Parce que je ne peux pas. Parce que je suis lâche.

Encore haletante, je me faufile entre la paroi et lui pour m'enfuir de cette douche.

Inle, empêche-le de me suivre…

Pour une fois, Inle semble être de mon côté, car Ethan se contente de sortir de la cabine et s'immobilise à quelques mètres de moi. Les doigts tremblants, j'entre le code du cadenas de mon vestiaire et l'ouvre d'un geste sec. À la hâte, j'attrape mon T-shirt et mon jean. Mes gestes sont saccadés, et je n'ose pas regarder derrière moi. Vers lui.

— Cris, il faut qu'on parle, répète-t-il, comme si c'était les seuls mots qu'il était capable de prononcer, ou comme si j'étais une petite fille qu'il fallait raisonner.

« Cris », et pas « *Sweet Love* ». Le sérieux de son ton ne laisse aucun doute au genre de conversation qu'il veut avoir.

J'enfile mes sous-vêtements en lui tournant toujours le dos. Je refuse de le regarder, de peur de voir ma volonté flancher.

— Tu dois parler à Mike.

J'ai parlé tellement bas que je ne suis pas sûre qu'il m'ait entendue, et je le suis encore moins quand il me dit :

— Regarde-moi, Cris.

Non. Je ne suis pas cette fille-là, je ne suis pas la fille qui se tape un mec qui a une petite amie. Ce n'est pas moi, jamais. La culpabilité m'assaille de plus belle. C'est trop. Trop de choses à gérer. Trop d'émotions à contrôler. Mes doigts tremblent tellement sur les boutons de mon jean, qu'il me faut quelques secondes pour le refermer. Je plaque mon T-shirt contre ma poitrine, et après avoir pris une grande inspiration, je me retourne pour lui faire face. Notre étreinte a rosi ses joues, des gouttes tombent de ses cheveux, et il n'a pas pris la peine de se rhabiller. Je m'oblige à empêcher mes yeux de se promener sur son corps, je n'en ai pas le droit.

— Tu ne m'as pas demandé de m'arrêter, reprend-il.

Sa voix n'est pas lourde de reproches, il essaie de me dire quelque chose que je ne veux pas entendre. Je n'ai pas besoin qu'il me rappelle que j'avais le pouvoir de tout arrêter, je ne me suis même pas posé la question, car je le sais. Tout comme je sais qu'il n'est pas l'unique responsable de ce qui vient de se produire.

— Je ne suis pas comme ça, Ethan. Je ne suis pas « l'autre », et là, je l'ai été. Ça ne se reproduira pas. Plus jamais.

Ma gorge se noue, et j'inspire de nouveau pour pouvoir reprendre d'une voix que j'espère assurée.

— Je ne veux pas faire de mal à Addi. C'est quelqu'un de bien. Alors, si tu veux tout lui raconter, OK, j'assumerai. Si tu préfères te taire parce que c'était une monumentale erreur, OK aussi. Parce que c'était ça, une monumentale erreur et que ça n'a pas à avoir de répercussions sur ton histoire, sur ta vie.

Il fait un pas vers moi en se massant la mâchoire. Je lève une main pour le dissuader de continuer, puis refais face à mon vestiaire pour terminer de m'habiller.

— Il n'y a rien d'autre à dire. On en a parlé, et jamais plus ce qui vient de se passer ne reviendra sur le tapis. Jamais. On oublie tout ça, on l'efface et…

Je laisse défiler quelques secondes, et déglutis pour essayer de défaire le nœud tenace qui s'est installé dans ma gorge, avant d'ajouter :

— Et on instaure une distance. On s'évite.

La chaleur de son corps contre mon dos m'enveloppe, il a franchi la distance qui nous séparait. Je ferme les yeux et plante les dents dans ma lèvre inférieure pour m'empêcher de faire une bêtise, comme me blottir contre lui.

— Tu as parlé, Cris. Moi aussi, j'ai le droit de le faire, tu dois entendre ce que j'ai à te dire.

J'accentue la pression pour m'ancrer dans ma réalité, une réalité où il n'a pas sa place.

D'un geste assuré, je referme mon casier. Le claquement déchire le silence du vestiaire. Mylie est sans doute sur le point de finir son entraînement, nous ne serons bientôt plus seuls.

Il se trompe, tout a été dit, sauf peut-être le plus important. Je m'éloigne de quelques pas, mon sac à dos à la main. Le nœud de ma gorge se relâche légèrement, me prouvant que ce que je fais est bien. Un dernier effort, et je me tourne de nouveau vers lui. Je m'oblige à river mes yeux aux siens, sans plonger dedans, m'efforçant de nager en surface.

— Tu dois parler à Mike.

— On doit parler de nous, me rétorque-t-il en appuyant bien sur le « nous ».

Nouveau pas vers moi. Je recule en secouant la tête. Il n'y a pas de nous.

— Tu dois parler à Mike, répété-je.

Un éclat menaçant s'allume dans ses yeux.

— Oh, que oui, je vais parler à cet enfoiré de Mike.

Je plisse les yeux.

— Non, Ethan. Pas de ça. Tu dois parler à Mike, pour lui et pour toi.

Il fait deux pas vers moi et je recule encore, veillant à maintenir la distance de sécurité qui me préserve. Il est splendide dans sa nudité, et je m'oblige à rester concentrée sur ses yeux pour ne pas voir ma détermination faiblir.

Ce qu'il lit sur mon visage ne doit pas lui plaire, car son ton change, cette fois, il m'implore :

— Cris…

Plus de lueur menaçante dans ses pupilles, juste une supplique. Celle qui pourrait me ramener à lui. Mais je ne peux pas. Il a sa vie parfaite, et moi… J'ai la mienne, imparfaite, incomplète, mais c'est la mienne. Mon combat. Et il n'en fait pas partie.

— Au revoir, petit Yuma.

Immédiatement, le sens de mes paroles le percute et son visage se crispe, il comprend que ce n'est pas un simple au revoir. Mes mots ont le goût des adieux. J'entends ses pieds sur le carrelage tandis que je me dirige vers la porte. Je presse le pas, un mètre, deux mètres. Je sors des vestiaires. J'ai environ deux minutes, sans doute moins, pour quitter la salle. Juste le temps qu'il s'habille. Je traverse la salle sans m'arrêter, et quand je franchis la porte d'entrée, le vent frappe mon visage. Pour une fois, ça m'est égal qu'il pleuve.

Je me mets à courir, emportant son cri dans mon sillage.

Chapitre 17

Jeudi 4 octobre

Ethan

À cause de mon grand-père et de son putain de reportage, je n'ai pas pu assister à l'entraînement de l'équipe ce matin. Petit-déjeuner avec les journalistes. Heureusement qu'Addi avait un cours important dès 8 heures, je n'ai pas eu à trop jouer la comédie.

Je ne voulais pas la voir, non pas à cause du poids de la culpabilité qui devrait pourtant lester mes épaules, non. Parce que j'ai deux choses à gérer ce matin, et qu'elle n'en fait pas partie. Je me hais pour ça, mais je vais mettre de l'ordre.

Cris et Mike.

Séparément.

Parce que si j'aperçois mon pote avec elle, je lui fracasse sa petite gueule. Il ne lui restera plus qu'à prendre un rendez-vous avec un chirurgien esthétique après.

Je ferme ma voiture et m'adosse contre la portière passager. Je l'ai garée de l'autre côté de l'avenue et non sur le parking du stade pour être sûr de ne pas le rater. Mon timing était un peu juste pour courir le risque de ne pas le voir.

J'ai. Mal.

Je n'ai pas fermé l'œil de la nuit. Encore une fois, les mots de Cris n'ont pas arrêté de tourner en boucle dans ma tête. « Tu dois parler à Mike ». Qu'a-t-elle voulu dire ? Il est le seul à détenir la réponse, alors je ne vais pas jouer au con, et je vais l'écouter, ce qui explique mon détour par le stade.

Il est presque 9 h 30, l'entraînement doit être terminé. Nous avons cours tous les deux à 10 heures, ce qui lui laisse trente minutes pour jouer cartes sur table.

L'angoisse broie mes entrailles, et je serre tellement fort ma clé contre ma paume qu'elle s'enfonce dans ma chair. Comme si ce n'était pas suffisamment le bordel dans ma vie, il faut que mon pote s'y mette. S'il m'annonce qu'il se tape Cris, j'ignore comment je vais réagir.

Mal, c'est certain.

Peut-être que je devrais lui prendre rendez-vous tout de suite avec un chirurgien esthétique ?

Les portes battantes du stade s'ouvrent, et il apparaît, son sac de sport sur l'épaule. L'espace d'un instant, l'amertume me transperce : j'aurais dû être avec eux.

Mais je la balaie immédiatement. Inutile de ressasser, il y a plus urgent.

Quand il m'aperçoit, de l'autre côté de l'avenue, il me sourit. James lui donne une tape amicale sur l'épaule, et il s'éloigne en direction du parking. Mike n'hésite pas et vient dans ma direction. Derrière son sourire, il y a autre chose. De la gêne ?

L'angoisse remonte à mon cœur, la garce, et le comprime, le comprime jusqu'à ce que le souffle me manque. Il me cache quelque chose.

Cris. Ça ne peut être qu'elle. Les émotions se mêlent à la raison qui me dit que mon pote n'est pas un connard et qu'il ne me ferait jamais ça. Il sait ce que représente Cris pour moi.

Mais s'il a fait ça malgré tout…

Eh bien, j'aviserai.

Sans réfléchir, je traverse l'avenue pour aller à sa rencontre.

Une ombre me recouvre, mais tout ce que je vois, ce sont les yeux écarquillés par l'horreur de Mike.

Une douleur aiguë éclate dans mon flanc et dans mon genou.

Je hurle. Ce n'est pas dans ma tête.

J'ai mal.

Un voile tombe devant mes yeux.

Cristina

Ambrosio s'est installé dans une des rangées supérieures de l'amphithéâtre où a lieu ce cours de mathématiques appliquées. Les mathématiques et lui ne sont pas vraiment compatibles, et, en temps normal, je lui donne un coup de main en lui expliquant ce que nous dit le prof. Mais pas aujourd'hui. Il est arrivé en retard et s'est glissé sur une chaise près de la sortie, sans doute pour pouvoir filer dès la fin du cours.

Même après son agression, il n'a pas fait ça.

Je lui jette un nouveau regard, mais comme depuis le début de la matinée, il ne me remarque pas. Ou plutôt, il fait comme s'il ne m'avait pas remarquée.

Lui et moi, il va falloir qu'on parle sérieusement. M'éviter pour un truc que je n'ai pas fait, non merci.

Son attitude me confirme ce que m'a avoué à demi-mot Mike hier : il se passe quelque chose entre eux. Je n'ai pas réussi à déterminer si ce « quelque chose » est de la même teneur que le « quelque chose qui nous unit » Ethan et moi, mais il est bel et bien présent. Des deux côtés. Et je ne veux pas qu'il croie que Mike et moi sommes ensemble ou que nous flirtons.

Ça non.

Je refuse de m'immiscer dans un autre couple, surtout avec mon dérapage d'hier soir.

En repensant aux mains d'Ethan sur moi, à ses gémissements dans mon oreille, mes joues s'embrasent et ma voisine me lance un coup d'œil curieux. Je fais mine de me concentrer sur le cours, même si mon attention s'envole ailleurs.

Ce n'était qu'un faux pas. Un dérapage qui ne se reproduira plus. Je vais appliquer pour de bon la stratégie de l'évitement : si Ethan arrive à la cafétéria de la fac, je partirai, je trouverai une excuse pour ne pas assister au prochain match des Tocororos et s'il m'envoie un SMS, je n'y répondrai pas.

Mais il ne va pas m'en envoyer. Je n'ai aucune nouvelle depuis hier, son message est clair non ?

La stratégie de l'évitement est une bonne stratégie.

Il ne s'est rien passé.

Mais il risque d'insister pour qu'on parle. Pas grave, je ferai face. Cela ne peut pas se reproduire et on ne peut pas être amis.

Mon cœur se serre.

Non, impossible.

Être son amie est trop douloureux.

Le professeur écrit les consignes du devoir à rendre pour la semaine prochaine. Les délais sont courts, Ambrosio doit pester comme un charretier… Je les recopie rapidement, et jette un nouveau coup d'œil par-dessus mon épaule en direction du sommet de l'amphi, il est toujours là.

— N'oubliez pas, aucun retard admis ! Ce devoir va compter pour un tiers de la note.

J'entends à peine l'enseignant quand je range mes affaires. Il faut que j'intercepte Ambrosio avant qu'il ne quitte l'amphi. Mais ma voisine n'est pas du même avis, elle prend tout son temps et lorsque je sors de ma rangée, il n'est plus là.

Mince !

Je grimpe les marches deux à deux, s'il croit se sauver comme ça, il se trompe.

Dans le couloir, j'aperçois sa silhouette qui s'éloigne, tête baissée, épaules rentrées. En moins de quinze secondes, je l'ai rejoint et attrapé par le bras.

— On va prendre un café, lui dis-je.

Il se libère.

— Non.

Je le tire vers l'avant en l'agrippant par la manche.

— Ce n'était pas une question. Il faut qu'on parle du devoir de maths.

Il fronce les sourcils.

— Et des bêtises que tu as dans la tête… ajouté-je.

Il scrute mon visage pendant quelques secondes, comme s'il cherchait à y lire la vérité. Je le laisse faire, après tout, je n'ai rien à cacher. Ses traits sont tirés, de lourds cernes que ses lunettes ne parviennent pas à dissimuler maquillent ses yeux : la nuit a été dure. Je compatis, la mienne aussi. Les gens ralentissent en passant à côté de nous. L'université a beau être immense, ils sont friands de potins, quels qu'ils soient. Et nous deux arrêtés au milieu du couloir, à nous observer en chiens de faïence, pouvons proposer un truc croustillant à se mettre sous la dent.

— Je ne sors pas avec Mike, lui murmuré-je.

Ses yeux atterrissent sur un point derrière moi, contre le mur et ne le lâchent plus. Il veut que je répète. Pas de problème.

— Il n'y a rien entre Mike et moi. Rien du tout. Je ne sais pas pourquoi il a dit cela.

Aucun mot ne sort de sa bouche.

— Et ça a dérapé hier soir entre…

Cette fois, son regard revient vers moi. Je ne veux pas prononcer son prénom, mais à la lueur de ses yeux, il a compris.

— Entre… et toi ? me demande-t-il en arquant un sourcil interrogateur.

Je fais la moue, honteuse.

— Et vous avez…

Je hoche la tête, les joues encore rouges rien qu'à l'évocation de ce souvenir, puis pince les lèvres.

— On peut aller prendre un café ? On attire l'attention, là…

Nous n'avons pas bougé du milieu du couloir, et effectivement, les gens murmurent en passant à côté de nous. Il me suit jusqu'à la cafétéria en silence, et lorsqu'un café à la main, nous nous asseyons à une table libre, dans un coin, il me dit :

— Il a honte… Mike. Il a honte de ce qu'on a fait.

— Et vous avez fait quoi ?

— Comme toi et Ethan hier.

— Oh.

— Oui, « oh ». Mais il n'assume pas. Je suis sûr qu'il aime les mecs. Quand on n'est pas attiré par quelqu'un du même sexe, on ne remet pas le couvert.

Je prends une gorgée de café et ne lui réponds pas immédiatement, mais il interprète mal mon silence.

— Je te gêne ? me demande-t-il d'une voix alourdie par la tristesse.

— Non… Oui… Enfin, pas pour les raisons que tu crois. Je n'ai jamais été le genre de fille à parler de ça, m'empressé-je de le détromper.

— Même avec tes amis ?

J'enveloppe mon gobelet de mes deux mains, et souffle dessus, comme pour le refroidir alors qu'il est à la température idéale. Mais j'ai besoin de faire quelque chose, de m'occuper.

— J'ai fait du sport à haut niveau jusqu'à mes dix-huit ans, ça limite les expériences. Je suis juste sortie avec un copain d'enfance, mais ça a mal tourné. Et après ça, je me suis un peu renfermée.

« Un peu » est un euphémisme. Je n'ai pas vécu jusqu'à ce que l'ouragan Ethan fasse irruption dans ma vie.

Il est tellement absorbé par ses propres tourments qu'il ne me demande pas de préciser. Heureusement, car tout révéler à Ali a déjà été une épreuve, et vu mon état d'agitation aujourd'hui, je n'aurais sans doute pas été capable de renouveler l'expérience, alors je reprends :

— Si je suis gênée, ce n'est pas parce que tu as couché avec un garçon, c'est juste que, normalement, je ne parle pas de ça. Mais l'amour reste l'amour, et qu'il unisse deux personnes du même sexe n'y change rien.

Je soupire et dégage de mon front une mèche de cheveux. Peine perdue, elle reprend sa place tout de suite après.

— J'espérais qu'en arrivant ici, ce serait différent, mais ça ne l'est pas… avoué-je.

Il réagit immédiatement.

— Je t'assure que si, ça l'est. C'est parfois difficile, mais c'est difficile partout.

Je sais qu'il a raison, mais je n'arrive pas à m'en convaincre pour le moment. Ce pays était censé être mieux. Les « Yumas », là où on est libres…

— Il n'y a vraiment rien entre Mike et toi ? reprend-il en évitant mon regard.

— Non, on est amis. Et pas ce genre d'amis. Les amis avec lesquels on se sent bien, comme avec toi.

Un éclat étincelle dans ses yeux.

— Parce que je suis gay.

Il me dévisage pendant quelques secondes, comme s'il se rendait compte que derrière mes mots, se cachait quelque chose de plus lourd.

— Je crois que oui. Inle me l'a dit.

Un jour, je lui raconterai. Un jour.

Il se mordille la lèvre, comme s'il hésitait.

— C'est Inle, ton Orisha ?

— Oui.

— Tu sais sans doute qu'Ethan a…

Un message entrant fait vibrer mon téléphone sur la table. Le nom de Mike s'affiche, et le visage d'Ambrosio se fige. Je pousse l'appareil vers lui.

— Lis-le.

— Non, c'est ton téléphone.

— Je n'ai rien à cacher, je t'ai dit la vérité. Vas-y, ça ne me dérange pas.

Il obéit et ouvre le message. Il blêmit.

— Tu devrais le lire, me dit-il.

Mon cœur s'accélère. Ce n'est pas de la jalousie que je perçois dans sa voix, mais de l'inquiétude. Mes doigts tremblent quand je fais glisser le téléphone vers moi.

Ethan est à l'hôpital. Il a eu un accident. Appelle-moi

Ethan est à l'hôpital.

Il a eu un accident.

Je me lève si brusquement que ma chaise bascule en arrière et s'écrase contre le sol dans un bruit retentissant.

Chapitre 18

Ethan

J'ai eu de la chance. Beaucoup de chance. C'est ce que n'arrêtent pas de me répéter ma mère, et Addi, je ne peux pas les contredire.

J'étais tellement perturbé par les derniers événements que je n'ai pas fait attention en traversant la route pour aller à la rencontre de Mike. Quel crétin. Qui ne voit pas un bus arriver ? Moi. Autant se jeter sous ses roues. C'est d'ailleurs ce que j'ai fait, heureusement qu'il ne roulait pas vite…

Je tends le bras pour attraper ma chevalière sur ma table de nuit. Les médecins ne veulent pas que je la remette tout de suite. De quoi ils ont peur ? Que je gonfle façon « Hulk » et qu'ils doivent me couper le doigt ensuite ? Au cas où, je leur obéis et me contente de la faire glisser entre mes doigts. J'ai déjà perdu un genou, je n'ai pas envie de perdre un doigt.

Je n'ai rien hormis un gros hématome sur le côté qui a reçu l'impact, mais le médecin veut me garder en observation pour la nuit afin de me faire passer une évaluation psychologique. Ils connaissent mes antécédents, j'ai été opéré ici, et c'est également ici qu'on m'a amené lors de mon overdose, ils craignent une tentative de suicide. Comment leur expliquer qu'au contraire, je n'ai jamais eu autant envie de vivre ? Impossible, j'ai donc accepté sans rechigner. Je n'ai rien à cacher, du moins pas ça.

— *Honey,* tu n'as pas mal ? Tu veux qu'on appelle l'infirmière ? s'inquiète Addi.

J'ai refusé les antidouleurs, je ne veux pas courir le risque de replonger. J'ai mal, mais cette fois, la douleur est réelle. Et d'une certaine façon, elle est rassurante.

— Ça va.

Elle me serre tendrement la main et la vague de culpabilité qui ne me quitte pas depuis hier s'accentue. Ma mère a logiquement prévenu ma petite amie après le coup de fil de Mike, elles sont venues ensemble. C'est Mike qui a appelé les secours, et s'il n'a pas pu m'accompagner dans l'ambulance, il m'a rejoint à la clinique et est encore là, dans l'un des trois fauteuils de ma chambre individuelle. Il est tellement voûté qu'on a l'impression qu'il porte le poids de la responsabilité de mon accident sur les épaules.

Mais ce n'est pas sa faute.

C'est la mienne.

J'ai été distrait. Par une connerie à laquelle moi-même, j'ai du mal à croire. Mais la jalousie m'a aveuglé. Ou peut-être est-ce tout simplement la peur de la perdre. Je voulais savoir ce qu'il y a entre eux. Ça me rongeait. Les mots de Cris, « Parle-lui »… Qu'est-ce qu'elle voulait dire ?

Elaguá, si elle franchit cette porte, ça sera un signe.

Depuis qu'ils m'ont fait passer la radio, je n'arrête pas de me passer en boucle cette phrase. Si *elle* franchit la porte, ça sera un signe. Je ne sais pas ce que je ferai, mais je le ferai.

Je n'ai pas de nouvelles d'elle depuis hier. J'ai dérapé. Complètement. Cerveau mis en « mode off », juste mes émotions. Ma colère, ce sentiment de trahison, et mon désir pour elle. Si fort, si intense. Si vivant. Je ne regrette rien. J'aurais voulu que ça se passe autrement, mais ça n'a pas été le cas.

— Tu veux manger quelque chose ? me demande ma mère pour la énième fois.

Elle est venue directement du bureau et porte un de ses tailleurs élégants. Elle a du mal à rester en place et fait les cent pas dans la chambre. Pour soulager ses pieds, elle s'est d'ailleurs débarrassée de ses escarpins aux talons vertigineux qu'elle a abandonnés sous son fauteuil. Je sais ce qui trotte dans sa tête : peur d'une rechute, que les doutes des médecins soient fondés.

— Je vais bien, maman…

C'est vrai. Je vais bien. Très bien. Mais j'irai encore mieux si…

Si elle franchit cette porte, ça sera un signe.

Je lui souris, mais je n'arrive pas à détourner les yeux de cette porte pendant plus de dix secondes.

Qu'elle franchisse cette porte.

— Tu me le dirais si ça n'allait pas ?

Elle s'assoit sur le bord de mon lit également pour la énième fois depuis qu'ils m'ont ramené dans la chambre après les radios. Mike me lance un regard compatissant, mais je m'oblige à ne pas laisser mon agacement affleurer. Elle a de vraies raisons d'être inquiète. Je lui prends la main, et passe mon pouce sur la peau tendre de son poignet. Son chignon élaboré n'a pas résisté à la course du taxi qu'elle a emprunté pour venir. Ou peut-être était-ce sa course à elle pour arriver jusqu'à ma chambre. Ses cheveux, normalement si disciplinés s'échappent par mèches fines de ses barrettes et autres épingles, et son maquillage n'est pas aussi impeccable que d'habitude. Je la soupçonne d'avoir pleuré pendant le trajet.

— Je te promets que je te le dirais. Ça n'a rien à voir avec mes conneries d'avant, je n'ai pas regardé… J'étais perdu dans mes pensées, et je n'ai pas fait attention, essayé-je de la rassurer.

Je rive mes yeux aux siens et j'insiste en répétant ces mots :

— Je te promets que c'est juste ça.

De sa main libre, elle me caresse tendrement la nuque.

— Demain matin, je rentre à la maison. Je suis sûr que je vais avoir encore ses foutues béquilles. Fais chier, maugrée-je.

— Ton langage, mon chéri, me réprimande-t-elle en pinçant les lèvres.

— Je vais devoir me déplacer avec ces béquilles qui ravissent mon cœur et réchauffent mon âme, lancé-je en exagérant mon sourire.

Elle glousse.

Elagudá, si elle franchit cette porte, ça sera un signe.

— Tu es sûr que tu n'as pas faim ?

Elle a besoin de s'occuper. OK, je peux faire ça pour elle. Il est presque 13 heures, l'heure du repas est passée, et personne n'a rien avalé. Ils n'ont pas voulu descendre à la cafétéria.

— Finalement, j'ai faim… Si tu veux aller me chercher un truc à grignoter, je ne serai pas contre. Je suis sûr que Mike non plus ! Il faut nourrir notre nouveau quarterbarck titulaire !

— Je ne le suis pas encore ! grommelle-t-il, le menton dans l'encolure de son sweat de l'équipe.

Il a laissé son sac de sport contre le mur. L'agacement lui fait serrer les accoudoirs du fauteuil, il déteste qu'on lui rappelle qu'il a ses chances. J'espère qu'il supportera la pression du poste, il mérite ce qu'il y a de mieux. Enfin bon, ça, c'est s'il ne s'est pas tapé Cris. S'il se l'est tapée, c'est mon poing dans la gueule qu'il méritera.

Ça y est, ma jalousie fait son retour. En réalité, elle ne m'a jamais quitté vraiment.

— Très bien ! Je m'en occupe, dit-elle en se levant comme un ressort.

Elle récupère ses escarpins sous son fauteuil et les enfile.

— Addi, tu peux nous apporter un café en même temps ? lui demandé-je en forçant un sourire sur mes lèvres.

Addi me lance un coup d'œil surpris. Contrairement à ma mère, elle est parfaite. Pas de maquillage qui a coulé, des cheveux lisses et brillants retenus par une barrette qui brille à la lueur de la lumière du plafonnier. On a beau être dans une clinique de luxe, l'éclairage naturel laisse à désirer, sans doute parce qu'ils ont appliqué un filtre sur la fenêtre pour tamiser la lumière du soleil quand il est à son zénith. Sauf qu'en ce moment, le soleil, il fait la gueule. J'imagine qu'elle aussi a eu peur, même si elle n'en a rien laissé paraître. Je lui adresse un petit signe de tête, histoire d'insister, et elle ne proteste pas, devinant que Mike veut me parler. Avant de quitter la chambre, elle me dépose un baiser sur ma joue. La culpabilité repointe le bout de son nez. Je suis un vrai salaud.

Elaguá, si elle franchit cette porte, ça sera un signe.

Dès que la porte se referme derrière elles, Mike se redresse et attaque.

— Il ne s'est rien passé entre Cris et moi. J'ai fait le con hier.

— Je sais.

En réalité, je bluffe. Bien sûr que j'espérais que mon pote avait respecté notre code d'honneur, mais cette saleté de doute était là… Le soulagement déferle comme un tsunami sur moi, et la tension qui crispait mon corps se détend. Aussitôt, la douleur de mon flanc s'atténue. J'essaie de réprimer le sourire qui étire mes lèvres. Heureusement, Mike ne me regarde pas, il fixe l'accoudoir de son fauteuil comme si c'était la chose la plus fascinante au monde.

— Elle te l'a dit, marmonne-t-il.

J'ignore de quoi il parle, mais il y a un truc dont je suis sûr dans ce maelström d'émotions qui m'agitent : Cris ne dit jamais rien ou ne fait jamais rien sans raison.

— Cris ne racontera jamais quelque chose qui ne lui appartient pas. C'est une vraie tombe pour ça. Même pour tout ce qui la concerne elle, elle a du mal.

Ça lui a d'ailleurs joué des tours. Entre El Faro et Karel, si elle avait parlé, elle n'aurait pas risqué aussi gros. Je me racle la gorge avant de poursuivre. Le terrain sur lequel je m'engage est couvert de brouillard, je n'ai aucune visibilité, mais j'ai l'intuition que c'est important pour lui.

— Alors, non. Elle m'a juste dit que toi et moi, on devait parler. Je la connais, ça signifie qu'il n'y a rien entre vous deux, sinon, elle aurait assumé.

Je ne cherche pas à cacher ce que j'ai pu ressentir en le voyant l'embrasser. Mike et moi, on se connaît assez pour ne pas avoir besoin des préliminaires. Dans notre langage, ça veut dire « OK mec, j'ai eu envie de t'exploser la tête, mais j'ai compris que tu ne sors pas avec elle. Maintenant, lâche le morceau ». Au regard qu'il me lance, je sais qu'il a parfaitement compris ce que je veux dire, je poursuis donc :

— Il y a un truc, si ça ne la concerne pas elle, ça veut dire que toi, tu me fais des cachotteries. C'est quoi, mec ?

Il baisse encore davantage la tête et se passe la main dans ses cheveux, tirant au passage sur quelques-unes de ses boucles.

— Je… ce n'est pas avec elle que je sors.

— Tu l'as déjà dit avant, remarqué-je pour l'encourager à continuer.

Mon pote est anormalement gêné, il évite mon regard. L'inquiétude reprend le dessus. Pas pour Cris, pour lui. Il ferme les yeux et inspire profondément avant de les rouvrir.

— C'est avec Ambrosio. On ne sort pas ensemble, mais… Tu vois quoi…

Je hausse les épaules. Oui, je vois. Enfin, je crois voir. C'est tout ? Ça explique beaucoup de choses, notamment le fait qu'il ne reste jamais longtemps avec une fille et ne soit pas le genre à se taper n'importe qui en soirée. Mais ce que je ne vois pas, c'est pourquoi il est si gêné, Ambrosio a l'air d'être un type bien.

— OK. Et ?

Il relève la tête et scrute mon visage, comme s'il cherchait quelque chose que mes mots ne disent pas.

— Et quoi ?

Je soutiens son regard.

— Il est où le problème ?

— Tu n'as pas bien entendu ? J'ai un truc avec un mec, me rétorque-t-il d'un ton acerbe.

Je comprends soudain où est le problème : mon pote a peur, et vu la famille qu'il se coltine, je ne peux pas le lui reprocher.

On a grandi ensemble, mais ma mère n'a jamais aimé que je passe beaucoup de temps chez lui. Quand on était mômes, elle s'est arrangée pour qu'il vienne jouer à la maison, et non l'inverse, et c'est devenu une habitude. J'ai compris pourquoi lorsqu'un soir, lorsqu'on était ado, je suis allé chercher Mike sans prévenir, on avait un match de foot avec des copains. Je suis tombé sur son père complètement bourré. Il était à peine 11 heures du matin. J'ai eu un aperçu de ce que vivait mon pote. Et puis, il y a eu le scandale avec cette gamine, une sale histoire.

— Et alors ? Je ne vois pas où est le problème.

— Je me tape un mec. Qui a une bite, insiste-t-il en se mettant la main sur l'entrejambe pour illustrer ses paroles.

— Si c'est un mec, il vaut mieux qu'il ait une bite… tenté-je pour qu'il se détende un peu.

Échec total. Son visage est toujours aussi tendu, pas l'ombre d'un sourire, alors je reprends :

— OK, les queues, ce n'est pas mon truc. Sauf la mienne bien sûr. Mais ce que tu fais avec la tienne ne me regarde pas.

— Mais tu n'as pas vu ce qu'ils lui ont fait ? s'emporte-t-il en se mettant debout d'un bond.

Il marque une pause en fourrant les mains dans les poches de son jean.

— Je ne sais pas si je suis prêt pour ça. Je suis joueur de foot, pas un intello, ça va être pire. Les gars ne vont pas me le pardonner, poursuit-il à voix basse.

Je fouille pour trouver dans ma mémoire un événement, un geste, une parole qui pourrait lui donner raison, mais hormis la remarque de Steve, il n'y a rien. L'équipe s'est toujours bien comportée sur ce point, le coach ne tolère aucun écart de ce genre, on a une image à tenir, et tout le monde le sait.

— Ils n'auront rien à te pardonner, Mike, parce qu'il n'y a rien à pardonner.

— Ils ne vont pas l'accepter… insiste-t-il. Comment pourraient-ils se doucher avec un mec comme moi ?

La vague de colère revient, mais cette fois, pas pour les mêmes raisons.

— Mec, il faut que tu arrêtes tes conneries. Tu racontes vraiment n'importe quoi ! En quoi prendre une douche avec un mec qui est homo est un problème ? Tu crois quoi, qu'ils vont t'accuser de vouloir leur sauter dessus ? Ça ne tourne pas rond dans ta tête. Que tu sois pété de trouille, OK, mais ne donne pas une image comme ça des gars ! Le problème, c'est que toi, tu ne l'acceptes pas. C'est tout !

Je me suis redressé un peu trop brusquement, et mon flanc me rappelle que je me suis pris un bus. Au sens propre du terme. Alors je me laisse tomber contre les oreillers. Le cou de Mike a presque disparu entre ses épaules. Mon pote cherche à fuir, mais hors de question que je le laisse faire, il a besoin que quelqu'un lui remette les idées en place.

— Les temps ont changé, il y a beaucoup de sportifs qui ont fait leur coming out, d'acteurs, de politiciens même. N'accuse pas les autres d'être un frein à ce que tu n'oses pas faire. Ça n'est plus comme avant…

Il hésite quelques secondes, et, sans me regarder, chuchote comme un petit garçon pris en faute.

— Oui, mais Ambr…

Il continue avec ses conneries ! Je l'interromps avant qu'il n'ait eu le temps d'aller au bout de sa phrase.

— Ça n'a rien à voir. Ce sont des cons, c'est tout ! Ils auraient pu s'en prendre à lui parce qu'il porte une veste en jean.

Il secoue la tête comme s'il ne pouvait croire les paroles que je viens de prononcer.

— Elle avait raison.

Je fronce les sourcils.

— Qui ça ?

— Cris. Elle a dit que tu dirais ça.

En entendant son prénom, mon cœur s'envole, et une douce vague de chaleur me parcourt. Je ne peux retenir un sourire.

— C'est une fille intelligente.

— Et canon.

S'il avait dit ça il y a une heure, je lui aurais sauté à la gorge, là, je me contente d'acquiescer.

— Il faudrait être aveugle pour ne pas le voir.

Si elle franchit cette porte, c'est un signe.

Malheureusement. Ça serait tellement plus facile si elle n'était pas si belle. Ça ne changerait pas ce que je ressens pour elle, car mon attirance va bien au-delà du physique, j'aime tout chez elle : son entêtement, son engagement, son humour… Mais j'aurais moins à m'inquiéter des intentions des autres.

— Que va dire Steve ? Les homos, ce n'est pas trop son truc.

Effectivement, avec Steve, difficile de savoir à quoi s'attendre, mais pour moi, les choses sont claires.

— S'il réagit mal, ça sera tant pis pour lui.

Il écarquille les yeux, il a saisi immédiatement ce que sous-entendent mes mots.

— Tu ferais ça ?

L'espoir fait vibrer ses mots, le poids de son secret a vraiment dû peser sur ses épaules, et je m'en veux de n'avoir rien vu, d'avoir été trop centré sur moi-même pour ne pas me rendre compte qu'il allait mal.

— Quoi ? — Choisir entre lui et moi ?

— Il ne s'agit pas de choisir. Il y a des limites à la connerie… Des deux, pour l'instant, tu es le moins con.

Surtout parce que tu ne t'es pas tapé Cris, pensé-je. Et parce que tu es mon meilleur pote.

La porte grince en s'ouvrant doucement. Mon cœur s'accélère encore.

Si elle franchit cette porte, c'est un signe.

Cristina

L'ascenseur grince en amorçant sa montée, le bouton du quatrième étage est allumé. Mon cœur hésite entre se ratatiner ou battre à tout rompre. Et ma gorge… Elle est nouée. Complètement nouée depuis que Mike m'a envoyé ce message. L'oxygène est bloqué, plus rien ne circule.

Service orthopédique. C'est ce que m'a indiqué la femme de l'accueil. Ce n'est pas bon signe. Son genou…

Troisième étage. Encore un. Le nœud s'accentue.

Qu'est-ce que je fais là ?

Je ne suis pas à ma place ici, et je n'ai pas besoin du rappel de mon image débraillée dans le miroir de cet ascenseur, ou du regard de l'hôtesse pour le savoir.

Non.

C'est parce que je n'ai rien à faire ici.

Les portes s'ouvrent sur un mur d'un blanc immaculé. Tout est immaculé dans cette clinique de luxe, du sol au plafond. Même les chariots des infirmières le sont.

À gauche, la cafétéria.

À droite, le service orthopédique.

Je croise une infirmière qui me lance un coup d'œil réprobateur, et machinalement, je réajuste mon sweat trop large et lisse mon jean. Peine perdue. Mes cheveux sont plaqués sur mon crâne par la sueur, je suis venue en courant de la fac à ce quartier de Miami que je ne connaissais pas. Logique, ne doivent fouler les trottoirs que des chaussures à quatre cents dollars, on est bien loin de ma paire de tennis achetée au marché noir de La Havane.

Chambre 412. Il est derrière cette porte.

L'inquiétude me ronge comme un acide qui s'attaquerait à mes organes, un à un. Le petit-déjeuner que j'ai avalé ce matin va ressortir par ma bouche. J'essaie d'inspirer profondément, mais rien n'y fait. Je tourne la poignée, le cœur au bord des lèvres.

Les draps du lit, au centre de la chambre, sont du même blanc que le reste de l'hôpital, l'odeur aseptisée me remplit les narines et mon sang se fige dans mes veines.

Il est là, au-dessus des couvertures. Sa jambe, celle dont

le genou a été blessé, est prisonnière d'une attelle. Ses traits sont tirés, mais son beau visage n'affiche aucune blessure apparente. Il s'illumine quand il me voit.

— Cris !

C'est Mike qui a parlé. Il est là, lui aussi, assis dans un fauteuil en cuir marron, à côté d'Ethan. J'essaie de le saluer, mais les mots refusent de sortir, et mes yeux, comme s'ils étaient poussés par leur volonté propre, reviennent sur Ethan.

Parler. Dire quelque chose.

Aucun de nous ne le fait. Ethan sourit toujours, sa fossette creusant sa joue, et moi… Moi, je suis pétrifiée.

Je l'observe encore pendant quelques secondes : il a l'air d'aller bien, hormis cette attelle. Est-ce que son genou a été touché ?

— Tu vas bien ? réussis-je à articuler, sans bouger de l'embrasure de la porte où je me suis arrêtée.

— Oui, plus de peur que de mal ! Ça m'apprendra à regarder sans traverser !

Il va bien… Mon cerveau a du mal à enregistrer cette information et je n'arrive pas à quitter des yeux son attelle.

— C'est par mesure de précaution, m'explique-t-il captant ma question silencieuse. Le choc a un peu tiré sur mes ligaments, pas de sport pendant quelque temps, mais ça va !

Il tapote sur le drap qui recouvre son lit, comme pour m'inviter à venir m'installer à côté de lui.

Hésitante, je déplace le poids de mon corps d'un pied sur l'autre et me mordille la lèvre. Je meurs d'envie d'y aller. Quand mon corps prend la décision pour moi et amorce un mouvement vers l'avant, une voix retentit derrière moi.

— Cris, c'est gentil d'être venue !

Je sursaute et la panique me gagne, je ne devrais pas être là.

Addi me sourit en me voyant. Devant elle, se trouve un petit chariot où quatre plateaux fumants sont posés. Le regard que me lance la mère d'Ethan est moins amical.

— Je passais dans le quartier, et comme j'ai appris ce qui est arrivé à Ethan… bafouillé-je.

« Je passais dans le quartier ? » N'importe quoi ! Comme si ce type de quartier était de ceux que je fréquente… Surtout dans cet état et dans cette tenue. Très crédible. L'expression de sa mère est d'ailleurs suffisamment éloquente : elle n'est pas dupe.

Je me décale pour les laisser passer.

— Tu veux manger avec nous ? me propose Addi.

Elle pousse le chariot jusqu'à la table, puis s'assoit à

côté d'Ethan et lui caresse avec tendresse les cheveux à la lisière de sa nuque.

Ils forment le couple idéal.

Vraiment idéal.

L'oxygène semble refuser d'accéder à mes poumons, j'ouvre la bouche pour prendre une goulée d'air et la referme pour essayer de récupérer le contrôle de mes émotions.

Je n'ai rien à faire ici.

Rien du tout.

— Euh, non, ça va, merci. Je vais y aller, bafouillé-je.

Une goutte de sueur me dévale la colonne vertébrale, et ça n'a plus rien à voir avec l'effort que je viens de fournir.

Ethan fronce les sourcils, son sourire a disparu.

— Reste un peu, s'empresse-t-il de me dire.

Non. Je ne peux pas.

Je recule d'un pas, puis d'un autre, avant de poser la main sur le chambranle de la porte pour m'aider à garder mon équilibre.

Je n'aurais pas dû venir.

— Je ne faisais que passer, balbutié-je.

Je recule encore, un pas dans le couloir. Un pas vers la liberté. Ou vers ma prison.

— Je… Prends soin de toi.

À l'intention d'Addi, je fige un sourire sur mes lèvres.

— Prends soin de lui.

Et je tourne les talons, pour aller là où est ma place, même si j'ignore où c'est.

Chapitre 19

Vendredi 5 octobre

Ethan

Elle est venue.

Depuis hier, je n'arrête pas de me répéter ces simples mots dans ma tête.

Elle est venue.

Ils ont tout balayé. Ma douleur. Mon agacement. Mes doutes. Ma peur. Tout.

Parce qu'elle est venue.

— Tu vas être content de retrouver ton lit, me dit Addi en m'aidant à descendre de la voiture.

Elle a séché les cours pour venir me chercher à la clinique et me raccompagner chez moi, les médecins m'ont laissé partir il y a une heure. Les différentes évaluations psychologiques qu'ils m'ont fait passer hier les ont rassurés : je n'ai pas tenté de me suicider. Je n'allais pas faire une connerie pareille, surtout pas maintenant qu'*elle* est dans la même ville que moi.

Et qu'*elle* est venue.

— Oui, lui réponds-je distraitement.

Linjie ouvre la porte sans que nous ayons besoin de sonner ou de sortir les clés.

— Monsieur Ethan ! s'exclame-t-elle.

Le soulagement brille dans ses yeux. À ses cernes, je devine que le sommeil n'a pas été sympa avec elle cette nuit. Je réunis mes béquilles dans une main pour pouvoir passer un bras autour de ses épaules, et elle s'autorise à se laisser aller pendant quelques secondes contre moi avant de reprendre une contenance.

— Je vous ai préparé à manger ! me dit-elle tandis que nous rentrons dans la maison.

Il n'est que 10 heures, il est encore un peu tôt pour que j'avale quelque chose, surtout que les petits-déjeuners de l'hôpital sont copieux.

— Je vais me reposer et je redescendrai plus tard, lui fais-je en m'avançant dans le hall.

Addi m'aide à enlever mon blouson et le suspend dans l'entrée. Linjie lui lance, comme à son habitude, un regard renfrogné.

L'ascension des escaliers ne me pose pas de réel problème, je n'ai pas oublié comment on marche avec des béquilles. Et puis, cette fois, la douleur est supportable, et je ne suis pas shooté à cause des antidouleurs.

— Vivement que je me débarrasse de ses trucs, grommelé-je pour la forme.

Ou pour dire quelque chose. Parce que le silence dans la voiture a été pesant. Parce que mon cerveau n'arrête pas de mouliner depuis hier. Parce que je voudrais être ailleurs, avec quelqu'un d'autre.

Je suis à un nouveau carrefour, mais j'ai la trouille de prendre le chemin qui pourrait tout changer. Pourtant, la direction que me montre Elaguá est claire, il faut juste que je m'achète une paire de couilles.

— Tu ne vas pas les garder longtemps, essaie de me rassurer Addi.

Je n'ai pas besoin d'être rassuré. Quinze petits jours, ce n'est rien, juste le temps que l'hématome se résorbe. Je suis simplement d'humeur sombre. Une nuit entière à ressasser ne m'a pas aidé.

Elle est venue.

Un signe… C'est un signe.

Je m'installe sur le lit et étends ma jambe sans enlever l'attelle.

— Tout va bien ? me demande Addi en ôtant à son tour sa veste pour la plier et la poser sur le dossier de ma chaise de bureau.

Aujourd'hui, elle a enfilé une tenue plus décontractée que celles qu'elle met pour se rendre à la fac : jean et chemisier cintré. Elle compte passer la journée avec moi.

— Oui…

Les mots ont jailli trop vite de ma bouche, ils me brûlent la langue, je voudrais pouvoir les récupérer.

Non, rien ne va.

J'ai des béquilles et elle n'est pas là.

La vanille n'est pas là.

Le matelas s'affaisse légèrement quand Addi s'assoit à côté de moi, au bord du lit. Elle croise les jambes en tailleur, son genou frôle ma cuisse et son parfum envahit mes narines. Je voudrais pouvoir le chasser. Je voudrais qu'elle s'en aille.

Une paire de couilles, mec…

Elle m'observe pendant quelques secondes, puis fronce les sourcils.

— Tu es sur le point de me larguer, n'est-ce pas ? me demande-t-elle soudain.

Ses mots me prennent au dépourvu, et j'ouvre la bouche avant de la refermer, comme un poisson dans un bocal. Je m'attendais à tout, sauf à cette question. Je n'avais même pas envisagé que ça puisse lui traverser l'esprit.

— Quoi ? Je… euh…

La réponse est évidente, elle l'a comprise bien avant moi.

— Mince ! s'exclame-t-elle.

Ses longs cheveux blonds volettent autour d'elle tandis qu'elle appuie sa tête contre le mur et ferme les paupières.

— Je suis désolé, réussis-je à articuler.

Inutile de fuir, ça ne fera qu'accentuer le malaise de cette situation. Elle a raison, c'est elle qui a des couilles. Je ne peux plus faire semblant. Arracher le pansement d'un coup sec sera moins douloureux pour elle que de faire traîner cette conversation pendant toute la journée. Je dois être honnête. Pour elle, et pour moi aussi.

Elle rouvre les yeux et les braque sur moi.

— C'est à cause d'elle ? continue-t-elle d'une voix morne.

— De qui ?

Mon cœur rate un battement, j'essaie de gagner du temps.

Trouillard, lâche, voilà ce que je suis.

— De Cris. Tu es différent depuis qu'elle est arrivée.

— Je…

Putain, mec, retrouve l'usage de la parole ! Aie le courage de lui expliquer tout ça ! Elle ne mérite pas le silence.

Ce n'est pas la première fois que je largue quelqu'un, mais c'est la première fois que je largue quelqu'un qui compte, et Addi compte pour moi. Pas comme elle le devrait, mais elle compte, c'est quelqu'un de bien. La culpabilité m'étreint, la peur du futur, de ce que vont dire ma mère et mon grand-père, aussi… Le poids que je porte sur les épaules est brusquement plus lourd encore.

Addi ne méritait pas que je me serve d'elle. C'est ce que j'ai fait. Pas sciemment, pas volontairement, mais ça fait quand même de moi un salaud. Elle y a cru, et moi aussi quelque part. Jusqu'à ce que… jusqu'à ce que ma réalité me rattrape, une réalité teintée de vanille et aux yeux verts. Comment est-ce que je peux être avec quelqu'un alors que je suis fou de Cris ?

Cette vérité me percute comme un train à grande vitesse. Jusqu'à maintenant, je n'étais que doutes, hésitations, désir aussi. Tout ce tumulte d'émotions occultant une vérité plus profonde, plus vraie. Je suis amoureux de Cris, sans doute depuis ce jour où elle est venue me chercher à l'aéroport. À l'époque, je pressentais déjà qu'elle me sauverait, qu'elle serait mon Inle. Et quand elle a tenu tête à El Faro dans cette ruelle alors que j'allais faire la connerie du siècle, qu'elle a glissé sa petite main dans la mienne, ça a été irrémédiable : elle venait de capturer mon cœur. Pour toujours. Pas de marche arrière possible. Sans elle, je ne suis pas entier. Sans elle, je ne vis pas.

— Tu as couché avec elle ?

Je ne peux pas lui mentir, je lui dois au moins la vérité. Encore une fois, je laisse le silence parler pour moi.

— OK.

Elle laisse s'écouler quelques secondes, et ajoute d'un ton chargé d'ironie :

— Finalement, tu n'es pas parfait. Je me sens un peu moins mal.

Je tourne brusquement la tête vers elle. Qu'est-ce qu'elle vient de dire ? Elle se sent moins mal ? C'est comme si elle était soulagée… Mais est-ce qu'elle ne devrait pas au contraire être furieuse contre moi, avoir l'air triste et fâchée, voire pleurer et m'insulter ? Au lieu de ça, elle me sourit timidement Je suis complètement perdu.

— Est-ce que toi aussi tu… hasardé-je.

Je ne sais pas ce que je lui demande en réalité : est-ce qu'elle comptait me larguer ou est-ce qu'elle aussi elle s'est tapé quelqu'un d'autre ?

Elle prend une grande inspiration.

— Moi aussi je suis amoureuse de quelqu'un d'autre.

La bombe vient d'être lâchée, et je ne m'y attendais pas. Je ne l'ai pas vue venir. Je ne sais pas ce que je ressens. De la colère, non, pas du tout. Du soulagement. Oui, c'est ça. Comme elle. Savoir qu'elle en aime un autre me donne l'impression d'être un peu moins un salaud.

Je me redresse.

— C'est qui ? Non, attends, ce n'est pas la question essentielle. Pourquoi tu es avec moi alors ?

Je me cale davantage contre le mur et commence à enlever les scratchs de mon attelle pour libérer ma jambe. Autant me mettre à l'aise, cette conversation n'a pas pris la tournure que j'attendais, mais risque de durer quand même.

Elle hausse les épaules et fronce le nez en jouant avec une mèche de ses cheveux détachés.

— Je suppose que c'est pour les mêmes raisons que toi. Les apparences, la pression familiale…

— Ta famille approuve le fait qu'on sorte ensemble ?

Question, idiote. Bien sûr que sa famille approuve. Comme la mienne. Sur le papier, nous sommes le couple idéal. Elle laisse échapper un rire sans joie.

— Tu rigoles ? Tu es le petit-fils du futur gouverneur Hammond ! Ma mère a déjà prévu notre mariage. J'ai l'autorisation de finir mon droit, mais après, tu es censé me passer la bague au doigt.

Elle aura terminé ses études dans un an, c'est tout ce que j'avais comme sursis…

— C'est court comme délai, remarqué-je.

Sa mère est vraiment dingue. La mienne a des défauts, elle m'a fait comprendre un nombre incalculable de fois qu'elle était ravie de ma relation avec Addi, mais jamais elle ne m'a mis la pression pour accélérer les choses.

— Tu m'étonnes, grimace-t-elle. Ah, et on doit avoir au moins deux enfants, un garçon et une fille.

Elle fait la moue.

— Elle a déjà choisi les prénoms : EMylie et Chase. J'avais une arrière-grand-mère qui s'appelait EMylie, et elle trouve que Chase, ça fait sérieux.

Je soupire et me passe la main dans les cheveux.

— Ça ne met pas du tout la pression ça…

Addi a finalement vécu la même chose que moi : elle s'est retrouvée prisonnière d'une relation dans laquelle on était plongés davantage pour faire plaisir aux autres que pour nous-mêmes.

— Attends un moment, si tu as quitté New York, c'est pour lui alors ?

Elle hoche la tête, et se mordille la lèvre, gênée.

— Oui.

Elle est donc revenue faire ses études à Miami pour un mec. Une ombre d'inquiétude vient obscurcir son doux visage tandis qu'elle évite mon regard.

— Je le connais ? insisté-je.

Je marque une pause avant d'ajouter :

— Pitié… Si tu me dis que c'est Steve, je vais envisager de me jeter pour de vrai sous un bus !

Elle mime un frisson qui lui secoue tout le corps.

— Non, je ne suis pas désespérée à ce point ! rit-elle.

Je souris à mon tour et l'observe comme si je la voyais pour la première fois. Elle a tellement bien joué son rôle que je me rends compte qu'elle n'a rien à voir avec l'Addi que je connais. Et j'ignore à quel moment nous avons basculé du « Je te largue » à « On discute comme si on était deux vieux amis », mais ça me va.

— Donc ça veut dire que tu étais un peu désespérée pour sortir avec moi. Je ne sais pas comment le prendre, la taquiné-je.

Je ne me le serais jamais permis avant. Notre relation n'avait décidément rien de vrai.

— Pas désespérée, me corrige-t-elle. Mais j'avais besoin d'une couverture, m'avoue-t-elle en levant un doigt pour appuyer son propos, comme elle le ferait lors d'une plaidoirie.

Je manque de m'étrangler.

— Une couverture ! Tu sors avec lui en même temps ?

Elle secoue la tête, la tristesse a envahi son visage.

— Plus maintenant.

Je me redresse encore, et une pointe de douleur me lance dans le flanc, là où le bus m'a percuté. Mon genou n'est pas atteint, mais mon corps a adopté les couleurs du drapeau du Brésil : bleu, jaune, les deux se mélangeant pour tirer sur le vert à certains endroits. Mais ce ne sont que des hématomes, dans quelques jours, on n'y verra plus rien.

Je plisse les yeux.

— Au début, oui ?

— Oui… Tous les jeudis, m'avoue-t-elle, le menton baissé.

Oh bordel ! Ce n'était donc pas des soirées « entre copines », mais plutôt des soirées « Je m'envoie en l'air avec le mec que j'aime, et ce n'est pas mon petit ami officiel ». J'arque un sourcil ironique.

— Quand c'est devenu « sérieux » entre toi et moi, il a voulu arrêter, m'explique-t-elle en dessinant des guillemets lorsqu'elle prononce le mot « sérieux ».

J'ouvre des yeux plus ronds que des soucoupes volantes : elle m'a vraiment trompé avec ce mec…

— Je ne sais pas comment le prendre, là ! Je crois que je devrais être fâché, furax même. J'ai des cornes !

Je mime avec mes doigts des cornes partant de chaque côté de mon front. Eh oui, je suis cocu, mais le pire, c'est qu'hormis mon orgueil personnel un peu chiffonné, je m'en fous.

— Bon, je mets mon ego sur pause et tu me racontes, continué-je.

Évoquer mon ego me fait immédiatement penser à Cris et à l'autoroute qui s'ouvre devant moi. Je suis libre, et sans hurlements, sans larmes. Cette rupture restera dans les annales des ruptures, ou des non-ruptures, parce que clairement ni elle ni moi n'avons été réellement dans cette relation. J'évite de trop me réjouir, j'ai encore un obstacle à franchir pour finir de mettre de l'ordre : celui de ma famille.

— C'est Eduardo.

Ce nom me ramène à la réalité. Eduardo, le fils des intendants de ses parents. Je comprends mieux sa froideur envers moi. Elle me raconte qu'Eduardo et elle ont commencé à se voir en cachette l'été il y a deux ans. Sortir avec la fille de ses employeurs, ça ne se fait pas. Il craignait pour la place de ses parents. La famille d'Addi est essentielle pour eux, ils sont très liés. Quand elle a dû repartir à New York, il a voulu lui rendre sa liberté, mais elle a refusé et s'est arrangée pour revenir le plus souvent possible, afin que leur relation fonctionne. La distance étant difficile, elle a décidé de demander son transfert de dossier à l'université de Miami. Mais ça ne résolvait pas le problème majeur : leur famille. Pour protéger son couple, Addi m'a utilisé comme couverture. Sortir avec le petit-fils du candidat Hammond était l'idéal pour détourner l'attention. Sa mère était ravie que l'on se fréquente, Eduardo moins. Elle n'avait pas prévu qu'on couche ensemble, mais elle s'était disputée avec lui, il venait de rompre une fois de plus, alors elle s'est laissée aller. C'était chez ses parents. Ces derniers n'étaient pas là, mais lui aidait son père à entretenir le jardin. Il nous a entendus par la fenêtre ouverte et ça a mis un point final à leur relation.

— Putain, tu es pire que moi, en fait ! Des allures d'ange, mais en réalité… constaté-je soulagé d'un poids.

— Hé, moi au moins, j'ai décidé de vraiment essayer avec toi, bougonne-t-elle.

— Quand il t'a larguée. Et je te fais remarquer que moi aussi… protesté-je.

J'appuie mon propos en pointant un doigt sur ma poitrine, mais elle arque un sourcil perplexe.

— Tu es sûr ? Parce que depuis que Cris est là…

Elle ne termine pas sa phrase, mais renchérit aussitôt :

— Et même avant, la plupart du temps, j'avais l'impression que tu n'étais pas vraiment avec moi. C'est pour ça que c'était facile d'être avec toi d'ailleurs. Tu n'avais pas l'air super à fond.

Je baisse le menton à mon tour, mais Addi a pitié de moi et vient à mon secours.

— Mais je comprends que tu n'aies pas pu l'oublier, elle est très belle. Et vraiment gentille. C'est le genre de filles qu'on aimerait détester, mais on n'y arrive pas.

— Elle est exceptionnelle.

Les mots m'ont échappé, mais je ne le regrette pas.

— Mais tu m'as quand même trompée, réplique-t-elle, en croisant les bras sur sa poitrine, comme une gamine en train de bouder.

D'une bourrade sur l'épaule, je la pousse gentiment.

— Une fois ! Alors que toi…

Son sourire s'élargit tellement qu'il occupe toute ma chambre.

— Ça ne compte pas !

Le silence s'installe entre nous, confortable. Nous partageons un sentiment commun, pas l'amour, mais la liberté. Nous sommes libres, même si notre réalité est toujours bel et bien présente et qu'il va nous falloir l'affronter.

— Et on fait quoi pour nos familles respectives ? On doit tourner un reportage sur le bonheur dans la famille Hammond la semaine prochaine.

— M'en parle pas. Ma mère n'arrête pas de me bassiner avec ça. Elle veut même que j'aille chez le coiffeur exprès et qu'on aille faire du shopping.

On est dans la merde : sa mère nous imagine vraiment mariés avec deux enfants.

Elle réfléchit pendant quelques secondes.

— On leur annonce demain soir. Reste juste à décider qui a largué qui, reprend-elle d'une voix assurée.

Nouveau silence. Plus tendu cette fois. L'annoncer pendant le repas familial… Ni elle ni moi n'avons envie d'être responsables de notre « rupture ». En temps normal, je clamerais haut et fort que c'est moi, mais rien qu'à l'idée de l'annoncer à nos familles, j'en ai des sueurs froides.

— Je te laisse la primeur : tu m'as largué, affirmé-je en faisant comme si je lui laissais l'avantage.

Elle secoue vivement la tête.

— Non, non, non !

Quelques secondes passent encore.

— Bon, commun accord, alors.

Voyant qu'elle va contester, je clos le débat :

— Pas de négociation possible.

Pour l'annoncer à nos parents, on ne va pas être trop de deux.

Chapitre 20

Samedi 6 octobre

Ethan

Le taxi se gare juste devant le Felicidades, et je remercie d'un signe de tête le chauffeur en réglant la course. J'ai décidé d'écouter les médecins et de ne pas conduire pendant quinze jours, hors de question de faire une connerie qui rallonge ma convalescence.

Mes doigts tremblent quand je referme la portière, et je prends une grande inspiration histoire de récupérer un semblant de contrôle. Pas le contrôle total, ce serait illusoire, mais un minimum quand même pour ne pas faire l'abruti. Dans cette cafétéria, va se dérouler le deuxième match le plus dur de ma vie. Le premier a eu lieu à La Havane. Cette fameuse nuit, à la fois la plus belle et la plus atroce de mon existence… Et je l'ai perdu. Je n'ai pas pu la convaincre de repartir avec moi. Ce soir, la défaite est exclue.

L'annonce de ma rupture avec Addi s'est bien passée, du moins à peu près. On n'a pas attendu le repas, et avons ouvert les hostilités dès l'arrivée d'Addi et de ses parents chez nous. Les investisseurs n'étaient pas encore là, c'était le moment idéal. Ma mère n'a pas prononcé un mot, la sienne a poussé un petit cri tandis que son père s'enfilait sa coupe de champagne d'une traite. Mon grand-père, impassible dans son costume noir, s'est contenté de me demander en me fixant droit dans les yeux :

— Tu es sûr ?

Je n'ai pas cillé.

— Oui, lui ai-je répondu d'une voix ferme dans laquelle le doute n'avait pas sa place.

Je n'ai jamais été plus sûr de ma vie, sauf peut-être une fois, quand j'ai dit à Cris que je ne la lâcherai pas.

— Très bien, je vais appeler l'émission de télé pour prévenir qu'Addi ne sera pas là.

À son regard, j'ai compris que lui et moi allons avoir une conversation. Et à celui de ma mère, qu'une autre m'attend avec elle. Très bien, je suis prêt. Mais elle n'aura pas lieu ce soir, j'ai plus important à faire.

Nous ne sommes pas restés, la manche deux de notre entreprise « Liberté » nous attendait. Le taxi nous a déposés devant le restaurant où travaille Eduardo. Eduardo n'était pas encore revenu de sa livraison, nous avons patienté. La nervosité défigurait les beaux traits d'Addi, pour elle aussi le match était crucial. En nous voyant tous les deux, Eduardo s'est raidi, mais il a fait preuve de politesse en venant nous saluer. Addi lui a tout déballé, tout. Même mon écart avec Cris. Et puis elle lui a avoué qu'il n'y avait que lui, et je me suis mis en retrait de quelques pas pour leur laisser un peu d'intimité. Quand j'ai vu qu'il était sceptique, je suis intervenu :

— Je ne l'aime pas, et elle ne m'aime pas. Je suis fou de Cris, et elle de toi. On a été cons et on s'est fait piéger, on a voulu faire plaisir à nos familles, mais on s'est plantés. Elle veut être avec toi, et moi, je veux être avec Cris. Saisis ta chance, mec…

Je lui ai pressé l'épaule et les ai laissés tous les deux. Quand le taxi a redémarré, il la tenait dans ses bras. Addi a remporté son match.

Elaguá, aide-moi à ce qu'il en aille de même pour moi…

L'idée de vivre sans Cris me terrifie. Je réprime l'impulsion de balancer mes béquilles sur le premier truc qui vient, une voiture par exemple.

Depuis jeudi, je ne l'ai pas contactée, même si j'en crevais d'envie. Je voulais remettre de l'ordre dans ma vie. Quelques SMS n'allaient pas être suffisants pour la rallier à ma cause.

Parce que c'est comme ça que je me vois : comme une cause.

Comme son Cuba.

Je pousse la porte, le cœur battant, les jambes flageolantes. Finalement, je suis content d'avoir mes béquilles. Dans le Felicidades, Mike, Ambrosio, Juan et Ali sont installés à la table de quelques joueurs de l'équipe. Steve n'est pas là, il a un rencard à la plage avec des jumelles, ses nouvelles conquêtes. Mike et Ambrosio sont assis à l'opposé l'un de l'autre, ils s'ignorent. Juan se penche vers Ali pour lui glisser un ou deux mots, mais elle le foudroie du regard en éloignant sa chaise de quelques centimètres. Il y a du grabuge au Paradis. Je salue la tablée d'un signe de menton, mais ne prends pas la peine de les rejoindre.

Seul compte Yeux d'Ange.

Ses cheveux sont retenus en une queue de cheval lâche, et elle est occupée à noter la commande d'un groupe d'étudiantes dont les tenues rivalisent de couleurs. Elles examinent avec gourmandise le menu. Cris fait comme si elle ne m'avait pas vu, mais ses yeux qui se sont écarquillés quand je suis entré ne m'ont pas échappé. Elle hoche la tête et écrit consciencieusement sur son calepin ce qu'elles veulent. D'où je suis, je peux sentir les efforts qu'elle déploie pour ne pas regarder dans ma direction.

Inutile de perdre du temps, la première manche a commencé. Je m'approche du comptoir, où Carlota, un torchon sur l'épaule, est en train de remplir un pichet de verre de bière. Elle l'a consciencieusement incliné pour éviter qu'il y ait trop de mousse, mais n'est pas concentrée sur sa tâche. C'est moi qu'elle observe. Quand j'arrive à sa hauteur, elle fronce les sourcils.

— Salut Carlota, je vais t'emprunter Cris pendant cinq minutes, il faut que je lui parle.

Je ne lui demande pas l'autorisation, tant pis si c'est sur le temps de travail d'Yeux d'Ange. Je dois lui parler, maintenant, sinon, je vais faire une crise cardiaque. Je mets toute l'intensité de mon besoin dans mes yeux. Si Carlota refuse, j'essayerai de la persuader, mais je suis conscient que ce ne sera pas facile, car elle m'aura ainsi signifié clairement qu'elle joue dans l'équipe adverse. Elle ne proteste pas.

— Je peux squatter la réserve ? continué-je.

Elle hoche la tête, mais le pli de sa bouche m'indique que j'ai un truc essentiel à éclaircir avant d'avoir sa bénédiction totale.

— J'ai fait du ménage dans ma vie.

Le sang bat tellement fort contre mes tempes que j'entends à peine la salsa qui plane dans le restaurant.

La manche la plus difficile de la soirée est sur le point commencer : convaincre Cris. Et c'est un sacré match qui m'attend, mais il n'y a qu'un résultat possible, la victoire.

Sinon, je risque de rester sur le banc pendant pas mal de temps.

Cristina

Il est là, au Felicidades, un samedi soir. Sans Addi.

Sans que je comprenne pourquoi, une brise d'espoir souffle dans ma poitrine et danse étroitement enlacée avec ma peur.

Je me glisse derrière le comptoir et commence à préparer la commande du groupe d'étudiantes. Elles viennent régulièrement, je les aime bien. Étrange mélange de geeks, de sportives et d'artistes, elles prennent la vie comme elle vient, je les envie pour ça. Deux sodas, deux mojitos et une bière. Je me concentre sur chacun de mes gestes : décapsuler les bouteilles, les mettre sur le plateau, attraper des verres, les remplir de glaçons. Si Carlota me parle maintenant, je ne suis pas sûre de pouvoir lui répondre.

Il est là.

Seul.

Et si…

Je perçois sa présence à mes côtés, il a contourné le comptoir pour passer derrière. Son parfum musqué flotte jusqu'à moi, me nargue, me provoque, m'enveloppe. Un frisson me parcourt la colonne vertébrale, et je bloque ma respiration.

Pour ne plus le sentir.

Pour ne plus le ressentir.

Pour faire comme s'il n'existait pas.

Mais je ne veux pas d'un monde où il n'est pas, alors je recommence à respirer, un tout petit peu, car d'une certaine façon, il est mon oxygène.

Malgré tout, je me maîtrise et ne relève pas les yeux.

— Viens avec moi, Cris, me chuchote-t-il d'une voix caressante. On a une petite conversation en suspens toi et moi.

Je n'ose pas le regarder et me concentre sur ma tâche. Mon cœur se jette contre mes côtes à m'en faire mal. S'il continue comme ça, elles vont se briser.

Le Yuma m'attrape par le coude pour m'obliger à le regarder. La chaleur de sa main explose immédiatement sur la peau nue de mon bras, et se crée un million de chemins qui sillonnent mon corps.

— Tu n'es pas une poule mouillée, Cris… Ne m'oblige pas à te traîner dans la réserve, j'ai beau avoir des béquilles, je le ferai si tu ne me laisses pas le choix. Et après, tu culpabiliseras parce que je me suis fait mal.

L'enfoiré.

Je lance un regard implorant à Carlota pour qu'elle me sorte de là.

— Tu peux prendre ta pause. Je m'occupe de ta commande, je vais gérer, me dit-elle en souriant.

La salle est pleine à craquer pourtant, ma patronne a choisi son camp, elle s'est placée du côté d'Ethan.

Inle, aide-moi à lui résister… Aide-moi à rester debout…

Résignée, j'ouvre la marche jusqu'à la réserve, et pendant ces cinq mètres, je réfléchis à toute allure à ce que je vais lui dire.

Mais quand je presse la poignée, je n'en ai toujours aucune idée.

Pareil quand je referme la porte derrière nous.

Et encore moins lorsqu'il tire l'une des deux chaises qui se trouvent de chaque côté de la table et qu'il s'assoit, sans doute pour soulager sa jambe. Il ne me demande pas de le rejoindre, et c'est tant mieux, mon cerveau a du mal à fonctionner correctement quand il est trop près. Il plante ses yeux océan dans les miens. Ce soir, c'est une version d'un Ethan que je ne connais pas que j'ai devant moi : pantalon de costume, pull fin bordeaux avec un col en V sur une chemise blanche qui mettent sa musculature en valeur, il est très élégant. Non, il n'est pas élégant, il est à tomber.

— Je suis libre, commence-t-il.

Il est libre ?

Ses mots se fraient un chemin jusqu'à mon cerveau, et mon cœur se rue encore plus fort contre la prison de ma cage thoracique. Petit à petit, j'assimile l'idée. Il n'est plus avec Addi. Est-ce que c'est à cause de moi ? À cause de nous ? J'ouvre la bouche pour prendre une goulée d'air, et la referme aussitôt.

Il est libre.

Mais pas moi, ai-je envie de lui hurler.

— J'ai quitté Addi, enfin, on s'est quittés. Commun accord qui arrange tout le monde. Elle est amoureuse d'un autre, et a même été avec lui pendant notre relation. Je t'explique ça pour que tu arrêtes de culpabiliser.

Ses mots ne me font pas le bien qu'il devrait. Le problème est plus complexe que ça. Pour m'aider à rester forte, je croise les bras sur ma poitrine, me donnant ainsi un air décidé, du moins, je l'espère.

— Ça ne change rien.

Un sourire en coin étire ses lèvres, et sa fossette apparaît, comme s'il se doutait déjà de ma réponse.

— Ça change tout.

Je secoue la tête.

— Non. Toi, tu es libre. Pas moi.

Son sourire s'évanouit, et son visage se crispe.

— Tu vois quelqu'un ?

Quoi ? Sa question me prend totalement au dépourvu. Quand est-ce qu'il veut que je voie quelqu'un ? Entre mes cours, le Felicidades et la salle de sport, je n'ai pas une minute à moi. Et puis surtout, comment veut-il que je voie quelqu'un alors qu'il est là, dans ma tête et dans mon cœur, constamment ?

Mais je me garde bien de le lui dire.

— Non, ça n'a rien à voir, soupiré-je.

Son corps se détend, et sans doute pour s'occuper les mains, il attrape une de ses béquilles.

— Je me suis promis un truc, Cris : que si tu venais à l'hôpital, ce serait un signe de nos animaux domestiques…

Il parle de nos Orishas, mais pour une fois, je ne proteste pas. Voyant que je ne réagis pas, il poursuit :

— J'en avais besoin pour prendre la décision qui s'imposait. C'était déjà presque fait après notre baise. Disons ça m'a donné un coup de pied au cul pour accélérer les choses.

Je ne quitte pas mon mutisme : si j'ouvre la bouche, j'ai peur de dire un truc idiot, comme « Je veux être avec toi », ou « Embrasse-moi ». J'enfonce mes doigts dans la chair de mes bras, pour m'accrocher à quelque chose.

— Et donc maintenant que je suis libre, il est temps de ramener nos chemins dans la bonne direction.

En l'entendant évoquer Elaguá, son Orisha, celui qui gère les chemins, je réprime un sourire. Mais je ne prononce toujours pas un mot. Qu'il s'estime heureux que je sois encore là, dans la même pièce que lui.

Il m'observe pendant quelques secondes, puis tend la main vers moi.

— Tu es trop loin pour qu'on puisse parler. Viens-là.

Je ne bouge pas.

— Cris, si tu ne ramènes pas ton adorable petit cul ici, je vais venir te chercher.

— Ma pause est finie, lui rétorqué-je.

Mais je suis incapable de quitter la pièce. J'enfonce encore davantage mes doigts dans mes bras.

Il soupire.

— Tu as décidé de ne pas me faciliter la tâche, hein ? Emmerdeuse jusqu'au bout !

— Je ne suis pas une emmerdeuse, me renfrogné-je, c'est juste que…

Il se lève, et abandonne ses béquilles contre la table. Il vient jusqu'à moi en boitant.

Je pourrais reculer.

Je pourrais ouvrir cette porte et partir.

Mais mon corps refuse de bouger et je me contente de garder les bras croisés sur ma poitrine, comme si j'avais froid, alors qu'au contraire, j'ai chaud. Très chaud.

Arrivé devant moi, il plaque les paumes contre le bois de la porte, me poussant à m'adosser contre celle-ci.

— C'est juste que quoi, Cris ? Dis-moi, quelle excuse tu vas me sortir ?

La tendresse que contiennent ses yeux dément le ton dur de sa voix.

— Je… Je… On… bégayé-je.

Il secoue la tête.

— Essaie encore. Je n'ai pas bien entendu.

L'enfoiré, il est conscient de combien sa proximité me trouble.

— On ne peut pas être ensemble, Ethan, je vais repartir.

Ses lèvres frôlent ma joue.

— Dans deux ans. Tu vas repartir dans deux ans. Moi, je te parle du présent. De maintenant.

Sans que je comprenne comment, mes mains atterrissent sur sa taille.

— Mais…

Il m'interrompt par un baiser à la commissure des lèvres, et se rapproche de moi. Une grimace de douleur lui échappe, mais il n'arrête pas son mouvement.

— Je te parle de toi et moi, au présent, continue-t-il. Sans penser à demain. D'en profiter. On verra ensuite. Je ne te demande pas de m'épouser.

Mon cœur s'accélère en entendant cela. « Toi et moi ». « Au présent ». Est-ce que je peux le faire ?

— Au cas où tu ne l'aurais pas compris, je ne te laisse pas le choix, Cris.

Je me renfrogne et me plaque encore davantage contre la porte, tentant de gagner ainsi quelques précieux centimètres qui m'aideraient à garder une once de lucidité. Parce que lui, là, contre moi… C'est trop. Mes barrières commencent à se fissurer.

— Tu as dit qu'avec toi, j'aurai toujours le choix.

Il se penche vers mon oreille, et murmure :

— Sauf quand tu prends des décisions pourries. Et là, c'est une décision pourrie. La pire de toutes.

Ses mots déclenchent une horde de frissons qui déferle sur tout mon corps.

— Pas du tout, je…

Je m'arrête avant de lui avouer que j'ai peur de voir mon cœur se briser dans deux ans. Qu'il est le seul à pouvoir me mettre les deux genoux à terre, et que je ne serais pas capable de me relever.

Sa joue vient frôler la mienne tandis qu'il m'embrasse sous l'oreille.

— Cris, toi et moi, c'est de la dynamite. La baise est top, le pied total… Pourquoi on n'en profiterait pas, sans se poser de questions ?

Il ne veut que ça, du sexe ? Cette idée me fait mal autant qu'elle m'attire : pas de contraintes, juste lui, tout en conservant ma liberté. J'essaie de capter son regard pour être bien sûre de ce qu'il me propose.

— Tu veux qu'on soit sex-friend et pas en couple ?

Cela me renvoie encore à l'un de nos souvenirs communs, à La Havane, après son pétage de plombs. À l'époque, j'étais déjà consciente que jouer à ce jeu revenait à jouer à la roulette russe, que je risquais de me tirer une balle dans la tête et de ne pas y survivre, c'était pour ça que j'avais refusé.

— Si c'est tout ce que tu peux me donner, je prends.

Un « pour le moment » flotte dans ses mots, mais il ne le dit pas, et je l'efface aussitôt.

— Rien d'autre ?

— Je vais me répéter, mais tu en as besoin pour que ton cerveau comprenne : si c'est tout ce que tu veux me donner, je prends.

Mes mains n'ont pas bougé de sa taille, mais elles fourmillent de toucher sa peau.

— Pas de geste tendre en public ? Rien que de l'amitié ?

Il a gagné, il le sait, et je n'ai presque pas opposé de résistance. Je le sens sourire contre mon cou.

— Ce sont tes règles.

Je glisse une main sous son pull, et tire sur sa chemise pour la libérer de la ceinture de son pantalon.

Son flanc est chaud sous ma paume. Il hoquette, son souffle danse dans le creux de mon épaule.

— Et on ne se met pas la pression avec des trucs de couple, parce qu'on n'est pas en couple, continué-je.

Il appuie son front contre le mien.

— Non. On prend les choses comme elles viennent.

Un franc sourire étire ses lèvres, célébrant déjà sa victoire.

— Mais pas d'engagement ?

— Non. Tu gardes ta liberté. Tu dis quand, et où.

Il n'a pas parlé de la sienne, mais encore une fois, je refoule cette pensée. Il recule légèrement, de façon à placer ses yeux à la hauteur des miens.

— Par contre, pas d'autres mecs. Et pas d'autres nanas pour moi, ajoute-t-il.

Je fais la moue, mais en mon for intérieur, mon cœur bondit d'allégresse.

— Ça ressemble à un engagement et à la définition d'un couple, maugréé-je.

— C'est ma seule règle. Exclusivité. Pas d'autres copains de baise. Il n'y aura que moi dans ton lit.

— Le temps que ça durera, ai-je besoin de préciser.

C'est moi que je cherche à convaincre, vain leurre pour ma raison et pour mon cœur. Ma dernière barrière est branlante, elle menace de s'effondrer, comme les autres, et je n'aurai plus rien à quoi me retenir. Plus rien sauf lui. Cela me terrorise encore plus que Changó.

Il hoche la tête.

— Le temps que ça durera.

Ses lèvres s'abattent sur les miennes pour sceller les clauses de notre contrat. Son baiser n'a rien de doux, il me défie de négocier encore. Mais je n'ai plus rien à négocier, et quand ma langue va à la rencontre de la sienne, je sais que j'ai tout accepté.

Lui et moi. Personne d'autre. Maintenant. Le temps que ça durera. Inle me souffle « toute la vie », mais je refuse de l'écouter.

Le Yuma se presse contre moi, je passe les bras autour de sa nuque, pour approfondir notre baiser. Un gémissement s'échappe de sa poitrine, et je me plaque davantage contre lui.

Mais il s'écarte doucement au bout de quelques secondes.

— J'ai mal, me murmure-t-il.

Sa jambe ! J'ai oublié son accident ! Je suis sur le point de lui bredouiller des excuses, mais il ne m'en laisse pas le temps, et toujours en boitant, il m'entraîne jusqu'à la chaise sur laquelle il s'installe. Il écarte les jambes et me glisse entre, avant d'emprisonner ma nuque et de m'attirer jusqu'à ses lèvres.

— Toi et moi. Au présent.

Et je lui rends de nouveau son baiser. Parce que c'est tout ce que je peux faire. C'est tout ce que je veux faire. Je lui laisse cette victoire.

Ses doigts agrippent mes cheveux pour me ramener plus près de lui, et je m'appuie sur ses épaules pour ne pas perdre l'équilibre. Comme toujours, je me noie dans ses baisers, c'est comme manquer d'air et respirer pleinement à la fois. Sans me lâcher la nuque, il m'attrape par la cuisse et la fait passer par-dessus la jambe, puis m'incite à en faire de même avec l'autre, jusqu'à ce que je me retrouve à califourchon sur lui.

— Ma position préférée avec toi, gémit-il avant de défaire mon tablier et de m'en débarrasser.

Ses mains se plaquent sur mes fesses, et il me ramène plus près de lui encore. Dans cette position, j'ai peur de lui faire mal, et je me redresse légèrement de façon à relâcher la pression sur ses jambes.

— Tu. Ne. Bouges. Pas, m'intime-t-il en détachant chacun de ses mots.

— Mais je vais te faire mal, protesté-je.

— Je suis un grand garçon, je te le dirai. Mais pour le moment, tu me fais plutôt du bien. Beaucoup de bien.

Il accompagne ses propos en se frottant contre mon entrejambe et je ne peux réprimer un gémissement. Il est là, dur, tendu, contre son jean. Ses mains soulèvent mon T-shirt et se lancent dans l'exploration de mon dos, et moi… Moi, je veux le voir, le sentir. Alors je fais tomber les dernières barrières de mes réticences : j'attrape l'ourlet de son pull, et tire dessus. Comprenant ce que je veux faire, il s'en débarrasse d'un geste souple et l'envoie rejoindre mon tablier, sur le sol de la réserve. Je laisse ma tempe quelques secondes contre la sienne pour savourer ses caresses, puis m'attaque aux boutons de sa chemise. Un à un. Lentement. Mais je suis à peine arrivée à la moitié que ses doigts viennent frôler la lisière de mon soutien-gorge, je me cambre en fermant les yeux.

— Tu es tellement belle… Personne n'a le droit de te toucher, sauf moi.

Il emprisonne de nouveau ma nuque pour attirer mes lèvres contre les siennes.

— Dis-le-moi, Cris…

Ses lèvres effleurent les miennes sans vraiment les toucher, je voudrais pourtant qu'il m'embrasse, j'ai besoin qu'il m'embrasse.

— Dis-le-moi, répète-t-il.

Son regard est si dur que j'hésite l'espace d'un instant, mais c'est d'Ethan qu'il s'agit, celui qui a risqué sa vie en affrontant El Faro, celui qui vient de tout chambouler en rompant avec Addi, celui en qui j'ai plus confiance qu'en moi-même.

Alors je lui dis ce qu'il veut entendre, parce que de toute façon, il n'y a pas de plus belle vérité.

— Personne d'autre que toi…

Et en prononçant ces mots, je sais très bien qu'ils sortent du cadre de notre accord, mais comme auparavant, je réprime cette pensée et m'accroche au moment présent.

À ses lèvres contre les miennes.

À son corps contre le mien.

Et je l'embrasse, encore, puis trace des sillons avec ma langue jusqu'à son oreille, en continuant à déboutonner sa chemise.

— Personne d'autre que toi, lui répété-je.

Il empoigne mes fesses tandis que ses doigts se glissent sous le fin tissu de mon soutien-gorge. Je le dégrafe pour nous mettre peau contre peau, quand soudain, des coups retentissent contre la porte et me font sursauter.

— Cris, un petit coup de main ne serait pas de refus ! La salle est pleine, et si Mike me casse encore un verre, je lui envoie Changó !

Mes joues s'embrasent aussitôt. Qu'est-ce que j'étais sur le point de faire, dans la réserve, avec Ethan, alors que je suis sur mon temps de travail ?

Je me lève précipitamment, et me plaque le bras sur la poitrine, mais il me retient en m'attrapant la main.

— Il faut que j'aille bosser, Ethan… Ma pause est finie.

Il scrute mon visage pour identifier ce qui m'agite, et pour une fois, je prends les devants en posant la main sur sa joue.

— Je ne me sauve pas en courant. J'ai juste oublié que je devais bosser, à cause de toi.

Le sourire qui barre son visage dévoile ses dents éclatantes.

— On remet ça tout à l'heure ? me demande-t-il en me ramenant contre son flanc.

La panique déferle immédiatement. J'ai dit que je voulais garder ça secret. Sex-friend, rien d'autre. La première contrainte vient de me sauter au nez : où ? Chez lui, c'est non. Et dans ma chambre, compliqué, j'ai une coloc.

— Je… bafouillé-je.

— Tu repars avec moi ce soir, affirme Ethan en fronçant les sourcils.

Je m'autorise à me laisser aller contre lui.

— Je ne sais pas si Ali dort dans la chambre ou si elle va chez Juan.

— On n'a qu'à lui demander d'aller dormir chez lui.

C'est si simple et pourtant si compliqué. Je me mordille la lèvre, je sais d'avance que ce que je vais lui dire ne va pas lui plaire. Moi, ça ne me plaît pas, mais ce sont les règles. Mes règles.

— Non. On ne dit rien aux autres. Et en plus, ce n'était pas franchement la symphonie du bonheur entre eux tout à l'heure…

C'était même le début d'une guerre qui couve depuis quelques jours déjà.

Il se renfrogne, tandis que sa main s'attarde sur mes fesses.

— Putain de règles. J'imagine que si je te propose de venir chez moi, tu vas refuser ?

J'acquiesce et l'embrasse sur la joue pour l'aider à accepter plus facilement la situation. S'il me presse, je ferai marche arrière, je le sais. J'ai fait un pas sur le fil de notre relation, mais la peur me fait chanceler, et rien ne m'attirerait plus que de retrouver la terre ferme. Ce qui signifierait plus de sex-friend, plus rien. Et ce « plus rien » m'effraie.

— Oui, tu as mis dans le mille.

Il réfléchit pendant quelques secondes, sa main se promenant désormais langoureusement sur l'arrière de ma cuisse.

— OK, je te propose un truc : si elle n'est pas là quand tu rentres, tu m'envoies un SMS, et je débarque.

— Mais…

— Pas de « mais », c'est un bon plan. À la fin de ton service, je te ramène en taxi, et j'attends sur le parking de ta résidence. Si elle n'est pas là, je monte. Si elle est là, eh bien…

Le désir fait flamber ses yeux.

— Ce soir, ma main va beaucoup travailler, toute seule, comme une malheureuse… continue-t-il.

La chaleur de mes joues se répand sur tout mon corps rien qu'à cette idée. Je me contente de lui déposer un baiser au coin des lèvres et d'adresser une rapide prière à Inle et à Elaguá pour qu'ils aient la bonne idée de réconcilier ma coloc et son petit ami. Même s'il y a peu de chances pour que cela se produise aujourd'hui, Ali est têtue comme une mule, et ils semblent avoir plus de problèmes que je ne le pensais. Mon regard s'attarde sur ses doigts puissants, ceux qui tenaient un ballon de foot américain et qui sont capables de me caresser avec une tendresse qui m'étreint le cœur. Ma gorge se noue. J'ai envie d'envoyer valser cette règle que je viens de lui imposer pour qu'elles ne travaillent pas seules ce soir, mais je me ressaisis aussitôt.

J'ai fixé ces règles, à moi de les respecter.

Chapitre 21

Cristina

Une mince lumière s'échappe sous la porte de ma chambre, et mon cœur commence sa lente dégringolade vers le sol.

Boum.

Il s'est écrasé.

Ali est là. Je me sens horrible de regretter qu'elle soit là, mais c'est pourtant l'émotion qui prime sur toutes les autres. Je pourrais essayer de me convaincre que c'est parce que je suis désolée qu'elle se soit encore disputée avec Juan, mais je sais parfaitement qu'en réalité, c'est parce qu'à cause de leur dispute, je ne pourrai pas passer de moment avec Ethan.

Ses mains…

Quand j'ouvre la porte, je m'attends à la trouver roulée en boule dans son lit, comme le ferait toute fille normale après une lourde dispute avec son petit ami. Mais non, ce n'est pas ce qu'Ali fait.

Elle est en train d'enfiler ses rangers, assise sur son lit.

— Merde, tu es déjà rentrée ! peste-t-elle en levant la tête.

Ses yeux sont secs, elle n'a pas pleuré. Ce qui est sans doute pire.

— Sympa l'accueil ! lui rétorqué-je.

— Tu rentres plus tôt…

Le reproche qui suinte de sa voix ne m'échappe pas.

— Oui, Carlota m'a libérée plus tôt, lui réponds-je en restant devant la porte d'entrée pour l'observer.

Elle finit de lacer sa ranger et s'attaque à la deuxième, ses cheveux de jais cascadant devant elle comme un rideau qui l'isolerait du reste du monde.

— J'aurais aimé le savoir… maugrée-t-elle, plus pour elle-même que pour moi.

Bon, c'est encore pire que ce que je croyais. Pas besoin de mettre tous mes neurones en branle pour comprendre ce qu'elle a prévu : jean noir, pull sombre, rangers. A+B+C. Ne manque que sa veste militaire, et j'ai le résultat de l'équation : elle se prépare à une opération graffiti.

La peur m'étreint les tripes. Depuis la nuit où nous avons échappé à ces sales types, je ne crois pas qu'elle soit sortie, je m'en serais rendu compte. Mais je n'ai pas oublié le danger qu'elle court ni le quartier dans lequel elle s'aventure parce que ce mur lui parle ou parce qu'elle a quelque chose à se prouver. Elle n'en a pas fini avec Little Haiti, l'épisode de l'autre soir lui a laissé un goût amer d'inachevé. Et la mèche de son besoin de peindre, de disparaître dans son univers a été allumée. Le briquet est facile à trouver : son couple qui bat de l'aile. Sa dispute avec Juan a été suffisamment animée pour attirer l'attention de tout le Felicidades, et si ça a été la plus virulente à laquelle j'ai assisté, les regards noirs qu'ils se lancent parfois indiquent que ce n'était pas la première.

Une vague désagréable me secoue l'estomac. Et s'il lui arrivait quelque chose ? Si elle faisait encore une mauvaise rencontre ?

Je vais droit au but, sans détour.

— Ça s'est si mal passé que ça avec Juan ?

Elle hausse négligemment les épaules avant de se remettre debout et se dirige vers son placard.

OK. Silence évocateur.

— Sur une échelle de 1 à 10, ça serait combien ? continué-je.

Pas de réponse. Elle attrape sa veste.

Je laisse tomber mon sac contre la porte d'entrée, comme si un misérable sac à dos était un obstacle suffisant pour l'empêcher de sortir.

— Tu as promis, Ali, lui rappelé-je d'un ton ferme.

Je fais quelques pas dans sa direction.

— Je… hésite-t-elle en évitant mon regard.

Je secoue la tête, déterminée.

— Non, Ali, tu as promis de ne plus jamais rien faire d'inconsidéré, de ne plus te mettre en danger. Une promesse est une promesse.

Comme si elle n'avait pas entendu mes mots, elle saisit deux ou trois bombes de peinture dans le bas de son placard, qu'elle fourre dans son sac d'un geste décidé.

— Ali… insisté-je.

Je l'attrape par le poignet pour l'obliger à me faire face.

— Tu as le choix : soit on reste là et tu me racontes, soit je viens avec toi.

Elle réfléchit pendant de longues secondes, et pendant de longues secondes, je ne la quitte pas des yeux.

— T'es chiante… On te l'a déjà dit ? finit-elle par me dire.

Son sourire en coin dément clairement l'hostilité de ses mots.

— Non, affirmé-je crânement en lui lâchant le poignet.

Le Yuma m'a dit que j'étais une « emmerdeuse », ce n'est pas tout à fait pareil…

Ethan !

Il a dû partir… J'espère juste qu'il n'aura pas cru que j'avais de nouveau changé d'avis.

Ali éclate de rire en voyant mon expression outrée.

— Alors on t'a menti !

Son désir de mission peinture semble s'être évaporé. Mes suppositions sont confirmées quand elle range son sac et sa veste dans son placard. Avoir remporté aussi vite cette victoire me surprend, mais je ne vais pas m'en plaindre.

Elle se laisse tomber sur son lit pour défaire ses lacets, se débarrasse de ses bottes, puis de son jean et enfile un short d'homme. Mais aussitôt elle se ravise, et l'enlève. Il doit appartenir à Juan.

— De toute façon, je n'avais pas d'inspiration. Je ne sais pas ce que ça signifie, bougonne-t-elle.

Qu'est-ce qu'elle veut dire par là ? Discrètement, je jette un coup d'œil à mon téléphone : pas de message d'Ethan. Mince, il doit être fâché.

— Je veux dire… Ça doit vouloir signifier quelque chose, non ? Quand je suis vraiment blessée, il faut que je peigne, c'est comme une explosion dans ma tête… Je ne contrôle rien. Mais là, pas du tout.

J'abandonne mon téléphone sur ma table de nuit, avec ce geste, j'écarte Ethan de mes pensées. Un problème après l'autre.

— Ça veut sans doute dire que votre dispute n'est pas une vraie dispute, constaté-je en enfilant mon jogging.

Elle soupire et appuie sa tête contre le mur.

— Peut-être… répond-elle d'un air sceptique.

Elle ferme les paupières quelques secondes avant de reprendre :

— Mais parfois, il se comporte comme un con autoritaire.

Quand elle est revenue à la chambre après une de ses descentes pour peindre avec une lèvre fendue, j'ai d'abord cru qu'il l'avait frappée. Je me suis trompée, je le reconnais, mais ça ne veut pas dire que tout va bien et qu'il est le petit ami idéal. Le problème est que si elle et moi nous nous entendons bien, c'est que nous avons toutes les deux été coulées dans le même moule : celui de la discrétion. Nous parlons peu de nous, nous livrons peu, et mon emploi du temps surchargé ne nous aide pas aux confidences. C'est la première fois qu'elle aborde le sujet « Juan », et je ne sais pas quoi lui dire, alors je garde les lèvres scellées pendant que je la rejoins pour m'asseoir sur son lit.

Heureusement, elle n'attend pas de moi que je réagisse.

— Il veut tout décider de ma vie. Là, son nouveau truc, c'est mes études : il trouve que les Arts ne sont pas une bonne filière pour l'avenir, pas assez de débouchés. Alors il voudrait que je prenne une autre majeure au semestre prochain, la vente par exemple. Mais moi, j'aime les Arts, et je n'ai pas envie de faire autre chose ! La vente, pourquoi pas… Mais dans le marketing culturel dans ce cas. Et non, monsieur dit que ce n'est pas bien !

Elle continue en imitant sa voix grave :

— Quel boulot tu vas trouver avec tes études, Ali ? Prof ? Mais tu n'arrives pas à passer plus de dix minutes dans la même pièce que mes neveux ! Tu détestes les enfants !

Elle soupire de nouveau.

— Je ne déteste pas les enfants, je déteste ses neveux, nuance. Ils sont mal élevés, grimpent partout et croient que tout leur est permis. J'aime les enfants. J'adore mon petit frère !

Sa voix se brise légèrement quand elle prononce sa dernière phrase. Vu la situation de sa famille, le retour en Colombie, et sa situation à elle, son illégalité, elle n'est pas près de les revoir.

La seule chose que je peux faire est passer un bras compatissant autour de ses épaules.

— Il t'aime, lui dis-je doucement.

Elle pince les lèvres, agacée.

— Peut-être. Ou alors, il aime l'image qu'il voudrait avoir de moi… Celle de l'épouse dont il rêve. Il a déjà tout prévu pour notre mariage : dans quatre ans, on est à l'église. Et dans la foulée, on fait un bébé. Ça nous laisse le temps de finir nos études, et d'avoir un bon boulot. Mais moi, je ne sais pas où je serai dans quatre ans.

Je comprends aussitôt le sous-entendu que contiennent ses mots. Son statut d'émigrée illégale ne lui permet pas d'envisager l'avenir, il ne lui permet pas de se construire un futur, du moins, pas sereinement. Ali vit un jour après l'autre, elle savoure ce que la vie lui offre, tout en tremblant à cause de ce qu'elle peut lui retirer.

— Il sait que tu…

Je laisse planer ma phrase, attendant qu'elle la termine.

— Que mardi prochain, on pourrait parfaitement m'obliger à grimper dans un avion direction la Colombie sans billet de retour ? Non.

Encore une fois, les mots me manquent. Qu'est-cc que je peux répondre à ça ? Sa réalité est implacable, rude, cruelle. Malgré tout, j'ai l'intuition que le cœur du problème n'est pas là.

— Je devrais pourtant le lui avoir dit, non ? Ça fait plus d'un an qu'on sort ensemble.

Je n'ose rien lui répondre. Moi non plus, je ne suis pas tout à fait honnête avec le Yuma. Je ne lui dis pas que je suis morte de trouille, parce que dans deux ans, je ne serai plus là, et que ça me terrifie. Tout comme je ne lui avoue pas que je suis terrorisée par ce qui va se passer dans deux ans, quand j'aurai retrouvé La Havane et que, lui, ne sera plus à mes côtés.

— Le pire, ce n'est même pas ça. Le pire, c'est que, si je ne lui dis rien, ce n'est pas parce que je veux le protéger ou me protéger, mais parce que je n'en ai pas envie. Je n'ai pas envie de partager ça avec lui. Ça aussi ça doit vouloir signifier quelque chose.

— Là, il nous faudrait l'avis de Ladydi.

Elle tourne la tête vers moi.

— Ta meilleure amie?

C'est plus fort que moi, je soupire.

— Oui. Elle saurait quoi te dire. Moi, je suis nulle pour ça.

Elle acquiesce d'un air sévère.

— C'est vrai que niveau conseils, tu n'es pas top. Mais au moins, tu écoutes bien, ça n'est pas donné à tout le monde ça…

Je glousse.

— Merci du compliment, enfin, je crois.

Elle se mordille la lèvre inférieure avant de reconnaître d'une petite voix :

— C'est bien que tu sois rentrée plus tôt, j'aurais fait une connerie. J'allais retourner voir le mur de Little Haiti.

Je grimace.

— Très mauvaise idée. Maître Yoda n'aurait pas apprécié et t'aurait sorti une de ses tirades.

— Il va falloir que je regarde les *Star Wars,* pour réussir à te suivre !

— Ça manque à ta culture.

Elle ne relève pas.

— Je suis sûre qu'ils l'ont effacé.

Il me faut quelques secondes pour comprendre qu'elle parle de son mural, celui qui racontait mon histoire.

— J'imagine que oui. Mais tu trouveras un autre mur…

Je ne lui propose pas d'aller vérifier, hors de question que je remette les pieds là-bas, je cours vite, mais je n'aime pas trop tirer sur la corde de ma chance.

Elle glousse puis adopte un ton plus sérieux pour ajouter :

— Le coach a largué sa copine.

Changement brutal de conversation. Si j'avais été en train de marcher, j'en aurais trébuché, et peut-être même que je serais tombée.

— Oui, bafouillé-je, déstabilisée.

Elle me donne un petit coup d'épaule.

— Vous avez l'air proches.

Elle fronce le nez et une lueur taquine brille dans ses yeux.

Que dois-je faire ? Lui mentir ? Ou lui dire que oui, on est proches, et ainsi ouvrir une nouvelle porte. Celle de mes émotions. Je me mordille la lèvre inférieure, indécise.

— Oui, finis-je par avouer.

Un mot. Un seul. Mais j'ai fait mon choix, la porte est ouverte.

— Proches comment ? insiste-t-elle.

— « Proches » comme « c'est compliqué ».

— Oh…

Oui, « Oh ». Je ne trouve rien d'autre à ajouter à ce « Oh » plutôt explicite.

— Je ne suis pas douée pour les conseils non plus, mais je peux te dire un truc. J'aimerais que ce soit « compliqué » avec Juan, parce que ça voudrait dire que je ressens quelque chose, et pas que je suis avec lui parce que je ne veux pas être seule.

Sa lucidité n'attend pas de réponse, alors je me tais. Au bout de quelques secondes, elle doit estimer qu'il y a eu suffisamment de révélations des deux côtés pour ce soir et que notre conversation est terminée, car de ses pieds nus, elle me pousse gentiment pour m'éjecter de son lit.

— Dodo pour toutes les deux. La journée a été nulle, peut-être que demain sera mieux. Même si on est déjà à demain, vu l'heure qu'il est.

Je lui obéis et me lève. Ma journée à moi n'a pas été nulle, loin de là. Il n'y a que la dernière partie qui ne correspond pas à ce que j'avais espéré en quittant le Felicidades, mais même ce moment n'apparaîtrait pas sur la liste des pires moments de ma vie. Loin de là. Auprès d'Ali, je suis en train de trouver une véritable amie, et pour quelqu'un d'aussi solitaire et seul que moi, c'est précieux.

Je me glisse sous la couette et savoure sa chaleur qui enveloppe rapidement mon corps. La respiration de ma coloc devient vite régulière, le sommeil l'a emportée sur ses doutes, victoire par K.-O. Comme elle le dit elle-même, je ne sais pas ce que cela veut dire de sa relation avec Juan.

Comme un aimant qui m'attire, j'attrape mon téléphone. Aucun message d'Ethan. Il doit croire que j'ai fait volte-face. Je pourrais profiter de ce silence pour faire comme si l'épisode de la réserve n'avait pas eu lieu, mais mes doigts s'agitent sur l'écran et pour une fois, je suis sûre de moi.

Inle, arrange-toi qu'il ne m'en veuille pas…

Le cœur serré par l'appréhension, je lui envoie un message, je n'ai pas envie de faire comme si rien ne s'était passé entre nous. Contrairement à Ali, je sais très bien ce que ça veut dire, j'ai juste très peur d'y faire face.

Ethan

Mon téléphone vibre sur ma table de nuit, me sortant du demi-sommeil dans lequel j'étais en train de sombrer. Ça doit être Steve qui veut me raconter sa soirée avec les jumelles. Il est lourd. Si seulement je pouvais lui dire que je ne suis plus sur le marché…

J'enfonce la tête dans mon oreiller et ramène la couette contre moi. Cris a fait demi-tour, j'en suis sûr. Ma victoire de la réserve n'aura été que de courte durée. Même s'il y a eu un problème avec sa coloc, elle aurait pu me prévenir, elle ne l'a pas fait. Une seule interprétation possible, et elle est douloureuse : elle a écarté la voie « sex-friend ». Et merde ! Même si je la désire comme un fou, ce n'est pas à cause de l'aspect « sex » que je lui ai fait cette proposition. C'est parce qu'avec cette clause d'exclusivité que j'ai réussie à lui faire accepter, je l'entraînais vers la notion de couple. Une entourloupe de ma part, mais je n'ai aucune envie de rester dans sa *friend zone*. Non. Et avec son silence de ce soir, j'ignore si j'y suis encore admis.

Mon téléphone vibre une seconde fois. Résigné, je tends le bras pour le mettre sous silencieux, ça ne sert à rien d'attendre un truc qui ne viendra pas.

J'ai. Mal.

L'espoir fait mal, on devrait l'indiquer dans la définition du dictionnaire. Espoir de pouvoir rejouer. Espoir qu'elle se mette en contact avec moi. Espoir qu'elle soit à moi. J'aurais dû y être habitué, mais je n'y arrive pas. À chaque fois, ce putain d'espoir me broie. Machinalement, j'allume l'écran pour voir les conneries que Steve a pu m'envoyer. Il y a bien un SMS de Steve, mais je ne l'ouvre même pas. Ma poitrine menace d'exploser d'un seul coup. Est-ce qu'on peut faire une crise cardiaque à cause de l'espoir ? Ou à cause de la désillusion ? J'ai reçu un autre SMS. D'*elle.*

Désolée pour tout à l'heure, urgence Ali

J'ouvre la bouche pour aspirer un peu d'air, mon cœur bat tellement fort que c'est comme si on avait branché dessus des palettes. J'avais peur d'une fin, mais ce n'est pas ça. C'est un début. Celui de quelque chose de beau. De grand.

Notre début.

Même si ce n'est pas le vrai commencement, il a eu lieu, dans un aéroport de La Havane, il y a une éternité, quand un Yuma fracassé rencontrait une Cubaine courageuse et têtue comme une mule.

Je meurs d'envie de l'appeler, mais j'imagine qu'Ali est dans la chambre, alors je me raisonne et me contente de lui écrire.

Elle s'est disputée avec Juan ?

Sa réponse ne tarde pas.

Oui. Mais comme elle dit, c'est compliqué. Je ne suis pas sûre d'avoir tout compris d'ailleurs

Yeux d'Ange est d'humeur bavarde, ça me va. Je me redresse un peu, et me mets un deuxième oreiller derrière le dos pour être plus à l'aise. Elle doit penser que je lui en veux, car un autre SMS arrive tout de suite après.

Encore désolée

Si elle était à côté de moi, je l'embrasserais à pleine bouche pour lui montrer qu'elle se trompe.

Pas grave. Mes mains ont dû s'occuper toutes seules

Ce n'est pas vrai. J'avais le moral dans les chaussettes. En arrivant, j'aurais bien fait un peu de sport malgré l'heure tardive pour évacuer d'abord mon inquiétude, puis ma déception et ma tristesse, mais à cause de ce bus, ça n'a pas été possible. Alors j'ai surfé un peu sur le net pour lire la presse sportive, réviser mes cours et après, je me suis couché. Fin de soirée de merde. Et tout ça parce que le message tant attendu ne venait pas.

Pas de réponse. J'espère ne pas être allé trop loin. Les secondes s'étirent et s'étirent. Ma gorge se noue.

Beurk ! C'est dégoûtant !

Merde, je l'ai choquée ! Mes doigts me semblent maladroits tandis que je commence à taper à la hâte un message d'excuse. Je n'arrive pas au bout qu'un nouveau SMS est là.

J'aurais préféré que tes
mains s'occupent de moi

Je rêve ! Je dois rêver, ce n'est pas possible. Ou alors, l'accident de bus a été plus grave que ce que je croyais, et je suis au Paradis. Je le relis trois fois pour être bien sûr, et hésite à lui demander si c'est bien elle qui me l'a envoyé, mais ce ne serait pas très malin de ma part…

Nouveau message.

Et aussi ta bouche

Je n'en crois pas mes yeux, ma Cris si discrète, si réservée qui m'envoie ça… Je mesure ce que ça symbolise :

sa confiance, pour moi. Est-ce qu'elle se rend compte de ce qu'elle est en train de faire ? De ce qu'elle me fait ? Je n'en demandais pas tant, juste qu'elle soit avec moi. Je prends le temps de rédiger ma réponse, je veux qu'elle comprenne ce qu'elle représente pour moi.

J'aimerais que tu sois là. Si tu étais à côté de moi, sur mon lit, je t'embrasserais d'abord dans le cou, lentement, et goûterais ta peau du bout de ma langue, puis je te mordillerais cette zone sensible que tu as là, juste sous l'oreille, et après t'avoir arraché un premier gémissement, je prendrais ta bouche pour ne plus la lâcher

Je sors de sous la couette, j'ai soudain très chaud, et ma queue est aussi dure qu'un piquet. En temps normal, les sextos avec les filles, ça n'est pas trop mon truc. J'ai appris à être prudent, ça laisse des traces écrites, et puis je ne voyais pas trop l'intérêt. Mais là…

Je ne gémirais pas tout de suite, j'attendrais que tu le fasses toi d'abord, histoire de te mettre à terre. Je m'accrocherais d'une main à ta nuque tandis que l'autre descendrait le long de ton torse, puis se glisserait sous la ceinture de ton… pantalon de pyjama, caleçon ou short ?

Caleçon

Laisse-moi deviner, il porte l'écusson de ton équipe de foot ?

J'éclate de rire.

Bien sûr !

Alors ma main se glisserait sous la ceinture du caleçon tellement cliché que tu portes et…

Ses points de suspension veulent ma mort. C'est ma main à moi qui s'est glissée dans mon caleçon.

Et… ?

Et elle parcourrait toute ta longueur, puis mon pouce jouerait avec ta cime, avant de redescendre

Je gémis, et je suis prêt à parier que je suis le premier. C'est l'effet que me fait Yeux d'Ange, elle me met à terre d'un seul mot, et je m'en fous. Tout comme je me fous de ne pas avoir le dessus avec elle, de ramper, tant que ça signifie qu'elle et moi, nous sommes ensemble. Parce que, même si elle s'en défend, c'est ce que nous sommes. Ensemble.

Chapitre 22

Lundi 22 octobre

Cristina

Après s'être assuré que M. Emmerson ne le remarque pas, Ambrosio fait glisser une feuille de papier devant moi. Y est gribouillé : « Mon royaume pour un café ! » Il plaque sa main sur sa bouche comme pour étouffer un bâillement et lève exagérément les yeux au ciel.

Je pouffe. C'est vrai que le programme d'aujourd'hui n'est pas passionnant : cours magistral sur la résistance des matériaux, il y a mieux pour commencer la semaine. Et pour couronner le tout, l'ordinateur de la salle ne fonctionne pas, M. Emmerson ne peut donc pas s'appuyer sur des schémas et autres graphiques qui auraient rendu son propos un peu plus vivant. Il y a dix minutes, j'ai même cru entendre quelqu'un ronfler sur ma gauche.

Je griffonne ma réponse et la lui passe. Pendant qu'il la lit, j'en profite pour jeter un coup d'œil discret à mon téléphone pour vérifier que je n'ai pas reçu un message d'Ethan. Je suis devenue accro à mon portable, c'est sa faute… J'en ai un. Mon cœur se met à battre plus vite, comme à chaque fois. J'en viens même à me demander si finalement, en réalité, mon cœur ne bat pas que quand il est là.

Je t'attends à la cafét' après ton cours

Mes joues s'échauffent quand je lis le suivant.

Même si je préférerais te
retrouver dans la réserve

Malgré l'épisode de la réserve, nous n'avons pas basculé complètement du côté « sex-friend ». La vie s'arrange pour nous mettre des bâtons dans les roues, et ce n'est pas seulement à cause de ses béquilles qu'il a supportées pendant quinze jours. La relation d'Ali avec Juan n'est pas au beau fixe, ils se disputent souvent, et elle passe tout son temps dans notre chambre. Je n'ai pas changé d'avis, je n'irai pas chez le Yuma. Pas assez « sex-friend ». Trop sérieux. Trop couple. Par égard pour Carlota, la réserve n'est pas une réelle option. Résultat, le Yuma m'envoie des SMS coquins, je lui réponds par d'autres tout aussi coquins, chose que je n'aurais pas cru possible avant, on se vole des caresses dignes de gamins de quatorze ans dans des recoins à l'abri des regards, mais ça ne va pas plus loin. J'envisage sérieusement de passer outre mes réticences sur la réserve…

Mes joues s'embrasent. Comme si ses pensées avaient suivi le même cours que les miennes, un troisième arrive.

Si je nous trouve un cagibi, tu diras non ?

La température dans l'amphithéâtre augmente d'un cran. J'ai envie du Yuma. De lui entièrement, de son corps, mais aussi de son cœur et de son âme. Or, si son cœur et son âme me sont interdits, ce n'est pas le cas de son corps… Un cagibi… Mon bas-ventre vibre à cette perspective. Il fait vraiment très chaud et je m'évente de la main. D'un coup d'œil à la ronde, je vérifie que personne n'a surpris mon trouble. Mes joues doivent être tellement rouges qu'on doit me voir comme un phare au milieu de l'océan. Certains étudiants piquent du nez sur leur ordinateur, d'autres fixent un point imaginaire au plafond. C'est bon, personne ne s'est rendu compte de rien. Plus j'y pense, plus le cagibi me paraît être une très bonne idée.

Ambrosio me donne un petit coup de coude et me montre d'un signe de tête la feuille devant moi : « Essuie la bave que tu as au coin de la bouche, ça te trahit quand tu penses au coach. »

Oh non, mon voisin m'a prise en flagrant délit de pensées coquines ! Je ne peux retenir un gloussement léger, mais pour la forme, je le fusille du regard. Je ne lui ai rien raconté de plus que mes aveux de l'autre jour, mais l'annonce de la séparation d'Ethan et d'Addi a fait du bruit. Et même si les maths appliquées ne sont pas son fort, les équations élémentaires, il gère. Additionner un plus un est à sa portée. Ambrosio et moi nous sommes rapprochés, je crois qu'on est amis désormais. Il m'a accompagnée hier matin avec Ali à un taxiphone, j'ai appelé à l'épicerie, et ai pu parler à mon père. Leur absence est un peu moins douloureuse, sans doute parce que je suis moins seule.

Je pianote ma réponse au Yuma pour lui dire que je le retrouve à la cafét', je vais le faire mariner pour le cagibi. Après avoir appuyé sur le bouton « envoyer », je commence à griffonner quelques mots pour Ambrosio, quand la voix nasillarde que j'exècre tant m'interrompt :

— Comme c'est mignon ! La pédale change de bord, le charme cubain est magique ! Il faudrait qu'on en parle au président Trump ! Finalement, l'amitié avec une dictature, ça a du bon !

Une vague de frissons de haine court sur tout mon épiderme. L'abruti a parlé à haute voix, tout l'amphi l'a entendu, ce doit donc être aussi le cas de M. Emmerson. Des ricanements s'élèvent, mais ce dernier continue son cours, comme si de rien n'était.

Comme d'habitude.

Si ces types se croient tout permis dans ce cours, c'est parce qu'il n'intervient jamais, il les laisse faire.

Ils baignent dans une sorte d'impunité qui fait flamber la rébellion en moi. Immédiatement, Ambrosio rentre le cou dans ses épaules, mais malheureusement pour lui, il n'est pas une tortue et n'a pas de carapace dans laquelle il pourrait disparaître.

Je bouillonne, et cette fois, ce n'est plus de désir. La situation vient d'atteindre une limite que je ne suis pas sûre de pouvoir respecter. J'agrippe le bord de ma table, mes jointures blanchissent sous le coup de l'effort que je fais pour ne pas me lever et aller coller un uppercut en plein dans le nez de cet enfoiré d'étudiant. Mauvaise idée : à Cuba la chirurgie esthétique est gratuite, ici non. Il serait capable de me flanquer un avocat aux fesses pour que je paie son opération. On n'a pas besoin de ça.

— Dis la pédale, c'est seulement Cubanita, ou tu as vraiment changé de bord ? Genre, tu es à voile ou à vapeur, ou alors un hybride, voile et vapeur ?

Il a bien insisté sur le « et », son fan-club ricane. Mon corps prend son indépendance et décide de ne plus obéir à mon cerveau, je pivote pour décocher au crétin un regard assassin. Ses amis, installés sur la même rangée que lui, quatre rangs plus haut, ricanent de plus belle. La situation les amuse. Moi, elle me donne envie de vomir.

Ambrosio m'attrape la main pour m'inciter à ne pas faire une bêtise, il veut que je me retourne et que j'adopte le comportement de l'enseignant. Ne pas réagir. J'en suis incapable. Ses doigts pressent ma paume plus fort dans une supplique silencieuse. Si j'explose, ce sera pire. Seul, on ne peut rien, l'impuissance est l'unique issue. Je les fusille du regard encore pendant quelques secondes, imaginant qu'ils éclatent en un milliard de petits morceaux qui retombent en pluie fine sur nous… Celui qui ne se sépare jamais de son blouson en cuir m'envoie un baiser, son entrejambe doit avoir oublié que je vise très bien.

— Non, m'implore Ambrosio en serrant les dents.

Le ton de sa voix me pousse à céder, et je presse sa main à mon tour pour le tranquilliser. L'ombre, je connais. Je peux y rester encore un peu.

— Regardez comme c'est touchant ! Il lui tient la main ! Le PD revient dans le droit chemin, la Cubanita doit être un sacré plan cul, elle l'a convaincu d'aimer les chattes.

Sa paume tremble contre la mienne, et un nœud se forme dans ma gorge. Épais. Serré. Amer.

Ce n'est pas l'insulte graveleuse qui me met hors de moi, c'est la peur qui émane de mon ami. Elle n'est pas contagieuse, elle alimente ma colère. Le contrôlc m'échappe. Je récupère ma main avant de pivoter, et d'une voix forte, leur assène :

— Vous ne pouvez pas la fermer un peu ?

Mais aussitôt, M. Emmerson braque ses yeux noirs sur moi.

— Mademoiselle Pelayo, vous pouvez répéter ce que vous venez de dire ?

L'ombre pas la lumière.

Mais je suis en plein dans cette fichue lumière, les projecteurs sont tournés dans ma direction. Tout l'amphithéâtre, avide de spectacle, guette ma réponse. Et Ambrosio voudrait disparaître, son cou se confond désormais avec son torse.

Je ne me donne pas la peine de répéter mes paroles, c'est inutile. Ma colère s'exprime à ma place.

— Je fais votre boulot.

Voix froide. Coupante. Celle de l'ire qui monte, monte et menace de déferler sur le premier qui fera barrage. J'ai vécu l'injustice, je la côtoie encore, amante exigeante, fidèle. Bourreau pervers qui se délecte de la faiblesse de l'autre. Je ne la supporte pas, surtout quand ce n'est pas moi qui porte son fardeau sur mes épaules. Parce qu'Ambrosio a beau être fort, il chancelle, plie, et même s'il ne s'en rend pas compte, même s'il a le sentiment d'avancer, il a déjà un genou à terre, et là, il vient de mettre le deuxième.

L'enseignant remonte quelques marches vers nous jusqu'à arriver à notre hauteur. Je suis obligée de relever le menton pour le regarder dans les yeux. Les siens sont étrécis par la rage qu'a réveillée mon insubordination. Mon cœur se jette contre ma poitrine, affolé.

— Vous pouvez répéter ? me demande-t-il d'un ton plus tranchant que la lame d'un couteau.

Je ne me démonte pas, je ne sais plus contre qui je suis en colère : contre ces types, ou contre lui qui laisse faire cela. Sans doute les deux.

Je réprime l'envie de me mettre debout, mais relève encore davantage le menton.

— Vous ne leur dites jamais rien, alors je le fais pour vous.

Mes jambes tremblent, heureusement que je suis assise. En temps normal, je ne suis pas du genre à être insolente, la discrétion guide mes pas, mais aujourd'hui, il semblerait qu'Inle a oublié comment on fait, il ne cherche même pas à me raisonner et pousse ma conscience à faire front.

Tout ça à cause d'eux.

M. Emmerson se raidit. Si de la fumée pouvait sortir de ses narines, sa tête flotterait sans doute dans un nuage.

— Vous dépassez les bornes, mademoiselle.

Un rire sarcastique retentit derrière, mais je ne regarde pas de qui il vient. Je continue de fixer l'enseignant. Une seconde passe. Une autre. Encore une autre. Je perds le compte. Nous nous affrontons dans cet espace suspendu, comme si de ce moment dépendait l'issue de la vie. Une seconde. Encore une autre. Mon cœur tambourine de plus en plus fort. J'ouvre la bouche pour happer l'air, l'oxygène s'est bloqué dans ma poitrine. Et puis je finis par baisser les yeux. C'est un combat que je ne gagnerai pas, il vaut mieux parfois reculer. J'ai franchi une limite aujourd'hui, j'espère qu'elle n'aura pas de trop lourdes conséquences.

— Monsieur Betsil, dehors.

Aussitôt, je relève les yeux. Il me fixe toujours et n'a pas daigné regarder l'abruti en prononçant ces mots. Celui qui a déclenché les hostilités proteste.

— Monsieur Betsil, je ne me répéterai pas. Dehors. Et vous aussi, Mademoiselle Pelayo.

Dehors ? Mes mains tremblent tandis que je referme mon ordinateur. Il ajoute :

— Mais ne pensez pas que vous allez vous en sortir comme ça. Vous restez dans le couloir, je veux vous voir à la fin de mon cours. Et ne vous entretuez pas, le sang est difficile à nettoyer, le personnel chargé de l'entretien n'apprécierait pas.

Comment peut-il faire de l'humour ? Je m'abstiens de tout commentaire pour ne pas aggraver ma situation et range rapidement mes affaires. M. Emmerson n'a pas bougé, il est toujours à côté de moi et réajuste calmement son nœud papillon. Ambrosio me lance un regard navré, mais je ne parviens pas à le rassurer par un sourire. La peur m'étreint, autre amante fidèle qui ne me lâche pas : qu'est-ce qui peut m'arriver ? Est-ce qu'il peut me renvoyer de son cours ? Et s'il le fait, est-ce que l'on va me renvoyer de la fac ? Est-ce que je vais devoir rentrer à Cuba ?

Mes tremblements s'accentuent. Loin de me faire plaisir, cette perspective me terrorise. Prise de conscience. Terrible. Brutale. Je ne veux pas repartir. Elle est encore pire que ce qui vient de se passer. J'ai toujours considéré que rentrer était inévitable, que c'était mon but, une fin en soi, que venir ici était simplement un moyen de servir mon pays, de l'aider à se forger un avenir. Aucun égoïsme là-dedans, juste une raison d'être. Mais là…

Automate. Je ne suis qu'un automate. Mettre mon ordinateur dans mon sac. En faire de même avec mes feuilles. Mes stylos.

Je ne veux pas rentrer.

Des points noirs dansent devant mes yeux. Je pourrais me dire que c'est parce que j'ai encore beaucoup à apprendre, qu'il me reste un master en Architecture à boucler, que c'est indispensable pour mon projet, reconstruire Cuba. Mais je sais au fond de moi que ce n'est pas ça. Ce n'est plus ça. Dans deux ans, quand je serai sur le point de repartir, la même peur, la même tristesse, m'étreindront. Me prendre un uppercut en pleine figure me ferait le même effet, et c'est complètement assommée que je grimpe les marches qui me conduisent à la sortie de l'amphi.

Je ne veux pas rentrer.

Jamais.

Et je ne peux pas penser ça.

— Plus jamais vous ne vous adresserez à moi de cette façon, plus jamais, tonne M. Emmerson.

Je baisse le menton, toute envie de le provoquer s'est envolée, et je croise les bras dans le dos, comme je le faisais au Nacional quand j'avais affaire à un client récalcitrant. Cela m'aidait à conserver un visage impassible, de façade, à contrôler mes émotions pour qu'elles ne percent pas. Celle qui prime en cet instant est la peur.

La peur de me faire renvoyer.

Et toute proche derrière, la colère. Parce que l'enseignant, celui qui est censé représenter l'autorité, n'a rien fait, rien dit contre cet abruti.

La fin de son cours est arrivée plus rapidement que je ne le craignais, et M. Emmerson a fait d'abord entrer le crétin nasillard qui a obéi d'un pas peu assuré. Le mien devait lui ressembler tandis que je descendais l'escalier qui mène à son bureau.

— Plus jamais ! aboie-t-il.

Ses yeux verts luisent de colère. Il a abandonné sa veste de tweed sur le dossier de sa chaise et fait les cent pas devant moi, furieux. Je déglutis avec peine, vain espoir de délier le nœud de ma gorge et acquiesce, toujours silencieuse. La chaise de son bureau racle le sol quand il s'assoit dessus.

— Qu'est-ce qui vous a pris, Mademoiselle Pelayo ? Vous voulez tout gâcher ? J'avais pourtant de l'espoir pour vous, vous êtes prometteuse.

Je plisse les yeux sans quitter toutefois le sol du regard, surprise. De l'espoir pour moi ? Mais au mieux, il n'a montré que de la condescendance envers moi, au pire, il m'a donné le sentiment que je n'existais pas.

— Je… bredouillé-je incapable d'aligner deux mots tant la confusion tourbillonne dans mon cerveau.

— Expliquez-moi ce qui vous est passé par la tête ! Je pourrais vous faire exclure de mon cours pour votre insolence.

Les mains toujours derrière le dos, je joue avec mes doigts, soupesant ce que je vais lui dire. J'opte pour la carte de l'honnêteté. Mentir ne servirait à rien.

— Vous ne leur dites jamais rien.

D'un regard, il m'intime de continuer.

— Ils s'en prennent à Ambrosio à presque chacun de vos cours, et vous ne leur dites rien.

Il ordonne quelques feuilles devant lui avant de les glisser dans un dossier et pousse un soupir.

— Je sais qu'ils sont parfois cruels, mais si je les reprends, ça risque d'être pire.

J'abandonne ma contemplation du sol pour le dévisager. Je n'en crois pas mes oreilles, il a conscience de leur comportement, mais n'ose pas les remettre à leur place ? Lui ? L'enseignant ?

— Mais, c'est à vous de le faire, lui rétorqué-je d'une voix moins ferme que je ne l'aurais voulu.

Mes repères s'évaporent l'un après l'autre : d'abord ce pays qui devait être tant de choses, mais qui possède tant de failles, tant de fissures sous son vernis de perfection, comme tous les pays finalement, parce que la perfection n'existe pas. Moi qui ne veux plus repartir, et maintenant lui, la voix de l'autorité, celui qui doit faire régner le respect, qui fait aveu de faiblesse…

— Il y a cinq ans, pendant un de mes cours, j'ai remis à sa place un étudiant qui se moquait d'une jeune femme de couleur.

Il laisse quelques secondes s'écouler en rangeant ses dossiers consciencieusement dans son cartable.

— Elle était brillante, courageuse, prête à relever tous les défis. Un avenir prometteur s'ouvrait à elle.

Il s'est exprimé au passé. Mon cœur se serre, anticipant ce qui va suivre.

— Deux jours après, il le lui a fait payer, ajoute-t-il, les yeux rivés à son cartable.

La tristesse, la détresse, mais aussi la culpabilité ont fait trembler sa voix. Il estime qu'il est responsable de ce qui lui est arrivé.

— Mais… protesté-je.

Il ne m'écoute pas.

— Il l'a poignardée. Un soir, il l'a croisée dans un bar. Elle était avec sa bande de copains, des gamins bien. Ils passaient une bonne soirée, et en sortant du bar…

Il laisse la fin planer entre nous. En sortant du bar, il s'est approché et lui a enfoncé un couteau dans le cœur. Elle en est morte. Tout ça parce que sa peau était foncée. Il se passe une main nerveuse dans les cheveux.

— Si je ne lui avais rien dit, il n'aurait peut-être rien fait… continue-t-il.

Le voir ainsi me déstabilise, m'ébranle. Comment cet homme peut-il penser que c'est sa faute ? Quel est ce monde qui lui laisse porter cette responsabilité ?

Je fais un pas vers le bureau, puis un autre. Mes jambes sont lourdes. Je m'accroche à la bretelle de mon sac à dos, comme si elle avait le pouvoir de m'insuffler le courage dont je vais avoir besoin.

— Ça n'a rien à voir avec vous. C'est lui le coupable, c'est lui le salaud. Même si vous ne lui aviez rien dit, il l'aurait fait.

Tout comme ces crétins continueront quoi que l'on fasse. Se taire. S'opposer. Ils n'arrêteront pas. La solution est d'essayer encore et encore, c'est la seule qui a une issue positive. Peut-être. La lutte. Se relever. Il n'y a que ça que l'on puisse faire. Les combats se gagnent par de petites victoires, par des détails, avec le courage de résister. Cuba m'a appris cette leçon dès ma plus tendre enfance. Celle de l'espoir, ce détail qui change tout.

— Si je…

C'est à son tour de bafouiller tandis qu'il cherche ses mots. Les rôles sont inversés, et j'entrevois toute la faiblesse de cet homme, ses peurs, ses dilemmes.

Je pose une main à plat sur son bureau.

— Vous devriez pourtant savoir que le seul moyen de changer les choses est de protéger les plus faibles.

Le reproche qui transpire de mes mots est clair, il est porté par ma révolte, mais aussi ma volonté de changer les choses. Celle qui m'a fait tant de fois m'opposer à mon père à cause du gouvernement cubain, celle qui me fait vibrer d'indignation devant l'injustice que vit Ambrosio. D'un geste machinal, je ramène mes mains dans mon dos, attendant la foudre qui ne manquera pas de s'abattre sur moi. Je suis consciente d'avoir franchi une autre limite.

Mais elle ne vient pas. M. Emmerson soupire en secouant la tête.

— Vous êtes une gamine idéaliste, parfois, il vaut mieux ne rien voir.

Les mots jaillissent de ma bouche avant que je n'aie le temps de les retenir.

— Je ne sais pas si je suis une idéaliste, mais je suis convaincue que les choses peuvent changer. Qu'elles doivent changer. Je ne connais pas grand-chose des États-Unis, moins que vous c'est sûr, mais c'est un pays qui a énormément évolué. Les gens sont libres et égaux, ce n'est pas le cas partout dans le monde.

Cuba en est un bon exemple. Sous couvert d'égalité, notre liberté est entravée, on nous surveille sans cesse. Je poursuis d'une voix décidée :

— Ici, on peut aimer librement un homme ou une femme, dire ce qu'on pense… C'est le fruit d'actions qui ont été menées pour protéger les plus faibles. Et en reculant, vous faites reculer tout ça.

Je devrais me taire, retenir le flot de mes mots. Je risque gros, mais mon amertume me pousse à énoncer ce que je devrais passer sous silence. Il me foudroie du regard, ma leçon de morale ne lui a pas plu. Je ne cille pas et ne détourne pas les yeux. Quitte à me faire virer, autant qu'il entende ce que j'ai à dire.

— Les choses changent, répété-je. Pas brutalement, elles sont lentes, mais elles changent. Ici aussi, elles peuvent encore changer.

Il étrécit les yeux et m'observe entre ses cils épais pendant quelques secondes, puis il se remet debout et me dit :

— Vous pouvez partir.

Je cligne des paupières, surprise. Qu'est-ce qu'il veut dire par là ? Me voyant hésiter, il reprend :

— Je ne veux plus vous voir. Dehors !

Ma lèvre inférieure se met à trembler. J'aurais dû me taire, j'aurais dû rester dans l'ombre. Les larmes bordent mes yeux. Ça y est, ma parenthèse américaine est terminée. Tout est terminé.

— Vous me renvoyez ? me risqué-je à lui demander en relevant le menton dans une dernière bravade.

Il referme son cartable dans un claquement sec.

— Non. Par contre, je ne veux plus vous voir pour aujourd'hui. J'ai cours dans dix minutes, et il est préférable que je me calme avant de m'en prendre à mes étudiants suivants.

Il ne me renvoie pas. Le soulagement se déverse dans mes veines comme un torrent, mais je suis incapable de bouger. Il attrape sa veste qu'il plie avec précaution pour la mettre sur son bras, puis empoigne son cartable. Il contourne le bureau, et avant d'entamer l'ascension de l'escalier qui mène vers la sortie, il me fait face une dernière fois.

— Vous avez raison, les choses peuvent changer. À vous de me le prouver maintenant. La semaine prochaine, présentez-moi un projet béton, qui ait du sens, qui fasse changer les choses. Ne me faites pas regretter ce que je vais faire…

Pas une explication sur ce qu'il sous-entend par là. Je me mordille la lèvre inférieure pour éviter de lui poser la question. D'un pas leste, il sort de l'amphithéâtre.

Je ne bouge pas d'un millimètre, statue de marbre dans cette salle vide.

Qu'est-ce qui vient de se passer ?

J'expire l'air amassé dans mes poumons. Il ne m'a pas renvoyée. « Présentez-moi un projet béton, qui ait du sens, qui fasse changer les choses ».

Mon projet n'est pas béton, il n'a pas de sens. Même pour moi. Surtout pour moi. Je l'ai considéré comme un exercice de plus à faire, un projet scolaire. Je me suis trompée. C'est lui qui vient de me donner une leçon. Les victoires sont dans les détails.

Je me mords l'intérieur des joues, mon corps refuse de se mettre en mouvement, mais pourtant, l'adrénaline court dans mes veines.

Un projet béton. Qui ait du sens. Qui change les choses.

D'un seul coup, je sais. Le seul qui aurait du sens. Et il n'a pas de rapport direct avec Cuba. Il ne concerne pas mon île. Mais ce n'est pas grave.

Je grimpe l'escalier en avalant les marches deux à deux. Il faut que j'aille à la bibliothèque. Une fois dans le couloir, j'envoie à la hâte un SMS à Ethan pour le prévenir que je n'irai pas à la cafét'. Mon sang bat mes tempes, un large sourire mange mon visage. J'ai beaucoup de recherches à faire, je recommence à zéro, et je dois présenter à M. Emmerson mon avancée la semaine prochaine. Je vais gravir l'Everest, mais l'ampleur de la tâche ne m'effraie pas. Cette fois, l'enthousiasme allège mes pas : mon projet a un sens.

Chapitre 23

Dimanche 28 octobre

Cristina

Juan pique un sprint, Ambrosio a touché la balle ! Elle est retombée à une vingtaine de mètres, Mike court pour aller la récupérer, pendant que Steve lui hurle des encouragements à en perdre la voix, mais il n'est pas au maximum de sa vitesse. Il ne va jamais pouvoir la renvoyer avant que Juan n'atteigne la troisième base.

Au moment où Juan perd sa casquette, le téléphone de Carlota retentit. Elle est assise à côté de moi, dans les gradins, et garde un œil sur sa mère qui a insisté pour être la plus proche possible du terrain. En voyant l'identité de celui qui l'appelle, elle fronce les sourcils et elle décroche.

— Du nouveau ?

Pas de « Bonjour », de « Comment vas-tu ? ». Elle ne s'est pas encombrée des formules de politesses, ce qui est inhabituel. Carlota partage avec ma mère un sens exacerbé des manières. Toujours polie, « bonjour », « comment allez-vous ? », « au revoir ». Elle met un point d'honneur à sourire et à donner l'impression à son interlocuteur que c'est une personne particulière pour elle, et ce, même quand elle passe la commande de la semaine aux livreurs ou qu'elle signe le bon de réception. En entendant la réponse, elle me jette un coup d'œil rapide avant de se lever et de monter quelques rangées plus haut pour se mettre hors de portée de nos oreilles.

Comme pour le premier match auquel j'ai assisté à mon arrivée, la rencontre Yumas-Tocororos a attiré son lot de curieux, et notre gradin, sans être plein, est assez fourni. Petites amies – les jumelles de Steve sont là, bien évidemment –, amis tout court, quelques professeurs – pas M. Emmerson, le contraire aurait été surprenant –, famille, sont là pour savourer ce moment de détente à l'ambiance bon enfant qu'offrent les deux équipes.

Steve hurle de plus belle. Mike a récupéré la balle, mais ne l'envoie pas assez rapidement à son goût. J'oublie pendant quelques secondes mon ordinateur calé sur mes genoux, pour suivre le spectacle. Je connais les raisons de la lenteur de Mike. Ethan m'a confié qu'il aime bien donner des coups de pouce aux

Tocororos de temps en temps, surtout quand l'équipe des Yumas a autant d'avance, et je le soupçonne de prendre encore plus son temps, car c'est Ambrosio qui a frappé la balle. Un coup de batte inespéré d'ailleurs, lui-même n'en a pas cru ses yeux. Il a plutôt tendance à rater sa cible, Mike veut donc lui laisser son quart d'heure de gloire. Steve hurle de plus belle, il va finir par s'exploser les cordes vocales, Mike récupère enfin la balle et la renvoie en une courbe haute dans le ciel, Juan accélère, et se jette en avant pour atteindre le Graal du coussin blanc.

Run[6] !

Les Tocororos lèvent les bras et leurs supporters ne sont pas en reste. Serafina, la mère de Carlota, pousse des petits glapissements de joie et sautille comme elle le peut dans son fauteuil roulant, ses bras maigrelets tendus vers le ciel. Mike et Juan l'ont installée juste derrière la zone des Yumas. Seule une grille les sépare d'eux, ils sont deux mètres plus bas. Le camp des Tocororos, situé six ou sept mètres plus loin n'était pas facilement accessible avec un fauteuil à cause des haies d'athlétisme qui ont été entreposées devant la grille qui délimite l'espace des joueurs, mais elle ne s'est pas plainte, cette sortie l'enchante.

Bras en l'air, fesses qui se tortillent, Juan et Ambrosio entament une espèce de chorégraphie, qui connaîtrait un franc succès sur internet. Le reste de l'équipe les

6 Un « *run* » équivaut à un point au base-ball.

rejoint bientôt. Les Yumas les applaudissent, tout en les huant, et une fois la démonstration des Cubains terminée, chacun se dirige vers le banc de touche de son équipe. La pause est là, et vu les expressions harassées des Tocororos, qui marquent un contraste saisissant avec celles épanouies des Yumas, elle est la bienvenue.

Carlota n'est pas redescendue. Elle arpente d'un pas nerveux les rangées, allant et venant sans but, comme un navire sans capitaine. Or, Carlota est son propre capitaine et a toujours un but. Toujours.

Steve, en passant à côté d'Ambrosio, lui donne une tape amicale sur l'épaule. Je plisse les yeux pour être sûre, peut-être que le soleil m'a éblouie ? Mais non. Il échange même quelques mots avec lui. Si Ambrosio est étonné, il n'en laisse rien paraître. Steve lui donne une nouvelle tape sur l'épaule et repart en direction du banc des Yumas où les attend Ethan. Il va peut-être falloir que je revoie mon opinion sur lui, il est possible qu'il ne soit pas le connard absolu que je croyais. Possible juste.

Ma patronne agite le bras et monte quelques marches avant de les redescendre. La légère brise joue avec son chignon et libère quelques fines mèches de ses cheveux gris qui s'ébattent sur sa peau mate. Elle ne les dégage pas, cet appel la contrarie. Elle est trop loin pour que je puisse entendre ce qu'elle dit, mais son expression m'inquiète. Cet après-midi était pourtant censé être un moment de détente. Elle a décidé de fermer le Felicidades pour le match des Tocororos afin d'aller chercher sa mère à sa résidence médicalisée et l'emmener assister à la rencontre. Le temps est idéal pour ça, pas un nuage, le soleil haut dans le ciel, des températures douces, la vieille dame ne risque pas de prendre froid.

Cette petite bonne femme d'au moins quatre-vingts ans, au visage ridé, vêtue du même blanc éclatant que Carlota, rit à gorge déployée. Steve écoute attentivement ce qu'elle lui explique, et acquiesce d'un air concentré et sérieux, comme si ses paroles étaient le discours le plus important de l'univers. Ethan vérifie que tout le monde va bien dans son équipe, qu'aucune crampe ou autre blessure, même légère, ne viendra entacher la journée. James lui montre son coude, Ethan le lui étire, et à son expression, je peux prédire que le match est fini pour lui. Le « coach » ne l'autorisera pas à retourner sur le terrain. J'ai vu juste, Ethan secoue la tête, et James souffle, mais n'insiste pas. Ils savent tous que si un seul d'entre eux ne peut pas rentrer sur le terrain du prochain match du championnat à cause d'une des rencontres amicales de base-ball, elles seront annulées. Et personne ne souhaite que ça se produise.

Dans le camp des Tocororos, Ambrosio se plaint avec une véhémence exagérée. Ce n'est pas juste, leur coach à eux est nul et il ne les chouchoute pas comme Ethan chouchoute ses joueurs. Juan proteste à son tour avec emphase. Il est un excellent coach qui chouchoute ses joueurs. Pour appuyer ses mots, il tend à chacun une barre chocolatée qu'Ambrosio engloutit aussi sec. Les

Tocororos ont décidé qu'ils devaient être plus professionnels, que là était la clé pour la victoire, et que cela passait donc par un coach. Ils ont voté avant le match, et c'est Juan qui a été élu. Il était le seul à se présenter. Malgré ces circonstances atténuantes, je ne suis pas sûre qu'il s'agisse d'un choix pertinent, j'ai l'impression que les règles du base-ball lui échappent un peu. Ali est là en renfort, mais son efficacité reste aussi à prouver, même si elle prend son rôle d'assistante très à cœur en leur passant des serviettes et les bouteilles d'eau, ainsi qu'en leur massant les épaules. Aujourd'hui, tout a l'air d'aller bien entre eux, mais ce n'est qu'une image que renvoie ma coloc. Les apparences guident notre vie. Toutes les nuits, elle dort dans notre chambre. Toutes. Conséquence : Ethan et moi sommes amis. Sans avantages.

Le visage de Carlota se verrouille, les émotions l'ont déserté. Une boule se forme dans ma gorge, et l'inquiétude joue des percussions dans mon estomac. Ce qui s'annonçait comme un super après-midi est en train de virer au vinaigre. Elle amorce un mouvement pour mettre la main sur son front, mais la laisse aussitôt retomber avant de s'asseoir lourdement sur l'un des sièges derrière elle, comme si toutes ses forces s'étaient évaporées sous le soleil de la journée.

Il y a un problème. Un gros problème.

Est-ce que je dois aller voir ce qui se passe ? Non, elle me le dira si elle l'estime opportun. Alors je reporte mon attention sur le Yuma. Il m'adresse un clin d'œil discret, et la boule de ma gorge diminue de volume. J'aimerais pouvoir descendre jusqu'au banc, l'embrasser sur les lèvres comme vient de le faire Ali avec Juan, glisser mon bras autour de sa taille, mais je ne peux pas, parce que j'ai fixé moi-même les règles.

Deux ans.

Deux ans à vivre. Et puis repartir.

La boule grossit de nouveau. Je dois optimiser le temps qui m'est imparti ici, les distractions n'ont pas leur place, tenté-je de me convaincre.

Je reporte mon attention sur mon devoir. Avec mon boulot, impossible pour moi d'intégrer les Tocororos. J'aurais pu faire une exception aujourd'hui et descendre sur le terrain, mais je préfère travailler sur mon devoir. Demain, je dois présenter mon avancée à M. Emmerson. Rediviser l'espace. Tirer profit de chaque recoin. Je voudrais faire de l'immeuble où ont lieu les repas du quartier une résidence à loyers modérés, accessibles aux petites bourses, mais offrant malgré tout un certain confort. Et bien sûr, à un prix attractif pour les investisseurs. Pour ça, je dois tout prendre en compte, garder les caractéristiques du bâtiment, mettre en avant sa localisation dans Little Havana et créer le nombre de logements suffisants pour que ce soit rentable. Je modifie une ligne de force de l'un des murs, il faut que je le déplace, mais c'est un mur porteur, cela va engendrer des coûts supplémentaires et…

Je presse le pavé tactile de mon ordinateur.

Rien. Le curseur ne bouge plus.

Je le presse encore.

Le curseur est figé. L'écran est figé.

Non !

J'ai crié sans m'en rendre compte, Ethan se tourne vers moi, inquiet.

— Tout va bien, *sweet love* ? me demande-t-il en rangeant les serviettes que les joueurs ont abandonnées sur les bancs.

Je ne lui réponds pas immédiatement et appuie de nouveau sur le pavé tactile.

— Il est bloqué, gémis-je, sans quitter l'écran des yeux.

Non, non, non ! Pas maintenant ! En prenant la décision de repartir à zéro, j'ai pris un gros risque. J'avais déjà bien avancé sur mon projet de centre culturel, et j'ai dû tout recommencer. Des recherches aux estimations, en passant par les premières ébauches. Le projet que je vais présenter à M. Emmerson ne va pas être aussi complet et abouti que ne l'était le précédent, il me manque beaucoup de données que je n'ai pas encore pu obtenir, j'espère qu'il comprendra. Et si en plus j'ai perdu ce que j'ai fait depuis une heure trente… Quand est-ce que j'ai enregistré pour la dernière fois ? Mon ordinateur ne le fait pas automatiquement, l'inconvénient d'avoir acheté du matériel d'occasion.

Les joueurs regagnent le terrain pour la dernière manche, et Ethan se hisse à la force de ses bras au-dessus de la grille de séparation des gradins pour me rejoindre. Ali est restée près de la mère de Carlota. Il s'installe à côté de moi.

— Qu'est-ce qui est bloqué ?

Il a revêtu le jogging et le sweat à capuche de la fac. En temps normal, cette simple vision réussirait à me détendre, mais pas aujourd'hui. Je suis trop stressée par ce curseur qui ne bouge pas. Après le match, je dois retourner travailler au Felicidades, et j'aimerais éviter de devoir reprendre mon devoir en rentrant à la résidence.

— Mon ordinateur. Ça lui arrive de temps en temps. Il plante.

J'essaie de calmer la boule de nerfs que je suis devenue, mais sans succès. Il tend la main vers le pavé tactile, et au passage, me frôle les doigts. Je ne les retire pas. Si je m'écoutais, je les glisserais dans les siens, mais je ne le fais pas. Malheureusement, le curseur n'est pas aussi sensible au charme du Yuma que moi, il refuse toujours de bouger.

— Redémarre-le, me suggère-t-il en replaçant une de mes boucles derrière mon oreille.

J'appuie sur le bouton en me mordillant la lèvre, l'écran s'éteint, puis je le presse de nouveau pour redémarrer l'ordinateur.

L'écran reste noir. J'essaie encore. Noir.

— Non ! gémis-je en m'acharnant sur le bouton.

La réalité me percute : tout mon projet est sur mon ordinateur ! Tout ! J'ai envie de vomir… Ce n'est pas une heure de travail que j'ai perdue, c'est la totalité de mon devoir.

— Tu as sauvegardé tes données sur une clé ou sur un Cloud ? me demande-t-il prudemment.

J'ouvre de grands yeux.

— Sur quoi ?

À sa tête, je comprends qu'il est éberlué que je ne sache pas de quoi il s'agit. Évidemment, je sais ce qu'est une clé USB, mais je n'en ai pas. Je comptais m'en acheter une, mais pas tout de suite. Pour le moment, j'envoie tout ce que j'arrive à économiser de mon salaire du Felicidades à Cuba. Ce n'était pas une priorité, à tort. Et un Cloud ? Je ne sais même pas ce que c'est. Il oublie que je ne suis ici que depuis deux mois, et qu'avant, je n'utilisais qu'occasionnellement un ordinateur.

— Merde ! Il va falloir que je te montre comment on fait…

Je l'écoute à peine. C'est trop tard pour ça !

— Je dois présenter mon projet demain à Emmerson, il va me tuer si je n'ai rien, et…

Avec ce qui s'est passé en cours, l'expulsion de la bande d'abrutis de notre master, sans doute à cause de moi, je n'ai pas le droit à l'erreur. Carlota s'assoit sur les gradins juste derrière nous, et son regard se perd dans le match. Son visage est grave.

— L'immeuble est vendu, nous annonce-t-elle d'une voix morne.

Une tempête se lève en moi. Implacable. Dévastatrice. La nouvelle coupe tous les circuits qui permettent à mon cerveau de fonctionner normalement. C'est une blague ? L'immeuble où les commerçants du quartier organisent les repas a été vendu ? Je ne parviens plus à réfléchir de façon rationnelle, tout se mélange. Mon devoir. L'immeuble.

— Mais ils ne peuvent pas faire ça ! protesté-je. Où vont aller les gens ?

Ils ont besoin de cet immeuble, il est un peu comme leur maison, il leur apporte du réconfort, de la chaleur humaine, un foyer…

— On savait que ça allait arriver, me dit-elle, résignée. Le propriétaire est décédé, et on se doutait que son fils le mettrait en vente. On espérait juste avoir plus de temps, que la saison des ouragans passe.

Elle replace quelques épingles dans ses cheveux afin de resserrer son chignon. Ses mèches grisonnantes brillent au soleil.

Ma tempête intérieure redouble d'ardeur. Bien sûr que ça pouvait arriver. Little Havana et surtout la

Calle Ocho sont en pleine expansion, la ville considère comme un atout touristique l'héritage cubain. Cet immeuble allait intéresser quelqu'un un jour ou l'autre, mais malgré tout, j'avais complètement mis de côté cette éventualité. Elle n'entrait pas dans le champ de mes possibles.

— Mais…

Elle me met la main sur l'épaule et la presse.

— *Cariño,* c'est comme ça… C'était déjà gentil que le propriétaire de son vivant nous ait laissés l'utiliser. Il aurait pu le vendre avant. Au moins, son fils nous a prévenus, il l'a mis en vente et il a des acheteurs potentiels. Rien n'est signé encore, mais ça va venir.

Elle soupire. Un soupir long et intense, déchirant. Il émane du plus profond de son âme.

— On va se débrouiller, ajoute-t-elle, mais son ton manque de conviction.

Elle ignore comment.

— Mais c'est un peu leur maison ! continué-je.

L'impuissance me fait chanceler. Un autre des repères de mon monde vient de s'effondrer. Ces repas sont essentiels pour les gens du quartier, mais ils le sont pour moi aussi. Avec eux, j'ai trouvé, un foyer, un sens à ma présence ici qui va bien au-delà de Cuba. Il concerne l'humain, ce qu'il y a de vrai en nous, la solidarité qu'on peut apporter, le réconfort que l'on puise en l'autre, même si on a des papiers pour vivre ici alors que cet autre n'a rien. J'aimerais être capable de rationaliser tout ça, de me dire que les commerçants de la Calle Ocho vont trouver une solution, qu'il y en a toujours une, mais je n'y arrive pas. Les émotions me submergent et m'entraînent dans un puits dont je n'aperçois pas le fond. Je m'accroche à mon ordinateur, mais il ne m'est d'aucune utilité, lui aussi est responsable de ce tumulte.

Et je le sens.

Ce bras autour de mes épaules qui me ramène vers un corps chaud. Ethan. Il a enfreint notre accord, et me serre contre lui avant de me déposer un baiser sur la tempe. Ses lèvres sont douces contre ma peau. Je devrais résister, me dégager, mais j'en suis incapable. Je me laisse aller contre lui, et m'accroche à l'ourlet de son sweat. Pour ne pas être aspirée par la tornade. Pour rester ancrée au sol. Debout.

— Journée de merde, grommelé-je dans son cou.

Je me moque de savoir si quelqu'un nous regarde, il est ma béquille, celui qui m'empêche de mettre un genou à terre.

— Est-ce que tu pourras gérer le Felicidades seule ce soir ? reprend Carlota. On se réunit d'urgence pour voir ce qu'on peut faire.

Quelques secondes encore. Juste quelques secondes. Il cale son menton sur le sommet de mon crâne, et je me blottis davantage contre lui. La tornade reflue, terrassée par un Yuma plus fort qu'elle. Ma crise d'angoisse est passée.

Je me redresse et acquiesce. Les commerçants ne baissent pas les bras, c'est bien. Je ne vais pas le faire non plus. Cet endroit est important pour eux, pour moi, ce que nous faisons compte. Peut-être qu'ils ont un plan B après tout. J'expulse l'air de mes poumons pour essayer de me détendre un peu. Échec total, mes épaules sont tellement raides que mon cou me fait mal. Je ferme les yeux pour me calmer et y voir plus clair, mais mon cerveau semble incapable de traiter ces informations de façon rationnelle. M. Emmerson va me virer. Les gens ont perdu leur refuge. Je n'ai plus rien. Ma tempête intérieure revient.

Tendrement, le Yuma me prend le menton pour m'amener à le regarder. Ses yeux lagon sont inquiets.

— Écoute, *sweet love,* une chose après l'autre. On va gérer ce qu'on peut gérer. On va laisser ton ordi à James, son frère est un vrai geek, il pourra peut-être le réanimer. Toi, tu vas aller au Felicidades, et après ton service, on ira chez moi. Tu bosseras sur le mien. Comme ça, au moins, tu pourras présenter un truc à ton prof.

Les mots d'Ethan n'ont pas le temps de se frayer un chemin jusqu'à mon cerveau.

— Tu as un problème ? s'inquiète Carlota en se penchant vers moi. On peut fermer ce soir si tu veux.

Elle se remet debout. Le match de base-ball n'est pas tout à fait fini, mais pour nous, il l'est. Elle va ramener sa mère à la résidence, et filer voir les autres commerçants pour parler du plan B, s'il existe.

Je secoue la tête.

— Non, ça va aller. On ne ferme pas, je m'en occupe.

Carlota ne roule pas sur l'or, je le sais, et je devine que les soins qu'elle apporte à sa mère lui coûtent beaucoup d'argent. Elle a besoin de cette soirée, les dimanches attirent toujours les familles qui viennent dîner à la cafétéria avant d'attaquer une nouvelle semaine. La clientèle n'a rien à voir avec celle du samedi, mais elle dépense autant.

Ethan ne m'a pas quittée du regard, il attend une réponse à sa proposition, mais elle implique d'aller chez lui. Chez lui ! Tout ce que je me suis interdit. Qu'est-ce que je dois faire ? Et si je croisais sa mère, qu'est-cc que ça signifierait ? Pourquoi prendre cette décision est-il si difficile ? Voyant le doute qui tourbillonne en moi, il ajoute :

— Ma mère est partie à Orlando avec Adam, son mec, ils bossent ensemble. Ils voulaient se faire un week-end en amoureux, et ils ne rentreront que tard demain soir : ils ont une grosse vente dans l'après-midi.

Impasse. Je n'ai pas le choix. Si je refuse, je ne pourrai rien présenter à M. Emmerson, et seul Inle sait ce qui pourrait lui passer par la tête. Me virer par exemple.

— OK.

Mon cœur fait un salto dans ma poitrine. Je vais chez le Yuma.

Chapitre 24

Cristina

Je n'ai pas desserré les lèvres pendant tout le trajet qui mène du Felicidades à la maison d'Ethan. Les événements de la journée n'ont pas cessé d'aller et venir dans ma tête. La perte de mon projet me fait vaciller, la vente du bâtiment m'ébranle. Comme me l'a dit Carlota alors qu'elle revenait de sa réunion et me libérait ainsi plus tôt pour que je puisse étudier « il y a des événements contre lesquels on ne peut rien, et d'autres sur lesquels nous avons un semblant de contrôle. Pour le moment, ce que tu as sous contrôle, c'est ton devoir. Donc travaille dessus. Ne t'inquiète pas pour l'immeuble, nous allons trouver une solution ». Elle a raison, le seul point que je peux un minimum maîtriser est mon projet. Donc autant lutter sur ce front-là et laisser l'immeuble à ceux qui peuvent faire quelque chose.

Nous venons d'entrer dans un quartier où les maisons rivalisent en taille et en élégance. Haies parfaitement alignées, façades reluisantes, fontaines… Jamais je n'aurais cru en voir ailleurs qu'à la télévision.

Pitié Inle, fais qu'Ethan ne vive pas dans ce quartier…

Mais il met son clignotant pour tourner à droite et ralentit. Inle ne m'a pas écoutée, ou ses super pouvoirs ont un raté : le Yuma habite bel et bien ici.

Il s'engage dans une allée d'une trentaine de mètres, arborée et à la pelouse impeccable. Il fait nuit noire, mais au fur et à mesure de notre progression, des lumières s'allument tout le long de l'allée. La pelouse est digne d'un green de golf. Qui a des lumières qui s'allument comme ça ? Le Yuma. Au moins, sa maison n'est pas la plus imposante du quartier, elle est même plutôt petite en comparaison avec sa voisine qui a tout d'un mastodonte architectural. Ses propriétaires doivent avoir besoin d'une carte pour s'orienter dedans.

Une façade couleur crème, un auvent, un perron auquel on accède par trois marches, d'immenses baies vitrées, elle est superbe… Rien à voir avec l'appartement décrépi de mes parents à La Havane où les murs tombent en morceaux. Il gare la jeep sur la gauche, juste à côté d'une berline noire. Mon cœur s'affole, il avait dit qu'il n'y aurait personne.

Avec tendresse, Ethan me prend la main. Comme d'habitude, il a perçu mon angoisse et se doute des questions qui tourbillonnent en moi.

— Zen… Ils ont pris la voiture d'Adam. Je te promets qu'il n'y a personne.

Je ne peux m'empêcher de lui demander :

— Personne… Vraiment personne ?

Vu le quartier, quelque chose me dit qu'ils ont du personnel, un jardinier par exemple, ou un gardien qui serait présent vingt-quatre heures sur vingt-quatre.

— Tu verras Linjie demain matin.

Je me raidis immédiatement et mes doigts se crispent contre les siens.

— C'est notre gouvernante, m'explique-t-il. Elle est avec nous depuis que je suis tout petit, elle est adorable.

Son pouce entame un long ballet sur le dessus de ma main, mais ma nervosité m'empêche de savourer ce contact interdit.

— Elle arrive à quelle heure ?

Il fronce les sourcils, un air suspicieux se peint sur son visage aux traits affirmés.

— Pourquoi ?

Je répète ma question en appuyant chacun de mes mots.

— Elle arrive à quelle heure ?

— Vers 6 heures normalement. Parfois un peu avant. On est des lève-tôt dans la famille.

Il laisse passer quelques secondes avant d'ajouter :

— On a pris l'habitude à cause du foot, mes entraînements étaient très tôt le matin. On l'a gardée.

Il continue de se lever aux aurores pour seconder le préparateur sportif et le physiothérapeute. Même s'il n'est plus sur le terrain, il n'a pas quitté l'équipe. Je lui presse doucement la main, j'ai toujours peur des regrets qui pourraient assombrir ses iris océan, mais je n'en vois aucun. Le Yuma a beaucoup avancé, plus que moi.

— Je partirai à 5 heures, affirmé-je en reportant mon attention sur la maison.

Si je fais abstraction de celles qui se dressent de chaque côté, elle me paraît énorme. Comme un château. Elle est un nouveau rappel de ce qui nous sépare. Nos vies, tout simplement. Le ravin d'Ali ne peut pas devenir une rivière, ce n'est pas possible. Nos mondes sont trop différents pour ça. Comme s'il avait lu dans mes pensées, il étrécit les yeux, et semble sur le point de protester, mais je ne lui en laisse pas le temps et ouvre la portière.

— Allez, j'ai un devoir à boucler, et il est déjà minuit. J'ai cinq heures pour tout rattraper… dis-je d'un ton que j'aurais voulu enjoué, mais qui a sonné aussi sinistre que si je lui avais annoncé le décès de son chien.

D'ailleurs, est-ce qu'il a un chien ? À Cuba, j'aurais adoré en avoir un, mais *papá* a toujours prétendu que pour en avoir un, nous avions besoin de deux choses : de temps et d'argent pour l'entretenir. Nous n'avions ni l'un ni l'autre.

L'intérieur de la maison est l'image de l'extérieur : grand, propre, élégant. On le croirait tout droit sorti d'un magazine. Aucun chien n'accourt à notre rencontre, enfin un point commun entre le Yuma et moi.

Ethan m'aide à enlever ma veste qu'il suspend à côté de son blouson de l'équipe. Le long du mur court un placard. Quand il l'ouvre, je découvre qu'il contient uniquement des chaussures. Escarpins, sandales, tennis... Sa mère et lui pourraient ouvrir une boutique. Et moi qui n'ai qu'une paire de baskets !

Mes pieds s'enfoncent dans le tapis moelleux de l'entrée. On ne devrait pas avoir un tel tapis devant la porte d'une maison, il ne va pas résister aux allées et venues de ses habitants et va perdre sa jolie couleur vert pâle. Aussitôt, je me rappelle qu'ils ont une gouvernante ; elle doit passer l'aspirateur une dizaine de fois par jour pour l'avoir aussi resplendissant. Je fais quelques pas sur le côté pour fouler le carrelage, j'ai trop peur de le salir.

— Ma mère aime bien les trucs de déco, m'explique Ethan en allumant dans le salon.

Ma mâchoire menace de toucher le sol. Le salon est si vaste qu'on pourrait y insérer l'appartement de mes parents. Ses tonalités claires sont chaleureuses, et son énorme canapé couleur crème tentant. Devant, un tapis légèrement plus foncé s'étend sur le sol et accueille une table basse d'un bois si clair que je n'oserais rien poser dessus de peur de l'abîmer. Derrière le sofa, se trouve sa grande sœur : une immense table autour de laquelle pourrait tenir une équipe entière de foot. Y ont été disposés en son centre deux chandeliers en argent. Des chandeliers ! Ils ont des chandeliers ! Et une cheminée… Qui a besoin d'une cheminée à Miami ?

— Je vois ça, ta maison est superbe.

Mes yeux ne savent pas où se poser et volent d'objet en objet : çà, une bibliothèque qui contient des ouvrages de décoration intérieure, là une peinture abstraite qui représente ce qui semble être un champ de blé. Ou une plage. Sur le mur en face du sofa, la télévision la plus grande que je n'aie jamais vue.

— Je te fais faire le tour du propriétaire, ou on va direct à mon ordi ?

Je tressaille et referme la mâchoire. Un goût amer flotte sur mon palais. Celui de nos différences. Jamais je ne pourrais m'acheter ne serait-ce qu'un objet de cette pièce, même le cendrier a l'air d'avoir été prêté par un musée d'art moderne.

— Ton ordi.

Inutile de visiter toute la maison, ça ne ferait qu'enfoncer le couteau dans la plaie.

— OK, me dit-il, en scrutant mon visage.

Je le suis dans l'escalier qui débouche sur un long couloir. Mais il y a combien de pièces dans cette maison ? S'ils louaient les chambres, ils pourraient en tirer une bonne quantité d'argent. Aussitôt, je me rabroue devant ma bêtise : sa famille n'a pas besoin de louer des chambres aux touristes…

Il ouvre la deuxième porte sur la gauche, et encore une fois, ma mâchoire se décroche. Par Inle !

Les teintes sont plus vives que celles du salon, un mur entier a été recouvert de vert et orange, les couleurs de la fac, et sur une étagère qui occupe tout un pan du mur pourtant long, trônent ses trophées, témoins de son parcours sportif brillant. Au milieu des coupes, une photo d'un homme qui tient un bébé. Comme aimantée par ce cliché, je m'en approche. L'homme porte une tenue de base-ball, et ses cheveux blonds sont plaqués par la sueur contre son crâne, comme si la photo avait été prise après un match ou un entraînement particulièrement intensif. Il s'agit de son père. Et le bébé est Ethan.

La chaleur d'un corps qui se poste derrière moi traverse la couche de mes vêtements pour me caresser le dos. Le Yuma effleure mon épaule en attrapant le cadre.

— J'adore cette photo, dit-il simplement.

Il devine qu'il n'a pas besoin de me révéler l'identité de l'homme.

— Tu lui ressembles, constaté-je, résistant à l'envie de m'appuyer contre son torse solide et rassurant.

Mêmes traits virils, même nez, et même fossette qui creuse sa joue.

— J'ai les yeux de ma mère.

J'observe avec attention l'homme de la photo, mais je ne parviens pas à distinguer leur couleur.

— Ils étaient marron foncé, presque noirs. Maman dit qu'ils avaient la profondeur de la magnétite.

Il passe son bras autour de ma taille et me ramène contre lui.

— C'est une pierre qui est tellement foncée qu'elle a des reflets noirs, me précise-t-il, son souffle chatouillant mon oreille.

Il cale son menton sur mon épaule et prend une grande inspiration avant de reposer la photo sur l'étagère, à côté de ses gloires passées.

Je savais que sa blessure avait signifié un coup dur pour lui, une remise en question de son avenir, mais je n'avais pas mesuré totalement le sacrifice qu'il a dû faire en acceptant de se réinventer. Pas étonnant qu'il ait erré pendant quelque temps. D'autres ne se seraient pas relevés aussi vite. Je me tourne et noue mes bras autour de sa taille. Il frémit, surpris par mon geste. J'enfouis ma tête dans son cou, et contre sa peau, lui murmure :

— Je suis très fière de toi, Ethan Hammond.

J'ignore s'il m'a entendue, mais ça n'a pas d'importance. Rapidement, je romps le contact et m'écarte de lui, j'ai malheureusement d'autres priorités ce soir. Et mon cœur bat trop fort dans ma poitrine, comme s'il voulait rejoindre le sien. Je dois le remettre sous cage et la fermer à clé.

J'avise le bureau, sur la droite. Dessus siège un ordinateur qui paraît tout droit sorti de la NASA. Je voyais bien que le mien était un peu préhistorique, mais quand même… En comparaison, le sien a l'air d'être capable de résoudre tous les mystères de l'humanité.

Cris, ne te laisse pas distraire. Tu as du pain sur la planche.

La voix de la raison. Je l'écoute et me dirige vers cet appareil futuriste. Je ne vais jamais savoir le faire fonctionner. Mes pieds rencontrent un tapis épais. Encore un. Ils aiment décidément les tapis dans cette famille.

Ethan me suit et tire la chaise de bureau pour que je puisse m'y installer, puis bouge la souris de son ordinateur. L'écran prend vie immédiatement.

— Voilà la bête, elle est à toi.

— Euh, OK.

Prudemment, je m'assois en face de la « bête ». J'ai déjà du mal avec mon ordinateur, alors celui-ci…

— Tu travailles sur un logiciel particulier, non? continue-t-il.

J'acquiesce et lui donne le nom, ainsi que mes identifiants de la fac. En moins d'une minute, il l'a téléchargé et installé. Il m'a fallu deux heures pour le faire.

— C'est bon, tu peux te mettre au boulot.

— D'accord…

Mais mon « d'accord » a sonné moins assuré que je ne le voulais. En réalité, je panique. Mais je panique vraiment. Comment est-ce que je vais pouvoir présenter un projet correct à M. Emmerson en si peu de temps alors que je ne sais même pas faire fonctionner cette machine ? Comme s'il avait perçu mon inquiétude, Ethan se penche vers moi et dépose un chaste baiser sur le haut de mon crâne.

— Tu vas y arriver, *sweatheart*, j'ai confiance en toi.

— Oui…

L'angoisse fait trembler mes lèvres et je les pince pour qu'il ne s'en rende pas compte. Illusoire, c'est tout mon corps qui tremble.

Il attrape ma nuque pour m'obliger à le regarder.

— Ce n'est qu'un ordinateur, rien d'autre. Il est comme le tien, et tu connais le logiciel, tu vas y arriver.

Comment fait-il pour savoir ce qui me passe par la tête ? Je ne peux pas lui poser la question, ses lèvres s'écrasent sur les miennes, sauvages, avides, et sa langue me défie de lui résister. Je n'en ai aucune envie, les miennes s'ouvrent d'elles-mêmes et l'accueillent pour un baiser enflammé.

Quand nous nous séparons, nos souffles sont courts et hachés, et il me faut une poignée de secondes pour recouvrer mes esprits.

— On n'a pas de témoins, je peux en profiter, me glisse-t-il en m'adressant un clin d'œil.

Puis, il fouille dans un tiroir de son bureau, et en sort une clé USB.

— Tu sauvegardes là-dessus, on ne sait jamais…

J'acquiesce en silence, essayant de reprendre le contrôle de mon corps. Il tremble encore, mais ce n'est plus pour les mêmes raisons.

Après un dernier baiser sur le haut de mon crâne, il s'éloigne, et fait passer son sweat par-dessus sa tête avant de se laisser tomber sur son lit. Je m'accorde quelques instants et l'observe du coin de l'œil. Il se débarrasse de son jogging qu'il jette sur le sol, révélant ainsi son caleçon, avec le logo de l'équipe, bien sûr. Je lève les yeux au ciel, et il surprend mon geste. Un sourire coquin étire ses lèvres.

— Je me mets à l'aise.

Le salaud… Il l'a fait exprès.

Je me fustige mentalement, se rincer l'œil n'est pas au programme du jour, même si le spectacle est fascinant. Je m'oblige à détourner le regard et à me concentrer sur l'écran. Je me connecte à ma messagerie pour récupérer les plans du bâtiment que la ville m'a envoyés, je vais repartir de ça. Tout refaire à l'identique est une chimère, mais il faut au moins que je présente quelque chose qui fasse comprendre à M. Emmerson ce que j'envisage de faire, en espérant que ça suffira.

Ethan se lève pour aller chercher une BD dans sa bibliothèque, mais cette fois, je ne me laisse pas distraire. C'est notre première nuit ensemble et je dois bosser. Les Orishas nous envoient un signe : nos routes ne vont pas dans la même direction, elles ne font que se croiser.

Ma gorge se noue, mais je balaie cette pensée. Me morfondre ne sert à rien. Avancer. Un pas après l'autre. Et là, c'est mon projet qui est prioritaire.

Ethan

Je cligne des yeux, surpris par la lumière qui émane de ma lampe de bureau. J'ai oublié de l'éteindre ? Et puis, je me souviens.

Cris, son devoir.

Elle est là.

Je vérifie l'heure, il est plus de 3 heures du matin. Trois mangas gisent sur mon lit, dont un juste sous ma joue. Je dois avoir l'air fin avec la marque d'un bouquin incrustée dans ma peau.

L'écran de mon ordinateur est noir, il s'est mis en veille. Cris s'est assoupie, sa tête repose dans le creux de ses bras croisés sur mon bureau. Pas étonnant, elle est crevée. Elle vit à un rythme infernal qui achèverait le commun des mortels. Aucun répit, juste sa volonté, son but, et rien d'autre. Et sa générosité aussi. J'ai perçu sa douleur quand Carlota lui a annoncé que l'immeuble où ils organisent leurs repas va être vendu. Jamais je n'ai rencontré quelqu'un d'aussi courageux. La plupart des étudiants auraient été abattus par la perte de leur devoir, mais pas elle. Plutôt que de tout expliquer à son prof demain – ou tout à l'heure, vu l'avancée de la nuit –, elle a préféré recommencer.

Je pousse les bandes dessinées que je range sur ma table de nuit et me lève silencieusement. J'espère pour elle qu'elle a fait ce qu'elle voulait, parce qu'il est hors de question que je la réveille. Elle souhaite partir à 5 heures ? OK, pas de problème. Mais elle va dormir un peu avant, et dans mon lit. Mon corps frémit à cette pensée. Et mon cœur ? Mon cœur est fou depuis qu'elle a mis un pied dans ma maison.

Ses lèvres charnues marmonnent des mots que je ne comprends pas, et son petit nez se retrousse légèrement. Cette fille est craquante. Même avec un filet de bave au coin des lèvres, elle le serait.

Avec délicatesse, je la redresse et passe son bras autour de mes épaules pour la soulever. Instinctivement, elle s'accroche à mon cou et niche son visage contre mon torse. Putain, que j'aime l'avoir comme ça… Si elle m'y autorisait, je serais collé à elle toute la journée.

Je la dépose avec précaution au milieu du lit pour éviter de la réveiller, avant de ramener la couette sur elle. Je préfère ne pas lui enlever ses vêtements, elle serait certes plus à l’aise pour dormir, mais j’aurais du mal à m’en remettre. Déjà que ma queue frétille de joie à l’idée de partager son lit… Inutile d’en rajouter, j’ai mes limites. J’éteins la lampe de bureau et la rejoins sous la couette. Et parce que je ne peux pas m’en empêcher, je glisse un bras autour de sa taille et l’attire contre moi, la vanille vient me provoquer. J’inspire tout ce que je peux. Je prends mon shoot, librement. Une pleine bouffée. Sans peur de l’interdit. Sans crainte qu’elle me rejette.

La définition du Paradis, c’est ça, avoir Yeux d’Ange dans mes bras. Son corps se moule à la perfection contre le mien, une de ses jambes se faufile entre les miennes. Elle laisse échapper un soupir d’aise qui se répercute aussitôt dans mon entrejambe.

Putain…

Ferme les yeux, mec. Et dors.

Facile à dire, mais je m’oblige à obéir à ces paroles chargées de bon sens, le corps plus tendu qu’un poteau électrique. Quelques minutes défilent, lentes, interminables, la vanille me berce, et je me détends enfin. Mes paupières s’alourdissent, je la serre un peu plus contre moi, hasardant une main dans le creux de ses reins, tout contre sa peau.

— C’est déjà le matin ? marmonne-t-elle, la voix lourde de sommeil.

— Non, pas encore, lui réponds-je en enfouissant le nez dans ses cheveux. Tu peux dormir, j’ai mis le réveil à 5 heures.

Si elle me parle de son devoir, je l'assomme, au moins comme ça, elle se reposera un peu. Mais elle a d'autres intentions. Sa main trouve le chemin de mon caleçon et se glisse sous l'élastique. Directe. Sans détour. La surprise me fait sursauter, et je bloque ma respiration. Déjà que la vanille seule me rend fou, si sa main s'y met, tous mes neurones vont griller. J'aimerais avoir la force de volonté pour résister, pour faire ce qui est bien, mais instinctivement, je tends le bassin vers elle, vers ses doigts.

Ouais… Avoir Cris dans mes bras, c'est le Paradis.

Non, mec… Elle doit dormir.

Sa petite main enveloppe ma bite, et la caresse langoureusement de bas en haut, puis de haut en bas.

Oh. Putain.

— Qu'est-ce que tu fais ? lui chuchoté-je.

Ce qu'elle est en train de faire est on ne peut plus clair, mais j'ai du mal à y croire.

— Je ne sais pas, m'avoue-t-elle.

Son souffle danse sur ma peau, déclenchant une myriade de minuscules décharges électriques qui se propagent dans chaque millimètre de mon corps.

— Je peux te donner une définition si tu veux, mais ça ne sera pas celle de dormir.

J'attends sa réponse, mais elle ne vient pas. Sa main continue à aller et venir sur ma queue, explorant sa longueur, la découvrant, la provoquant. Un premier gémissement m'échappe. Son pouce passe sur mon gland, comme par inadvertance, et j'appuie mon front contre son épaule, tremblant de planter mes dents dans sa chair pour m'empêcher de la prendre là, maintenant, tout de suite et lui rappeler qu'elle est à moi.

— Tu as besoin de dormir, bredouillé-je, le souffle saccadé, lui offrant ainsi une dernière chance de faire marche arrière.

Un mec bien. Je dois être un mec bien.

Si elle continue comme ça, dans trente secondes, non dix, je vais avoir les couilles en feu, et serai obligé de me vider les glaçons du congélateur dans le caleçon.

Mais sa main n'interrompt pas son ballet, elle déroule ses gammes, patiemment, consciencieusement. Et j'attends. J'attends parce qu'elle ne m'a pas répondu. Je ferme les yeux pour savourer ce qu'elle est en train de me faire, anticipant déjà son corps qui va immanquablement s'écarter.

Il ne le fait pas. Ses lèvres se posent sur ma clavicule et sa langue entreprend d'en dessiner les contours avant de remonter vers mon oreille.

Putain, putain, putain…

Je lui attrape le visage d'un geste ferme, c'est la réponse que j'attendais. Malgré l'obscurité qui nous enveloppe, je veux qu'elle me regarde, qu'elle devine le désir qui flamboie dans mes yeux, le contrôle qui m'échappe.

— Tu as eu ta chance, *sweet love*.

Elle l'a eue, maintenant c'est la mienne. Elle ne se détourne pas, son regard pèse sur moi, décidé, affirmé.

— C'est toi ma chance, m'avoue-t-elle à voix basse.

Cris dit peu de choses, mais quand elle le fait, c'est comme une bombe nucléaire qui explose. Elle balaie tout sur son passage. Et là, ma bombe vient d'exposer. Ces mots, elle les a prononcés, jamais elle ne pourra me les enlever.

Jamais je ne pourrai la lâcher.

Je prends ses lèvres avec fièvre et nous fais basculer. Je la veux sous moi, je veux sentir son corps contre le mien, je veux aspirer la moindre de ses réactions, pour me consoler plus tard, quand elle regrettera.

— Je ne vais pas pouvoir être doux, grondé-je tandis que je m'écarte pour rependre mon souffle.

Sa main n'a pas quitté ma queue, et ses doigts en pressent le sommet. Un gémissement naît dans ma poitrine et remonte le long de ma gorge avant de sortir sans que je puisse le retenir.

— Je ne te demande pas d'être doux…

J'aimerais ne pas avoir éteint ma lampe de bureau, je voudrais voir ses iris enflammés, ses joues rosies par l'envie, mais je dois me contenter de l'imaginer. Je lui arrache son T-shirt, j'espère ne pas l'avoir déchiré au passage, mais si c'est le cas, je m'en fous, je lui en rachèterai un. Son soutien-gorge prend le même chemin. Ses seins sont ronds et fermes sous mes paumes et leur pointe se dresse quand je pose la bouche dessus. Comme je lui ai dit, je suis incapable d'être tendre, mon désir est trop puissant. Tandis que mes dents titillent son téton tendu vers le ciel, elle se plaint légèrement. Je ne veux pas lui faire mal, alors je m'écarte un peu pour m'aider à reprendre les rênes de mon désir. Mais elle m'en empêche, et d'une main sur ma nuque, me ramène le visage vers sa poitrine.

— Continue, m'ordonne-t-elle.

Elle veut ma mort… C'est en réalité un piège des Orishas pour me faire succomber et m'avoir à leur merci. Je m'en tape et lui obéis en me consacrant entièrement à sa poitrine magnifique. Un sein d'abord, j'en dessine les monts, les courbes, puis l'autre. Elle me laisse jouer comme ça pendant quelques minutes, et finit par ramener mon visage vers le sien.

— Baise-moi… ou c'est moi qui vais le faire. J'ai trop envie de toi, petit Yuma. Tu m'avais promis de ne pas être tendre.

Je l'embrasse sur le bout du nez. Elle veut que je la baise, pas de problème. Je sais être conciliant.

D'un geste empressé, je baisse mon caleçon juste assez pour libérer ma queue, et d'un coup de reins, je la pénètre sans aucune douceur. Elle pousse un cri qui se perd dans l'obscurité et je capture ses lèvres. Ma bite la baise, ma bouche lui fait l'amour. Nous ne faisons qu'un. Enfin. Sa chatte est chaude et humide autour de mon sexe, elle a autant envie de moi que moi d'elle. Des semaines de désir refoulé depuis notre accord, des mois de désir étouffé, de frustrations depuis Cuba ont raison de tout mon self-control. Je me retire presque complètement pour m'enfoncer ensuite jusqu'à la garde. J'emprisonne sa réaction dans un nouveau baiser. Elle arque le dos pour venir à ma rencontre, pour m'encourager à continuer et enroule ses longues jambes d'athlète autour des miennes. Ses ongles se plantent dans la chair de mes fesses, et un grondement m'échappe tandis que je m'accroche à sa cuisse pour aller encore plus profond en elle. Pour l'avoir encore plus près de moi.

C'est trop. Elle est trop. Mais elle est à moi.

— Je ne vais pas tenir longtemps, la préviens-je.

Autant ne pas lui mentir sur l'état dans lequel je me trouve à cause d'elle. L'orgasme menace dans le creux de mes reins, déferlante que je ne vais pas pouvoir freiner. Pour toute réponse, elle me mordille la lèvre inférieure avant d'aspirer la peau tendre de mon cou. Je vais avoir une marque. Je m'enfonce encore plus profondément, la possédant comme je rêve de la posséder : entièrement.

Et d'un seul coup, sa jouissance éclate, ses dents râpent mon oreille, son cri trouve son écho dans ma bite qui se laisser aller à son tour. Le plaisir me foudroie comme une tornade qui avalerait tout sur mon passage.

Quand je retombe sur elle, je ne sais plus comment on fait pour respirer, et visiblement, elle a le même problème que moi.

Trois mots me brûlent les lèvres, trois petits mots que je ressens dans mes tripes, mais je ne les prononce pas. Pas encore. Si moi je suis prêt à les dire, elle, elle n'est pas prête à les entendre. Patience. Je dois prendre ce qu'elle me donne avant d'exiger autre chose. Mais j'ai une certitude en mon for intérieur : ce que nous partageons va au-delà du désir physique, elle aussi le sait, il faut juste qu'elle l'accepte.

— Avec toi, tout mon classement de mes meilleures baises est à revoir. Deuxième ou troisième pour celle-là ? J'hésite… lui chuchoté-je dans le creux de l'oreille.

Elle rit contre ma joue, sa main entame une promenade paresseuse le long de mon dos. Je suis incapable de bouger. Un brouillard langoureux tombe sur mon esprit, mon corps se relâche et mes paupières se ferment. Si elle me répond, je ne l'entends pas, le sommeil me cueille. Avec elle dans mes bras, je suis au firmament.

Chapitre 25

Mercredi 28 novembre

Ethan

Ali m'ouvre la porte de leur chambre, son inquiétude est flagrante sur son visage et mon cœur se comprime dans ma poitrine. L'angoisse fait des nœuds avec mes tripes. Pour qu'elle m'appelle à 18 heures, le soir de Thanksgiving, Cris doit être vraiment malade.

— Elle est au lit, me dit-elle en s'écartant pour me laisser passer. Sa température a encore augmenté et je ne sais pas quoi faire… Juan et ses parents m'attendent, je devrais partir maintenant, je lui avais promis que je leur donnerais un coup de main, mais je vais l'appeler, je ne peux pas y aller, elle est trop mal.

L'odeur qui flotte dans la chambre m'assaille les narines, celle du renfermé, de la fièvre et de la sueur. Cris est emmitouflée dans sa couette et ne relève même pas la tête lorsque je m'approche d'elle. Ni lorsque je m'assois sur le bord du lit. Ses dents claquent si fort que je peux les entendre. J'écarte une mèche de ses cheveux de son front, il est bouillant.

— Elle a vraiment beaucoup de fièvre, s'inquiète Ali, qui s'est elle aussi approchée. Ça n'arrête pas d'augmenter. Il y a deux jours, elle a couru sous la pluie, et quand elle est rentrée, elle était trempée. Hier, elle est allée en cours avec ses baskets trempées, elles n'ont pas séché complètement. J'ai voulu lui prêter une paire, mais elle n'a pas voulu…

Je réfléchis à la hâte. Hier, je l'ai vue, on a pris un café à la fac, et après, je suis passé rapidement au Felicidades. Elle semblait aller bien… Mais… La réalité me foudroie soudain, comme un éclair qui me serait tombé dessus. Elle n'a qu'une paire de chaussures ?

— Elle a ses baskets et une paire de sandales, mais avec ce temps pourri, elle ne les prend pas pour sortir. Elle ne les utilise que dans la résidence, précise Ali en voyant l'expression ahurie de mon visage.

Elles sont rangées au pied de son lit, des sandales à la fine bride, qui iraient très bien si le temps était celui qu'on a normalement, ensoleillé, aux températures agréables. Si les ouragans semblent vouloir nous laisser tranquilles cette année, il n'en va pas de même pour la pluie. Elle a élu domicile sur Miami.

Je reporte mon attention sur sa vieille paire de baskets. Mais pourquoi ne s'en est-elle pas acheté une de rechange ? Question idiote. Pour la même raison qu'il y a un mois, elle n'avait pas de clé USB ; ce qui l'a conduite à perdre son projet quand son ordinateur nous a fait une crise. Heureusement qu'elle a pu présenter un truc correct à son prof et que le frère de James a pu le réparer. Même s'il a dû tout formater, au moins, il fonctionne. Je n'ose pas imaginer le coup dur que ça aurait été pour Yeux d'Ange s'il avait vraiment passé l'arme à gauche : tout l'argent qu'elle gagne part à Cuba, pour aider ses parents à rembourser la dette de son frère. Elle continue comme à son habitude : les autres passent avant elle ! Putain ! Même pour une foutue paire de chaussures ! Si j'avais su, je l'aurais emmenée faire les boutiques pour lui en offrir une. Elle ne m'aurait jamais laissé faire.

— On va à l'hôpital, affirmé-je en caressant son front.

C'est la meilleure chose à faire, elle ne peut pas rester là, dans ce lit aux draps trempés.

— Non, gémit Cris.

Sa voix vibre d'une émotion que je ne parviens pas à distinguer. Elle fait un effort pour se redresser, mais sa tête retombe mollement sur son oreiller. Sa peau a perdu toutes ses couleurs, elle est blême… Mon cœur se comprime davantage.

— Ça va aller, je vais dormir et demain je serai comme neuve.

Une quinte de toux fait trembler son corps.

Bien sûr que non, ça ne va pas aller ! Elle est plus chaude qu'une cocotte-minute, ça ne peut pas aller !

— Il faut vraiment que je t'emmène à l'hôpital, Cris. Tu as beaucoup trop de fièvre pour que ça passe tout seul, tenté-je de la raisonner.

— Non, dit-elle en secouant la tête. Je vais dormir…

La panique. C'est la panique qui agite sa voix.

— Elle est têtue comme une mule… J'ai déjà essayé de la convaincre hier soir. Quand elle est rentrée du Felicidades, elle était jaune ! Jaune ! Elle a la peau mate, pas jaune ! Mais rien à faire ! J'ai pensé à la mettre K.-O. et à la traîner par les cheveux… Mais je ne sais pas bien viser, et même dans cet état, elle pourrait me mettre à terre.

Vu l'état de Cris, je n'en suis pas sûr, mais je comprends ce qu'Ali veut dire. Par contre, ce que je ne capte pas du tout, c'est pourquoi elle refuse d'aller à l'hôpital.

Tendrement, je dégage de nouveau son front.

— Cris, tu as trop de fièvre, il faut vraiment qu'on t'emmène voir un médecin, insisté-je.

— Non, répète-t-elle.

Elle fait l'effort d'ouvrir les yeux et rive ses prunelles émeraude aux miennes. Ce que j'y lis fait des confettis avec mon cœur. Impuissance, panique, désespoir, rage. Mais de quoi a-t-elle peur ?

Ali soupire derrière moi.

— J'espérais que tu pourrais la convaincre. J'appelle Juan.

Elle se dirige vers sa table de nuit où est posé son téléphone, mais je maintiens mon regard dans celui de Cris. Ma décision est prise.

— Je l'emmène chez moi.

Yeux d'Ange secoue faiblement la tête pour protester. Une vraie tête de mule ! Se reposer sur quelqu'un a l'air d'être l'épreuve de sa vie… Mais niveau obstination, je la bats à plate couture. Elle n'a pas encore saisi le concept : j'obtiens toujours ce que je veux. Et là, ce que je veux, c'est Cris, chez moi. Avec tout ce que ça implique.

Je me penche doucement vers elle.

— Je te laisse le choix Cris, soit l'hôpital, soit chez moi… Rester ici n'est pas une option.

Quelques secondes s'écoulent, puis elle finit par refermer les paupières.

— Chez toi, murmure-t-elle, vaincue.

Un sourire idiot barre mon visage. J'ai remporté un round contre Cris, et quel round ! Elle vient chez moi. Aux yeux de tous.

Quand je gare la voiture dans l'allée devant la maison, Cris s'est endormie. Pendant le trajet, elle a alterné les phases de conscience avec celles de délire. Je n'ai pas besoin de vérifier son front pour savoir qu'il est brûlant. J'ai appelé M. Glasgow notre médecin de famille en quittant la résidence. C'est Thanksgiving, mais il viendra. On ne peut rien refuser au petit-fils du candidat Hammond. Par contre, je n'avais pas prévu qu'il arrive avant moi, sa berline est garée devant la maison. Ça va être intéressant…

J'attrape le sac à dos de Cris où Ali a fourré quelques affaires de rechange et ses baskets que je ne lui ai pas enfilées. À la place, je lui ai mis trois paires de chaussettes, maudissant les vêtements légers que j'ai trouvés dans son armoire. Le climat de Miami est doux, mais pas autant que celui de La Havane, et surtout, il est humide à cette période de l'année. Une paire de grosses chaussettes n'est pas du luxe parfois. Je la prends avec précaution dans mes bras : sans chaussures, hors de question qu'elle marche, et de toute façon, je ne crois pas qu'elle en soit capable. Si M. Glasgow pense qu'il faut l'emmener à l'hôpital, c'est ce que je ferai. Rien à foutre de ce qu'elle dira.

Ma mère devait surveiller mon arrivée par la fenêtre du salon, car elle ouvre la porte sans que j'aie à sonner. Linjie est derrière elle. Qu'est-ce qu'elle fait là ? Elle devrait être chez mon grand-père pour aider à la préparation du grand repas de ce soir. Investisseurs, soutiens… La totale. Elle est sans doute passée récupérer un truc ici.

Je ne tiens pas compte du regard noir que me lance ma mère quand elle s'aperçoit que c'est Cris que je tiens dans mes bras, et m'adresse directement au médecin qui se lève du canapé d'un bond en me voyant entrer.

— Elle a beaucoup de fièvre depuis hier.

Il hoche la tête et s'empresse de récupérer sa sacoche qu'il a laissée le long du placard. Comme moi, il a revêtu un costume et une cravate, il était sans doute sur le point de se rendre chez mon grand-père.

— Je l'emmène dans ma chambre pour que vous puissiez l'ausculter, dis-je en prenant la direction de l'escalier.

J'ai à peine gravi deux marches que ma mère proteste.

— Il peut l'ausculter ici, dans le salon…

Je ne prends pas la peine de lui répondre, mais me retourne pour planter mes yeux dans les siens.

— Préviens Grand-père que je ne n'assisterai pas au repas.

Elle se poste en bas de l'escalier et m'adresse un regard implorant.

— Tout le monde sera là, tu sais combien notre présence est importante.

Elle se mordille la lèvre inférieure puis ajoute :

— Addi sera là aussi…

Comme si je ne le savais pas ! Ma mère ne digère pas notre séparation, elle ignore qu'Addi file le parfait amour avec Eduardo. Enfin « parfait » est un bien grand mot… Dans l'ombre. Dans l'anonymat. Eduardo craint que la famille d'Addi ait du mal à accepter que leur fille fricote avec un latino. Les préjugés ont la dent dure, des deux côtés d'ailleurs. Addi serait prête à affronter les foudres des siens, mais celui qui résiste, c'est lui. Elle m'en a parlé, la situation la frustre. Depuis notre rupture, nous nous voyons de temps en temps, essentiellement à la cafét', toujours entourés, mais ça ne l'empêche pas de se confier à moi, parce que je suis le seul qui peut la comprendre. Ce qu'elle vit, je le vis avec Cris. Si Yeux d'Ange acceptait de reconnaître que nous sommes plus que *sex-friend,* je serais disposé à le crier au monde entier, ce « monde entier » incluant ma famille. Mais non, elle n'a pas modifié ses règles depuis son problème d'ordinateur. Nous nous voyons dès que c'est possible, mais dépendons de la relation d'Ali et Juan. J'adresse une petite prière tous les soirs à Elaguá pour qu'ils se marient et fassent pleins de bébés, ça voudrait dire qu'on aurait la chambre pour nous…

— Je ne viendrai pas, affirmé-je à ma mère.

Aussitôt, son visage se décompose, et pour se donner une contenance, elle lisse sa robe de créateur d'un bleu ciel intense. Pour une fois, je ne laisse pas cette expression m'atteindre. Vivre dans l'ombre, j'en ai ras le bol. Cris est malade, elle a besoin de moi, je ne vais pas faire comme si ce n'était pas le cas, il va falloir que ça leur rentre dans leur crâne à tous. Je ne vais pas leur laisser le choix, ni à ma mère ou mon grand-père, ni à Yeux d'Ange. Je ne peux plus me contenter d'une relation dans l'obscurité. Je la veux elle, dans la lumière, parce que c'est ce qu'elle est, ma lumière.

Je reprends l'ascension de l'escalier, le médecin sur les talons.

Apparences, élections, celui qu'ils veulent que je sois. Ou celui que j'ai essayé d'être parce que j'ai cru que c'était ce que je devais faire. Rien à foutre. Fini de jouer ce rôle. Le message d'Elaguá est enfin arrivé jusqu'à mon cerveau : je me suis trompé de chemin. Errance. Fausses routes. J'ai fait des conneries. Beaucoup. Graves. Mais ça ne veut pas dire que je dois porter cette croix toute ma vie. Je les ai corrigées, je continue de le faire en essayant de mieux agir, de moins me tromper, alors j'ai le droit de vivre. Pour moi. Et ma vie, c'est mon Inle, mes Yeux d'Ange.

Il me reste juste à la convaincre que moi aussi, je peux être sa vie.

Quinze minutes plus tard, le docteur Glasgow sort deux boîtes de médicaments de sa sacoche.

— Si la fièvre ne passe pas cette nuit, il faudra l'emmener à l'hôpital.

Je retiens une grimace, Cris va adorer…

— Vous lui donnez deux cachets dans quatre heures, et recommencez encore dans quatre heures. Ça devrait l'aider.

Il fouille encore dans sa sacoche, en quête d'un petit flacon et d'une seringue qui se trouve dans son emballage.

— C'est pour faire baisser rapidement la fièvre, m'explique-t-il en voyant que je décortique chacun de ses gestes.

Il s'assoit à côté de Cris. L'emballage de la seringue crisse quand il l'ouvre avant de prélever du produit du flacon.

— Je vais vous faire une injection, mademoiselle, ça va vous aider à aller mieux.

Aussitôt, je suis à ses côtés. L'idée qu'il lui plante ça dans le corps, qu'il lui fasse mal m'est insupportable. C'est une réaction complètement irrationnelle, idiote même, mais mon instinct de protection est à son maximum.

Le docteur Glasgow qui me suit depuis que je porte des couches-culottes et me connaît par cœur tente de me rassurer avec un sourire bienveillant qui fait remonter ses pommettes déjà hautes.

— Elle ne sentira rien.

Je le sais, mais je m'en fous. Je comprime la mâchoire pour m'empêcher de faire une connerie. Mes nerfs sont tellement à vif que je serais capable de lui en coller une, juste pour qu'il ne la touche pas, ce qui serait d'une débilité sans nom étant donné que c'est moi qui l'aie appelé, et que sans lui, c'était direction l'hôpital sans passer par la case départ et sans encaisser le jackpot, celui de l'avoir chez moi.

Avec la délicatesse d'un homme habitué à son métier, il déboutonne le jean de Cris et baisse sa fermeture éclair. Il la soulève légèrement pour le faire descendre afin de dégager un espace de peau sur sa fesse, et je frémis. Elle s'est couchée toute habillée et je n'ai même pas pensé à lui changer ses vêtements. Si je lui avais passé un jogging par exemple, il n'aurait pas eu à la déshabiller. La seringue s'enfonce dans sa chair et il lui injecte le produit, puis remonte son jean et le reboutonne. L'opération n'a pas duré plus de dix secondes, mais je suis à cran.

— Essayez de la faire boire, si vous pouvez. Et je me répète, si demain matin, elle a encore de la fièvre, vous l'emmenez à l'hôpital sans attendre, me dit-il en se relevant.

Il range l'aiguille dans une boîte à part, sans doute celle qui lui sert de poubelle pour les seringues déjà utilisées.

— Oui, je le ferai.

Je m'assois à la place qu'il a libérée.

— Elle a vraiment beaucoup de fièvre, constate-t-il en enfilant sa veste de costume qu'il avait soigneusement pliée et posée sur ma chaise de bureau.

Sa cravate rose criard jure avec l'élégance de sa mise. Sa touche personnelle, ça, et ses cheveux un peu trop longs qu'il ramène en arrière et fait tenir grâce à un excès de gel. Je l'ai toujours connu comme ça : une allure douteuse, mais une efficacité remarquable. Il hésite quelques secondes, et reprend :

— Est-ce qu'elle est… ?

Le sens de sa question, qu'il a pourtant laissée en suspens, est très clair : est-ce qu'elle est en situation d'illégalité ? Ça expliquerait pourquoi elle n'a pas consulté un médecin ou qu'elle n'est pas allée à l'hôpital. Schéma malheureusement classique. Comment lui expliquer ce que moi-même je ne comprends pas.

— Non, elle a des papiers. Elle fait partie du programme entre Cuba et les États-Unis.

Inutile d'être capable de lire dans son esprit pour savoir qu'il pense la même chose que moi : elle aurait dû consulter avant… La seule raison que je vois pour justifier son entêtement est l'argent. Cris vient d'un monde qui n'est pas le mien, où chaque dollar compte, et elle ignore sans doute que ses frais de santé sont en grande partie couverts, du moins pour les virus. Je suis sûr qu'elle a une sécurité sociale avec son statut d'étudiant, c'est obligé.

Je repousse ses cheveux derrière son oreille, ils sont poisseux à cause de la sueur, mais je m'en fous. Il va falloir que je lui change ses vêtements, son T-shirt est trempé et avec son jean, elle ne doit pas être à l'aise.

— Linjie va vous raccompagner. Merci d'être venu, Docteur Glasgow. On se voit tout à l'heure chez mon père pour un moment plus agréable ?

La voix de ma mère a retenti à l'entrée de ma chambre.

— Ravi d'avoir pu vous rendre service, Madame Hammond, lui répond le médecin, en s'inclinant légèrement.

Sa déférence envers ma famille m'a toujours amusé, mais là, elle m'agace. C'est comme si d'un seul coup, je nous voyais avec les yeux de Cris, et ce que je vois est trop…

Ses pas s'éloignent dans le couloir et battent les marches de l'escalier tandis qu'il le descend. Elle se racle la gorge et je tourne la tête vers elle. Les bras croisés sur la poitrine, elle s'est appuyée contre le chambranle de la porte. Nous y voilà. Discussion mère-fils.

— Ça va aller… me dit-elle.

Phase un : je rassure mon fils pour l'amadouer.

— Oui, ça va aller.

J'ai adopté un ton convaincu, même si je n'en suis pas sûr. Et à l'expression du médecin, je devine que lui non plus ne l'est pas.

— C'est bien ce que tu as fait pour elle, elle est toute seule ici.

Phase deux : je t'apporte mon soutien, du moins en apparence.

Je me contente de hocher la tête, caressant la joue de Cris avec tendresse. Que ma mère aille droit au but, les détours ne servent à rien.

— Linjie va veiller sur elle, elle a accepté de rester, tout est arrangé. Elle dormira dans la chambre d'amis.

Je braque les yeux sur elle, je vois clair dans son jeu.

— Je n'irai pas, maman. Si tu n'as pas prévenu Grand-père, je vais le faire, pas de problème.

Elle pince les lèvres, mais ne se laisse pas abattre.

— Il est important que tu viennes, il a besoin de toi.

— Il est important que je reste ici, elle a besoin de moi, rétorqué-je.

Elle fait un pas dans la chambre, les bras toujours croisés sur sa poitrine. Son sourire s'est envolé.

— Elle est plus importante que ta famille ?

Phase trois : chantage affectif. J'ai atteint un carrefour, celui qui peut changer beaucoup de choses. Avant, j'aurais hésité, tergiversé. Mais c'était avant. Jamais la direction à prendre ne m'a semblé aussi évidente.

— Oui.

Je me relève pour donner encore plus de poids à ce simple mot. Elle pousse un petit cri et plaque la main sur sa bouche, puis récupère rapidement une contenance. Le combat n'est pas terminé, elle n'a pas jeté l'éponge.

— C'est une fille bien, mon chéri, je n'en doute pas. Mais elle n'est pas pour toi…

Elle a formulé ces mots prudemment, beaucoup trop prudemment. J'aurais préféré une attaque plus frontale.

— Et pourquoi pas ? la défié-je. Il y a une règle qui dit ça ?

Elle fait un nouveau pas vers moi et pose sa main sur mon avant-bras. Ce contact me brûle, je voudrais l'enlever, mais je me maîtrise. Je ne me comporterai pas comme un gamin pourri gâté qui fait un caprice. Je ne suis plus un gamin, ce n'est pas un caprice.

— Elle ne restera pas… poursuit-elle.

Évidence. Je le sais. Mais nous avons du temps encore pour décider. Deux ans, c'est long. Beaucoup de choses peuvent se passer. Si elle ne reste pas, je pourrai partir, aller avec elle à Cuba. Ce n'est pas le bout du monde… Cette éventualité, que je n'avais pas vraiment envisagée, me paraît soudain réalisable. Et pourquoi pas ? Mon cœur tape fort dans ma poitrine. Ici ou là-bas, quelle importance ? Ce que je veux, c'est elle. Et puis, j'aime Cuba aussi…

— Vous n'appartenez pas au même monde, continue-t-elle d'une voix affirmée. Elle est très gentille et sérieuse, mais vous êtes très différents. Elle ne comprendra jamais les règles de ta vie.

De ma vie ? En quoi ma vie est-elle différente de celle d'un autre ? Je me lève, me douche, prends un petit-déjeuner, fais du sport, regarde la télé, vais aux toilettes… Je ne suis qu'un parmi tant d'autres, alors que justement, Cris, n'est pas « une ». C'est *elle.*

Je dégage mon bras d'un geste brusque, ma mère écarquille les yeux.

— De quel monde tu parles ? Ce monde, il n'existe que dans ta tête ! À t'entendre, on croirait qu'un univers me sépare de Cris, mais ce n'est pas vrai. Elle est comme moi, c'est un être humain, courageux, avec des valeurs, et des qualités humaines que la plupart des gens n'ont pas. Elle est de mon monde. Et ce n'est pas parce qu'elle n'a pas d'argent qu'on est différents !

Je jette un coup d'œil à Cris qui dort encore, j'ai parlé plus fort que je ne l'aurais voulu, mais mon éclat de voix ne l'a pas réveillée.

Ma mère se presse l'arête du nez, la colère fait rage en elle, mais elle essaie de se contrôler. Sa frustration est claire comme de l'eau de roche sur son visage, elle voudrait que je comprenne. Mais que je comprenne quoi ? Que ce qu'elle me raconte est un ramassis de conneries ? Que Cris et moi, on est du même monde pour la seule et bonne raison qu'elle est mon monde ?

— Tu te rendras compte que j'ai raison. Je ne voudrais pas qu'elle profite de toi et que tu aies le cœur brisé.

Mais moi, je voudrais qu'elle profite de moi, dans tous les sens du terme !

Elle tend la main pour me caresser la joue, et d'une voix plus douce, elle ajoute :

— Je veux juste te protéger, mon chéri…

Je prends une grande inspiration pour me calmer. Lui faire une scène ne résoudrait rien.

— Je sais. Mais tu te trompes sur Cris. C'est quelqu'un de bien, de vraiment bien.

J'enveloppe du regard Yeux d'Ange pendant quelques secondes, avant de reporter mon attention sur ma mère.

— Si elle me brise le cœur, ce sera parce que je n'ai pas été à la hauteur, c'est tout… Je crois que tu ne réalises pas, mais sans elle, je ne me serais pas relevé. Sans elle, je n'aurais pas avancé. Elle me pousse à être meilleur, à me dépasser, à voir les choses différemment.

— Tu es amoureux, soupire-t-elle.

Éperdument…

— Oui, me contenté-je de lui répondre.

— Je veux juste te protéger, elle n'est pas pour toi… insiste-t-elle.

Je passe un bras autour de ses épaules, davantage pour faire taire la colère que ses mots suscitent en moi que pour la rassurer.

— Avec elle, je n'ai pas mal.

Au moment où je prononce ces mots, je me rends compte combien j'ai erré avant. J'ai cru que Cris était ma drogue, que je me prenais mon shoot de vanille, alors qu'en réalité, ce n'est pas une drogue, mais une pièce manquante. Ma pièce manquante. Avec elle, je suis complet et je fonctionne correctement.

— Maman, si tu n'es pas capable de l'accepter, tant pis. Je ne retournerai pas avec Addi ni avec un de ses clones. C'est elle que je veux.

Je ne lui pose pas un ultimatum, il n'est pas question de choisir entre ma mère et Cris, mais il faut qu'elle comprenne que rien ne me détournera de ce chemin. Elaguá l'a choisi, il m'a montré la voie.

— Tu verras que j'ai raison, mais je serai là pour te soutenir.

— Tu verras que c'est moi qui ai raison, et tu seras là pour reconnaître que tu avais tort.

Parce qu'elle a tort. Cette certitude est tatouée sur mon cœur.

Chapitre 26

Cristina

J'ai chaud, mais cette chaleur n'est pas aussi étouffante que celle qui a ravagé mes veines cette nuit. Elle est accueillante, réconfortante. Mon corps est engourdi, las, ma tête est lourde, mais malgré tout, je me sens mieux.

Je me blottis davantage contre la source de chaleur, et un bras ferme me ramène contre elle. Je me laisse aller contre cette douceur, savourant la quiétude du moment, et remonte la couette jusqu'à mon menton. Les draps sont soyeux contre ma peau, beaucoup plus soyeux que ceux de mon lit.

J'ouvre les yeux.

Où est-ce que je suis ?

La lueur d'un radio-réveil éclaire timidement la pièce, il indique 9 heures du matin. Ma vision a besoin de quelques secondes pour distinguer les contours de ce qui m'entoure. Des étagères, une bibliothèque, un bureau. Un ordinateur tout droit sorti de *Star Wars*. Ou de la NASA.

Je suis chez Ethan.

Chez le Yuma !

Et ce corps chaud qui m'enveloppe est le sien.

Qu'est-ce que je fais là ? Je presse mes doigts sur mes yeux, comme si ce geste pouvait activer ma mémoire. Mon cerveau mouline à toute allure. Hier, quand je suis arrivée au Felicidades, Carlota m'a renvoyée chez moi. Pas parce qu'elle fermait la cafétéria à cause de Thanksgiving, mais parce que j'avais une tête à réveiller un mort selon elle. Je ne me sentais pas bien, j'avais de la fièvre. Rien qu'une nuit de sommeil ne puisse effacer. Je suis rentrée chez moi en prenant le bus, je n'avais pas la force de courir, et à peine arrivée dans la chambre, je me suis couchée sans me déshabiller. Et après, plus rien. Le néant… Je fais un nouvel effort pour me souvenir, mais rien ne vient.

Un bruit de verre qui se brise retentit en bas. Je retiens mon souffle. Je suis chez Ethan, et nous ne sommes pas seuls. J'essaie de me redresser, mais entre le bras du Yuma qui m'emprisonne, et ma tête qui tourne, ce n'est pas facile. Une odeur désagréable agresse mes narines. La mienne. Pas étonnant après les heures que je viens de passer. Je repère le placard, Ethan ne m'en voudra pas si je lui emprunte un T-shirt. Avec difficulté, je me contorsionne pour me libérer et pose les deux pieds à terre. Le Yuma dort toujours, sur le ventre, la tête enfouie dans son oreiller.

Je réalise soudain que mon pantalon s'est volatilisé, tout comme son T-shirt. Attirée comme un aimant, je tends la main vers le bas de son dos et caresse sa peau nue. J'aime sa douceur. Il gémit sous mon contact, et j'interromps immédiatement mon geste, je ne veux pas le réveiller.

Un plan. Il me faut un plan.

Déjà, recouvrer figure humaine. Une douche me ferait du bien, mais je vais éviter, de peur de faire trop de bruit. Par contre, je peux me rafraîchir. Je me mets debout, mes jambes sont à peu près stables. Sans regarder, j'attrape un T-shirt dans le placard d'Ethan et me rends dans la salle de bains de sa chambre. Quel luxe. J'allume la lumière juste au-dessus du miroir qui me renvoie une image peu flatteuse de moi. Le teint gris, d'énormes cernes, des cheveux gras… Un lendemain de maladie. Je m'applique un peu d'eau sur le visage et sur les cheveux avant de faire une queue de cheval serrée.

Encore du bruit en bas.

Mon cœur s'affole dans ma poitrine, je ne peux pas rester là. Je ne veux pas tomber sur sa mère, qu'est-ce que je lui dirai ? Mais je ne peux pas partir comme ça, comme une voleuse. Alors je laisse la lumière allumée dans la salle de bains et griffonne quelques mots sur une feuille sur le bureau.

« Merci pour tout… Je me sens mieux. Tu dormais si bien que je n'ai pas voulu te réveiller. »

J'hésite. Un « À la prochaine » ne me convient pas. Il est trop impersonnel et ramène à notre relation à ce qu'elle est, mais à ce que je ne veux pas qu'elle soit : un plan cul. Alors j'ajoute un « *Besos*[7] » à la fin.

En silence, je m'approche du Yuma qui dort du sommeil du juste, et mon cœur manque de faire exploser mes côtes pour jaillir de ma cage thoracique. Grâce à la lumière de la salle de bains, je l'aperçois clairement. Son tatouage. « Inle » est gravé en lettres capitales sur toute la largeur de son dos. Mon Orisha. La terre recommence à tourner trop vite, et des points noirs se mettent à danser devant mes yeux.

Moi. Sur sa chair.

La bulle du déni dans laquelle j'essayais de me protéger éclate. Ethan marche toujours plusieurs pas devant moi. Même à Cuba, quand il était en manque, il marchait déjà plusieurs pas devant moi. Il sait depuis le début que lui et moi ne sommes pas que des amis. Il l'assume. Tandis que moi, je me voile la face.

La Terre tourne plus vite, et je dois m'accrocher au bureau pour soutenir mes jambes qui flageolent.

7 On pourrait traduire par « bisous » ou « je t'embrasse ».

Elaguá… Le chemin… Ethan est mon chemin. Je le sais. Je le sens depuis le premier jour. Je voudrais être forte, courageuse, mais je ne suis pas encore prête à y faire face. Faiblesse. Peur. Décisions. Je vais devoir les prendre.

Le trajet de la Terre s'accélère encore. Pas tout de suite. Des voix retentissent en bas, un placard que l'on ouvre. Il faut que je parle à Ethan, que je lui explique. Ma peur. Mes craintes d'abandonner Cuba. Mes décisions. Je ne peux pas trahir mon pays. Mais cela me déchire, je suis comme une feuille de papier que l'on sépare en deux.

Je le veux. Mais je veux Cuba aussi.

Je ferme les paupières, je suis incapable de réfléchir en étant dans la même pièce que lui. La seule chose que je désire, c'est retrouver la chaleur de son corps pour oublier. Mais je ne peux pas. L'heure des décisions approche, je suis à un carrefour.

J'enfile mes baskets désormais sèches et récupère mon sac à dos. Je dois y aller. Je ne peux pas rester ici.

À pas feutrés, je descends l'escalier, et une fois au rez-de-chaussée, la porte d'entrée me tend les bras. Personne dans le salon, très bien. Plus que quelques mètres. Je vais réussir à sortir sans qu'on remarque ma présence, et je prendrai le bus pour rentrer. Je ne suis pas en état de faire le trajet jusqu'à ma résidence à pied. Mais j'ai à peine eu le temps de poser la main sur la poignée qu'une voix me fait sursauter :

— Vous prendrez bien un café ?

Elle a un fort accent que j'ai du mal à identifier, et quand je me retourne, j'en comprends l'origine. Une petite femme ronde, au chignon encore plus tiré que celui de Carlota, et aux yeux en amandes m'observe, un sourire bienveillant sur les lèvres.

— Vous vous sentez mieux ? Vous pouviez dormir encore un peu, continue-t-elle.

Sans que je comprenne comment, elle m'a entraînée dans la cuisine et m'a fait asseoir à une table sur laquelle trône une boîte de donuts.

— Vous en voulez un ? me demande-t-elle en l'ouvrant.

L'odeur sucrée m'assaille et je réprime une grimace. Mon estomac n'est pas prêt, ou alors, c'est le stress de la situation qui l'empêche d'être prêt.

— Il faut manger, me réprimande-t-elle en me servant une immense tasse de café.

Elle interrompt son geste, la cafetière en l'air.

— Vous préférez peut-être du thé ? J'en ai aussi.

Et aussitôt, elle sort de l'un des placards une énorme boîte de thé qu'elle ouvre devant moi. Les sachets aux multiples saveurs attendent mon verdict, tout comme la femme.

— Euh, non. Du café, s'il vous plaît.

Ce n'est pas moi qui ai prononcé ces mots. Ce n'est pas possible. Elle pousse la tasse devant moi.

— Du lait ?

Je secoue la tête et grimace un sourire.

— Je vais aller réveiller Monsieur Ethan, vous avez des médicaments à prendre, j'en suis sûre. Le docteur Glasgow ne serait pas parti sans vous en laisser. Vous étiez vraiment malade hier soir.

Elle parle vite, très vite, trop vite. J'ai du mal à la suivre, alors je me contente de secouer de nouveau la tête.

— Ne le réveillez surtout pas, il a besoin de dormir.

Si j'ai été malade toute la nuit, il n'aura pas beaucoup dormi. Et cela va me laisser le temps d'assimiler ma prise de conscience de ce matin.

— Ah, tu es réveillée ! s'exclame la mère d'Ethan en entrant dans la cuisine à son tour.

Un homme élégant, bien plus âgé qu'elle, la suit. Je reconnais immédiatement les yeux bleus d'Ethan, il s'agit de son grand-père. Leur visage n'est pas aussi avenant que celui de la femme, et sans pouvoir me contrôler, je lui lance un regard apeuré. Elle me renvoie un sourire réconfortant, mais malheureusement, il n'a pas l'effet escompté.

— Comment te sens-tu ?

La dureté de son expression dément le côté aimable de sa question. Elle s'assoit en face de moi, tandis que l'homme s'installe en bout de table. Il me pousse la boîte de donuts devant moi.

— Servez-vous.

Pas de formule de politesse, un ordre. Il est habitué à obtenir ce qu'il veut. Une vague de nausées monte petit à petit en moi. Difficile d'identifier quelle en est leur origine : les donuts ou… eux ?

— Non, merci, réponds-je d'une petite voix.

J'ai la désagréable sensation d'être une souris acculée par deux gros chats le long d'un mur, sans échappatoire possible. Heureusement, la mère d'Ethan ne laisse pas traîner mon supplice.

— C'est bien que tu sois là, on va pouvoir parler.

Celle qui doit être Linjie lui lance un regard désapprobateur. Que de froideur dans cette femme qui fricotait avec mon frère… Elle est toujours belle, plus élégante encore dans son tailleur sur mesure, mais son visage est crispé, sa bouche pincée, comme si avoir cette discussion la répugnait.

— Qu'est-ce qui se passe entre mon fils et toi ? Vous êtes ensemble ?

— Je… bredouillé-je.

Moi-même, je ne suis pas capable de répondre à cette question… Elle lève la main pour me faire taire.

— Je vais aller droit au but : mon fils a de l'affection pour toi, tu es quelqu'un de bien, je n'en doute pas, mais tu vas lui briser le cœur. Et je ne veux pas qu'il ait le cœur brisé. Il a vécu des moments difficiles, grandir sans son père, sa blessure, ses problèmes ensuite. Il est fort, mais il ne peut pas recevoir de nouveau coup. Donc si tu n'es pas sûre de toi, quitte-le.

— Je… Je ne… bafouillé-je, mon cerveau refusant de formuler une phrase cohérente.

Je ne suis pas prête encore à affronter tout ça, il faut que je fasse le tri dans mon esprit, que je réorganise mes priorités. Car le problème est là, les priorités qui étaient les miennes à mon arrivée ne le sont plus maintenant, et cela me déstabilise.

— Tu es gentille avec Cris, n'est-ce pas maman ?

Je sursaute en entendant Ethan, et les larmes me montent aux yeux. Soulagement ? Confusion ? Il dépose un baiser sur ma tempe en s'asseyant à côté de moi.

— Bien sûr, Cris et moi ne faisons que discuter.

Derrière elle, la petite femme fait la moue. Ethan rapproche sa chaise de la mienne, sa jambe frôle la mienne, et ce contact me détend immédiatement. Il pose deux comprimés à côté de mon café.

— Il faut que tu les prennes.

Comme un automate, je lui obéis et avale les cachets que je fais passer avec une gorgée de café. L'amertume de la boisson me sort de ma léthargie. J'en prends une deuxième gorgée, je ne peux pas rester ici.

Je repousse ma chaise et me lève.

— Merci de m'avoir accueillie… Je suis désolée si j'ai gâché votre repas.

C'était Thanksgiving, ils avaient sans doute dû prévoir quelque chose en famille, ou pour la campagne de son grand-père. Ethan m'imite.

— Je te raccompagne.

— Non, ça va aller.

— Je te raccompagne, répète-t-il.

Je n'ai pas la force de me battre, alors j'acquiesce en silence. Je quitte la pièce après les avoir salués, et laisse Ethan me ramener. Pendant toute la durée de cette conversation, son grand-père n'a pas prononcé un mot. Mais il ne m'a pas lâchée du regard.

Ethan

Putain de silence. Je le hais. La Cris qui voyage à côté de moi n'est pas la Cris que je connais. Combative, les poings toujours serrés prête à affronter l'adversité. Non, celle-ci n'en est qu'une pâle copie. J'arrive sur le parking de la résidence universitaire, elle n'a pas décroché un mot depuis que nous sommes sortis de la cuisine. Ma mère, mon grand-père et moi allons avoir une conversation à mon retour, et pour une fois, c'est moi qui vais parler. Et ils vont m'écouter.

J'aurais préféré que Cris reste chez moi, mais j'ai deviné qu'il était inutile de le lui proposer. J'ai appris à choisir mes combats, je ne pouvais pas gagner celui-ci. Il faut juste que je limite les dégâts.

Putain de silence.

Je me gare et coupe le moteur. Elle met la main sur la poignée de la portière, mais je l'arrête en attrapant son bras.

— Tu ne vas rien me dire ?

Ce sont les seuls mots qui me sont venus à l'esprit, tourner autour du pot ne servirait à rien, et j'en ai marre. Son silence me broie les tripes. Elle réfléchit, son choix est fait. Et je ne suis pas inclus dedans.

Mon estomac se comprime. Elle ne peut pas me lâcher. Pas maintenant. Pas encore. Elle ferme les yeux, me cachant ses iris si verts, puis pince les lèvres.

— Je suis fatiguée, soupire-t-elle.

Bien sûr qu'elle est crevée, elle a été malade comme un chien pendant deux jours, et sa fièvre vient juste de diminuer.

J'écarte une mèche de ses cheveux qui s'est échappée de sa queue de cheval, et lui vole deux secondes de contact. Deux toutes petites secondes. Je m'en remplis, j'aurais dû faire des réserves d'elle cette nuit.

— Je t'accompagne, lui dis-je.

Elle n'a pas ouvert les yeux et secoue la tête.

— Non, ça va aller, murmure-t-elle d'un ton las.

Je sens que sa lassitude n'est pas liée uniquement à son état. Elle baisse les bras.

— Je t'accompagne, répété-je.

— Je t'assure que je peux rentrer seule, insiste-t-elle.

Dialogue de sourds, la voici de nouveau dans sa forteresse. Je ne l'atteindrai pas. Alors je fais la seule chose que je suis capable de faire, je lui prends le menton pour tourner son visage vers moi et je plaque mes lèvres sur les siennes. Sa langue a encore le goût du café de Linjie, et cette saveur qui lui est propre. Nous sommes là, au milieu du parking, je l'embrasse. Et elle me laisse faire.

Mon cœur se déchire. Elle est en train de me lâcher. Ce baiser a le goût de celui qu'elle m'a donné avant de rejoindre El Faro. Celui d'un au revoir. Sauf que cette fois, je comprends le message, et que moi, je ne la lâcherai pas. Pas sans qu'elle m'ait écouté.

— On va parler, Cris, je t'en fais la promesse.

J'attrape mon sac à dos sur le siège arrière et en sors la boîte de médicaments que m'a donnée le médecin.

— Tu en prends deux dans quatre heures, et deux ce soir. Veille à avoir l'estomac plein, tu n'as rien mangé ce matin. Et si la fièvre revient, tu m'appelles.

— Je me sens mieux… se contredit-elle.

Il y a quelques secondes, elle m'avouait être fatiguée.

— Pas de course à pied. Tu appelles Carlota, tu ne vas pas bosser demain.

Elle fronce les sourcils, mécontente. Voilà la Cris que je connais. Mais elle ne me renvoie pas dans les cordes, elle se contente d'acquiescer et ouvre la portière.

— On va parler, lui répété-je tandis qu'elle descend.

Je la regarde s'éloigner, et un morceau de mon cœur se détache. J'ai peur. Peur qu'elle m'ait lâché pour de bon.

Chapitre 27

Vendredi 30 novembre

Cristina

Il faut qu'on parle

En gravissant l'escalier de la résidence, je ne parviens pas à détacher les yeux du SMS qu'Ethan vient de m'envoyer. Cinq mots. Cinq petits mots, mais qui portent tout le poids de mes décisions et que je redoute presque autant que j'ai pu redouter El Faro. Oui, il faut qu'on parle. Depuis Thanskgiving, je l'évite, encore. Une lâche, c'est ce que je suis devenue. Tout simplement parce que je n'arrive pas à prendre une décision, ou plutôt, à y faire face. J'ai tellement peur de l'avenir, que ce soit sans lui ou avec lui… L'avenir tout court est le pire des spectres. Comment en envisager un quand on n'en a jamais réellement eu ? À Cuba, prime la survie, au jour le jour. Même mon engagement n'est pas bâti sur des bases solides, ses fondations sont bancales, l'hydre du pays ne cesse de nous le rappeler.

Et là, cinq mots. Cinq mots pour décider d'un futur.

Tout à l'heure, il a essayé de me parler, mais la seule chose que j'ai réussi à prononcer a été un « Pas maintenant » qui me remplit de honte. Il a comprimé la mâchoire et hoché brièvement la tête avant de sortir d'un pas furieux du Felicidades. Il a de quoi être en colère, depuis deux jours, je n'ai répondu à aucun de ses messages, ignorant quoi lui dire.

Je pianote un début de SMS sur mon téléphone en arrivant devant ma porte, et l'efface. Encore quelques minutes de réflexion. Juste quelques minutes.

Inle, aide-moi…

Quand j'ouvre la porte, la pièce est plongée dans l'obscurité et un brusque malaise m'envahit. Il est à peine minuit, Ali n'est pas là. Or, elle devrait être là. Elle a été distante avec Juan toute la soirée, ils se sont même un peu disputés, et elle est partie avant lui. Peut-être qu'elle est passée le voir et qu'ils se sont réconciliés sur l'oreiller ? Mus par une volonté propre, mes doigts écrivent à la hâte un SMS que j'envoie à Juan.

Ali est chez toi

Sa réponse ne tarde pas.

Non. On s'est engueulés.
Elle est rentrée, désolé,
la chambre est occupée !

Qu'il pense que je veux savoir si j'ai le champ libre ne me provoque pas la gêne qui devrait pourtant déferler sur moi. À la place, un mauvais pressentiment guide mes pas jusqu'au placard.

Sa veste, ses rangers et son sac à dos ne sont pas là.

Oh Inle, non… Pas ça…

Je n'hésite pas, je sais où la trouver. Là où elle ne devrait pas aller. Là où elle est chez elle, face à un mur. Là où elle n'a pas le droit d'être. Je dévale l'escalier et mets mon corps en marche. Il est lourd, comme engourdi, la fièvre de l'autre jour a laissé des traces, je n'ai pas entièrement récupéré, mais je n'écoute pas mes muscles qui se plaignent. Je me mets à courir.

J'espère être assez rapide pour arriver à temps.

En moins de vingt minutes, le souffle court et le corps trempé de sueur, j'arrive dans le quartier de Little Haiti. Je suis obligée de ralentir pour me repérer, je ne suis venue qu'une fois, et n'ai pas pris la précaution de relever certains repères. Ah si, il y avait un immeuble abandonné, et un parc où viennent sans doute jouer les enfants du quartier. C'est son mur qui intéresse Ali. Je découvre un panneau à la lueur d'un lampadaire qui me signale un parc.

Merci, Inle.

Je repars à petites foulées, et en m'engageant dans la rue, j'aperçois la silhouette familière d'Ali. J'expire de soulagement, mais il est de courte durée. L'air se bloque dans mes poumons.

Il n'y a pas qu'une silhouette. À l'autre bout de la ruelle, cinq ou six ombres massives viennent dans sa direction d'un pas décidé. Et ce n'est pas pour la saluer.

J'accélère l'allure, elle est tellement concentrée sur sa fresque qu'elle ne me voit pas arriver. Malheureusement, quand les types me voient courir vers elle, ils se mettent eux aussi à courir. Vingt secondes. Maximum. C'est tout ce qu'on a avant qu'ils ne fondent sur nous.

— Ali ! hurlé-je.

Elle ne m'entend pas, ses écouteurs sont vissés sur ses oreilles. Foutu hard-rock qui couvre tout ce qui l'entoure, tout ce qu'elle veut oublier.

Je l'attrape par le bras pour attirer son attention. Elle sursaute, mais en voyant que ce n'est que moi, elle sourit.

— Cris ? s'étonne-t-elle, une lueur d'excuse dans le regard.

Un coup d'œil par-dessus son épaule m'assure qu'ils sont près, beaucoup trop près. Et à l'expression de leur visage, ils ne viennent pas pour discuter.

— On y va ! lui intimé-je en la tirant par la manche.

Elle cligne des yeux, sans comprendre. Une fois. Deux fois.

Deux fois de trop.

Si on m'avait dit qu'un clignement de paupières pouvait causer notre perte, jamais je ne l'aurais cru. Parce que j'ai toujours pensé avoir du temps. Nous sommes le temps, dit-on à Cuba. Le temps du changement. Le temps de vivre. Le temps de fuir.

Mais un battement de paupières peut anéantir le temps.

La rangée de brutes épaisses n'est plus qu'à quinze ou vingt mètres de nous.

Ali se tourne dans la direction que je suis en train de fixer, ses yeux s'écarquillent d'horreur. La gravité de la situation vient de lui sauter à la figure.

— Mon statut de Dreamer n'a pas été renouvelé, Cris ! me hurle-t-elle, désespérée.

Elle s'agrippe à la manche de mon sweat, et tout mon corps se fige. La réalité explose. Je comprends.

On subit.

Ici ou ailleurs, on subit.

Ali est comme tant d'autres, elle subit. Sa famille était en situation d'illégalité, et j'ai cru naïvement que ce n'était pas son cas. Mais il ne pouvait en être autrement. Le statut de Dreamer accordé sous le mandat de Barack Obama qui suspendait les expulsions pour ceux qui le portaient n'a pas été renouvelé par Donald Trump. Elle aussi est en situation précaire, en équilibre chancelant sur un fil. Son art est sa façon de résister. Mais les conséquences peuvent être dramatiques. Elle ne dessine pas des bandes dessinées, non, elle peint des graffitis dans des zones où c'est interdit. Et pire, son art est message, le sien. En cet instant précis, ce n'est pas de la police dont elle a peur, ni de la douleur. C'est plus insidieux que ça. Si ces types la blessent, l'hôpital ne sera pas une option, sinon elle sera expulsée. Voilà son spectre, celui qui plane au quotidien au-dessus de sa tête, celui qu'elle cache.

Du temps. Je dois être le temps.

Dix mètres.

Ils marchent maintenant, sûrs que leurs proies ne vont pas leur échapper. Je fais un pas dans leur direction pour m'interposer entre elle et eux et serre les poings.

Du temps. Je dois lui donner du temps.

— Cours, lui soufflé-je.

Il lui faut quelques secondes supplémentaires pour comprendre ce que je vais faire. Quelques secondes de trop. Des clignements de paupières qu'on ne peut se permettre.

Sept mètres.

— Non ! proteste-t-elle.

Mais elle a reculé d'un pas. Mon cœur tambourine contre mes côtes et je prends une grande inspiration pour me calmer.

— Je les retiens, murmuré-je assez fort pour qu'elle m'entende.

— Non ! sanglote-t-elle encore.

Encore un clignement de paupières. Je suis le temps. Je lutte contre le temps.

Inle, fais-la partir…

La raison finit par l'emporter. J'aperçois du coin de l'œil les larmes qui ruissellent sur ses joues. Elle recule encore, un sanglot déchire la nuit, et elle fait brusquement volte-face avant de se mettre à courir à toutes jambes.

— Y'en a une qui se tire ! hurle un des types en se lançant à sa poursuite.

Je lui barre la route et, avant qu'il n'ait le temps d'anticiper mon geste, je lui décoche un uppercut dans la mâchoire, puis un deuxième dans les côtes. Mes articulations protestent, mais je serre les dents. Il grogne, et riposte. Je l'esquive, sans trop de difficultés. Il est massif et lent, s'il était seul, je pourrais en faire mon affaire. Malheureusement, ce n'est pas le cas…

Je suis le temps.

Une seconde pour vérifier par-dessus mon épaule où en est Ali. Elle arrivera bientôt au coin de la rue, un seul poursuivant sur les talons. Les autres ont renoncé, l'appât du combat a été le plus fort, du défi que je viens de leur lancer. Si elle est débrouillarde, elle s'en débarrassera facilement. Et elle est débrouillarde. On ne survit pas aussi longtemps dans sa situation dans un pays tel que les États-Unis si on ne l'est pas.

Je fléchis légèrement les jambes pour renforcer mes appuis.

Quatre types m'encerclent désormais, impossible de fuir. Je dois me battre, même si je n'ai aucune chance de gagner.

Le temps. Je suis le temps.

Un premier se rue sur moi, et je me décale sur la gauche en veillant à rester hors de portée des autres. D'un coup de pied retourné, je l'atteins au flanc, et d'un autre coup de pied, je vise son entrejambe, faisant mouche. Il s'écroule en gémissant, je souris.

Mais mon sourire ne dure pas, un autre me lance un coup de poing qui me touche à l'épaule. Je réussis à le frapper à l'oreille, mais une douleur aiguë me cisaille le flanc. Un couteau vient de passer le mince barrage de ma veste et de m'entailler la chair.

Je n'avais pas vu qu'ils étaient armés. De l'avant-bras, je contre un nouveau coup, mais la douleur explose dans mon dos. Mon genou gauche rencontre le sol, le droit refuse de plier, il résiste. J'encaisse un autre coup, dans le flanc cette fois. Ma jambe flanche, pas deux genoux à terre, je m'en suis fait la promesse. Je réunis mes forces pour me relever, mais un tibia me cueille dans l'abdomen. Mon genou fléchit, et cède.

J'ai les deux genoux à terre.

J'aurais dû laisser Ethan me raccompagner.

J'aurais dû le laisser me guider.

J'aurais dû le laisser me protéger.

À cause de ma peur viscérale du futur, ce futur que nous n'avons pas à Cuba, j'ai été aveugle. Si je plie, c'est ma faute.

Nouveau coup dans le ventre, mon bras amortit l'impact. Un craquement sourd se répercute dans tout mon corps, triste écho d'un os qui se brise. La douleur court dans mes veines, mais pourtant, aucun cri ne franchit le pavillon de mes lèvres. Je ne leur donnerai pas ce plaisir.

Ici aussi, on subit.

Comme ces gens de l'immeuble.

Comme Ali.

Mais pas Ethan.

Les coups pleuvent, je me roule en boule pour les atténuer au maximum.

Le Yuma a repris sa vie en main et a affronté sa famille, pas besoin d'être une *santera* pour le deviner.

Pour moi. Il a refusé de subir. De nous deux, c'est lui le plus solide, il m'a montré le chemin. Et pour la première fois de ma vie, je la vois clairement, cette route qui s'ouvre devant moi. Mon avenir.

Je serre les dents, une semelle m'atteint à la tempe. Résister ne servirait à rien, ce serait pire. Alors je vais subir, une dernière fois. La toute dernière. Mes paupières se ferment, je ne sens plus rien. Mon corps se relâche. Au loin, des sirènes de police, mais la pénombre de mon esprit est trop épaisse, elle fait barrière, l'espoir ne parvient pas à me tenir éveillée. L'obscurité m'accueille, m'enlace, et je la laisse me bercer.

Le temps s'est écoulé.

Chapitre 28

Samedi 1er décembre

Ethan

Je fulmine contre la Terre entière en arrivant dans cet hôpital de seconde zone, mais avant tout contre moi. Putain de téléphone portable qui s'est déchargé. La femme de la réception doit se rendre compte que je serais capable de déclencher une guerre mondiale, car elle me donne les infos que je demande sans rechigner.

Rez-de-chaussée. Service des urgences. C'est là que se trouve Cris. Ils l'ont amenée dans la nuit, elle s'est fait agresser. Son dossier indique qu'elle a un bras cassé et qu'ils ont eu peur qu'elle ait une hémorragie abdominale, mais que finalement, tout va bien de ce côté-là.

Tout ne va pas bien. Elle est à l'hôpital. On l'a agressée.

Ali ne m'a pas dit tout ça quand je l'ai appelée après avoir trouvé sa dizaine de SMS et sa quinzaine d'appels en absence. Elle pleurait et j'ai juste pu lui arracher le nom du centre où est Cris. Je lui ai presque raccroché au nez, fou de panique.

Elle a été hospitalisée. Hier. Après être rentrée du Felicidades. Tout ça parce que je n'ai pas voulu lui mettre trop la pression en la raccompagnant. Depuis Thanksgiving, je lui ai laissé un peu d'air, pour qu'elle puisse respirer, prendre d'elle-même sa décision. Au fond de moi, j'étais confiant, elle allait ouvrir les yeux, abaisser ses défenses. Ce qui nous unit est tellement évident… Quelle connerie ! J'aurais dû m'imposer, ne pas lui laisser le choix. Lui dire entre quatre yeux : « On parle après ton service, et pas à un autre moment. Ras le cul de tes doutes ! On n'est pas *sex-friend*, on est plus que ça, alors arrête de te prendre la tête. » Mais j'ai tout gardé pour moi, je lui ai juste envoyé un SMS.

Putain…

Dire que je suis furieux est un euphémisme. Parce qu'en plus, Yeux d'Ange ne m'a prévenu qu'il y a une demi-heure. J'étais au téléphone avec sa coloc à essayer de comprendre ce qui se passait, quand j'ai reçu son SMS. Pour que j'aille la chercher ! En gros, pour que je joue les chauffeurs.

Je parcours le couloir des urgences d'un pas rageur en slalomant entre les lits qui sont entassés le long des murs. Certains sont occupés, le service manque de place. Il y a eu un énorme accident à un carrefour du centre-ville, une trentaine de blessés. Cris a eu de la chance, m'a expliqué la réceptionniste, elle est arrivée avant la horde de victimes, elle a donc un box.

De la chance ? Mais elle n'aurait jamais dû être agressée ! Et si elle m'avait prévenu, je l'aurais fait transférer dans une autre clinique, plus moderne, plus équipée… Pas aussi vétuste que celle-ci.

Je trouve sans difficulté son box, Yeux d'Ange me tourne le dos. Elle est déjà sur ses deux pieds, et se bat avec un T-shirt à cause de son bras. Ma gorge se noue, une profonde inquiétude comprime ma poitrine. Un bras dans le plâtre… Sur son flanc, une entaille a mordu sa chair qui a viré au bleu, elle a des agrafes. Je m'agrippe au rideau qui sépare les box. C'est pire que ce que je croyais.

— *Sweatheart,* tu peux m'expliquer ? m'annoncé-je d'une voix coupante.

Ma fureur me brouille l'esprit. Yeux d'Ange devra faire avec.

Elle pivote lentement et grimace en me voyant. Et là, mon cœur s'arrête. En plus de son bras, qu'elle tient plaqué contre elle, de son flanc, sa mâchoire est mangée par un vilain hématome qui tend au violet, et sa poitrine… Elle a réussi à enfiler son soutien-gorge, mais il ne parvient pas à dissimuler l'énorme bleu qui couvre presque tout son torse.

Elaguá, mais qu'est-ce qu'ils lui ont fait ?

Je ne me contrôle pas, mon corps n'en fait qu'à sa tête. Mes jambes se précipitent sur elle, je la presse contre moi. Sa chaleur m'envahit, et je raffermis encore ma prise.

Elle est blessée.

Je n'étais pas là.

Quand est-ce qu'elle va comprendre que je peux la protéger ? D'abord El Faro, ensuite ça… Combien de fois va-t-elle s'exposer ainsi ? Un petit cri de douleur lui échappe, mais elle ne m'oppose aucune résistance. Tant mieux, je ne suis pas en état de négocier quoi que ce soit. Elle enfouit son nez dans mon cou, tandis que je retiens un sanglot. Je ne peux pas pleurer, pas devant elle, elle ne le supporterait pas. Elle est trop fière pour ça. Un étau me broie la trachée. Une inspiration. Une expiration. Elle est là, contre moi. Blessée. Je cherche l'odeur de vanille, mais elle se cache, masquée par celle, plus forte et entêtante, de l'hôpital.

— Qu'est-ce qui t'est arrivé ? réussis-je à prononcer.

Un exploit. Plus jamais je ne la laisserai rentrer seule du Felicidades… Plus jamais.

— Une mauvaise rencontre… me dit-elle.

Ses mots sont étouffés par ma peau, je sens la caresse de son souffle dans le creux de mon oreille.

— Avec un rouleau compresseur ? tenté-je vainement de plaisanter.

— On peut dire ça comme ça…

Doucement, je l'attire vers le lit. Je m'assois le premier et la hisse sur mes genoux. Je suis incapable de l'avoir loin de moi, et l'avoir à côté serait encore trop loin.

— Raconte-moi, l'encouragé-je.

Elle rive ses yeux verts grevés de cernes aux miens.

— Oui, je vais le faire. Mais pas maintenant.

Je fronce les sourcils.

— Tu vas me raconter, maintenant, lui intimé-je.

Si elle croit que je vais la laisser m'échapper, elle se trompe. Elle soutient mon regard, et comme toujours, je me noie dans l'éclat de ses prunelles. Avec tendresse, elle enlace ses doigts dans les miens et cale sa tête contre mon épaule, puis ferme les paupières et soupire, comme si être comme ça, dans mes bras, lui apportait enfin le répit dont elle avait besoin.

— Je vais le faire Ethan, promis. Mais ça ne me concerne pas moi directement. Je n'en ai pas le droit.

Elle déconne ou quoi ? Elle se fait agresser et ça ne la concerne pas directement ?

Devinant que je suis sur le point de répliquer, elle met ses doigts sur ma bouche pour me faire taire.

— Je te promets que je vais le faire, me répète-t-elle. Là, j'ai besoin de toi. J'ai signé une décharge pour sortir, mais le médecin est têtu et refuse que je quitte l'hôpital seule. Il faut que tu me ramènes à la résidence universitaire.

« J'ai besoin de toi… » C'est la première fois qu'elle prononce ces mots, je les savoure pendant quelques secondes avant de me rendre compte de leur sens premier. Elle a signé une décharge ? Et elle veut sortir contre avis médical ? À 7 h 30 du matin ? Le monde tourne à l'envers, ou alors j'ai été projeté dans une dimension parallèle… Pour ne pas lui hurler dessus, je la ramène un peu plus contre moi, toujours en quête de la vanille qui pourrait m'aider à gérer mon trop-plein d'émotions. Elle gémit de douleur, mais en égoïste que je suis, je m'en fous.

Là, c'est moi qui ai besoin d'elle. Sinon, je vais lui dire le fond de ma pensée, et ce n'est pas une bonne idée.

— S'ils veulent te garder, tu vas rester ici, affirmé-je.

Son sourire taquine ma peau.

— Il n'est pas question de moi, Ethan. Il faut que je voie Ali, me rétorque-t-elle d'une voix douce.

Je la relâche légèrement et lui prends le menton pour l'obliger à me regarder.

— Qu'est-ce qu'Ali a à faire là-dedans ?

Elle pince les lèvres. Ali n'a pas pu lui faire ça, ce n'est pas possible. Elles sont amies, et de toute façon, elle ne ferait pas le poids devant Cris. Face à mon incompréhension, elle s'empresse d'ajouter :

— Je te promets que je vais tout te raconter, mais pas ici.

— Cris, je te jure que je ne comprends rien à ce que tu me racontes… J'ai l'impression que tu me parles en code, et que tu ne m'as pas donné la clé. Ça me gonfle un peu, la préviens-je.

Ma patience est sur le point de se désagréger. D'un geste lent, sans doute à cause de l'entaille sur son flanc, elle enroule son bras autour de mon cou pour approcher mon oreille de sa bouche.

— Ali est en situation d'illégalité, me murmure-t-elle tellement bas que je l'ai à peine entendue.

Il me faut quelques secondes pour prendre toute la mesure de ce qu'elle vient de me révéler.

Je comprends soudain ce que ça implique pour elle. J'ignore ce qu'elles faisaient toutes les deux hier soir, mais elles étaient ensemble. Il s'est passé quelque chose, et Ali courait le risque d'être expulsée.

J'aurais dû être avec elles. J'aurais dû les protéger. La protéger.

— Elle aussi s'est fait agresser ?

Elle secoue doucement la tête.

— Non, elle m'a envoyé un SMS pour me dire que tout va bien.

L'horreur de la situation m'apparaît clairement. Je connais Cris par cœur : elle a encaissé, comme un roc, pour que son amie en sorte indemne. Elle s'est sacrifiée pour la protéger.

Mon Inle, celle qui guérit.

Elle fait mine de s'écarter, mais je l'en empêche. Pas tout de suite. Je l'attire contre moi, et laisse mes lèvres se promener sur son front, savourant son contact pour m'aider à me calmer.

— OK, *Sweatheart.* On fait comme tu veux. Je te ramène à la résidence.

Elle se racle la gorge comme pour s'éclaircir la voix.

— Et après, tu m'emmènes voir ton grand-père.

Je m'écarte pour planter de nouveau mes yeux dans les siens. C'est la journée des surprises. Elle veut voir mon grand-père ? Pourquoi ? J'aimerais être capable de lire ce qui tourbillonne dans cette jolie tête, mais si elle a décidé que rien ne franchirait le seuil de ses lèvres, elles demeureront scellées. Discuter nous ferait perdre du temps, alors je me contente d'acquiescer.

Pour l'instant.

Qu'elle le veuille ou non, je vais comprendre ce qui s'est passé hier soir, et après, j'aviserai sur la conduite à suivre. Mais je vais être patient et la laisser me guider sur le chemin qu'elle a choisi.

Cristina

Ethan n'a pas prononcé un mot depuis que nous avons quitté la résidence universitaire. Il m'observe, m'étudie, je le sens, mais pour le moment, je ne peux rien lui expliquer. Il faut que je voie son grand-père, lui seul détient la clé pour que les gens de la Calle Ocho ne perdent pas leur foyer. Et après… Une montagne après l'autre. Après, je verrai. Il faudra également que je raconte à Ethan ce qui s'est passé hier. Dans notre chambre, Ali m'a serrée dans ses bras, s'est excusée en pleurant à chaudes larmes, mais je me suis écartée. Elle et moi devons parler. Ethan et moi devons parler. Mais pour le moment, il y a une conversation qui prime sur les autres, celle avec son grand-père.

— Tu es sûr qu'il sera au siège de son parti ? Il est encore tôt, remarqué-je.

J'ai du mal à supporter le silence qui nous enveloppe, sans doute parce que je suis nerveuse. Angoissée. J'ai l'impression que dans quelques minutes, c'est l'avenir que je vais jouer. Ce n'est pas qu'une impression. Il me lance un coup d'œil en coin.

— Oui, il y est tous les jours, même le dimanche parfois. Il commence toujours de bonne heure, c'est un bourreau de travail.

— OK.

Il hésite, puis continue :

— Tu ne vas rien me dire ?

Je grimace.

— Il faut que je lui parle d'un truc, mais ce n'est pas très clair dans ma tête encore.

Il hoche la tête, et un petit sourire étire ses lèvres. Même dans ce moment de doutes, j'adore ce sourire.

— « Toujours par deux ils vont. Ni plus ni moins. Un maître et son apprenti », me dit-il soudain.

Le message de cette citation de *Star Wars* est limpide : il vient avec moi, et rien de ce que je pourrai dire ne le fera changer d'avis. Depuis quelque temps, les frontières sont floues : qui de nous deux est le maître Jedi, et qui est l'apprenti ? Je l'ignore…

Il se gare sur un petit parking, et j'identifie immédiatement le siège du parti de son grand-père : l'immeuble n'est pas très grand, deux étages, et d'immenses affiches habillent les longues baies vitrées. Impossible de se tromper, nous y sommes. De mon bras valide, je serre contre moi mon sac à dos qui contient mon ordinateur. Il m'est plus précieux que jamais. Dans quelques minutes, je vais monter sur le ring, celui de ma vie.

Quand nous entrons dans le bâtiment, l'activité qui y règne à cette heure matinale me surprend. La pièce est plus vaste que ce à quoi je m'attendais. Ont été installées une dizaine de tables équipées d'un ordinateur et d'un téléphone. Une armée hétéroclite de jeunes et de moins jeunes s'active devant les écrans.

— Ce sont des volontaires, m'explique Ethan. Ils lèvent des fonds et cherchent des soutiens, les élections approchent, elles vont avoir lieu dans plus ou moins six mois.

Je l'écoute à peine, cherchant le grand-père d'Ethan des yeux. Mon cœur bat tellement fort qu'il résonne dans mes oreilles et couvre tous les bruits environnants. On nous lance quelques coups d'œil curieux. Un homme d'une cinquantaine d'années quitte son bureau pour venir saluer Ethan. Je crois entendre qu'il s'appelle Walt, mais je ne réponds pas quand il s'adresse à moi, trop occupée que je suis à éviter la crise cardiaque.

Je ne vois pas son grand-père. Ethan m'a dit qu'il serait là, mais pourtant, aucun signe de lui.

— Il est dans son bureau, nous annonce l'homme en nous montrant du menton une porte au fond de la salle.

Quand je suis Ethan, j'essaie d'obliger mon corps à se détendre, mais il refuse de m'obéir. Le Yuma frappe à la porte, et je presse tellement mon sac contre moi que je risque de me casser l'autre bras. Il n'attend pas de réponse et entre. Il passe devant moi pour me laisser quelques secondes supplémentaires, et je lui en suis reconnaissante. Je ne lui ai pas donné d'explication sur les raisons de ma présence ici, mais « Toujours par deux ils vont. Ni plus ni moins ». Il me l'a dit, et me le démontre encore en me faisant confiance.

Impeccable dans son costume sombre, son grand-père est installé derrière un bureau qui est une copie conforme de ceux de la pièce. Une table toute simple, sans fioritures. Étonnant pour un candidat au poste de gouverneur. Je m'attendais à le trouver derrière un bureau en chêne massif ou en bois précieux. D'un seul coup, mes résolutions, ma volonté vacillent, flanchent, et pendant une fraction de seconde, je doute.

Mais qu'est-ce que je fais là ?

— Quelle bonne surprise ! Tu aurais dû me prévenir que tu venais, j'aurais envoyé quelqu'un chercher des donuts chez Pete's.

Je me rappelle ce que m'a expliqué Ethan : son grand-père adore aller manger chez Pete's, là où il m'a amenée pas longtemps après mon arrivée. L'agence de sa mère et le siège du parti se trouvent dans le même quartier. J'étais tellement tendue que je n'ai pas remarqué que nous étions dans Downtown, le quartier des affaires.

Son grand-père se lève et contourne son bureau pour venir l'étreindre. Ce geste d'affection me surprend, l'image qu'il m'a donnée dans la cuisine, le lendemain de Thanksgiving, était celle d'un homme froid, distant. Il m'aperçoit, et un froncement de sourcil accompagne son sourire.

— Et tu n'es pas venu seul… Que vous est-il arrivé ? me demande-t-il en observant le bleu de ma mâchoire et mon bras en écharpe.

Je secoue la tête pour balayer cette question.

— Rien de grave.

Mon expression doit le dissuader d'insister.

— Que me vaut ce plaisir ? se contente-t-il de dire.

Je ne sais pas comment interpréter ses mots. Ironie ? Sincérité ? J'évite de trop m'appesantir dessus, de chercher un détail qui me donnerait une indication sur son état d'esprit, ça ne servirait à rien.

Inle, aide-moi…

Je fais un pas pour me porter à la hauteur d'Ethan, et un autre pour le dépasser.

— Je voulais vous présenter un projet…

Son froncement de sourcils s'accentue, il ne s'attendait pas à ça.

— Un projet ?

Je m'éclaircis la gorge, il ne faut pas que ma voix tremble.

— Oui. Un projet immobilier.

Je sens le regard d'Ethan sur moi, mais je ne me laisse pas distraire. Avec précaution, pour éviter de réveiller la douleur de mon bras, je pose mon sac par terre et avec des gestes maladroits, je sors mon ordinateur que j'ouvre sur le bureau. Son grand-père comprend ce que j'attends de lui et s'installe sur sa chaise, les mains croisées dans son giron. Sur son visage, l'amusement côtoie la perplexité. J'espère bientôt y voir de l'intérêt.

Je lance mon programme et affiche mon projet en pleine page, celui-là même que j'ai élaboré avec l'aide d'Ambrosio pour le cours de M. Emmerson. Ce dernier a admis que l'idée était intéressante, qu'il fallait encore ajuster pas mal de données, revoir certains plans, mais que je tenais quelque chose, que je ne l'avais pas déçu. J'ai cru que la Terre allait s'arrêter de tourner en entendant ce compliment. Les choses changent, M. Emmerson change. C'est le moment de vérifier si ce que j'ai prévu est applicable dans la réalité. Le moment de parler d'avenir.

Je tourne l'ordinateur devant lui pour qu'il soit face à l'écran, ce mouvement pourtant simple me fait grimacer de douleur, mais je n'en tiens pas compte. Rien ne doit me faire dévier de mon objectif.

— La Calle Ocho est un quartier prisé, qui se développe beaucoup, commencé-je.

Il hoche la tête, et je lui sais gré de ne pas m'interrompre.

— Mais elle est aussi révélatrice des inégalités de Miami : c'est un lieu à la mode, où malgré tout vivent les plus démunis. Des enfants, des personnes âgées, des adultes, des familles entières, qui luttent chaque jour pour subvenir à leurs besoins.

Je marque une pause.

— Et aussi des personnes en situation d'illégalité. Tous ont en commun la précarité de leur quotidien, de leur vie, mais aussi une profonde reconnaissance envers les États-Unis. Grâce à ce pays, ils peuvent vivre dans un pays en paix, dans lequel leurs enfants peuvent avoir un futur.

Cette fois, il ouvre la bouche pour m'interrompre, mais je ne lui en laisse pas l'occasion. Je projette une photo du bâtiment où sont organisés les repas.

— Voici l'immeuble où les commerçants du quartier leur offrent des repas chauds deux fois par mois. Un cabinet d'avocats gère leur dossier, les encadre, les aide pour toutes les démarches administratives dont ils ont besoin. Un représentant de ce cabinet participe à ces repas, il fait le lien. En plus de leur apporter du réconfort, ce lieu les aide à s'intégrer. Il est donc essentiel, c'est un peu leur foyer.

Je laisse passer quelques secondes, le temps qu'il observe bien la photo.

— Mais le propriétaire qui mettait à disposition l'immeuble est décédé. Son fils l'a mis en vente, il y a un acheteur.

M. Hammond lève les yeux vers moi.

— Qu'attendez-vous de moi ?

— Que vous achetiez l'immeuble.

Il fronce les sourcils, comme s'il n'était pas sûr d'avoir bien entendu, mais je ne cille pas et soutiens son regard. Mon cœur menace de jaillir de ma poitrine.

— Que je rachète l'immeuble ? répète-t-il.

Il semble incrédule, comme s'il s'agissait d'une idée complètement saugrenue.

— Oui.

Je me penche par-dessus le bureau et lance la diapositive suivante.

— Je vous propose un investissement, non seulement financier, mais aussi pour votre campagne, pour votre image. L'électorat latino compte, et vous tenez là un moyen de le faire adhérer à votre cause.

Une lueur s'allume dans ses yeux. De l'intérêt. C'est ce que je voulais.

— J'ai élaboré ce projet avec un de mes professeurs. L'objectif est de réhabiliter un bâtiment pour en faire un immeuble de logements à loyers modérés, qui soit accessible pour les petites bourses, et ne représente pas un gouffre en termes d'investissement. Sur ce chantier travailleraient des gens qui ensuite pourraient habiter là. Maçons, peintres, menuisiers, la Calle Ocho en regorge. Ils veulent travailler et le feront avec un dévouement immense.

— Je ne peux pas embaucher d'illégaux, objecte-t-il.

Je démens tout de suite.

— Ce n'est pas ce que je prévois. J'ai recensé une vingtaine de personnes en situation légale qui ne demandent qu'à travailler, et une dizaine de jeunes qui veulent apprendre un métier. Ils sont perdus, ils ont besoin d'un cadre, mais la volonté est là.

Carlota m'a beaucoup aidée, elle connaît tout le monde et les aptitudes de chacun. Je sais aussi que cette liste augmentera quand le bouche-à-oreille aura fonctionné.

J'ajoute :

— Le projet inclut un local mis à disposition, en libre accès, pour ce cabinet d'avocat qui pourrait ainsi avoir une antenne dans ce quartier, mais surtout pour les enfants. Un endroit qui leur permettrait d'étudier après les cours, de venir jouer sans traîner dans la rue. Ça ne peut être que bénéfique contre la violence.

Si les gamins ont un lieu où aller, ils seront moins tentés de tomber entre de sales pattes comme c'est arrivé au frère d'Ali, et Eduardo pourrait aussi suivre plus facilement les dossiers en assurant une permanence près d'eux.

— Si cela fonctionne, on pourrait imaginer la création de lieux identiques ailleurs dans la ville, poursuis-je.

Il se concentre sur mon écran, et je peux presque deviner les rouages de son cerveau qui s'activent. Il relève de nouveau la tête, la dernière diapositive a dû s'afficher sur l'écran, celle où apparaît le budget. J'ai tout chiffré, et M. Emmerson m'a conseillé de gonfler un peu la note, pour gérer les imprévus. Ce montant n'est rien pour quelqu'un comme M. Hammond qui doit connaître pléthores d'investisseurs.

— Et j'y gagne quoi, moi ?

La question que j'attendais.

— Le soutien de la communauté latino. Les gens qui n'avaient pas l'intention d'aller voter le feront pour vous, parce qu'ils vous seront reconnaissants. Vous pourrez aussi mettre en avant ce projet dans votre campagne, preuve de votre engagement pour la diversité.

Je me mordille la lèvre inférieure, et ajoute :

— Et si vous le souhaitez, vous pourrez utiliser mon image. Jeune étudiante cubaine, qui vous soutient inconditionnellement…

Je ne suis pas naïve, je sais l'image que je renvoie. Mon physique attire et m'a malheureusement mise à plusieurs reprises dans la lumière. Mais pour une fois, je vais m'en servir : j'accepte d'être un objet de propagande, cette cause est juste.

— Cris…

Ethan qui était resté en retrait jusque-là se place à côté de moi. Il a conscience de ce que cela implique pour moi, du sacrifice que je fais. Ce qu'il ignore, c'est que là se trouve mon engagement, mon but… Mon salut.

Je ne me tourne pas vers lui et reste concentrée sur le politicien en face de moi. De lui dépendent tellement de choses, pour ces gens, pour moi…

Il décroche son téléphone.

— Harry, il faudrait que l'on se voie la semaine prochaine. J'ai un projet intéressant.

Mes jambes flageolent, il trouve mon projet intéressant. Il échange encore quelques mots avec ce Harry, et raccroche.

— Je ne vous promets rien. Je veux vous voir la semaine prochaine, avec votre professeur, pour que vous nous exposiez le projet. Il faudrait m'envoyer à l'avance les documents que vous avez. Je ne serai pas seul, je vais convoquer différents professionnels, préparez-vous donc à passer un grand oral. Si c'est viable, je vais y réfléchir.

Un travail colossal pour préparer ce rendez-vous m'attend, mais le sourire qui me fuyait depuis hier soir fait son retour et envahit tout mon visage. Il accepte d'étudier mon projet… J'ai gagné ce round. Une vague d'espoir déferle sur moi.

L'espoir que les choses changent.

L'espoir pour moi.

Mais il me reste encore un round, et celui-ci est au moins aussi important que l'autre.

— Il y a autre chose.

Il referme le clapet de mon ordinateur, un air amusé flotte sur son visage. Je fais bouger les doigts de mon bras blessé, une douleur sourde commence à se réveiller.

— Vous êtes pleine de surprises, décidément…

J'hésite un peu, je suis sur le point de faire le grand saut. Quitte ou double. Soit je perds ce match, soit je gagne par K.-O. Et je veux gagner. J'inspire pour me donner du courage avant de me lancer.

— Je suis amoureuse de votre petit-fils.

Mes yeux trouvent immédiatement Ethan.

— J'aime Ethan, insisté-je, plus pour le Yuma que pour son grand-père.

Puis je reporte mon attention sur le futur gouverneur.

— Je suis consciente que je ne suis pas la personne idéale pour lui, que vous pensez que je ne lui conviens pas, mais…

Il lève la main pour m'interrompre.

— Vous n'êtes pas dans ma tête, vous ne savez pas ce que je pense.

Aussitôt, je me mords l'intérieur de la bouche, m'attendant à me faire sermonner, et fixe le dallage sur le sol.

— Je crois qu'en réalité vous convenez très bien à mon petit-fils. Je comprends pourquoi il est amoureux de vous.

Chapitre 29

Ethan

« J'aime Ethan ».

Mon cœur menace d'exploser et le sang court tellement vite dans mes veines que je perçois son flot dans mes oreilles.

Elle l'a dit. Elle a prononcé ces mots. Putain ! Je ne parviens pas à détourner les yeux d'elle, et d'un bras autour de la taille, je l'attire contre moi.

— Grand-père, tu peux nous laisser seuls, s'il te plaît ? Je voudrais embrasser ma petite amie…

Ma petite amie.

— Tu me chasses de mon propre bureau ? me demande-t-il d'un ton amusé.

— Je t'informe juste que je vais l'embrasser. Et que je compte bien y mettre la langue.

— Classe, marmonne Cris.

Ses joues se sont embrasées, de gêne sans doute, mais aussi parce qu'elle sait. Ça y est, nous sommes à un tournant. Notre tournant. Nous prenons enfin la même direction.

— Je vous laisse dix minutes, rit mon grand-père, et après, je vous emmène chez Pete's manger des pancakes. Cris et moi devons faire plus ample connaissance, nous avons bon nombre de points à évoquer.

La porte du bureau claque doucement quand il la referme derrière lui. Avec tendresse, sans lâcher sa taille de peur qu'elle m'échappe, je dégage son front, une mèche rebelle semble vouloir y élire domicile.

— Tu m'aimes ? lui demandé-je d'une voix que j'aurais voulu provocante, mais que la frénésie des battements de mon cœur fait trembler.

Elle redresse le menton, ses yeux pétillent.

— Je ne savais pas que tu avais des problèmes d'audition.

Je me penche vers son oreille, et même si nous ne sommes que tous les deux, je lui chuchote :

— Crois-moi, mes oreilles vont bien, elles entendent parfaitement et adorent tes gémissements…

De son bras indemne, elle me frappe sur le torse et je ris.

Je ris parce qu'elle est là, contre moi.

Je ris parce qu'elle l'a dit, et parce qu'elle va me le répéter, encore et encore.

Je ris parce que je sais que je n'aurai plus jamais mal.

— Alors ? insisté-je.

Je fronce les sourcils.

— Je t'aime, marmonne-t-elle.

— Tu en as mis du temps pour l'avouer, *sweat love…* Mais je ne t'en veux pas, je t'impressionnais trop.

Elle éclate de rire.

— Ton ego, petit Yuma… Ton ego…

Je mémorise avidement chacune de ses expressions, comme je vais le faire pour toutes celles à venir. Elles sont à moi, rien qu'à moi, et cette Cris légère, qui me taquine, j'en suis dingue.

Et je suis encore plus dingue de la Cris qui se relève toujours. Pas plus d'un genou à terre. Encore une fois, elle vient de nous prouver à tous la force qui l'anime. Un roc. Une montagne. C'est elle.

— Tu ne m'embrasses pas ? me demande-t-elle, une lueur de défi dans les yeux.

Oh que si…

Je lui obéis en capturant sa nuque. Quand nos langues se rencontrent, c'est à nouveau la première fois. Avec elle, tout est la première fois. Mon cœur qui menace de s'envoler. Mon corps qui frémit et tressaille. Ma queue qui devient folle. Et mon cerveau qui se relâche, parce qu'il sait que lorsqu'elle est avec moi, il ne peut rien nous arriver. Je la presse davantage contre moi, et elle pousse un petit cri de douleur. Merde ! Son bras…

— Désolé, lui dis-je en desserrant un peu mon étreinte.

Mais je ne la libère pas.

— Tu as pris tes antidouleurs ?

Je vois ce qui traverse ses pupilles. Le doute. Sur mon addiction. Sa peur aussi, pour moi. Si elle savait…

— Pas pour moi. Je m'en fous de ces trucs maintenant… Pour toi. Tu vas déguster, et je suis prêt à parier que tu ne vas pas rentrer tout de suite à la résidence universitaire.

— Pourquoi ?

— Mon grand-père est une vraie pipelette. Donc on va aller prendre un petit-déjeuner, et on va réchauffer les sièges de chez Pete's jusqu'au déjeuner. Et après, je t'emmène chez moi.

Elle se raidit.

Doucement, mec. Elle peut encore changer d'avis.

— Je ne peux pas.

Ça y est, ça commence… C'était trop beau.

— Et pourquoi ? lui demandé-je, méfiant.

Si elle fait marche arrière, je la ligote. C'est décidé.

— Il faut que je voie Ali, m'assurer qu'elle va bien.

— Elle allait bien ce matin, lui fais-je remarquer.

— Il faut que je vérifie, et qu'on parle, insiste-t-elle.

Elle a décidé une nouvelle fois de mettre ma patience à rude épreuve. Je crois qu'il va falloir que je m'y habitue.

— Tu vas me raconter enfin ce qui s'est passé, non ?

Je l'ai formulé comme une question, mais en réalité, c'est un ordre. Elle acquiesce.

— Oui, je le ferai.

— D'accord.

Inutile d'insister, je le lui rappellerai le moment venu.

Elle appuie sa tête contre mon épaule.

— J'ai peur, finit-elle par reconnaître.

Je cale mon menton sur le sommet de son crâne.

— De quoi ?

— De l'avenir, murmure-t-elle.

Trois petits mots, mais qui sont tellement puissants. Je m'écarte légèrement pour river mes yeux aux siens.

— De l'avenir ? Mais il n'y a pas à en avoir peur. L'avenir, c'est toi et moi. Pour le reste, on se débrouillera.

Elle pince les lèvres et détourne le regard. Mon cœur anticipe ce qui va venir en se serrant.

— J'avais plutôt l'impression que le présent, c'était toi et moi. Et que l'avenir était flou.

Je l'embrasse au coin des lèvres. Elle vient d'énoncer sa montagne, ce qui la freine depuis le début. L'avenir. Elle est au pied, et l'ascension l'effraie. Il n'y a pourtant rien de plus facile.

— Tu te trompes : l'avenir n'est pas flou. Il va être radieux.

— Tu as l'air sûr de toi, constate-t-elle, hésitante.

Cris a abaissé toutes ses barrières, elle est vulnérable, à nu. À moi de la rassurer.

— Pourquoi je ne le serais pas ?

— Parce qu'on est très différents, nos vies sont opposées et…

Elle a parlé vite, sans prendre le temps de respirer. Je l'interromps.

— Ça, c'est les conneries que tu te racontes dans ton adorable petite caboche. Il n'y a rien de plus facile : tu m'aimes, je t'aime, le reste, c'est du détail.

— Tu m'aimes ? continue-t-elle d'une voix peu assurée.

Chez une autre, j'aurais pu croire qu'elle minaude, mais pas Cris. Elle a peur. En cet instant précis, elle est en train de déployer tous les efforts du monde pour ne pas mettre en mouvement ses superbes jambes et se sauver en courant.

— Si moi je suis sourd, toi, tu es aveugle…

Elle se renfrogne, son nez se retrousse. Je ne peux résister à la tentation et y dépose un baiser.

— Je suis dingue de toi, *sweatheart*… Depuis le premier jour, je crois, quand ton petit cul sexy est venu m'accueillir à l'aéroport avec ce jogging et ce débardeur qui auraient tenté même les anges.

Elle se hisse sur la pointe des pieds pour m'embrasser, et je prends passionnément ce qu'elle m'offre. Ce baiser. Ce moment. L'avenir. Elle. Parce que je lui ai offert la même chose il y a tellement longtemps, mais qu'elle ne l'accepte que maintenant.

— Comment on va faire ? me souffle-t-elle quand notre baiser s'achève.

— Comment on va faire quoi ?

— Dans deux ans. Quand je vais repartir.

C'est elle qui envisage l'avenir. Enfin.

— Je te l'ai dit : rien de plus facile. On décidera le moment venu, soit ce sera Miami, soit ce sera Cuba. Mais une chose est sûre, ce sera ensemble. Toi et moi.

Elle ouvre la bouche pour protester, mais je la fais taire d'un nouveau baiser.

— Mon animal domestique est le roi des chemins, tu devrais le savoir. Il a tout prévu. On se marie, et on décide.

Elle ouvre de grands yeux.

— Se marier ?

Je hausse négligemment les épaules.

— Oui… Bien sûr. Pas tout de suite, on va attendre quelques mois…

Elle laisse échapper un soupir discret de soulagement, mais je reprends aussitôt.

–… sinon, mon grand-père va inclure notre mariage dans la campagne, et je doute que tu aies envie que des photos de toi circulent comme ça, en robe de mariée, sur le prospectus d'un parti politique.

Ses yeux sont pires que des soucoupes, et je l'embrasse sur le front pour la rassurer.

— Je plaisante, *sweatheart*, je plaisante. Enfin, pas pour le mariage. On va se marier, c'est notre solution.

Elle est raide comme un piquet dans mes bras, la peur ne l'a pas quittée. OK, je sors l'artillerie lourde : la guimauve.

— Je t'aime, tu m'aimes. Inle m'a guéri, Elaguá t'a montré le chemin. Quand on est ensemble, rien ne peut nous atteindre, donc on ne peut pas être séparés. Le mariage est la solution. Pas demain, pas tout de suite, si ça peut te rassurer, on a encore du temps devant nous. Mais si tout va bien entre nous, alors on se mariera parce qu'on s'aime. Toi et moi, ensemble, on peut tout affronter. Comme ça, on pourra choisir : vivre ici, ou à Cuba, mais au moins, on sera tous les deux.

Si on se marie, elle obtiendra des papiers pour rester sur le territoire au cas où elle voudrait qu'on s'établisse ici. Si elle préfère retourner à Cuba, ce sera plus facile pour moi avec ce précieux sésame. La logique de mon raisonnement atteint son but, elle se détend contre moi.

— Tu es mon chemin, Ethan.

— Je sais.

Ma réplique lui fait lever les yeux au ciel.

— Et toi, tu es ma vie, ajouté-je avant d'enfouir le nez dans ses cheveux.

Quelques coups discrets nous interrompent.

— Les enfants, j'aimerais connaître ma future belle-fille avant que vous ne me donniez des arrière-petits-enfants…

— Tu es bien son petit-fils ! grommelle Cris. Vous avez le même humour.

Je grimace en l'entraînant vers la porte d'un pas léger.

— Le mien est mieux quand même…

Quand je la lui ouvre, elle fait la moue, et tout me paraît encore plus clair.

Plus de douleur.

Plus de doutes.

Plus de peurs, d'incertitudes.

Juste elle et moi.

Toujours.

Épilogue

Cristina

— Allez Inle, bouge ton adorable cul d'enfer ! On a quelque chose à fêter, j'ai hâte !

— Ne m'appelle pas Inle ! protesté-je vainement.

Il lève les mains en signe de reddition, mais ses yeux pétillent d'une lueur taquine tandis qu'il referme la portière de la jeep derrière moi.

— Pardon, pardon ! C'est vrai que c'est ton animal domestique.

Je le fusille du regard, et il rit de plus belle.

— Le jour où on aura un chien, on pourra l'appeler Inle ! C'est un super nom ! continue-t-il.

Le vent joue avec ses cheveux ébouriffés. Ses lèvres sont encore rouges de ce que nous venons de faire. D'abord chez lui, dans sa chambre, où je passe beaucoup de temps, et ensuite dans la réserve du Felicidades… Je rougis en y repensant. Heureusement que Carlota n'était pas là…

— Donc tu voudrais avoir tatoué dans le dos le nom de ton chien ? lui rétorqué-je en traversant la rue.

Il me rattrape et enroule son bras autour de ma taille, avant de m'embrasser sur le haut du crâne. Cela fait plus d'un an que nous sommes ensemble, et Ethan ne rate jamais une occasion de me toucher, comme s'il refusait toute distance entre nous. Nous l'avons connue, elle a été un enfer pour tous les deux, alors je m'abandonne à lui, parce que c'est ce que je veux moi aussi.

— Tu as raison, ce n'est pas possible. Pour moi, il n'y a qu'un Inle, et c'est toi.

— Et on ne l'appellera pas non plus Elaguá, continué-je en appuyant la tête contre son épaule.

— Tu ne veux pas non plus avoir tatoué dans ta chair le nom de notre chien ?

Il fait allusion à mon tatouage, juste sous mon sein droit, à un endroit que lui seul peut voir. J'ai fait graver ma peau un mois après ma discussion avec son grand-père. J'avais besoin de lui pour être sûre d'avoir fait le bon choix, pour me permettre au quotidien de faire face à ma décision.

Contrairement à ce que je craignais, son grand-père a très bien réagi à ma déclaration. Ethan m'a confié qu'il admire ceux qui font preuve de courage, et qui osent. Le projet de rénovation de l'immeuble l'a enthousiasmé, il a fait jouer ses contacts, indispensables dans le monde dans lequel nous évoluons, et a racheté l'immeuble. Il a embauché M. Emmerson qui travaille en parallèle à ses cours sur le projet. Je suis devenue son assistante, et, à la fin de mon master, m'attend un stage dans un cabinet d'architecte renommé que ce dernier connaît. Mon prof et moi avons trouvé un terrain de lutte : celle pour faire changer les choses. La mère d'Ethan a été plus réticente, mais je ne peux pas lui en vouloir, elle n'a fait que protéger son fils. Depuis deux mois, elle a enfin accepté l'idée que je ne suis pas de passage dans la vie d'Ethan. Que lui et moi, c'est pour l'éternité, nos Orishas s'en chargeront. Peut-être même qu'on racontera notre histoire et qu'elle se transmettra de génération en génération. On saura comment Elaguá et Inle sont tombés amoureux, et comment ils se sont battus pour ne pas se lâcher.

Je secoue la tête, soudain plus sérieuse. L'énorme panneau de notre destination se dresse devant nous. Je déglutis avec peine et Ethan perçoit mon stress, car il nous immobilise à quelques mètres de l'entrée et me fait pivoter de façon à ce que je me retrouve face à lui.

— Tu n'es pas obligée, *sweet love*. Avec ça…

Du pouce, il caresse avec tendresse l'anneau que je porte à mon doigt, son jumeau qui habille le sien brille sous le soleil de la journée, puis reprend :

–… on peut aussi repartir à La Havane.

Comme toujours depuis que nous avons officialisé notre relation, il me laisse une porte de sortie, la possibilité de choisir mon destin. Son seul critère : que nous soyons ensemble. Il y a trois jours, nous avons pris un vol pour Las Vegas pour justement rendre ce « ensemble » possible.

Aucune hésitation n'ébranle mes certitudes. Ma décision est prise. Je veux être libre, avec lui. Le seul moyen pour que je le sois est de franchir la porte des Services de l'Immigration pour régulariser ma situation. D'après les termes de mon programme d'études, il ne me reste que quelques mois avant de devoir retourner à Cuba. J'y retournerai, mais pour un séjour à durée déterminée, en tant qu'épouse d'un Yuma et résidente américaine. Mes parents ne sont pas encore au courant de mes décisions, mais je sais qu'ils seront heureux. Et Yotuel… Il avait raison : la liberté est aux États-Unis, du moins la mienne… Parce que c'est aux États-Unis que nous allons vivre pour commencer. C'est pour ça que je dois franchir la porte de la Migra, pour régulariser ma situation.

Je laisse ses yeux lagon me bercer, m'envelopper de tout l'amour qu'il me porte.

Je sais.

Je sais que j'ai pris la bonne décision.

Je sais que j'ai trouvé ma place, un engagement.

Lui.

— Je t'aime.

Je ne peux pas lui dire autre chose que ça.

— Je sais, mais…

Je plaque mes doigts sur ses lèvres pour le faire taire.

— Il n'y a pas de « mais ». Je t'aime. Ici ou ailleurs, ça n'a pas d'importance. Et pour que ce « ici ou ailleurs » soit possible, il me faut ces papiers.

— Je ne veux pas que tu abandonnes Cuba, continue-t-il.

C'est du Ethan tout craché, il pense à moi, avant de penser à lui.

— Je ne l'abandonne pas, c'est comme ça que je vais l'aider.

Je serai actrice du changement de mon pays, même depuis les États-Unis. Immeuble pour les plus démunis, soutien à la régularisation, les projets ne manquent pas pour aider non seulement les Cubains, mais les gens en général.

Et puis, je le fais pour lui, mais aussi pour moi. Cuba sera toujours au plus profond de mon être, dans ma chair, dans mes veines, dans mon sang. Mais enraciné encore plus profond, comme un arbre centenaire qui est ancré dans le sol, il y a lui. Et il n'y aura que lui.

Siempre él.

Toujours lui.

Remerciements

Après *Mi vida es mía,* je ne pensais pas pouvoir écrire une histoire qui m'aurait prise autant aux tripes. Je me trompais. L'histoire de Cris et Ethan a été éprouvante, émouvante, elle m'a hantée pendant des mois.

Et sans vous, je ne sais pas si je l'aurais menée vers la publication.

Merci à D., toujours, qui me suit dans mes aventures les yeux fermés. Ton soutien, tes remarques, ton amitié tout simplement me sont essentiels.

Merci à V., tu ne le sais peut-être pas, mais tu es devenue une de mes amies les plus proches. Derrière nos silences, notre pudeur, notre réserve aussi, s'est tissé un vrai lien. Le nôtre, et celui de nos aventures.

Merci à V., encore et toujours. Tu as l'impression parfois que tu ne m'apportes rien parce que ta vie est agitée. Tu te trompes. Tu m'apportes « toi », et ça, ce n'est pas rien.

Merci à J., l'amour de ma vie. Tu es mon équilibre.

Merci à mes copains auteurs, Jennifer Pourrat, Aurore Chatras, Gil Billault, Marine Gautier, Sarah G-Lhossi, etc. On forme une sacrée équipe !

Merci à Pauline et aux Éditions de l'Opportun pour leur travail et leur accompagnement.

Et puis, merci aussi à vous, visages pour le moment inconnus, mais présence constante. Aurore Cabrol, Angel'ine Rocchi, Naddlau Marly, Sissy Bookshelf, Safa El Darch, vos mots, votre soutien, me sont précieux, vous ne saurez jamais à quel point.

@nishaEtcaetera est sur les réseaux sociaux :

RDV sur nos pages pour du fun, des cadeaux, des promos et pour découvrir tes auteur.e.s en off !

On a hâte de papoter avec toi :)

Vous avez un manuscrit de romance à nous proposer ?

Foncez !

Envoyez-le-nous à cette adresse :

manuscrit@editionsopportun.com

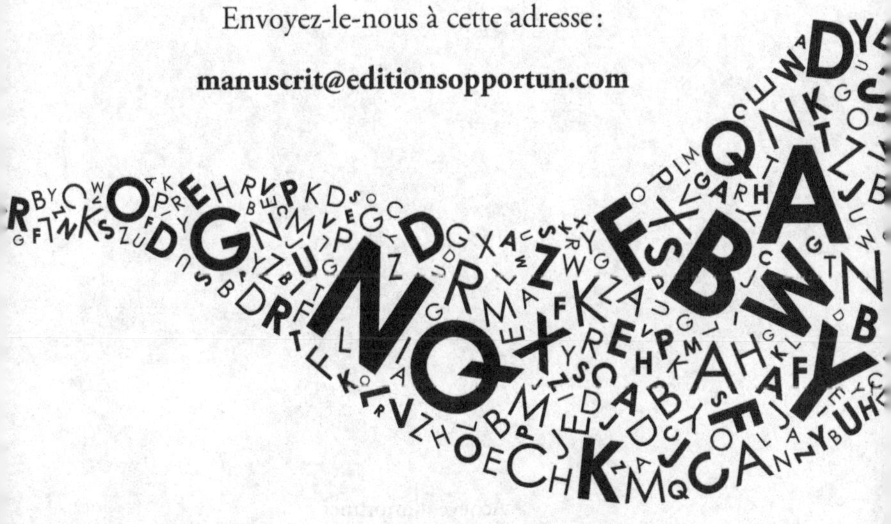

Achevé d'imprimer
sur les presses numériques de Dupli-Print (95)
Dépôt légal : janvier 2019
ISBN : 978-2-36075-930-9

Imprimé en France